KB044524

찰칵
찰칵
찰ㅋ

보이스피싱인데

인생역전

2

A STORY OF HIS REVERSED LIFE

보이스피싱인데 인생역전

장탄 장편소설

비스토리

《보이스피싱인데 인생역전》 차례

12. 속도

사무실에 정적이 흘렀다. 마치 모여 있는 전부가 사장 강주혁의 말을 기다리는 듯한. 하지만 강주혁은 당장 입을 열진 않았다.

그럴 때가 있다. 너무 예상치 못한 전개가 벌어지면 말문이 막혀버리는. 지금 강주혁의 상태가 딱 그랬다. 그렇게 몇 초간 김재욱의 얼굴을 빤히 쳐다보던 주혁이 마침내 입을 열었다.

"너 몇 살이지?"

"열여덟이요."

'열여덟, 그럼 고2잖아?'

연습 대본은 로코 드라마의 대사였다. 그리고 강하진은 스무 살. 그런데 성인 연기가 전혀 어색하지 않았다. 다시 말문을 닫은 강주혁 대신 추민재 팀장이 질문을 던졌다.

"열여덟? 와, 근데 키가 엄청 크네? 한 180 되나?"

"……181이요."

"181? 아주 바람직해! 거기다 아직 성장 중이라는 거잖아?"

이에 질세라 홍혜수 팀장도 거든다.

"목소리 톤도 좋아. 변성기는 지난 거예요?"

"잘…… 모르겠어요."

"어머, 수줍어하는 것 봐. 이거 카메라 대면 바로 연하 역할 들어오겠어."

순간 추민재 팀장이 끼어든다.

"침 좀 닦아."

"훼!"

"이런!"

팀장들의 전쟁이 다시 시작되려던 때.

"잠깐만."

주혁의 선포에 일동 움직임을 멈췄다.

"형, 차 키 좀 애들한테 주고. 미안한데 하영 씨랑 하진 씨, 차에 좀 가 있을래요?"

강자매가 자리에서 발딱 일어나 추민재 팀장에게 키를 받았다. 주혁이 김재욱에게 시선을 돌렸다.

"너도. 너도 가 있어."

"아, 네."

곧 사무실에는 두 팀장과 황 실장만 남았다. 가장 먼저 입을 연 것은 추민재 팀장이었다.

"나 하나만 솔직히 말해도 되나?"

"어, 형. 말해봐."

"저 친구 연기 보는데, 너 처음 봤을 때 기분이 들던데. 물론 너는 연기에 미친 놈이었지만. 그 정도 급은 아니라고 해도, 저 나이에 저 정도 퀄리티? 요즘 없어. 너도 알잖아? 〈척살〉 그거 오디션 진행해봤다며?"

맞는 말이었다. 연예인 지망생이 기하급수적으로 늘어나는 요즘이지만, 김재욱은 그중 단연 돋보일 것이 분명했다.

"거기다 저 친구 상품 되겠어. 조건이 딱 연예인이잖아? 우리가 안 키워도 백 프로 어디서 채간다."

담담하게 듣던 주혁이 이번엔 홍혜수 팀장을 쳐다보았다.

"나도 민재 말에 찬성. 우리 이제 시작인데, 사장님도 알다시피 가능성 있는 아이는 품고 있는 게 좋아. 저 아이 연기 봤잖니? 나는 재미있겠는데."

다음으로 황 실장을 쳐다보는 강주혁.

"아, 저야 뭐. 사장님 뜻대로 하시면 될 거 같습니다."

직원들의 의견을 들은 주혁은 소파에 몸을 기대며 긴 한숨을 내뱉었다.

"후— 일단 회의부터 진행하죠."

강주혁이 투자한 영화들은 큰 문제없이 굴러가고 있고, 당장은 연기자도 두 명밖에 없어서 회의는 그리 길지 않았다.

"움직입시다. 형, 가서 김재욱이만 올려보내줘."

"오케이. 고생들 합시다!"

한두 명씩 사무실을 빠져나갔고, 잠시 뒤 김재욱만 조용히 돌아왔다. 소파에서 김재욱을 잠시 쳐다보던 주혁이 입을 열었다.

"앉아. 서서 뭐해."

강주혁의 말에 김재욱은 파다닥 소파에 궁둥이를 붙였다. 그런 그를 주혁이 말없이 바라보았다. 김재욱은 주혁의 시선이 따가웠는지, 그저 애꿎은 허공만 찔렀고. 참다못한 주혁이 입을 열었다.

"너 연기 어디서 배운 적 있냐?"

"……배운 적은 없고, 엄마랑 조금씩."

"어머니?"

"돌아가신 다음부터는 혼자 했어요."

"연습을?"

"네."

"어떻게?"

"그…… 너튜브를 보고."

'허— 얘도 괴짜군.'

연기란 건 혼자 연습하면 우물 안에 갇히기 쉽다. 매일 듣던 자기 목소리도 막상 녹음해서 들으면 낯설듯이, 연기도 비슷하다. 살면서 생겨나는 버릇, 말투, 고정관념 등이 연기의 쪼를 만들고, 그것이 몸에 배면 벗겨내는 게 쉽지가 않다.

'나이가 어려서 그런가? 아니면 가정사가 영향을 미친 건가.'

아직 많이 부족하긴 하지만, 강주혁은 김재욱의 연기 강점은 자연스러움에 있다고 판단했다. 감정연기 특유의 넘침도 없고, 그렇다고 너무 식지도 않은, 딱 적당하고 미적지근한. 대중의 눈과 귀가 편해지는 연기. 잔잔하게 흘러가다 보면 어느새 다음 장면으로 넘어가 있는. 감정이 배제된 듯한, 하지만 잔잔함 속에 감정이 숨어 있는. 그런 연기를 하는 친구가 배우로서 대성하면? 말 그대로 다작 배우가 된다. 주연, 조연 할 것 없이 여기저기서 불러댄다.

'모든 배역을 소화할 수 있으니까.'

혼자 배워서 저 정돈데 옆에서 건드리면 얼마나 클 수 있을까? 주혁은 욕심이 생겼다. 보이스프로덕션 대표로서의 욕심도 있었지만, 어떻게 보면 강주혁이라는 이름으로서, 본능적으로 느끼는 감정. 배우로서의 욕심.

혼자 생각을 이어가던 주혁은 이내 자리에서 일어나, 인스턴트커피 두 잔을 탔다. 한 잔은 김재욱 앞에 내려놓고 다시 소파에 앉았다.

"감사합니다."

이렇게 보면 또 그저 그런 평범한, 아니지, 또래보다는 좀 특별히 괜찮게 생긴 학생처럼 보인다. 커피를 후르릅 마셔대는 김재욱을 보던 주혁이 피식 웃어버렸다. 김재욱을 색안경 끼고 본 건 어쩌면 강주혁 자신일지도 모른다고 생각했다. 가능성이 넘쳐흐르는 열여덟 살짜리 고등학생을 재벌가의 혼외자라는 이유만으로 싹을 잘라버리려 했다.

'새가슴이 됐냐, 강주혁.'

움츠려 있을 이유가, 피할 필요가 없었다. 어차피 이 바닥에 있으면 재벌들과 엮일 일은 수도 없이 많다. 광고부터 시작해서 수많은 파티며 소개자리 등.

'그들 또한 이용해 먹으면 그만이다.'

물론 분명 양날의 검. 그만큼 위험이야 따르겠지만, 만약 김재욱을 강주혁이 데리고 있는다면.

'이 아이를 내가 데리고 있는 한, 김재황 사장을 충분히 이용할 수 있다.'

강주혁은 앞에 있는 김재욱을 재벌가의 혼외자고 나발이고 관계없이 그저 가능성이 넘치는 아이로, 잘 팔리는 배우로, 즉 순수하게 상품으로 보기로 했다. 아직 제대로 가공되지 않은 상품.

"너 반에서 몇 등 해?"

"네? 아, 저 중간쯤."

"그럼, 그거 뭐냐. 혹시 일진 같은 거는 아니고?"

"……네."

그런 거야 황 실장을 시켜서 알아보면 그만이다. 요즘은 연예인의 과거 정리도 상당히 중요했다. 일진 논란이 심심치 않게 일어나곤 하니까.

"말 잘 들어라."

"네…… 네?!"

어느새 만든 보이스프로덕션의 따끈따끈한 명함을 강주혁이 내밀었다. 얼결에 명함을 받아든 김재욱이 눈을 크게 뜨며 강주혁을 쳐다보았다.

"너, 내가 한번 키워볼게."

"지, 진짜요?"

"어."

"가, 감사합니다! 감사합니다!"

순식간에 얼굴이 밝아진 김재욱이 두 번이고 세 번이고 고개를 숙이며 인사를 해댄다.

"아니. 벌써 좋아하긴 이르지 않냐?"

"네?"

"너네 아버지."

"아……."

"뭐, 어차피 곧 연락 오겠지. 내가 한번 만나볼 테니까, 그동안 말썽 피우지 말고, 반항도 접어. 알았지?"

"네!"

당찬 대답을 들은 주혁이 자리에서 일어나며 한마디 덧붙였다.

"가. 이제 가서 공부해. 내 번호로 문자 하나 보내두고."

손에 들린 명함을 보며 김재욱이 외쳤다.

"예! 알겠습니다!"

대답을 마친 김재욱은 가벼운 발걸음으로 사무실을 나섰고, 강주혁은 커피 한잔을 더 타기 위해 탕비실로 들어갔다.

시간이 흘러 늦은 밤, 주혁이 홀로 사무실에 앉아 진행할 일들을 정리하고 있었다. 먼저, 김재황 사장에게 받아낼 웹드라마와 광고. 아직 해창전자 측에서 전해준 정보는 없지만 인터넷 검색을 하면서 컨셉을 먼저 파악했다. 이어서 박 기자에게 물려줄 먹이.

"기본적인 뼈대 정도는 잡고 만나야 군침을 흘리겠지. 근데 이 양반 왜 이렇게 연락이 안 돼."

김재황 사장에게 정보를 던진 지도 꽤 됐고, 더불어 박 기자에게 문자를 보낸 지도 벌써 3일이 넘었다. 두 쪽 다 연락이 없다. 주혁이 생각난 김에 다시 한 번 연락해볼 요량으로 핸드폰을 꺼내들었다.

"지금 고객님이 전화를 받을 수 없어……."

하지만 여전히 박 기자와 연락이 닿지 않았다.

"작업 중인가?"

예전에도 이런 적이 있었다. 박 기자는 자신이 포착한 먹이를 위해 일주일 잠복도 서슴지 않는 별종이다. 짧게 혀를 찬 주혁이 박 기자에게 연락 달라는 문자를 보냈다. 그러고는 기지개를 길쭉하게 켰다.

"끄으—"

느닷없이 사무실 문이 열린 것은 그때였다. 이어서 누군가 사무실로 뚜벅뚜벅 걸어들어왔다. 주혁의 눈이 커졌다.

"밤늦게 미안하네. 잠시 얘기 좀 할 수 있겠나?"

나타난 것은 김재황 사장이었다. 조금 놀랐던 주혁도 이내 담담한 표정으로 돌아왔다.

"그러시죠. 거기 앉으시면 됩니다."

"그래."

머리부터 발끝까지 깔끔하게 차려입은 김재황 사장은 퇴근 후 바로 왔는지, 피곤한 기색이 역력했다. 자리에 앉으며 주혁이 먼저 입을 열었다.

"어떻게 혼자 오셨네요."

"올 땐 같이 왔고, 여긴 혼자 왔지. 차에서 대기 중일세."

"뭐 마실 거라도?"

"아니, 괜찮아."

손을 내젓던 김재황 사장이 사무실을 한번 둘러보았다.

"깔끔하군."

"연 지 얼마 안 돼서요."

"그렇군."

"이 밤에 무슨 일이십니까?"

얼추 예상은 갔지만, 모른 척하며 던진 주혁의 말에 김재황 사장이 짧은 숨을 내쉬었다.

"후— 아무래도 내가 또 자네에게 신세를 진 모양이야. 그것도 좀 크게."

"확인해보셨습니까?"

"그래."

"그놈은?"

"찾았어."

'잘 처리했나 보군.'

김재황 사장의 상태로 보아, 알아서 처리했을 거라 생각했다. 강주혁으로서는 정보를 던져준 이상 신경쓸 필요는 없었다. 그놈이 처리만 됐다면.

"이렇게 되면 저번 사례로는 부족한 게 되지?"

"그렇게 되겠네요."

"그래. 원하는 것을 말해보게."

주혁이 팔짱을 끼면서 턱을 쓰다듬었다.

"뭐든 주십니까?"

"그래."

"약속하신 거죠?"

"날 뭘로 보나? 말해봐."

"하긴, 그 정도 위치에 계신 분이 두 말은 안 하시겠죠."

딱히 대답은 없었다. 강주혁이 웃으며 말을 이었다.

"그럼 아드님을 주세요."

"뭐?!"

"김재욱, 제가 키워볼까 합니다."

물질적인 보상을 말했다면 김재황 사장은 흔쾌히 줬을 테지만, 주혁은 김재욱을 원했다. 김재욱을 얻는다는 것은 곧 김재황 사장을 얻는 것. 즉 김재황 사장을 이용할 수 있다는 뜻이었다.

"아니, 잠깐. 자네 지금 무슨 소리를 하는 건가?"

"아드님이 배우를 꿈꾸는 것, 혹시 아십니까?"

무언가 생각났는지, 김재황 사장이 머리를 쓸어넘기며 한숨을 내쉰다.

"하— 그래, 맞아. 그놈이 그런 소릴 한 적이 있어. 하지만 안 될 말이야. 난 그놈을 평범하게 키울 생각이네."

평범하게? 주혁은 순간 웃음이 터질 뻔했다. 그 웃음을 꾹 참으며 입을 열었다.

"평범? 사장님. 이미 아드님은 사장님의 아들로 태어난 순간부터 평범하지가 않아요. 집에 가다가 히트맨한테 망치질 당하는 게 평범한 삶입니까?"

"……"

"감춘다고 얼마나 감춰지겠습니까? 이번에야 어쩌다 우연으로 제가 구했다지만, 그런 우연이 또 일어나겠습니까?"

"그러니 더."

"숨기겠다고요? 그럴수록 재욱이는 반항심만 커질 테고, 사장님한테서 도망 다니다가 결국 위험에 빠지지 않겠습니까?"

틀린 말은 아니었는지, 김재황 사장이 깊은 숨을 내쉬며 얼굴을 쓸었다. 당장 결정하긴 힘들겠지. 주혁은 잠시 그의 얼굴을 쳐다보다가 천천히 말을 던졌다.

“아드님이 요 며칠간 여길 찾아왔습니다.”

“여길? 뭐 하러?”

“와서 청소하던데요.”

“청소를?”

“네. TV에서 달인들 제자로 들어가려면 청소부터 시작하는 걸 봤답니다. 저한테 연기를 배우려고 청소부터 시작한다네요.”

“……”

“아드님이 그렇게 세상에 무지합니다. 걔 지금 상태가 그래요. 그런데 또 악바리는 있어서, 하루도 빠짐없어 와서 여기저기 닦아대요. 그래서 귀찮기도 하고, 대충 보고 치우자는 생각에 연기를 한번 시켜봤습니다.”

결과는 또 궁금한지, 김재황 사장이 물었다.

“그래서?”

“잘합니다. 앞에서 말은 안 했지만, 옆에서 조금만 잡아주고 키우면 이름 좀 날릴 겁니다. 근데 연기 연습은 너튜브 보고 혼자 했답니다. 지금까지 혼자. 그 아이 주변에 가족이 있습니까?”

“없어.”

자기 아들을 생각하는 건지, 아니면 고민에 빠진 것인지는 모르겠지만, 김재황 사장의 표정은 공허했다. 그 표정을 관찰하던 주혁이 힐끔 시간을 확인하고서는 말을 이었다.

“사장님. 발상을 한번 전환해보시죠.”

“발상을 전환해라?”

“어쭙잖게 숨기지 말고, 차라리 아예 유명해져 버리는 겁니다. 팬도 생기고, 사람들이 많이 알아보는 유명한 배우가 되면 건드리기 어렵지 않겠습니까?”

"유명해진다……."

"거기다 저야 잘 모르지만, 사장님 주변 누군가는 아드님이 연예인이 된다면 안심할지도 모르죠. 그건 뭐 알아서 판단하시고."

할 말은 다 했는지, 주혁이 자리에서 일어났다. 그에 따라 김재황 사장도 일어났다. 주혁이 덧붙였다.

"혹시 아드님이 연기 얘기할 때 표정 보셨습니까? 못 보셨으면 한번 얘기를 나눠보세요. 걔가 얼마나 연기를 원하는지 알 수 있을 겁니다."

"그래. 얘기해보지."

말을 마치고도 김재황 사장은 바로 몸을 돌리지 않았다. 잠시간 강주혁을 빤히 쳐다봤다. 그러다 살짝 웃음을 흘리며 몸을 돌렸다. 그때 강주혁이 한마디 덧붙였다.

"사장님. 기억하시죠? 뭐든 주신다고 하신 거. 설마 그 위치에 계신 분이 두말은 안 한다는 것도? 연락 주세요."

주혁의 쐐기에 김재황 사장은 잠시 멈칫했지만, 돌아보지 않은 채 그대로 문을 열고 사무실을 떠났다.

"이 정도면 충분하겠지."

혼잣말을 하며 주혁도 퇴근 준비를 서둘렀다. 벌써 자정을 지나 있고 몸이 천근만근이었다. 사무실 전등 스위치를 누르려는 찰나, 문자가 도착했다.

— 뭐야? 너 진짜 강주혁 맞아?

미친 박 기자에게 드디어 답장이 온 것이다. 주혁이 곧장 박 기자에게 전화를 걸었다. 신호는 빠르게 끊겼다.

"살아 있네?"

박 기자의 첫마디는 매우 심플했다. 뭐, 강주혁과 박 기자의 사이는 딱 이 정도였다. 서로 필요한 경우에만 만나는 사이.

"죽었으면 니가 가장 먼저 나타났겠지. 내 시체에다 마이크 들이대면서."

"크크크. 고대로네, 고대로야."

"뭐, 작업 중인가?"

"대충. 방금 끝났지. 그래서 무슨 떡밥을 뿌리려고 문자까지 보냈어?"

박 기자는 강주혁의 과거를 대충 알고 있는 인물이었고, 더불어 은둔했던 주혁의 삶을 궁금해하지 않았다. 일반적인 기자들이야 강주혁이 다시 나타났다면 기사를 줄줄줄 써제끼겠지만, 박 기자는 가벼운 가십거리 따위엔 흥미를 느끼지 못하는 사내였다.

"전화로 하긴 뭐하고. 얼굴 좀 봅시다."

"에헤이~ 괜히 긴장되네. 니가 얼굴 보자 그럼 떨려. 나 기대해도 되나?"

"기대 이상일 거야."

"당장 만나시죠. 제가 어디로 가면 되겠습니까."

박 기자가 돌연 태도를 달리하며 군침을 흘릴 때, 주혁은 차에다 대고 스마트키를 눌렀다.

"아니. 오늘은 내가 피곤해서 안 되고, 내일 점심 어때?"

"내일 점심. 오케이, 입력 완료. 시간, 장소는?"

"정해서 문자로 보내줄게. 내일 봅시다."

"내일 뵙겠습니다."

— 뚝!

"하여간 이 인간."

박 기자 이 인간도 변한 게 없다고 생각하면서 주혁은 차 문을 열었다.

* * *

다음 날 아침과 점심 사이, 경북 상주 주변.

다큐 독립영화 〈내 어머니 박점례〉 팀은 아침부터 분주했다. 팀이라고 하기에는 류성원, 최철수 감독이 전부지만, 그래도 그들은 나름대로 촬영 시간표를 짜두고 움직였다. 최철수가 준비를 마치고 숙소 로비로 나왔다. 로비에는 류성원 감독이 이미 나와 있었다.

"철수야, 늦었다. 빨리 가자."

"어어. 아, 형, 하영 씨 다음 촬영이 언제지?"

"다음 주 정도 될걸? 왜?"

"아니, 할머님이 자꾸 물어보셔서. 그새 정이 들었는지 자꾸 찾으시네."

고개를 끄덕이는 류성원 감독이 차에 올라타며 말을 이었다.

"이제 하영 씨는 우리가 부른다고 막 못 와. 강주혁 사장님이 밀고 있는 거 같더라. 그 누구지? 저번에는 매니저랑 같이 왔잖아."

류성원 감독이 이내 운전을 시작했고, 최철수 감독이 핸드폰을 들여다보며 오늘 일정을 확인했다. 운전하던 류성원 감독이 물었다.

"오늘 할머니 뭐 하시는 날이야?"

"시장 갔다가 노인정 가셔서 좀 치는 날이야."

"화투?"

"어어. 그보다 강주혁 사장님 연락 없어?"

"없어. 왜?"

핸드폰을 품에 집어넣으며 스읍 입맛을 다시던 최철수 감독이 팔짱을 끼면서 답했다.

"아니, 물론 처음에 전부 맡긴다고 하긴 하셨는데, 너무 연락이 없으니까 불안해서. 원래 투자자들 돈 보내면 하루가 멀다 하고 전화해서 상황 파악하잖아?"

"그러게. 심지어 마지막으로 전화 온 것도 우리 배급사 건이 다야. 무려 VIP 픽쳐스를 구해주고선 감감무소식이네. 니 말 들으니까 나도 불안하네."

"바쁘신 것 같으니 먼저 전화하기도 뭐하고. 내 살다 살다 투자자 전화 안 와서 고민하기는 또 처음이네."

"크크크, 그러니까 말이다."

때마침 신호에 걸려 차가 멈춰 섰다. 그런데 최철수 감독이 골똘히 무언가를 생각하는 표정이었다. 그 모습에 류성원 감독이 물었다.

"왜? 무슨 문제 있냐?"

"아니. 흠…… 형. 할머니 시외 외출하는 스케줄 있잖아."

"어어. 그거 왜?"

"우리 할머니 모시고, 서울 한번 갈까?"

"서울?"

"응. 할머니가 하영 씨 너무 보고 싶어라 하거든. 하영 씨가 서울 구경도 시켜드리고 그런 거 담으면 좋지 않나? 할머님 아직 쌩쌩하시니까, 무리만 안 하면 괜찮지 싶은데. 겸사겸사 허락받는 김에 강주혁 사장님한테 전화하는 구실도 생기고."

운전에 열중하던 류성원 감독이 눈을 크게 뜨고 최철수를 쳐다보았다.

"너……."

"왜? 안 되려나?"

"천잰데? 그거 좋다. 일단 할머님께 여쭤보고 결정하자."

기세를 몰아 그들이 타고 있는 차는 빠르게 달리기 시작했다.

비슷한 시각, 영화 〈척살〉의 세트 촬영장. 시나리오상 '회사'라는 집단의 사무실을 세트로 만들어놓은 곳이다. 언뜻 보면 일반 회사 사무실과 다를 바 없는 모습.

"컷! 오케이."

"오케입니다!"

최명훈 감독의 오케이 사인이 끝나자, 쥐죽은 듯 멈춰 있던 스태프들이 바삐 움직였다. 촬영은 순탄하게 흘러가는 중이었다. 경험이 부족한 최명훈 감독은 주변의 걱정과 달리 촬영장 통솔자로서 부족함 없는 능력을 보여 스케줄을 쳐내는 데 전혀 문제가 없었다.

"어, 10분만 쉬었다 가자."

"옙! 자, 10분만 쉬었다 가겠습니다! 장비 점검들 하시고, 준비할 것들 체크해주세요!"

조감독이 쉬는 시간임을 알리자, 강하진이 무엇을 찾는 듯 의자 주변을 두리번거렸다. 그 모습을 본 추민재 팀장이 강하진에게 대본을 건네주었다.

"대본 찾는 거지?"

"네. 감사합니다. 아, 팀장님. 실장님은요?"

"황 실장님? 아까 주변이 안전한지 확인한다고 나갔어. 그 양반도 특이해. 우리 사장님이 데려온 사람이라 그런가? 하여튼 우리 회사에는 왜 정상적인 사람이 없냐?"

"……저는."

"너 지금 설마 너가 정상이라고 말하려는 건 아니지?"

정곡을 찔렸는지 어쨌는지, 강하진이 입술을 살짝 내밀면서 대본으로 시선을 박았다. 추민재 팀장이 슬쩍 웃으면서 말을 이었다.

"연기해본 적도 없는 애가 캐스팅돼서 지금 하성필이랑 영화 찍고 있는 게 정상이라고 생각하면 안 된다, 너. 하성필이 우리 사장님 옆에서나 깨갱대지 영화판에서 보면 대단한 배우라고."

이윽고 추민재 팀장이 황 실장을 찾는다며 자리를 떴고, 잠시 후.

"어허험!"

조용히 대본 연습에 열중이던 강하진 옆으로 남자 한 명이 다가와서 헛기침을 했다. 그 바람에 강하진이 깜짝 놀라 고개를 올렸다.

"아, 선배님."

"어. 어떻게, 할 만하냐?"

하성필이 곁눈질로 강하진이 들고 있는 대본을 보며 말을 걸어왔다.

"네. 전부 괜찮아요."

더 길게 대답이 나올 줄 알았는지, 하성필이 잠시간 말없이 그녀를 쳐다봤다. 하지만 더이상 대답이 나오지 않았다. 그렇게 찾아온 침묵. 결국 참다못한 하성필이 침묵을 깼다.

"그래. 뭐, 그건 그렇다 치고. 그…… 뭐냐, 거, 음."

쉽사리 말 꺼내기가 어려운지, 머리를 벅벅 긁던 하성필이 이내 결심한 듯 말을 뱉었다.

"가, 강주혁이 요즘 뭐하냐?"

"사장님이요? 아, 그냥 바쁘게 지내시는데, 연락해보시면…… 두 분 친하시다고 들었어요."

"어? 아, 뭐 그런데 피차 바쁘니까. 그냥 어, 그런 거지. 뭐 딴말은 없고? 예를 들어 요즘 기자를 만난다든가, 아니면 뭐 어디 인터뷰를 나간다든가."

"저는 잘 모르겠어요."

"아, 그러냐?"

"네."

역시나 강하진의 대답은 짧았다. 결국 하성필은 괜한 헛기침을 또 한 번 하며 열심히 해라, 정도의 인사를 끝으로 몸을 돌렸다. 그 뒷모습을 무심하게 쳐다보던 강하진은 다시금 대본으로 시선을 돌렸다.

같은 날 점심, 고급 한식집. 직원의 안내를 받아 주혁이 방문을 열자, 안에는 이미 식사를 하는 꾀죄죄한 남자가 앉아 있었다. 푹 눌러쓴 모자, 잔뜩 자란 까끌까끌한 수염, 척 보기에도 활동하기 편한 옷. 미친 박 기자였다. 그가 주혁을 보자 씨익 웃었다.

"하도 배고파서, 먼저 먹고 있었다."

그 웃음을 받아, 주혁은 정장 재킷을 대충 옆에 툭 던지고는 자리에 앉았다.

"여전하네. 회사에서 식대 안 줘? 넌 볼 때마다 먹고 있는 것 같다?"

그러거나 말거나, 박 기자는 깍두기를 입에 넣으면서 답했다.

"일단 먹어. 다 먹고 살자고 하는 짓인데."

둘은 5년 만의 재회임에도 대수롭지 않게 식사를 시작했다. 잠시 후.

"꺼윽, 배 터지겠네."

식사를 해치운 박 기자가 배를 문지르며 널브러졌고, 식탁에는 후식으로 허브차가 놓였다. 뜨끈한 허브차를 한 모금 마시는 주혁을 보며 박 기자가 새삼 자세를 바로잡았다.

"그래서 뭐야? 악취 나는 어마어마한 특종이."

바로 본론. 정확하게 실리만을 위해 맺어진 관계. 주고받는 것이 확실한, 현실적인 인연. 허브차를 한 모금 더한 주혁이 입을 열었다.

"그냥은 못 주지. 먼저 말해봐. 요즘 계획하고 있는 건수가 뭔지."

"에이, 우리가 한두 번 거래했나? 부스러기라도 떨궈줘야 맛을 보지. 어그로를 끌어봐, 어그로를."

딱 보니, 박 기자는 허기진 상태처럼 보였다. 먹을 것이 아닌 특종에. 그의 표정은 평범했지만, 내면은 침을 질질 흘리고 있을 것이 눈에 선했다. 그런 박 기자를 슬쩍 미소 지으며 쳐다보던 주혁이 짧게 몇 단어를 던졌다.

"접대, 스폰, 연습생과 불륜, 재벌."

키워드를 들은 박 기자의 눈빛이 돌변하더니 곧장 입을 털기 시작했다. 묘하게 존댓말을 섞어가면서.

"지금 내가 큰 프로젝트를 진행하고 있습니다. 〈나는 알고 싶다〉 아시죠? 걔네랑 합작 하나 만들고 있는데, 캐내던 게 완전 허탕이라 지금 엎어지기 직전입니다만, 방금 말씀하신 단어들에서 매우 달달한 향이 느껴지네?"

박 기자가 말한 〈나는 알고 싶다〉는 사회, 연예, 미제사건 등 다양한 분야를 탐사 취재해서 고발하는 저널리즘 프로그램으로, 심야방송임에도 시청률이 굉장하다. 충성 시청자도 많고. 쉽게 말해 파급력이 어마어마하다. 박 기자가 속해 있는 디쓰패치라는 언론사 자체도 파급력이 굉장한데, 거기다 〈나는 알고 싶다〉와 합작품이라니.

'괜찮은데?'

저 두 곳이 뭉치면 깔짝 이슈 정도가 아니라, 사회적인 파장을 넘어 엄청난 토네이도가 몰아치겠지. 다만.

'확실히 해둘 건 해둬야지.'

강주혁은 뜬금없이 손을 내밀며 입을 열었다.

"증거. 너랑 방송팀이랑 합작품 만들고 있다는 증거 좀 보자."

그러자 박 기자가 씨익 웃는다.

"그럼요. 보여드리고말고. 그럴 줄 알고 챙겨왔지, 내가 또."

위풍당당하게 박 기자가 가방을 뒤적이더니 비닐 파일 몇 개와 핸드폰을 내밀었다. 파일에는 계약서 사본 몇 장과 두 곳이 합작으로 무엇을 어떻게 파낼 것인지 기획서와 구상도가 들어 있었다.

“사이비. 정치인이랑 연관된 곳.”

“근데?”

“꼬리가 안 잡혀.”

대충 이해했는지, 주혁이 고개를 끄덕이며 이번에는 계약서 사본 등을 확인했다. 박 기자는 핸드폰을 내밀면서 방송 스태프와 디쓰패치팀이 나눈 대화를 보여주었다. 틀림없이 그들이 나눈 대화였다. 핸드폰을 박 기자에게 돌려주며 주혁이 먼저 말을 던졌다.

“조건이 몇 개 있다.”

“뭔데?”

“일단, 시간을 많이 못 준다. 어차피 증거는 확실하니까 금방 꼬리는 잡힐 거야. 일주일 줄게.”

“으아— 거참 빡빡허네.”

“뭘 약한 소리 하고 자빠졌어. 결과 안 나오면 바로 딴 곳에도 넘긴다? 독점으로 털 수 있는 시간이 일주일이라는 거야.”

주혁의 말을 들은 박 기자가 턱을 쓰다듬으며 잠시간 생각에 빠졌지만, 그도 벼랑 끝인지 곧장 고개를 끄덕였다. 시간이 빡빡한 건 사실이었다. 하지만 J-주비스의 최화진이 자살한다는 날까지 시간이 얼마 없었다. 이제 1주하고 며칠. 가능한 빨리 처리해야 했다.

“다른 조건은?”

“그건 보면서 얘기할까?”

주혁도 챙겨온 사진을 꺼냈다. 전부는 아니고 몇 장만. 원본 파일은 모두 강주혁이 USB에 따로 챙겨놓은 상태였다. 한 장, 두 장, 세 장. 사진의 장수를 넘길 때마다 박 기자의 표정에 광기가 일렁였다. 희열을 느끼는 듯한 얼굴.

"야. 이거 FNF 송갑."

한창 박 기자가 말하는 도중에 느닷없이 주혁의 핸드폰이 울렸다. 때문에 박 기자의 말이 끊겼다.

"받어 받어."

박 기자는 얼른 받으라며 부추겼고, 주혁이 핸드폰 액정을 확인했다.

— 김재황 사장

용건은 안 봐도 비디오, 주혁은 핸드폰 진동을 껐다. 지금은 김재황 사장보다 이쪽이 더 급했다.

"안 받아도 돼. 계속해라."

박 기자가 살짝 고개를 갸웃하긴 했지만, 이내 대수롭지 않게 말을 이었다.

"송갑필이지, 이거. FNF 사장."

"맞아."

"그리고 얘는."

"박종주."

"태신식품 막내? 쓰레기들이 모였네. 그래서 이게 지금 무슨 상."

그때 박 기자의 말이 또다시 끊겼다.

— 지이잉 지이잉 지이잉 지이이잉~!

이번에도 강주혁이 안 받을 줄 알았는지, 박 기자는 말을 계속 이으려 했다. 그런데 주혁이 핸드폰 액정을 확인하자마자 손으로 그의 말을 막았다.

"야. 미안한데, 이건 받아야겠다."

"어어. 받어 받어."

전화가 울리는 와중에 주혁이 박 기자에게 손을 내밀었다.

"뭐?"

"사진."

짧게 혀를 찬 박 기자가 들고 있던 사진을 주혁의 손 위에 올렸다. 어차피 박 기자와 거래할 생각이었고, 자세한 내용을 말한 건 아니었지만.

'밀당도 중요하니까.'

지금 박 기자는 메인디시 전에 식전 빵을 받은 셈이었다. 모르긴 몰라도 전화받는 동안 입맛을 다시며 애를 태우겠지.

"기다려. 금방 끝나니까."

"어. 알았다."

말이 끝나기 무섭게 주혁은 방문을 열고 복도로 나와 전화를 받았다.

"'브론즈' 단계의 주인이신 강주혁 님 안녕하세요!

강주혁 님의 유료서비스 '브론즈'의 남은 횟수는 총 15번입니다."

익숙한 목소리. 주혁은 1번을 누르면서 수첩을 꺼내 저번 키워드들을 확인했다.

— 1번 'J', 2번 '28', 3번 '아침 10시', 4번 '108'

이어서 들려오는 여자 목소리.

"들으실 항목의 키워드를 '선택'해주세요!

1번 '음성', 2번 '28', 3번 '아침 10시', 4번 '108', 5번……."

"저번엔 1번을 눌렀으니까."

고민 없이 빠르게 2번을 누르는 강주혁.

"탁월한 선택! 강주혁 님이 선택한 키워드는 '28'입니다!

케이블 방송사에서 방영한 드라마 '28'주, 궁궐에 피어난 꽃은 1화 시청률 13%인 초대박으로 시작하지만, 지나친 PPL과 투자자의 도를 넘는 대본 개입으로 드라마 중후반부, 여자주인공보다 여자 조연배우가 훨씬 비중이 늘어나면서, 마지막 회 시청률 2%와 오물 드라마라는 타이틀을 얻는 졸작으로 전락합니다."

"드라마?"

꽤 흥미가 동하는 미래 정보였다. 들고 있던 핸드폰을 주머니에 넣은 주혁은 수첩에 미래 정보를 빠르게 메모했다.

— 영화 〈척살〉 (진행 중)

— 다큐 독립영화, 〈내 어머니 박점례〉 (진행 중)

— 걸그룹 J-주비스의 멤버 최화진 자살 (진행 중)

— 〈28주, 궁궐에 피어난 꽃〉, 오물 드라마, 졸작 (진행 중)

오랜만에 작품 관련 정보가 던져졌다. 주혁이 펜으로 입술을 툭툭 치면서 생각을 정리했다.

'일단 영화들은 순항 중이고, 최화진 건은 오늘 던져준다 치고.'

방에서 먹잇감을 기다리고 있는 박 기자. 그에게 던져주면 알아서 처리할 것이다. 그리고 방금 들은 드라마 정보.

'좀 애매한데.'

보이스피싱이 알려준 드라마 정보에 좀 애매한 부분이 보였다. 확인이 필요했다. 일단은 박 기자부터 처리하자는 생각으로 주혁이 방문을 열어 자리에 앉았다. 기다리기 지루했는지, 핸드폰 게임을 하고 있던 박 기자가 곧장 핸드폰을 내려놓고 말문을 열었다.

"그래서, 하던 건 계속해야지?"

빙그레 웃으며 손을 내미는 박 기자에게 사진을 다시 전했다. 굶주린 짐승처럼 사진을 받아든 그가 식탁 위에 핸드폰을 올리며 녹음 기능을 켰다.

"스토리 좀 말해봐."

강주혁 역시 핸드폰 녹음 기능을 켜면서 입을 열었다.

"이게 송갑필. 여기가 송갑필 별장."

사진 한 장을 받으며 박 기자가 답했다.

"송갑필이 별장이 있어? 이 새끼 출세했네? 아, 사장이니까 이미 출세는 한 건가. 그래서?"

다시 한 장의 사장을 들어올려 흔드는 강주혁.

"송갑필이 별장으로 들어가고, 20분 뒤에 나타난 게 박종주."

"그러니까 나는 이게 궁금한 거지. 왜 여기서 박종주가 튀어나와? 얘 개잖아. 너 사건 터졌을 때, 마약 관련 찌라시 돌린 새끼."

"어떻게 그걸 다 기억하네?"

"야. 내가 너 사건에 몇 달을 쏟았는데 당연히 기억하지. 뭐야? 이제 와서 복수라도 하는 거냐?"

들고 있던 사진을 내리며 주혁이 웃었다.

"복수는 개뿔. FNF를 캤는데, 박종주가 얻어걸렸다. 지금 FNF 뒷배가 박종주야."

"쓰레기 뒤를 개쓰레기가 봐주고 있었네."

고개를 절레절레 흔들며 박 기자는 탁자 위에 놓인 박종주 사진을 챙겼다.

"얘네가 별장에서 만났다. 다음은?"

이어서 여자들이 찍힌 사진을 집어든 강주혁.

"30분 뒤 승합차에서 여자들이 내려서, 별장으로 들어가는 모습."

"접대야?"

"접대나 스폰? 뭐 둘 다 맥락은 같지만."

턱을 쓰다듬는 박 기자가 여자들이 찍힌 사진을 유심히 바라본다.

"얘네는 뭔데. 지망생? 아니면 소속 연습생?"

"섞였어. 연습생도 있고, 이미 데뷔한 애들도 있고."

"어쨌든 전부 FNF 소속이겠지?"

확실히 기자 생활 짬밥이 있어서 그런지 박 기자는 상황을 빠르게 이해했다. 다음으로 주혁은 송갑필이 자기 회사 연습생과 찍힌 불륜 사진을 올렸다.

"이건 보너스고."

"이 새끼는 이러고도 남지. 불륜? 이 여자 어려 보이는데, 연습생이겠네."

입맛이 쓴지 앞에 놓인 허브차를 한 모금 들이켜던 박 기자가 팔짱을 끼곤 정리를 시작했다.

"그러니까 태신식품 막내아들 박종주가 FNF엔터 사장 송갑필의 뒷배고, 만날 때마다 FNF 소속 연습생이나 가수들로 접대를 시킨다? 스폰은 당연할 테고. 거기다 자기네 회사 연습생이랑 불륜 중인 건 보너스고."

"일단은 그렇지. 근데 캐다 보면 백 프로 더 나온다, 이거."

"그러기야 하겠다만, 이거 좀 애매한데? 여기 찍힌 연습생들이 전부 원해서 했다면 꼬리 잡기가 힘들어. 설계는 어떻게 뒤를 따서 건다 치더라도, 한 명이라도 증언을 받아야."

박 기자의 말을 끊듯이 주혁이 J-주비스 멤버 최화진의 사진을 올렸다.

"이 친구는 억지로 하고 있을 가능성이 커."

사진을 집어 드는 박 기자의 표정이 살짝 씰룩거렸다.

"어떻게 확신해?"

"나도 받는 정보가 있어. 이름이 최화진. 걸그룹 J-주비스의 멤버야."

"J-주비스? 나 들어봤어. 오~ 걸그룹. 이러면 그림이 되게 풍성해지는데."

"여기서 두 번째 조건."

"응?"

뜬금없이 탁자 위에 보이스프로덕션의 명함을 올리며 주혁이 말을 이었다.

"최화진에 관한 모든 것은 철저하게 숨겨야 돼. 신상 털리면 절대 안 된다. 구라 적당히 버무려서 사발 푸는 거 잘하잖아? 포커스는 FNF와 박종주의 문제지, 최화진의 실명이나 신상은 중요한 게 아니니까."

"당연한 거 아니냐? 그거야 모자이크 돌리고, 예전 연습생이라고 털면 되는데. 명함은 뭔데?"

"나중에 최화진 접촉해서 인터뷰 딸 때, 걔한테 줘. 박 기자 너한테 이 일을 제보한 사람인데, 힘들거나 도저히 앞이 안 보일 때 전화하라 해."

이제 박 기자가 소속된 디쓰패치와 〈나는 알고 싶다〉 팀에서 FNF엔터와 박종주를 터뜨리면 FNF엔터는 분명 망가진다. 뒷배인 박종주도 이번만큼은 어쩔 수 없겠지. 다만 문제는 최화진의 자살이었다. 어떤 심적인 고통을 겪고 있는지는 알 수 없으나, 누군가 나를 지켜보고 있다는 인상을 심어줘야 한다고 생각했다. 탁자에 놓인 명함을 집어든 박 기자가 씨익 웃었다.

"사장 강주혁? 와, 이건 또 나름 재미있는 명함이네? 이 강주혁이 너냐?"

"나지."

"이 건도 나 줄 거지?"

어느새 그는 특종 냄새를 맡고 침을 흘리고 있었고, 주혁은 미소를 머금으며 답했다.

"송갑필, 박종주, 이 건만 확실하게 터뜨려. 뭐, 너나 그 방송 쪽 사람들이야 지금 발등에 불 떨어져서 미친 듯이 달려들 것 같긴 하다만."

"그런 건 걱정하지 말고. 줄 거지?"

"내가 요즘 이래저래 재미있는 특종을 제보받는 곳이 있어. 이것도 거기서 받은 거고. 물론 기초 조사야 우리 쪽 직원이 한 거지만."

목이 말랐는지, 주혁이 허브차 한 모금 하고는 말을 이었다.

"이번 거 내가 시키는 대로 잘 마무리하면 앞으로 제보받는 특종 모조리 쏠어줄게. 특종 무게는 이번 것보다 크면 컸지 작진 않을 거다. 어때, 콜?"

박 기자의 눈이 빛났다.

"오오오, 내 인생에도 드디어 빛이 오는가. 콜!"

쉽게 말해, 특종 물주가 된다는 뜻이었다. 신을 영접하는 자세를 하는 박 기자를 보며 주혁이 마지막 조건을 던졌다.

"여기서 조건 하나 더. 마지막이다."

"무엇이옵니까."

품속에서 작은 물건을 꺼내서 탁자 위에 올린 강주혁. 그걸 유심히 보던 박 기자가 입을 연다.

"USB냐, 이거?"

"맞아."

"뭐가 들었는데?"

"예전에 박종주랑 통화한 거. 녹음파일."

"어?"

말을 들은 박 기자가 살짝 놀랐다. 그에 반해 주혁은 USB를 집어 들며 무심하게 계획을 설명했다.

"원본은 아니고 내가 따로 편집한 거다. 니가 들어보고, 쓸 것만 써."

"그래서?"

"이번 사건 터뜨리면서, 내 이야기도 살짝 풀어봐. 뭐 대충 몇 년 전 사라진 배우와 연관된 이야기 같은 타이틀이면 되지 않겠냐?"

"목적이 뭔데? 복수 아니라며."

강주혁이 박 기자에게 건네준 명함을 가리켰다.

"그런 쓸데없는 거 안 한다니까. 다만 대중이 아는 내 사건들, 오해들. 이제 슬슬 풀어야 하니까."

보이스프로덕션은 시간이 지날수록 점점 세력을 확장할 테고 사람들의 입방아에 오르내릴 텐데, 그 전에 발목을 잡는 게 강주혁의 이미지였다. 모두 루머였다는 기사가 났어도 세상은 아직 그를 안 좋게 보는 게 사실이었다.

"대놓고 내 이름을 쓰진 말고, 사람들이 궁금해서 찾아볼 정도로만 써."

"일단 불부터 붙이겠다?"

"이미 빠그라진 이미지는 어쩔 수 없지만, 최종적으로는 전부 사실이 아니었다고 전 국민이 알게끔은 만들어야지. 와꾸 확실히 짜이면 이것도 너랑 할 테니까. 이번 건은 알지?"

"여부가 있겠냐."

이야기가 슬슬 마무리되자 강주혁이 먼저 녹음하던 핸드폰을 집어 들며 자리에서 일어났고, 그를 따라 박 기자도 일어났다.

"앞으로 자주 봅시다, 물주님."

"오케이."

"무슨 일 있을 때마다 보고 올릴 테니까, 내 연락 씹지 말고."

"너나."

그렇게 얘기를 마무리 지은 둘은 주차장에서 헤어졌다.

강주혁이 사무실에 도착할 즈음 이미 해는 지고 없었다. 밖은 어누침침했고, 사무실 분위기는 여전히 을씨년스러웠다. 주혁은 사무실 의자에 앉자마자, 핸드폰을 꺼내 어디론가 전화를 걸었다. 연결 신호는 빠르게 끊겼다.

"사장님. 미팅 중이라 전화를 못 봤네요. 어떻게, 결정은 하셨습니까?"

전화한 곳은 김재황 사장이었다.

"……자네, 자신 있나?"

"자신? 저야 제 할 일을 할 뿐이죠. 재욱이나 사장님이 어떻게 하느냐에 따라 그 시간이 줄어들긴 하겠지만."

대답이 마음에 들었는지 어쨌는지, 김재황 사장이 살짝 웃으며 답했다.

"허허, 자신감이 넘치는군. 좋아, 자네 말대로 하지. 대신, 할 거면 확실하게 하는 게 좋아. 자네 잘나가던 때보다 한 세 배 정도는 어떤가?"

어디서 많이 들어본 말인데? 강주혁이 슬쩍 웃으며 말을 받았다.

"세 배. 좋네요."

"그래. 식사 한번 하지. 할 말도 있고. 내가 거하게 한번 쏨세. 피차 바쁘니 좋은 날을 잡아보자고."

"기대되네요."

심플하게 할 말만 주고받은 통화가 끝난 후, 주혁은 노트북을 열었다. 검색어는 〈28주, 궁궐에 피어난 꽃〉. 하지만 결과는 꽝이었다. 제작조차 들어가지 않은 상황인지, 드라마와 관련된 정보가 전혀 없었다.

"온라인이 안 되면 발로 뛰어야겠네."

방송사를 돌며 정보를 캐보겠다는 뜻. 잠시 뒤 주혁이 다시 한 번 혼잣말을 뱉었다.

"흠…… 제작 전인 게 차라리 나은데."

보이스피싱이 알려준 것은 드라마의 대략적인 과정과 결과가 전부였다. 즉 언제 들어가는지는 미지수. 당장 내일 들어갈 수도 있고 한 달 뒤, 아니면 1년 뒤일지도 모른다. 그렇다면 차라리 제작이 안 들어간 상태가 더 좋았다. 투자고 제작이고 모두 결정돼서 촬영이 목전인 드라마라면 현재 주혁에게 이득될 게 없으니까. 그때 핸드폰에 문자가 도착했다. 발신자는 김재욱이었다.

— 사장님. 저 아버지가 허락해주셨어요. 바로 알려드려야 할 것 같아서.

이미 알고는 있었지만, 주혁은 덤덤하게 답장을 보냈다.

— 그러냐? 그럼 내일 학교 끝나고 연습실로 올 것. 주소는……

문자를 보낸 주혁은 노트북을 덮었다. 검색해봐야 이렇다 할 정보도 없었으니. 그러고는 늦은 퇴근 준비를 시작했다.

다음 날 늦은 오후, 대여한 연습실.

오전 내내 직원들에게 전달할 사항을 정리한 주혁이 모두를 연습실로 소집했다. 양손 가득 족발 세트를 든 주혁이 연습실 문을 열자, 땀범벅이 돼서 흡사 연체동물처럼 널브러져 있던 강하영과 강하진이 발딱 일어났다.

“사장님! 안녕하세요!”

“안녕하세요.”

“쉬면서 이것 좀 먹어요.”

“와!”

도도도 달려온 강하영과 강하진이 신성한 물건 대하듯 족발 세트를 받아 든다.

“뭘 사장님이 직접 사 오고 그래. 나 시키지.”

어느새 뒤에서 추민재 팀장이 군침을 흘리며 나타났다.

“그냥 오는 김에. 실장님은?”

“황 실장님? 화장실. 아줌마도 화장실.”

“나 여기 있거든?”

대뜸 홍혜수 팀장이 얼굴을 내밀었다. 그 뒤로 황 실장이 차례로 연습실로 도착했고, 모두 족발 세트를 연습실 중앙에 펼쳐놓고 뜯어대기 시작했다. 잠시 뒤, 다시 문이 열리더니 김재욱이 얼굴만 문 사이로 내밀고 기웃거렸다.

“거기서 뭐 해. 들어와.”

“아, 네!”

타박타박 걸어 들어온 김재욱을 소개하는 강주혁.

“우리 회사 세 번째 연기자. 이름은 김재욱이고, 다들 그때 한 번 봤죠?”

“어머, 축하해.”

“반갑다!”

족발을 먹던 직원들과 강자매가 박수를 치자, 머쓱했는지 김재욱은 머리를 긁적이며 꾸벅 인사를 했다.

"너도 와서 먹어."

"넵."

두툼한 살코기를 입에 넣은 추민재 팀장이 말문을 열었다.

"와, 우리도 사람 많아졌네. 벌써 몇 명이냐, 이게."

강주혁이 추민재를 쳐다봤다.

"처음에도 말했는데, 슬슬 괜찮은 직원 뽑아. 정 없으면 서류 받고."

그때 황 실장이 슬그머니 손을 올렸다.

"저, 사장님. 후배 한 명 데리고 와도 됩니까?"

"물론이죠. 황 실장님이 믿는 후배면 환영입니다."

"알겠습니다. 곧 보여드리겠습니다."

이후로도 한참 동안 연습실은 후르릅 쩝쩝 소리만 가득했다. 사이다를 마시던 주혁이 문득 두런두런 얘기를 나누며 족발을 뜯는 사람들을 둘러봤다. 편안한 분위기였다. 어느새 친해졌는지, 웃으며 대화를 나누는 강하영과 김재욱. 의외로 먹을 욕심이 있어서 입 안 가득 쌈을 넣은 강하진. 쌈장을 찾는 홍혜수 팀장에게 어딘가에 있던 쌈장을 대충 던져주는 추민재 팀장. 그 둘을 보며 은근히 미소 짓는 황 실장. 모두 강주혁을 믿고 모여준 사람들. 주혁은 문득 이름 모를 욕망이 치솟아 올랐다.

지금은 보이지 않는, 정상까지 데려가고 싶다는.

직원이든 배우든 모두를 품고 최정상까지 올라 이 바닥을 호령하는 그림을 상상해보았다. 그러다 피식 웃었다.

'까짓거 하면 되지.'

당장 보이진 않았지만, 못할 건 없었다.

어느 정도 족발이 바닥을 보일 즈음 주혁이 나무젓가락을 내려놓으며 추민재 팀장을 불렀다.

"형. 〈28주, 궁궐에 피어난 꽃〉이라는 드라마 정보 좀 알아봐. 세세하게."

추민재 팀장이 고개를 갸웃했다.

"드라마?"

"어. 〈28주, 궁궐에 피어난 꽃〉."

"〈28주, 궁궐에 피어난 꽃〉? 사극인가?"

"모르지. 한번 확인해봐. 아마 케이블일 텐데 어느 케이블 방송사에서 빼는 것인지, 외주인지 아닌지, 제작사는 어딘지. 혹시 이미 제작 구도가 잡혔으면 작감(작가, 감독)은 누군지."

순간 목이 막혔는지, 사이다를 들이켜던 추민재 팀장이 빈 캔을 내려놓으며 팔짱을 낀다.

"아예 정보가 없어? 처음부터 알아보라는 거네."

"맞아. 드라마 제목만 들었는데, 궁금한 게 있어서. 아직 제작이 안 들어갔을 수도 있어. 특정된 정보가 없으니까 시간이 오래 걸릴 텐데, 지금 하진 씨 스케줄이 어떻게 돼?"

말이 끝나기 무섭게 추민재 팀장이 옆에 뒀던 다이어리를 집어 들었다.

"내일모레 〈척살〉 로케(로케이션, 야외촬영). 이게 길어지면 이틀 스케줄로 빠질 수도 있고. 이거 빼곤 연기 레슨."

"야외촬영지 어딘데?"

"인천."

뭔가 골똘히 생각하던 주혁이 추민재 팀장을 보며 입을 열었다.

"그거 알아보는 동안 내가 하진 씨 잠깐 보지, 뭐."

강하진의 젓가락질이 순간 멈췄다. 주혁이 말을 계속 이어갔다.

"어차피 나 급한 건 얼추 정리돼서 괜찮아. 오히려 형이 알아봐야 할 드라마가 더 급해."

주혁이 말을 이었다.

"추 팀장님은 내가 말한 드라마 알아봐 주시고, 뭐든 나오면 정리해서 미팅하는 걸로 하자. 홍 팀장님 포지션은 지금까지와 동일. 대신 재욱이가 추가로 들어왔으니까 하영 씨 스케줄을 잘 맞춰야 될 텐데, 힘들면 말해. 내가 잠깐씩 하영 씨 봐도 되니까."

"어머, 진짜?"

주혁이 고개를 끄덕였다.

"그리고 황 실장님은 이제 저랑 움직이시면 됩니다."

"예. 알겠습니다."

직원들에게 지시를 얼추 내린 강주혁이 이번에는 연기자들을 바라봤다.

"일단, 하진 씨부터."

움직임 없던 강하진이 자세를 바로 했다.

"네."

"〈척살〉 분위기 어때요?"

"좋아요. 전부 잘해주시고, 모두 새롭고 재미있어요."

"대부분 영화 초중반엔 분위기 좋아요. 대신 중후반부에 많이 갈려. 다들 감정 소모가 심하고, 감독은 빨리 찍고 싶은데 배우들은 잠이 부족하니까 점점 날카로워져. 그때가 가장 위험해요."

"네. 명심할게요."

대답은 빨랐지만, 혹시나 해서 주혁은 강하진의 표정을 살폈다. 다행히 아직까지 지친 기색은 없었다.

"좋아요. 그리고 추가로."

"네."

"이제 곧 하진 씨한테 웹드라마 하나 줄 건데. 아직 미팅은 못 했고, 컨셉 정도만 파악했어요."

그때 강하진 담당인 추민재 팀장이 끼어들었다.

"웹드라마?"

"어, 웹드라마."

"어디서 따왔어?"

"해창전자."

"뭐? 해창전자라고?!"

"어어. 해창전자. 마케팅 웹드라마고 자세한 건 미팅해봐야겠지."

추민재 팀장을 포함해 연습실에 있는 모두의 입이 떡 벌어졌다. 대뜸 일을 따온 것도 신기한데 거기다 해창전자라니? 입을 벌리고 있던 추민재 팀장이 어렵사리 목소리를 냈다.

"그, 그러니까 지금 해창전자에서 준비하는 마케팅 웹드라마의 오디션 일정을 따온 게 아니라, 아예 배역을 가지고 왔다고?"

"그렇지."

"이런 미친! 무슨 배역인데?"

"여주."

"……와씨 소름 돋아. 아니 염병, 친구 1, 2 같은 것도 아니고, 여주?"

그간 강자매 때문에 욕을 최대한 자제하던 추민재 팀장이 놀란 탓인지 오랜만에 욕이 튀어나왔다. 주혁이 그의 어깨를 툭툭 치면서 진정시켰다. 물론 '너 같으면 진정하겠냐!' 같은 말이 돌아오긴 했지만. 그러나 주혁은 아랑곳없이 이번에는 강하영을 쳐다봤다.

"하영 씨."

"네, 넵!"

"하영 씨는 광고 줄 건데, 이것도 미팅을 해봐야겠지만, 비연예인 광고고, 스토리 있는 거로 갈 거예요, 아마."

이번에는 홍혜수 팀장이 끼어들었다.

"어머, 이번에는 광고야? 설마 광고도 해창전자는 아니지?"

"해창 맞아. 노트북 광고."

"……진짜야?"

"응. 진짜."

가만히 주혁의 얼굴을 쳐다보던 홍혜수 팀장이 대뜸 옆에 있던 강하영의 팔뚝을 꼬집었다.

"아얏! 팀장님 갑자기!"

"현실이네. 하영아, 너 지금 사장님이 무슨 일을 물어왔는지 감이 오니?"

"과, 광고라고 들었습니다!"

군기가 바싹 든 말투로 소리친 강하영 옆 김재욱은 짐짓 모두의 시선을 피했고, 황 실장은 헛기침을 뱉어내기 바빴다. 추민재 팀장이 어이없어했다.

"……너는 애초에 배우를 하지 말고 소속사를 차리지 그랬냐. 왜 배우 했어? 와, 대박인데?"

잠깐 말을 끊은 추민재 팀장이 강자매에게 시선을 던졌다.

"너네, 사장 잘 만나서 완전 고속도로네."

그 뒤를 홍혜수 팀장이 거들었다.

"뭐야 뭐야? 사장님 해창전자랑 무슨 끈 있니? 그런 건 지원자만 수천 명이 몰려서, 일반 소속사는 엄두도 못 내는 건데?"

"크흐흠!"

황 실장의 헛기침 데시벨은 더욱 높아졌고, 김재욱은 아예 상황을 외면하고 있었다.

"아니, 뭐. 어떻게 그렇게 됐어. 나중에 설명은 따로 해줄게."

홍혜수 팀장을 보며 슬쩍 웃음 짓던 주혁이 강하영으로 시선을 돌렸다.

"그래서 마저 하자면, 하여튼 광고는 하영 씨가 가는 건데, 어제 독립영화팀에서 연락이 왔어요. 할머님이 이제 곧 시외 나들이 촬영인데, 어차피 하는 김에 서울에 와서 하영 씨와 같이 촬영을 하고 싶다고."

"어! 저 너무 좋아요! 안 그래도 할머니 보고 싶었는데……."

진짜 그리웠는지 강하영이 말끝을 흐렸다. 그 말끝을 강주혁이 붙잡았다.

"그래서 말인데, 하영 씨가 일하는 모습을 보여드리는 게 어떨까 싶어요."

"제가 일하는 모습이요?"

"응. 영화가 다큐니까, 자연스럽게 하영 씨가 일하는 모습을 할머님이 구경하면서 촬영장도 구경시켜 드리고 그러면 어때요? 새로울 거야. 협조야 내가 해창에다 말하면 되니까."

"네! 저는 좋아요!"

고개를 끄덕이던 주혁이 홍혜수 팀장에게 지시를 내렸다.

"누나. 해창 쪽에서 연락 오면 일정 바로 알려줄 테니까, 독립영화팀이랑 상의해서 날 잡아. 세부적인 컨셉은 따로 알려주고."

"알겠어요. 사장님."

"더 진행되면 바로바로 미팅 잡을 테니까, 오늘은 대충 정리합시다. 추 팀장님이 애들 좀 데려다주시고, 홍 팀장님도 이만 퇴근해요. 재욱이 너는 남고."

사장의 명령이 떨어지자 다들 일사불란하게 움직였다. 먹던 족발의 잔해를 빠르게 치워내고, 각자 인사를 나누며 연습실을 빠져나갔다. 금세 연습실에는 황 실장 포함 세 명만 남았다.

"재욱아."

"네."

"대충 상황 봐서 알겠지만, 한동안은 너에 대한 모든 것을 비밀로 할 거다. 가능하면 오래."

"아, 네."

김재욱이 고개를 끄덕였다. 딱히 재벌에 신경 안 쓰던 강주혁도 앞에 있는 이 아이를 색안경 끼고 대했는데 직원들은 오죽할까. 따라서 최대한 숨길 작정이었다.

"황 실장님도 조심해주세요."

"알겠습니다."

"그리고 너, 반에서 몇 등 한다고?"

느닷없는 질문에 김재욱이 움찔했다.

"……중간쯤."

"확실해?"

"……그것보다 조금 아래요."

"첫 번째 미션이다. 공부해. 이번 중간고사에서 적어도 반에서 10등 안에 들 것. 친구들도 사귀고, 학교생활을 충분히 즐겨. 물론 홍혜수 팀장님이랑 스케줄 맞춰서 연기 레슨도 꾸준히 받고."

이게 무슨 전개인가 싶었는지, 김재욱의 눈이 커졌다.

"당황스럽냐? 그래도 해. 난 이 바닥에서 너보다 훨씬 일찍 데뷔해서 생활했다. 후회까지는 아니지만, 아쉬움이 많아. 다른 거야 지금이라도 배우면 되지만, 학교생활만은 지금 아니면 경험해볼 수가 없어."

한 템포 쉬며 김재욱의 반응을 살피던 주혁이 다시 말을 이었다.

"배우는 경험이 목숨줄이야. 경험이 부족하면 놓치는 작품이 수두룩해. 아무리 연기를 잘해도, 경험이 부족하면 빼낼 수 있는 감정선이 적다. 나는 너를 허투루 키울 생각 없어. 그러니까 해. 감정을 배워. 지금 학교생활이 감정

배우는 데는 딱 맞다. 여자도 좀 만나고."

"……네."

당장은 대답이 시원찮았지만, 언젠가는 이 아이도 이해할 거란 생각에 주혁은 이 정도에서 마무리 지었다.

"그런데 너 혼자 왔어?"

"아, 아뇨. 밑에 주차장에 경호원 아저씨들 계세요."

"왔다 갔다는 그렇게 하면 되겠네. 일단 오늘은 가. 앞으로 전달사항은 홍혜수 팀장님한테 전화 받을 거야."

"네. 오늘 족발 잘 먹었습니다."

꾸벅 인사를 한 김재욱이 연습실을 빠져나갔고.

"황 실장님도 퇴근하세요. 내일 아침에 사무실 출근하시고. 한동안 저랑 움직입시다."

"예. 알겠습니다."

황 실장 역시 연습실을 나갔다. 주혁은 연습실에 혼자 남았다. 무슨 생각을 하는지, 정면 거울에 비친 자신의 모습을 빤히 바라보았다.

몇 분이나 흘렀을까? 거울을 보던 그도 자리에서 일어나 자신의 오피스텔로 향했다.

추민재 팀장의 차 안.

회사에서 받은 승합차에 추민재 팀장과 강자매가 타고 있었다. 차 안에는 최신 음악이 흘러나오고, 그 노래를 추민재 팀장이 흥얼거렸다. 그때 조수석에 앉아 있던 강하진이 우물우물하다가, 조심스럽게 질문했다.

"……저, 팀장님."

"응? 왜? 뭐 먹고 갈래?"

“저는 닭갈비!”

뒤에 있던 강하영이 대뜸 끼어들었지만, 강하진이 이에 질세라 다시 질문을 던졌다.

“저도 닭갈비 좋아요. 그것보다 여쭤보고 싶은 게 있는데.”

“어어, 말해 말해. 스읍, 닭갈비집이 어디쯤 있더라.”

“……혹시 사장님은 이제 연기 안 하시는 거예요?”

순간 차 안에 정적이 흘렀다. 무거운 침묵. 강자매야 궁금증에 입을 다물고 있다 치지만, 추민재 팀장은 달랐다.

“후우—”

한숨을 내쉬며 창문을 내리는 추민재 팀장.

“망할. 아까워. 솔직히 아까워 죽겠다. 그놈은, 아니 사장님은 내가 처음 보자마자 반한 놈이야. 아깝지. 아까워 미치지.”

“그런데 왜…….”

“그게 그렇다. 이 바닥이 그래. 상품이 상하면 아무도 거들떠보지 않아. 그래서 당장은 힘들겠지. 아니, 못하겠지. 그래도, 그래도 언젠가는…… 기대는 하고 있다.”

“……”

차 안에는 정적이 흐를 뿐이었다.

* * *

같은 날, 늦은 밤. 〈나는 알고 싶다〉 팀의 메인 작가 집에서 디쓰패치 팀과 이번 프로젝트 관련 인원이 모였다. 가장자리에는 예쁘게 생긴 여자 한 명이 울고 있고. 그들 가운데에는 핸드폰이 놓여 있었다. 얼추 인터뷰를 끝냈는지,

박 기자가 켜놓은 핸드폰을 집으면서 여자를 진정시켰다.

"화진 씨, 괴로운 기억을 떠올리게 해서 죄송합니다. 진정하세요. 저희 모두 이 사건의 진실을 파헤치기 위해 최선을 다하겠습니다."

"……"

너무 울어서인지 J-주비스의 멤버 최화진은 그저 대차게 고개만 끄덕일 뿐이었다. 힘없는 걸그룹 멤버의 참상을 들은 디쓰패치 팀과 〈나는 알고 싶다〉 팀 사람들은 너나 할 것 없이 주먹을 쥐었다. 박 기자도 마찬가지였다.

"하나하나 빠짐없이 밝혀서 처벌받게 하겠습니다. 오늘 인터뷰 정말 감사합니다. 화진 씨 인터뷰는, 자주 보셨죠? 화면 가운데에 핸드폰 그림 있고, 자막 붙여서 목소리만 변조해서 쓰겠습니다."

"……네."

어렵사리 목소리를 낸 최화진이 양 볼에 흐르는 눈물을 슥슥 닦아냈다.

"가시죠. 모셔다 드리겠습니다."

박 기자가 일어났고, 최화진이 조용히 그를 따랐다.

도로를 달리는 차 안은 유난히 조용했다. 최화진은 최화진대로, 박 기자는 박 기자대로 머리가 복잡했다. 정적 속에 그녀의 집 앞에 도착해 차를 세운 박 기자에게 최화진이 최대한 목소리를 끌어냈다.

"감……사합니다."

"아닙니다. 용기 내주셔서 저희가 감사합니다."

"그럼."

살짝 고개를 숙이며 차 문을 여는 최화진을 물끄러미 보던 박 기자가 아차 했다.

"아! 화진 씨."

"네?"

“잠깐만요. 드릴 게 있는데.”

속주머니를 뒤적이던 박 기자가 이내 명함 하나를 최화진에게 건네며 입을 열었다.

“받아두세요.”

“이게…….”

박 기자가 빙긋 웃었다.

“이 모든 일의 시동은 그 사람이 걸었습니다. 그 사람 아니었으면 아무도 몰랐을 겁니다.”

“아.”

짧게 탄성을 내뱉은 최화진이 명함을 봤고, 박 기자가 말을 계속 이었다.

“그리고 말을 전해달라고 하더군요.”

“예?”

박 기자가 손가락으로 명함을 가리키며 답했다.

“정 앞이 안 보이거나 힘들면 전화하랍니다. 그 사람이.”

대답을 들은 최화진은 잠시간 박 기자 얼굴을 빤히 쳐다보다가, 다시 손에 들린 명함을 뚫어져라 보았다.

* * *

다음 날 아침, 평소보다 일찍 출근한 김재황 사장이 자리에 앉자마자 담배를 입에 물었다. 그가 담배에 불을 붙이고 딱 한 모금을 빨아들일 때 노크 소리가 들렸다.

“들어와.”

— 철컥!

"안녕하십니까. 사장님."

"음. 그래."

문을 열고 깊숙하게 인사를 올린 장수림 변호사가 옆구리에 끼고 온 검은색 파일을 곧장 김재황 사장에게 내밀었다.

"이게 그건가?"

"예. 사장님."

파일을 펼친 김재황 사장이 품속에서 얇은 안경을 꺼내 코끝에 걸쳐 썼다. 그렇게 몇 분간 보고서를 확인하던 김재황 사장이 보고서를 툭툭 치며 입을 열었다.

"이 사건들은 나도 기억나. 근데 이건 아무리 봐도 누가 작업 친 거 같은데? 국내 최정상 배우가 이렇게 한순간에 가는 게 말이 되나?"

"요즘 그 바닥은 마약 루머만 돌아도 치명타라고 합니다. 사람들이 워낙 빨라서."

"흠, 아무리 그래도 이건 너무 대놓고 수상하지 않나?"

"예. 사실 저도 좀 수상합니다."

짧게 혀를 차며 파일을 덮은 김재황 사장이 검지로 파일을 툭툭 치며 생각에 빠졌다. 다시 몇 분 뒤.

"장변."

"예. 사장님."

"찾아내."

"예?"

"수단 방법 가리지 말고, 연루된 놈들 찾아봐."

살짝 놀란 장수림 변호사가 눈을 크게 떴다.

"사장님, 굳이 그렇게까지."

순간 김재황 사장이 자리에서 벌떡 일어났다.

"야, 너 요즘 왜 이렇게 말이 많아?"

"아! 죄, 죄송합니다."

"수림아. 하라면 그냥 해. 최대한 빨리 움직여. 그리고 홍보팀 좀 올라오라고 해. 얘네 왜 이렇게 일 처리가 느린 거야. 드라마랑 광고 아직 안 넘겨줬지? 줄 건 빨리 던져야 일이 진행될 거 아냐!"

"아! 예! 알겠습니다."

바짝 쫀 장수림 변호사가 깊숙하게 인사를 올리고는 사장실을 황급히 빠져나갔다. 혼자 남은 김재황 사장이 담배 연기를 들이마셨다가 길게 빼내며 혼잣말을 읊조렸다.

"내 아들을 키워줄 놈인데 이미지가 그래서는 안 되지."

강주혁은 중요한 일정이 있는지, 복장에 평소보다 더욱 힘을 준 느낌이었다. 사무실에 도착하니 황 실장이 먼저 출근해 있었다.

"황 실장님. 왜 이렇게 일찍 오셨어요?"

"아, 사장님 오셨습니까? 집에 있기도 심심하고, 그냥 일찍 나왔습니다."

"하하. 그래도 너무 일찍 오셨네. 무리하지 마세요. 실장님 쓰러지면 저 큰일 납니다."

"걱정하지 않으셔도 됩니다. 제가 남는 건 체력밖에 없습니다."

두런두런 얘기를 나누던 강주혁이 일정을 체크했다.

"오늘 좀 스케줄이 빡빡합니다. 일단 무비트리 들렀다가 하영 씨, 하진 씨 픽업하고 〈척살〉 로케 현장으로 넘어갈 겁니다."

"알겠습니다."

"그럼 바로 출발하시죠."

주혁은 곧장 사무실을 나와 송 사장에게 전화를 걸며 엘리베이터에 몸을 실었다. 신호는 빠르게 끊겼다.

"아이고, 투자자님. 오랜만이네."

"형, 지금 어디예요?"

"나? 출근 중."

"지금 나도 무비트리 가는 중이니까, 모닝커피나 한잔합시다."

"커퓌? 조오치! 바로 내 방으로 와."

"오케이."

전화를 끊은 주혁이 황 실장과 함께 무비트리로 차를 몰기 시작했다.

무비트리에 도착하니 얼추 출근 시간이었다. 하지만 회사 내부에는 직원들이 몇 안 보였다. 그나마 있는 직원 몇몇에게 인사하며 사 온 커피를 건넨 후, 주혁은 사장실 문을 열었다. 송 사장은 이미 탁자에 커피 두 잔을 올려놓고 주혁을 기다리고 있었다.

"아, 나도 커피 사 왔는데."

"어어, 다 먹으면 돼. 요즘 카페인 없으면 일 못해. 나."

실제로 송 사장의 모습은 좀비를 연상케 했다. 얼굴이 검다 못해 검푸르다. 주혁이 앉자마자, 송 사장이 커피를 들어 한 모금 했다.

"크으— 요즘은 이렇게 겁나 쓴 게 좋아. 뭔가 커피는 써야지 진짜 커피 같다니까."

그가 커피의 쓴맛을 음미할 때, 주혁이 탁자 위에 핸드폰을 올렸다. 핸드폰 화면에는 녹음 앱이 실행되고 있다. 장난스레 웃으며 커피를 마시던 송 사장이 핸드폰을 보자 진지한 표정으로 변했다.

"너 이거."

"형, 그때. 내가 무비트리랑 이중계약 사건 터졌을 때, 계약서랑 CCTV 챙겨두라고 한 거. 잘 가지고 있지?”

“……이제 시작하는 거냐?”

“해야지. 벌여놓은 일이 많은데, 계속 나만 빠질 순 없잖아.”

송 사장이 커피를 탁자에 내려놓으며 고개를 끄덕였다.

“그리고 형 인터뷰 좀 쓰고 싶은데.”

“그래. 내 얼마든지 증언해주마.”

“아니. 증언까진 필요 없고, 그냥 그때 이런 오해가 있었다, 정도로만 해줘요. 내 사건 중에 이중계약이 시작이라 그것부터 풀어놓으려고.”

강주혁의 사건 중 가장 먼저 터진 게 바로 무비트리와 연관된 건이었다. 당시 무비트리의 사장은 송 사장이 아니었다. 은둔하기 직전, 강주혁은 당시 부장급 간부였던 송 사장에게 계약서와 당시 계약을 진행하던 장면이 담긴 CCTV를 챙겨두라고 부탁해둔 터였다. 그걸 지금 찾으러 온 것이다.

이중계약 사건 자체는 이 바닥에서 아주 흔하지는 않지만 없지도 않은, 인감을 돌려쓰며 생겨나는 문제였다. 소속사는 배우가 모든 계약에 참여할 수 없기에 배우의 계약을 대행할 때도 있다. 강주혁이 소속사를 나오기 직전, 당시 소속사 사장이 주혁의 인감을 가지고 장난친 게 모든 일의 시작이었다.

현재야 조금 사그라들었지만, 당시에는 한류 열풍이 뜨거웠다. 강주혁 역시 영화가 국내와 일본에 걸리면서 큰 인기를 끌었다. 문제는 팬 미팅과 사인회였다. 정신없는 스케줄에도 주혁은 무조건 국내에서 먼저 사인회를 진행해야 한다고 고집했다. 단가는 당연히 일본이 높았지만, 한류의 시작은 어쨌든 한국 팬들이 만들어준 것이니까. 그런데 스케줄 당일, 소속사 사장은 일정에 문제가 생겨 국내 팬 미팅과 사인회가 취소됐다고 주혁에게 알렸다. 따라서 일본 일정을 앞당겼고, 시간이 촉박하니 당장 출국하길 종용했다. 주혁은 탐탁지 않았지만, 일본 팬들도 팬이고 취소된 일정을 되돌릴 수도 없었다. 무엇보다 정신없이 바빴다. 그렇게 주혁은 비행기에 몸을 실었다.

문제는 여기서 터졌다. 주혁이 일본 일정을 소화하는 것이 국내에 기사로 퍼진 것이다. 대중은 분노했다. 사실 국내 팬 미팅과 사인회가 취소된 게 아니었으니까. 곧바로 강주혁 측의 일방적인 취소인 것처럼 기사가 터지기 시작했고, 이어서 일본 일정을 소화하는 강주혁이 포털 메인에 걸렸다. 이른바 이중계약. 이게 강주혁 루머의 시작이었다. 뒤늦게 주혁이 사장을 찾으려 했지만, 이미 잠적한 후였다. 이어서 미친 듯이 여러 사건이 터지기 시작했고.

정신을 차려보니 주혁은 10평짜리 월세방에 처박혀 있었다.

나중에 안 사실이지만, 당시 소속사의 사장은 강주혁 덕에 불린 돈으로 여기저기 문어발식 투자를 감행하고, 도박까지 손을 댄 상태였다. 심지어 사장의 채무 중 상당 부분이 강주혁의 이름으로 연대보증이 되어 있었다.

"그래. 아마 그때가, 언젠지는 정확하게 기억 안 나지만. 계약 당시 강주혁 씨는 보이지 않았고, 소속사 사장이 직접 계약을 진행하러……."

어느새 진지한 태도로 당시 사건을 되짚으며 입을 연 송 사장. 그 모습을 보며 주혁은 담담하게 경청할 뿐이었다.

다시 돌아온 차 안. 주혁은 운전석에 타자마자 송 사장에게 건네받은 자료들을 뒷좌석에 던져버렸다. 차에서 대기하던 황 실장이 무심코 쳐다봤다.

"뭡니까, 저게?"

하지만 주혁은 그저 대답 없이 웃으며 차를 몰기 시작했고, 황 실장도 더는 캐묻지 않았다. 적당한 선을 지키는 것이 그의 신조였다.

"이제 스케줄 소화합시다."

"알겠습니다."

얼마나 달렸을까? 주혁의 차가 강자매의 집 앞에 도착했다. 그녀들은 이미 집 앞에 나와서 얘기를 나누고 있다가, 강주혁의 차를 보고선 도도도 달려왔다.

"안녕하세요. 사장님! 실장님!"

"안녕하세요."

차에 오른 강자매가 각자 인사하며 뒷좌석에 몸을 실었다.

"그때 얘기했죠? 추 팀장님 지금 따로 보는 일이 있어서 한동안은 내가 대신 볼 수 있는 일은 볼 거예요."

"넵! 알고 있습니다!"

"보자, 오늘 하영 씨는 바로 연습실 가고, 하진 씨는 인천 갈 겁니다."

"네."

아침이라 그런가? 노메이크업 상태의 강자매는 청초한 모습이었다. 원래도 예쁘긴 했지만, 뭔가 더욱 청순한 느낌을 풍겼다. 황 실장이 강자매에게 에너지바 하나씩을 건넸다.

"이거 드세요."

"와! 배고팠는데, 감사합니다!"

"감사합니다."

"아뇨. 사장님도 하나 드세요."

차에 탄 모든 사람이 에너지바 하나씩을 입에 물고, 주혁은 바쁘게 차를 몰기 시작했다.

같은 시각, 인천 부둣가 〈척살〉 야외촬영장.

드라마 촬영이나 영화촬영을 세트가 아닌 이런 야외에서 진행할 때는 빠르게 펼치고, 빠르게 접는다고 표현한다. 그만큼 시간이 촉박하고, 빠르게 진행해야 한다. 촬영장을 중심으로 커다랗게 원을 그려서 촬영할 공간을 확보하고, 그 공간보다 더 넓게 잡아서 FD나 보조 아르바이트 인원들이 사람들을 통제하는 와중에, 강주혁이 꽂은 조연배우들의 열연이 한창이었다.

"빌어먹을. 시발 그러니까 내가 그 새끼 나대기 전에 따라라고 했잖아!"

"죄송합니다. 워낙에 발 빠른 놈이라, 대처가 늦었습니다."

"대처? 이런 미친 새끼가 확 데쳐버릴까부다. 아오, 진짜."

대사가 끝나고, 남자 배우가 핸드폰을 주머니에서 꺼내 들어 귀에 대는 모습까지. 장면 샷은 끝났지만, 최명훈 감독은 바로 자르지 않는다. 그렇게 배우들의 연기가 멈춰진 상태로 약 10초. 여유 컷을 확보한 최명훈 감독이 외쳤다.

"컷! 오케이! 똑같이 한 번 더 갑시다."

결코 배우들이 연기를 못해서, 대사 실수가 있어서 다시 간다는 뜻이 아니었다.

'그림은 좋아. 연기도 딱이고. 이러니까 더 욕심나네.'

방금 찍힌 그림들을 보며 입맛을 다시는 최명훈 감독. 곧장 촬영감독에게 구도 변경을 요청했다.

"선배님, 이번에는 바스트 좀 당겨서 가볼게요."

"오케이!"

최명훈 감독 바로 옆에 앉아 있던 스크립터 스태프가 감탄사를 뱉었다.

"오늘따라 배우들 연기 죽이네요."

"말해 뭐해. 점점 연기 느는 게 보이니까 더 욕심이 나서 큰일이다, 지금."

"근데 진짜 기대되지 않아요?"

"뭐가?"

"아니, 만약에 이 영화 대박 터지면 몸값 오른 저 무명배우들 전부 감독님 사단이잖아요? 요즘 우리 영화 입소문 좋던데."

최명훈 감독이 짧게 숨을 뱉었다.

"하나 터진다고 사단이 형성되냐? 그리고 나나 저 배우들이 고마워할 사람은 따로 있어. 다들 잘 알고 있고. 내 사단은 무슨."

"누군데요?"

"있다, 그런 사람이. 나나 저 배우들 전부 꽂은, 아니지, 사실 이 영화 자체를 시작한 사람이."

그때 조감독의 사인이 나왔다.

"준비 끝났습니다!"

그에 따라 최명훈 감독의 몸은 다시금 모니터를 향했고.

"자, 사운드! 카메라!"

"오케이!"

"하이— 액션!"

배우들의 연기가 다시 시작됐다.

잠시 뒤. 조연들의 서사가 묻은 장면이 끝난 후, 주연 하성필의 단독 샷 촬영 순서였다.

"컷! 다시 한 번 갈게요. 성필 씨 대사 좀 처집니다. 긴박하게 가볼게요."

"죄송합니다."

최명훈 감독은 하성필의 연기가 탐탁지 않았다. 초반과 다르게 중반부로 넘어선 이후부터는 뭔가 대사 실수나 감정이 튀는 연기가 자주 보였다. 지금도 그렇고.

"니들이 여기서 죽는 이유는 놈들이 나를 그렇게 만들었기 때문이야. 빌지 마. 빌어도 니들은 나한테 죽어. 차라리."

"컷. 성필 씨. 좀 더 템포를 빨리. 다시 한 번 갑니다."

"알겠습니다."

담담하게 대답하면서도 하성필은 속으로 짜증이 났다.

'왜 이렇게 집중이 안 되냐. 아오— 씨발!'

스스로 느끼고 있었다. 현재 자신의 연기가 쓰레기 같다는 것을. 그렇기에 감독의 거듭되는 리액션 사인에도 군말 없이 따르고 있는 거였다.

"하이— 액션!"

감독의 사인에 다시 하성필이 같은 대사를 치려는 순간, 저 멀리 스태프들 사이에 방금 도착한 강하진이 보였다. 그리고 그 뒤에 무심한 표정으로 자신의 연기를 쳐다보는 강주혁도.

"……"

강주혁을 보자마자 하성필의 입이 굳어버렸다.

"컷!"

대사가 멈추자, 최명훈 감독이 컷을 때리고 곧장 하성필에게 뛰어갔다.

"성필 씨, 요즘 무슨 문제 있어요? 어디 몸이라도 안 좋아?"

"아, 아닙니다. 죄송합니다만, 잠시 감정 좀 잡을게요."

"그래요. 우리 쉬었다 갑시다, 그럼."

"예."

대답을 마친 하성필이 다시 강주혁이 서 있던 곳을 쳐다봤다. 하지만 그는 보이지 않았다.

"우리 10분만 쉬었다 갑시다!"

그때 최명훈 감독이 현장 전체에 쉬는 시간을 알렸고, 조감독에게는 10분 후 강하진 단독 샷을 가자고 알렸다. 하성필은 담배를 챙겨서 촬영장과 조금 떨어진 곳으로 걸었다.

"후—"

담배에 불을 붙인 하성필은 흰 연기를 한숨과 섞어서 뱉어냈다.

'시발. 진짜 왜 이러지.'

그러면서 짜증이 잔뜩 담긴 손짓으로 머리를 벅벅 긁어댔다. 익숙한 남자 목소리가 들린 것은 그때였다.

"야, 연기가 그게 뭐냐?"

깜짝 놀란 하성필이 뒤돌아보니, 강주혁이 양손을 주머니에 찔러넣은 채 걸어오고 있었다.

"연기가 그게 뭐냐고. 어디 재롱잔치 나가냐?"

"지랄. 니 알 바냐!"

일단 관성적으로 격하게 반응하긴 했지만, 하성필도 자신의 연기에 딱히 변명거리가 떠오르지 않았다. 충분히 쓰레기같이 하고 있었으니까. 어느새 하성필과 손만 뻗으면 닿을 거리에 선 주혁이 바다를 바라보며 말을 이었다.

"쫄았냐?"

"뭐, 뭘 쫄아?"

"하진 씨한테 들었는데, 니가 요즘 나 뭐 하냐고 물었다며? 쫄았어?"

"내가 왜 쪼냐?"

"근데 연기가 왜 그따위냐고. 니가 제일 못해, 니가. 그것도 원톱 주연이."

다시 욕을 쏟아내려던 하성필이 이를 악물고 말을 삼켰다. 다른 사람도 아니고 연기 천재라 불리던 강주혁이 자신의 연기를 지적하니 뭐라 할 말이 없었다. 그저 미간을 찌푸린 채 담배만 뻑뻑 피워댈 뿐.

"왜 이 영화에다 내가 알고 있는 깔리고 깔린 배우 중에 너를 꽂은 줄 아냐?"

"내 약점을."

"그딴 건 그냥 과정일 뿐이잖아. 그 전에 애초 왜 너를 선택했는지, 결정하고 움직였는지 아느냐고."

"이름값."

틀린 대답은 아니었다. 하지만.

"어, 그것도 어느 정도 있긴 해. 이러나저러나 니가 톱 배우긴 하니까. 근데 그냥 톱 배우라고 냅다 꽂았겠냐?"

"……"

피우던 담배를 입에 문 채 하성필이 강주혁을 쳐다봤다. 그런 그를 보며 주혁이 미소를 머금었다.

"연기를 잘하니까."

"……!"

"단순해. 니가 연기를 잘하니까. 톱 배우라고 전부 연기를 잘하는 게 아니잖아. 너도 알다시피 그냥 돈만 처바르고 말만 할 줄 알아도 톱 배우 대접받는 놈들은 많아."

말을 잠시 끊은 주혁이 하성필과 시선을 맞췄다.

"근데 너는 성격은 지랄 같아도, 연기를 잘하잖아. 그것만큼은 인정한다, 나도. 내가 너한테 자주 말했지? 배우는."

"연기만 잘하면 장땡."

어느새 다 피웠는지, 담뱃재를 탁탁 치며 하성필이 대답했고, 여전히 그와 눈을 마주치던 주혁이 웃으며 입을 열었다.

"너한테 연기 빼면 남는 게 뭐냐? 없어. 그리고 다시 한 번 말하는데, 약속은 지킨다. 기억나지? 이 영화만 찍으면 너 내버려둔다고 했던 거."

"흥, 보면 알겠지. 그리고 니가 지랄 안 해도 이 영화 어떻게든 찍을 거다."

"그럼 꺼져. 가서 연기나 해. 쓸데없는 생각하지 말고."

얼굴에 불만이 잔뜩 낀 표정으로 강주혁을 노려보던 하성필은 이내 몸을 돌려 촬영장으로 걸음을 옮겼다.

"하여간에, 불안한 새끼."

슬쩍 웃으며 혼잣말을 뱉은 주혁이 뒤따라 촬영장으로 발길을 돌리려는 찰나, 전화가 울렸다.

"모르는 번혼데?"

고개를 갸웃하던 주혁이 전화를 받자 약간 경쾌한 남자 목소리가 들렸다.

"안녕하세요. 여기 프로덕션클릭인데요. 해창전자 광고 건 때문에 연락드렸습니다."

다음 날 아침. 강하진을 데리고 주혁이 촬영장을 다시 찾았다. 이른 아침임에도 부듯가 야외촬영장에는 스태프들이 분주하게 뛰어다니며 촬영 준비가 한창이었다.

"하진 씨."

"네."

"스태프들이나 진주한테 말하고 갈 테니까, 잘하고 있어요. 나 광고제작사랑 미팅 때문에 서울 잠깐 다녀올게요."

"아, 네. 잘하고 있을게요. 걱정 마세요."

담담하게 대답하는 강하진을 보면서, 주혁은 나름 애쓰고 있구나 싶었다. 그래도 불안한 건 사실.

'직원을 빨리 뽑아서 로드라도 둬야겠어.'

전반적인 스케줄은 두 팀장들이 보더라도, 이런 급한 미팅이 잡힐 때 연기자들을 봐줄 수 있는 로드라도 뽑는 게 시급했다.

"강하진 씨 도착했습니다! 하진 씨 이쪽으로."

어느새 나타났는지 조감독이 크게 소리치며 강하진을 이끌었다. 강하진과 헤어진 주혁은 이내 시선을 돌려 최명훈 감독을 찾았다. 최명훈 감독은 어제와 똑같이 모니터 앞에 앉아, 연신 하품을 하며 대본을 훑고 있었다.

"졸려 죽겠죠?"

대뜸 들린 목소리에 놀란 최명훈 감독이 고개를 휙 돌렸다.

"아! 사장님. 언제 오셨어요?"

"하하, 방금요. 오늘 첫 씬부터 빡빡하던데요?"

"네, 죄송해요. 제가 그림 욕심낸다고, 하루면 뺄 거를 이틀이나 쓰네요."

"뭐, 죄송할 거 있나요. 현장 총 책임자가 찍자면 찍는 거지. 그보다 제가 지금 미팅 때문에 좀 빠져야 하는데, 하진 씨 좀 신경써주세요."

"하하하, 우리 핵심 배우님인데 제가 신경쓰지 누가 씁니까. 걱정 말고 다녀오세요."

여자 목소리가 들린 것은 그때였다.

"선배님!"

뒤를 돌아보니, 어느새 메이크업을 끝낸 류진주가 길쭉한 다리로 걸어오고 있다. 그 모습에 주혁이 살짝 놀랐다.

'여배우는 여배우군.'

같이 작품을 할 때나 주혁이 활동할 때는 잘 몰랐는데, 막상 한발 물러난 상태에서 바라보니 또 다른 느낌이 풍겼다.

"오랜만이다."

"진짜요. 너무 오랜만이에요."

"안 그래도 문자 하나 보내려고 했는데."

"어? 진짜요?"

"응. 하진 씨 좀 돌봐달라고."

"하진이? 왜요? 어디 가요?"

강주혁이 고개를 작게 끄덕였다.

"미팅."

짧게 대답한 주혁이 고개를 돌려 최명훈 감독에게 다시금 말을 던졌다.

"감독님. 저 갑니다. 오다 보니까 저기 한식집 큰 거 하나 있던데, 150명 넉넉하게 말해놓을 테니까, 가서 식사하세요. 계산은 걱정하지 마시고."

"알겠습니다."

최명훈 감독과 짧게 악수한 주혁이 류진주를 스치며 한마디 던졌다.

"하진 씨 잘 부탁해."

"알겠어요. 걱정 마요."

그녀의 대답에 한결 마음이 편해진 주혁이 슬쩍 미소로 화답하며 다시 걸었다. 그러다 우뚝. 갑자기 멈춰선 주혁이 이상했는지 류진주가 고개를 갸웃했고, 대뜸 강주혁이 돌아섰다.

"아 맞다. 야, 어제 보니까 너 연기 좋더라."

간단히 말을 던지고 주혁이 다시 움직였다. 류진주는 입을 새쭉 내밀고선 그의 뒷모습을 쳐다볼 뿐이었다.

프로덕션클릭의 위치는 양재역 부근이었다. 인천 촬영 현장에서 곧장 양재로 달린 주혁은 차를 주차하곤 바로 광고사 사무실로 움직였다. 엘리베이터에서 내리자 복도 없이 바로 사무실이 펼쳐졌다.

'사람이 적네.'

사무실의 크기에 비해 사람이 거의 없었다. 잘못 온 게 아닌가 싶을 만큼 휑한 느낌. 주혁이 주변을 두리번거리자 어디선가 목소리가 들렸다.

"여깁니다!"

돌아본 곳에는 흰색 셔츠에 목 끝 단추를 편하게 푼 남자가 손을 흔들고 있었다. 강주혁이 그를 보고 움직이자, 남자가 안으로 쏙 들어가 버렸다. 어쨌든 주혁은 남자가 사라진 쪽으로 움직였다.

회의실에는 네 명이 있었다. 남자 둘에 여자 한 명, 그리고 방금 주혁을 불렀던 남자가 일어나 손을 내밀었다.

"반갑습니다. 자초지종은 해창전자에서 전부 들었어요. 제가 총괄 AE(광고기획자) 박장수라고 합니다."

"보이스프로덕션 강주혁입니다."

박장수와 강주혁이 악수를 마치자, 순간 침묵이 흘렀다. 그런데 제작팀으로 보이는 사람들의 표정이 심상치 않았다. 무언가 참고 있는 듯, 입꼬리가 씰룩거린다. 그 모습에 주혁이 피식했다.

"편하게 말씀하세요. 그렇게 하시면 제가 더 불편합니다."

순간 얼어붙었던 분위기가 누그러지면서, 서로 한 번씩 마주 보더니 이내 여자 직원이 벌떡 일어나 강주혁에게 달려왔다.

"강주혁 씨! 저, 저 진짜 팬이거든요? 사인 좀 부탁드려도 돼요?! 회의 다 끝나고."

"네. 뭐, 소문 안 좋은 퇴물배우 사인이라도 괜찮으시면."

"와하하. 처음 얘기 들었을 땐 안 믿었는데 진짜일 줄이야. 해창전자에서 강주혁 씨랑 미팅할 때 비공개로 하라고 해서, 저희 15층 전부 비웠습니다."

여자 직원 바로 뒤에 서 있던 호리호리한 남자가 15층이 왜 이렇게 휑한 건지 이유를 설명했다. 그의 설명이 끝나자, 처음 강주혁을 불렀던 박장수가 웃으며 말을 이었다.

"강주혁 씨 엔터 하시는 거예요? 아, 걱정하지 마세요. 오늘 이 미팅에서 일어난 일은 전부 함구하기로 해창전자와 합의했습니다. 계약서에 비밀유지 조항도 들어가 있어요."

"아니, 뭐. 여러 가지 합니다."

"하하하, 그러시군요."

그때 혼자 앉아 있던 뚱뚱한 남자가 투덜거렸다.

"거— 뭔 대단한 사람 왔다고, 빨리 진행이나 합시다. 시간 없어요."

그러자 여자 직원이 휙 돌아서 뚱뚱한 남자를 쏘아봤다.

"PD님. 사람 앞에 대고 무슨 말씀을."

"아뇨. 괜찮습니다. 진행하시죠."

강주혁이 대수롭지 않게 넘기며 자리에 앉는데 뚱뚱한 남자, 아니 PD가 짧게 혀를 찼다. 그 모습을 주혁이 유심히 쳐다봤다. 이 바닥이야 별의별 인간이 널렸지만, 혹시 과거에 본 적이 있는 사람인가 싶어서였다.

'기억에 없는데. 뭔데 나대지?'

그때 박장수가 주혁에게 스토리보드와 광고 대본을 내밀었다.

"확정 시안입니다."

두 가지를 받아든 주혁은 일단 대본은 미뤄두고 스토리보드를 먼저 확인했다. 대충 스토리는 수능을 앞둔 딸에게 아버지가 노트북을 선물한다. 여기까지는 훈훈한데, 갑작스레 딸이 선물받은 노트북을 바닥에 내팽개친다. 그러고선 갑자기 춤을 추고.

분위기는 난데없이 병맛으로 전환된다.

딸이 한차례 병맛 춤을 추면 아버지가 싱긋 웃으며 뒤춤에 숨겨놨던 해창전자의 노트북을 건넨다. 그때야 딸은 춤을 멈추고 노트북을 보며 화사한 웃음을 짓는다. 그리고 화면 전환. 해창전자 로고와 노트북 카피.

주혁은 그림으로 그려진 스토리보드만으로 웃음이 터질 뻔했다. 박장수가 설명을 덧붙였다.

"1분, 30초, 15초 총 세 가지 버전으로 뽑을 겁니다. 그와 같은 컨셉의 광고로 총 세 편의 시리즈로 찍을 거고요. 한 달 정도 단위로 보시면 됩니다."

"그렇군요."

이어서 여러 가지 설명이 보충됐지만, 큰 문제점은 보이지 않았다. 충분히 재미있는 컨셉이었고, 어쩌면 꽤 이슈가 될지도 모르겠다는 느낌이었다.

이후부터는 현실적인 얘기가 오갔다. 모델 출연료, 촬영 일정, 기간, 계약 등 얘기를 나눴고, 계약까지 일사천리로 진행됐다. 광고 촬영 시기는 약 2주 뒤. 미팅이 마무리되자 팬이라던 여자 직원이 다시금 사인 요청을 했고, 사인하면서 주혁은 광고사 직원들과 이것저것 사담을 나눴다. 해창전자와는 어떤 사이인지, 자기네 회사를 좋게 말해달라는 부탁과, 감독은 이미 결정됐고 충분히 능력 있으니 걱정하지 말라는 얘기도 나왔다.

주차장에 내려와 차에 오른 주혁이 시간을 확인했다.

"오래 걸렸네."

살짝 마음이 다급해진 주혁은 곧장 핸드폰을 꺼내 들었다. 그런데 그새 박 기자에게 문자가 와 있었다.

— 얼추 자료 정리는 끝났다. 곧 방송 탈 거야. 방송이 먼저 나가고, 두 번째로 우리가 터뜨릴 거다. 최화진 씨는 니 말대로 했으니까 걱정 마라. 그리고 너에 대한 곁다리 기사, 대충 구상 잡아서 보낸다. 확인해보고 괜찮으면 그걸로 갈게.

문자에는 첨부파일이 달려 있다. 바로 확인해볼까 하다가, 기다리고 있을 강하진이 떠오른 주혁은 핸드폰을 내려놓고 시동을 걸었다. 그 순간 전화가 울렸다. 추민재 팀장이었다.

"어, 형. 확인해봤어?"

"케이블 다 쑤셔봤는데 걸리는 게 없다? 케이블 맞아? 공중파 아니냐?"

"아니야, 공중파는."

"음, 편성 받고 대본 돌리는 단계면 소문이라도 돌아야 하는데. 개뿔 없어, 아무것도."

그렇다면 이유는 하나밖에 없었다. 아직 시작도 안 했다는 것.

"형, 그럼 여기저기 떡밥 좀 뿌려놔."

"어. 안 그래도 만나는 사람마다 전부 약 좀 쳐놨다. 아마 정보 뜨면 방송사 인간들 빼곤 제일 먼저 알 수 있을 거야."

역시 추민재 팀장. 확실히 인맥도 두텁고 눈치가 빨랐다.

"오케이. 아, 형. 그럼 지금 바로 인천으로 좀 넘어가. 하진 씨 촬영하고 있으니까, 봐주면 돼."

"알았다. 그 드라마 정보 나오면 바로 보고할게."

다행히 타이밍이 딱 맞았다. 인천으로 움직이려던 주혁은 목적지를 바꿔 사무실로 향했다.

비슷한 시각, 어느 케이블 방송사 국장실.

꽤 나이 들어 보이는 남자가 골치 아픈 일이 있는지, 안경을 벗어 책상에 올리면서 눈과 눈 사이를 손가락으로 꾹꾹 눌러준다. 그때 사무실 문이 열리며 흰색 셔츠에 사원증을 걸친 남자가 들어왔다.

"국장님. 부르셨다고."

"어, 태우야. 앉아."

국장의 손짓에 태우라 불린 남자가 머쓱한 자세로 소파에 자리했다. 그보다 뒤늦게 상석에 앉은 국장이 남자를 보며 입을 열었다.

"너 지금 한창 대본 찾고 있겠다. 그치?"

"예. 뭐."

"그럼 네가 〈신입사원 박원태〉 끝나면 그 뒤로 미니 바로 들어가라. 금토."

"예? 아니 그걸 왜 제가 들어갑니까? 그거 송호 선배가 한다면서요?"

"아니. 그냥 니가 들어가."

느닷없는 지시에 남자는 머리를 감싸 쥐며 외쳤다.

"아니, 국장님. 저 내년 상반기 월화 편성 주신다면서요. 저 그거 하나 보고 지금 계속 준비하고 있었는데, 왜 갑자기 말도 안 되는 말씀이세요. 송호 선배는요? 준비하던 거 있잖습니까!"

"최 작가가 송호랑은 죽어도 못 하겠단다. 해외로 도망쳤어."

"예?!"

국장은 미간을 찌푸렸다. 그 모습에 남자가 되물었다.

"지금 엎어진 거, 저더러 땜빵하라는 겁니까?"

"야야, 땜빵은 무슨. 그냥 나 좀, 아니 다 같이 좀 살자는 거지."

"그게 그 말이잖습니까!"

"그럼 어떡하냐. 너밖에 없는데 지금."

"아니, 하…… 국장님, 지금 앞에 거 6부 남았어요. 언제 작품 골라서 작가 미팅하고, 언제 찍습니까? 말이 안 되잖아요. 그리고 그때 TVL이랑 HTVC, 대작 들어가서 싸움 붙인다고 최 작가랑 송호 선배 붙인 거잖아요? 최 작가 없이 지금 비비기나 하겠습니까?"

국장이 양손을 모으더니 남자를 쳐다보며 나긋나긋하게 말을 던졌다.

"그러니까 그냥 적당한 거 골라서 적당히 찍고, 적당히 내보내. 어떡하냐, 급한 불부터 꺼야지. 이번만 네가 좀 해라. 앞에 6부 남은 거 끝나면 단막 몇 개 넣어서 시간 벌어볼 테니까."

"아니, 그러니까 그게 말이."

"이것만 잘 봐주면 내가 내년 하반기에 네가 원하는 편성 잡아줄게. 좀 다 같이 살자."

"하……."

"대본 너무 좋은 것도 필요 없어. 그냥 대충 공모전이나 어디 도는 거 잡아서 진행해봐. 욕먹을 정도만 아니고 엔간하면 다 사인해줄게. 그리고 앞에 〈신입사원 박원태〉 끝나면 거기 붙어 있던 키스태프들 전부 네가 데리고 해."

결국 해야 될 분위기였다. 까라면 까야 하니까. 남자는 머리를 쥐어뜯었지만 더는 말하지 못했고, 지금까지 봤던 대본 중 괜찮은 게 있었는지 필사적으로 기억을 더듬기 바빴다.

한 시간 뒤, 〈척살〉 촬영장. 아침 일찍 시작된 로케 둘째 날의 촬영은 어느새 중후반부로 접어들고 있었다.

"컷! 아, 성필 씨 좋아요. 좋은데 다른 구도로 한 번만 더 가겠습니다."

걱정스러웠던 하성필의 연기 문제는 언제 그랬냐는 듯, 누가 봐도 대단하다는 말이 나올 정도로 회복됐고, 그에 따라 최명훈 감독도 기세를 몰아 빠르게 일정을 쳐내고 있었다.

하성필의 단독 샷이 끝났고, 다음 장면을 위해 조연들이 대거 투입됐다. 본촬영 전 리허설을 진행하고 있을 즈음, 촬영장 멀찍이서 송 사장과 VIP픽쳐스 직원들이 조용히 모습을 드러냈다. 촬영에 방해될까 조심스럽게.

"아, 딱 좋을 때 도착했네요."

VIP픽쳐스의 최혁 팀장이 어디서 뽑아왔는지, 커피를 송 사장에게 건네며 말을 걸었다.

"아, 감사합니다. 오늘 로케 촬영에 주요 주연, 조연 전부 담으니까, 홍보자료로 딱 좋을 겁니다."

이미 최혁 팀장과 같이 온 직원이 연신 현장 사진을 찍어대고 있었다. 영화 촬영계획표 상으로 반 이상 쳐냈기에 VIP픽쳐스도 홍보에 열을 올리고 있는 상황. 송 사장이 최혁 팀장에게 질문했다.

"오늘 뭐뭐 하신다고요?"

“아, 일단 보도자료 돌릴 사진이랑 배우들 간단히 인터뷰하고 감독님 인터뷰 딸 겁니다.”

송 사장이 살짝 고개를 끄덕이는 순간 최명훈 감독의 외침이 들렸다.

“하이— 액션!”

사인이 떨어지자, 촬영장을 사진 찍던 직원이 더욱 빡세게 셔터를 눌러댔다. 그와 동시에 하성필을 포함한 조연배우들이 감정을 주고받았다. 묘한 긴장감이 흐르고, 이어지는 액션씬. 장면을 지켜보는 모든 이의 침이 바싹바싹 마른다. 그만큼 역동적이고, 생동감이 넘쳤다.

“와, 이거 그림 진짜 좋은데요? 이걸 어떻게 사진에 담아. 아직 티저도 안 나온 거 영상 찍을 수도 없고.”

최혁 팀장이 머리를 긁으며 행복한 고민을 시작했고, 송 사장은 어느새 팔짱을 끼곤 촬영장을 흐뭇하게 바라봤다.

액션씬이 끝나고, 역동적인 분위기를 이어서 류진주가 등장했다.

“워…….”

사진을 찍던 직원이 난데없이 탄성을 자아냈다. 그 소리에 최혁 팀장이 직원의 등짝을 날렸다.

“야! 정신 차려. 찍어. 계속 찍어.”

“아, 네. 와, 근데 어떻게 저렇게 지저분한 분장을 했는데도 사람이 예쁠 수가 있을까요?”

“괜히 톱 여배우겠냐. 빨리 찍기나 해.”

흐트러졌던 정신을 다잡은 직원이 다시 셔터를 눌렀고, 동시에 류진주의 원샷 독백 장면이 시작됐다. 팔짱을 끼고 진지하게 그 모습을 지켜보던 송 사장이 혀를 내둘렀다.

“이 장면, 영화관에서 보면 진짜 끝내주겠는데요.”

"그러니까요."

"곧 하진 씨 등장하는데, 묻힐까 걱정되네."

"아, 그 강주혁 사장님네 친구 말이죠?"

그만큼 류진주는 말로 표현 못할 무언가로 주위를 압도했다. 그게 아름다움이든 오라든 뭐든 간에. 그게 너무 태가 나니까, 송 사장은 강하진이 걱정됐다.

이후 송 사장과 최혁 팀장은 배우들의 연기와 영화 분위기에 대한 감탄과 탄성을 이어갔다. 그리고 드디어.

"하진 씨 준비하겠습니다!"

메이크업과 분장을 마친 강하진이 등장했고.

"……"

"……"

청초한 모습에 송 사장과 최혁 팀장이 입을 다물었다. 오직 사진을 찍던 직원만이 입을 열었다.

"……와, 대박."

교복 차림의 강하진을 멍하니 보며 최혁 팀장이 어렵게 입을 열었다.

"그냥, 소희네요."

"그러게요. 이젠 하진 씨 아닌 소희는 상상도 못하겠습니다."

"저도요……."

그렇게 세 명은 할 일도 잊은 채, 나란히 서서 그저 소희를 연기하는 강하진을 바라봤다.

"안 밀리겠어요."

최혁 팀장이 확신했고.

"예, 저도 그 말 취소합니다. 느껴지는 건 다른데, 확실히 밀리지는 않네요."

송 사장이 덧붙였다. 직원도 어느새 열을 내며 사진을 찍기 시작했다.

"오늘 인터뷰 기대됩니다."

"잘 부탁드립니다."

느닷없이 재개된 셔터 소리에 정신을 차린 송 사장과 최혁 팀장이 악수하며 현실로 돌아왔다. 최혁 팀장은 직원을 데리고 다른 방향으로 찍어보자며 자리를 옮겼고, 혼자 남은 송 사장은 촬영 현장을 물끄러미 바라보았다.

그는 지금 이름 모를 쾌감에 젖어 있었다.

애초 〈척살〉은 송 사장에게 엎어진 영화에 불과했다. 시간이 지나면 분쇄기에 밀려버릴 작품. 하지만 뜬금없이 나타난 강주혁 덕분에 숨이 붙었고, 저 많은 무명배우들에게 기회를 선사했다. 많은 고초가 따랐고, 위기도 있었다. 그럼에도 송 사장이 본 강주혁은 오묘하게 우직했고, 희한하게도 강직했다. 그의 핸들링 덕분에 어찌어찌 여기까지 왔다.

"대단한 새끼."

송 사장은 짜릿함과 감개무량이 공존하는 표정을 지으며 촬영 현장을 바라보고 있었다. 빠르게 진행되는 촬영 현장, 배우들의 열연, 그 주변을 맴돌며 홍보 사진을 찍고 있는 국내 최고의 배급사, 그리고 강주혁. 어느새 입가에 미소가 잔뜩 번진 송 사장이 한 번 더 혼잣말을 뱉었다.

"이거, 진짜 터질지도 모르겠는데."

기대나 예상이 아니라, 확신으로 바뀌는 순간이었다.

13. 해방

광고사에서 돌아온 주혁은 간단하게 점심을 마치고, 노트북을 열었다. 박 기자가 보낸 파일을 확인하기 위해서였다. 파일은 내용이나 방향성 등이 깔끔하게 정리돼, 누가 봐도 이해하기 쉽게 풀어져 있었다.

"뭐, 기자는 기자군."

요즘 세상은 기자들의 신뢰도가 기레기라 불릴 정도로 바닥을 치지만, 박 기자의 필력은 수준급이었다. 대충 내용을 훑던 주혁인 이내 자세를 바로 하고 정독하기 시작했다. 내용은 이랬다. 〈나는 알고 싶다〉를 먼저 방영하고, 방송에서 살짝 떡밥을 던져서 궁금증을 유발한 뒤, 디쓰패치가 대대적인 기사를 내면서 중간에 강주혁이 건넨 녹음파일을 토대로 박종주의 마약 관련을 풀어내겠다는 내용.

그중 눈에 띄는 문구가 있었다.

'5년 전 이 같은 오해로 부당하게 연예계에서 사라진, 한순간 몰락한 남자 톱 배우.'

주혁이 피식했다.

"나쁘지 않네."

너무 대놓고 강주혁임을 알리면 사건의 포커스가 자칫 흔들릴지도 모른다. 그렇다고 너무 이슈가 적게 되면 하는 의미가 없고. 딱 적당한 문구였다. 확인을 끝낸 주혁이 곧장 박 기자에게 답장을 보냈다.

— 확인했다. 내용 괜찮네. 방금 몇 개 더 떠올라서 알려준다. 얼마전에 FNF엔터가 마약 게이트 사건으로 물의를 일으킨 적이 있잖아? 그거를 박종주랑 엮어서 후속타를 때려도 괜찮을 것 같다. 내 생각인데 마약 물주가 박종주일 가능성이 매우 크다.

문자 내용을 적고는 송 사장에게 받은 자료를 적당히 정리해서 첨부했다.

— 이건 내 이중계약 문제. 너도 기억하지? 가장 처음 터진 사건. 이번 FNF, 박종주 터뜨리고 나서 사람들이 나한테 관심이 조금 생겼을 때, 기사로 써서 던지면 된다. 던지면 꼭 연락 주고.

문자가 전송된 지 5분도 채 안 돼서 박 기자에게 답장이 왔다.

— OK

답장을 확인한 주혁이 이번에는 홍혜수 팀장에게 전화를 걸었다.

"누나."

"어, 사장님. 말해."

"오늘 광고 계약했거든? 하영 씨한테 알려주고, 사무실 탁자에 광고 대본이랑 기본적인 일정 정리한 거 올려둘 테니까, 가져가."

주혁이 한 번 숨을 골랐다.

"그리고 광고 일정이랑 저기 다큐 독립영화팀이랑 연락해서 시간 잘 맞춰. 튀지 않게. 광고 제작팀 쪽에 누나 연락처 줬으니까 따로 연락 갈 거야."

"응. 알았어. 사장님 밥은 먹고 일하지? 챙겨 먹어. 이제 시작인데 쓰러지면 큰일 난다?"

"오케이."

얼추 일을 정리한 주혁이 의자에 움푹 몸을 기대며 길게 한숨을 내뱉었다.

"후—"

그러면서 시계를 쳐다봤다.

"시간 엄청 빠르네."

요즘 할 일이 많아서 그런지, 시간이 너무 빨리 갔다. 노트북을 미련 없이 덮은 주혁은 그대로 일어나 오피스텔로 향했다.

다음 날 아침. 침대에서 노트북과 함께 널브러져 있던 주혁의 눈이 번쩍 뜨였다. 눈을 뜨자마자, 주변을 둘러보며 상황을 파악했다.

"와, 나 일하다 잠든 거냐?"

어제 오피스텔로 돌아와 침대에서 노트북으로 남은 일을 정리하다 깜빡 잠이 든 모양이었다. 그런 자신이 신기한지, 어색하게 웃으며 기지개를 쭉 켰다. 그때 핸드폰이 울렸다. 해창전자 사장이었다.

"이 아침부터 뭔 전화를."

의아했지만, 일단 전화를 받았다.

"네."

"아침 했나?"

"밥을 말씀하시는 겁니까?"

"그렇지."

"뜬금없이."

"안 했으면 같이하지. 할 말도 있고, 사업가는 아침을 든든하게 먹어야지."

하긴, 밥 먹을 시간이 되기도 했다. 주혁이 답했다.

"좋습니다. 어디로 갑니까?"

"직접 올 거지?"

"네."

"장변이 장소를 보낼 걸세. 그쪽에서 보지."

"알겠습니다."

잠시 후 장수림 변호사에게서 문자가 도착했다. 강남의 횟집이었다.

약속장소에 도착해보니 그곳은 횟집이라기보다 오히려 고급 한정식 같은 느낌이었다. 이른 아침이라 그런지 손님은 보이지 않았다. 직원으로 보이는 정장 입은 남자가 강주혁을 보자 웃음으로 응대했다. 그를 따라 문에 VIP라고 적힌 방을 열었다. 방 안쪽에는 김재황 사장이 안경을 끼고 핸드폰을 보고 있었다. 그러다 주혁이 도착하자, 핸드폰을 식탁 위에 올려두면서 입을 열었다.

"왔나? 앉지."

장수림 변호사는 보이지 않았다.

"원래 아침을 챙겨 드십니까?"

주혁이 김재황 사장 반대쪽에 자리하면서 물었다.

"먹지. 근데 보통은 집에서 먹고 나와. 회사랑도 꽤 먼데 매일 이렇게 와서 먹을 순 없지 않겠나."

"그렇겠네요."

대화를 마친 김재황 사장이 직원을 올려다봤다.

"아, 우린 좀 이따 주문하겠네."

"알겠습니다."

직원이 90도로 인사하고는 방을 나갔다.

"그래, 내 아들은 좀 어떤가?"

"이번 중간고사에서 10등 안에 들라고 했습니다. 아마 뭐 터지게 공부하고 있을 겁니다. 학교 끝나면 연기 레슨을 받고 있고요."

"허허헛, 공부? 공부를 시켰어?"

"뭐, 그렇죠. 사실 공부를 시켰다기보다는 학교생활을 즐기게끔 하고 싶은 게 속뜻이죠. 그러니까 부모로서 성적표가 나오면 확인하시고 알려주세요. 재욱이가 저한테는 숨길지도 모르니까."

"그래. 이거 완전 내가 학교 선생님을 만나고 있는 거 같군."

"엇비슷하겠네요."

살짝 웃으며 물을 따르던 주혁이 표정을 달리하며 말을 이었다.

"그래서, 뭐 때문에 보자고 하셨습니까?"

말이 끝나기 무섭게 탁자 위에 웬 서류봉투를 내민 김재황 사장이 말없이 펼쳐보라는 시늉을 했다. 서류봉투 안에는 종이 몇 장이 들어 있었다. 찬찬히 내용을 읽어가던 주혁의 표정이 일순 굳었다.

"이게 뭡니까?"

"뭐긴. 자네 과거 찌라시 날린 기자들 잡아다 실토시킨 거지."

"그러니까, 이걸 왜 사장님이."

"허허. 어려운 일도 아니고, 내 아들이 소속된 회산데. 돕고 살아야지."

말문이 막힌 주혁은 순간 머릿속이 복잡해졌다. 물론 후반부에 터진 사건들은 찌라시가 대부분이었고, 그쯤엔 이미 주혁의 인생이 거의 나락에 빠져 있었기에 후반부 사건은 생각도 안 하고 있었는데, 김재황 사장이 자료를 가지고 왔다. 그것도 당시 기자들을 하나하나 싸잡았는지 자료들이 꽤 디테일했다.

"다른 사건들은 구멍이 많더군. 꼬리를 빨리 잘랐어. 해서 정확하게 밝힐 사건들만 구성했네."

"음……."

"음? 왜 그런가?"

자료를 받은 주혁의 반응이 썩 좋지 않아 보였는지, 김재황 사장이 되물었다. 하지만 강주혁의 입에서 대답은 나오지 않았다. 말없이 자료를 내려다보던 주혁이 천천히 입을 열었다.

"사장님."

"그래."

"이거 사장님 쪽에서 터뜨려주시면 안 됩니까?"

"내가?"

"네. 사실 저도 제 오해를 풀 준비를 하고 있었거든요. 곧 세상에 던져질 텐데, 그때쯤 포장 잘해서 터뜨려주시면 감사하겠습니다."

"내가 하면 뭐가 좀 다른가?"

"나중을 위해서라고밖에 말씀 못 드리겠습니다."

사실 뭔가 이유가 있어서라기보다, 현재 이 자료까지 주변에 뿌리면 박 기자에게 너무 많은 일을 던지게 되는 것도 있었고, 한 곳만 눈에 띄기에 시선을 분산시킬 필요가 있었다.

"뭐, 그러지. 어려운 일도 아니고. 언제쯤 터뜨리면 되겠나?"

"자연스럽게 아시게 될 겁니다. 세상이 어느 순간 시끄러워질 테니까요. 그날을 기준으로 2~3일 정도 후에 포장 잘해서 부탁드리겠습니다."

"허허, 알겠네."

내밀었던 서류봉투를 회수한 김재황 사장은 얼추 얘기를 끝냈는지, 직원을 호출해 식사를 주문했다. 이후부터는 김재욱에 대해 이런저런 얘기를 하며 식사를 했다.

같은 시각, FNF엔터테인먼트 사장실에서는 송갑필이 책상에 다리를 올려놓고 누군가와 통화를 하고 있었다.

"예. 사장님."

송갑필이 대답하자, 통화 상대가 대뜸 오늘 일정을 확인하며 물어왔다.

"오늘 안 까먹었지?"

"물론입니다. 벌써 애들 대기시켜 놨습니다."

"야, 저번에 걔 괜찮더라. 누구냐, 민뭐시기."

"아— 박민아? 괜찮습니까? 그럼 잘 좀 봐주세요. 애가 끼도 있고 볼 만합니다. 오늘 꼭 데려가겠습니다."

통화 상대는 태신식품 상무이사 박종주였다.

"오늘 거기에 기자도 몇 명 불러. 애들 약 좀 치게."

"알겠습니다. 안 그래도 한번 칠 때 됐습니다. 너덧 명 불러보겠습니다."

"그래. 잘 노는 애들로 데려와."

"그런 건 걱정 마시고, 확실히 좀 밀어주십쇼. 그리고 사장님."

"왜?"

"그거 있잖습니까?"

송갑필이 에둘러 말했다.

"뭐? 확실히 말해."

"마약 건 말입니다만."

"아— 니 회사 게이트? 그건 잘 덮고 있으니까, 시발 앞으로는 티 안 나게 확 쪼그려 있어!"

"예. 앞으로는 절대 밖으로 새나가지 않게 하겠습니다. 잘 부탁드립니다."

"말은 아주. 끊어, 새끼야."

뚝 끊긴 핸드폰을 내려다보며 송갑필의 입가에 악의적인 미소가 떠올랐다. 그러면서 직원을 호출했다. 직원이 들어오자 송갑필이 신경질적으로 말을 던졌다.

"야. 박민아 지금 어딨어?"

"민아요? 지금 연습실에."

"올라오라 해."

"알겠습니다."

대답한 직원이 똥 씹은 표정으로 사장실을 나간 반면, 송갑필의 얼굴엔 비열한 웃음이 걸리기 시작했다.

* * *

이후 주혁의 시간은 빠르게 흘렀다. 직원들과 연기자들도 눈코 뜰 새 없이 스케줄을 소화했다. 〈척살〉은 최명훈 감독이 속도를 내어 중후반부에 접어들었고, 강하진 역시 출연 분량을 몇 컷 남겨두지 않았으며 강하영은 〈내 어머니 박점례〉의 내레이션 녹음 시작과 광고 촬영준비에 박차를 가했다. 다큐 독립영화팀과도 스케줄을 확인해서, 다행히 할머니를 모시고 광고 촬영장에서 시외촬영을 진행할 수 있게 되었다. 김재욱은 강주혁의 조언대로 학교생활과 연기 레슨을 병행하는 중이었다.

이어서 중간중간 박 기자와 연락을 주고받으며 확인에 확인을 거쳤다. 박 기자 쪽이나 강주혁이나 한 방 크게 터뜨려야 확실하게 놈들을 잡을 수 있다는 걸 잘 알고 있기에 흐름 파악을 게을리하지 않았다. 그렇게 일주일하고 며칠이 지났다.

— 딸랑

"감사합니다. 또 오세요."

늦은 오후 로또점에서 주혁이 모습을 드러냈다. 손에는 로또 세 장이 들려 있다. 로또를 주머니에 넣고는 가게 앞에 주차해놓은 차에 올라탄 주혁이 짧게 읊조렸다.

"로또가 뜰 줄이야."

그사이 주혁에게 보이스피싱이 두 번 왔고, 한 번은 단타 주식, 한 번은 로또 번호가 떴다. 덕분에 40억가량 있던 주혁의 재산은 단타 주식으로 약 50억, 로또 1등 세 장으로 세금을 제하고도 약 80억가량으로 늘었다.

"로또는 비상금 정도로 빼둘까?"

로또의 지급기한은 1년. 시간도 넉넉하겠다, 꼭 필요할 때 빼서 쓰자는 생각에서였다.

"몇 시지? 아, 도착하면 시작했겠는데."

시간을 확인한 주혁이 곧장 오피스텔로 차를 몰기 시작했다.

오피스텔에 도착하자마자 주혁은 겉옷을 대충 벗은 뒤, TV를 틀었다. TV에 전원이 들어오는 동안 주혁은 맥주 하나를 땄다. 그러고는 시원하게 한 모금 넘기며 리모컨을 집어 빠르게 채널을 넘겼다.

"그런데 말입니다."

〈나는 알고 싶다, 연예계의 이면〉 편은 긴박하게 흘러갔다. 오프닝으로 화려한 연예인들의 활동 모습이 담기면서 밑으로 자막이 달렸다.

— 나는 지금도 연예계에 발을 들인 것을 후회한다. 아직도 그때의 일을 생각하면 헛구역질이 나온다. (FNF엔터테인먼트 전 연습생)

이어서 화면 전환. 다시 중후한 진행자의 목소리가 흘러나왔다.

"그녀는 1년 전, 부푼 꿈을 안고 서울로 상경해 FNF엔터테인먼트에 연습생으로 들어갔으나, 현재는 고향으로 돌아간 상태입니다. 인터뷰 내내 목소리가 떨렸습니다."

다시 화면 전환, 남자들과 여자들이 섞여 술을 부어라 마셔라 하는 재연 영상이 나왔다. 변조된 남자 목소리가 영상과 함께 깔렸다.

"툭하면, 심심하면 불러요. 둘이 쿵짝이 맞아서는 연습생들을 무슨 노리개

취급하면서……."

남자의 목소리가 끊기고, 변조된 여자 목소리로 바뀌었다.

"그 사람의 목표는 백 명이랬어요."

"뭐가요?"

"모르죠. 그냥 입버릇처럼 말했어요. 밤만 되면 춤 연습하는 애들 데려가고."

빠르게 여자 목소리가 끊기고, 화면은 FNF엔터테인먼트의 전경을 보여주었다. 진행자의 목소리가 나왔다.

"연예인이 되겠다는 목표 하나만을 가지고, 노력하고 인내하며 달려가는 연습생들의 꿈을 산산이 부숴놓은 엔터테인먼트가 여기 있습니다."

진행자는 FNF엔터에 대한 간략한 설명을 하며 시청자들을 집중시켰다. 이후 설명이 얼추 끝난 진행자는 말을 잠시 아끼면서 시선을 돌렸고, 전체 샷에서 바스트샷으로 화면 전환.

"저희 〈나는 알고 싶다〉 팀이 그들의 행적을 따라가 보았습니다."

진행자가 모습을 감추고, 화면은 다시 어두운 길거리를 보여줬다. 마치 생생한 영화 한 편을 보는 듯한 영상미와 무거운 음악이 깔렸고, 거기에 중후한 진행자의 내레이션이 흘러나왔다.

"늦은 밤, FNF엔터테인먼트의 입구는 분주합니다."

평소의 〈나는 알고 싶다〉와는 다른 느낌이었다. 편집법이 달랐고, 방향성이 달랐다. 보통은 시청자에게 적당한 떡밥을 던져주고 의심과 위험성을 인식시키는 수준이라면, 지금 전개는 정확한 증거와 확실성을 가진 느낌.

"늦은 밤 도착한 별장. 누군가 커다란 승합차에서 내려, 별장으로 들어갑니다."

영상은 리얼리티가 엄청났다. 그들의 뒤를 밟는 현장 스태프의 대화가 고스란히 담겼고, '야 저기!'라든지 '숙여, 숙여', '들어갔어? 누구누구 들어갔어?' 같은 촬영 당시의 상황을 긴박감 넘치게 담아냈다.

"20분 뒤, 꽤 익숙한 얼굴의 남자가 별장에 도착해 안으로 들어갑니다. 그리고 꼬리를 물어 승합차에서 여자들이 우르르 내립니다. 역시 별장으로 들어갑니다."

진행자의 목소리가 끊기고, 다시 스태프들의 대화가 흘러나왔다.

"찍어, 빨리."

"안 돼! 경호원이 본 거 같은데?"

거기까지. 그들의 접대 행각을 영상으로 고스란히 내보낸 〈나는 알고 싶다〉 팀은 여기서 영상을 끊어내고, 당시 찍었던 사진들을 차례로 보여주었다. 여기서는 음성 없이 자막으로 대체. 묵직한 음악이 깔리고, 선명하게 찍힌 그들의 얼굴과 현장 상황 등을 보여준다.

이후부터 다시 빠르게 영상이 교차되면서, 어디서 찾아냈는지 과거 FNF 엔터를 다녔던 직원의 인터뷰, 기자, 연습생 등으로 화면을 채웠고.

"저는 그 별장에 한 번 가봤어요."

실제로 접대가 이루어지는 별장에 다녀온 연습생의 목소리가 흘러나왔다.

"들어가면 일단…… 두 명은 2층으로 올라가서 몇 십 분간 얘기를 나눠요. 저희는 거실에서 대기하는데, 현관을 경호원들이 지키고 있어서 도망도 못 쳤어요. 시간이 지나면 그 사람들이 내려오는데, 그때부터는…… 흐흑— 춤춰봐라, 뭐 해봐라…… 흑."

파란색 화면에 핸드폰이 가운데 있고, 변조된 여자 목소리에 자막이 달린 영상이 흘러나왔다. 여자는 계속 울먹이며 인터뷰를 이어갔다. 당시의 참혹함, 지옥 같았던 시간, 지금껏 무서워 숨겨왔던 이야기들을 어렵게 꺼냈다. 여자의 힘겨운 인터뷰가 끝나고, 화면은 다시 진행자로 돌아왔다. 진행자의 표정이 약간 격앙돼 있다.

"저분은 인터뷰를 끝내고도 한참 동안 울음을 그치지 못했습니다."

이 첫마디를 시작으로 진행자는 앞서 나온 영상에 대한 부연설명을 이어갔다. 물 흐르듯 자연스러운 진행이었다. 그러고는 다시 한 번 포인트를 바꿨다.

"그런데 말입니다."

카메라를 보는 방향이 바뀌고, 진행자는 FNF엔터와 접대의 주제에서 예전 터졌던 FNF 마약 게이트로 포커스를 옮겼다. 예전 사건을 잊지 말자는 취지에서 후반부에 끼워 넣은 것인지는 모르지만, 이 역시 제작진 나름의 조사와 증거를 바탕으로 이루어졌다. 과거 연습생의 폭로와 마약 파티를 벌였던 파티룸 직원의 증언 등 여러 영상을 복합적으로 사용하며 시청자들의 눈을 사로잡았다.

그렇게 한 시간 20분. 방송이 끝나고, 곧장 광고가 나오는 TV를 가만히 지켜보던 주혁은 이내 남은 맥주를 입에 털어 넣으며 혼잣말을 뱉었다.

"잘 뽑았네."

담담한 목소리였지만, 그의 표정에는 미소가 있었다.

잠시 뒤, 샤워를 마친 주혁이 노트북을 집어 들고 침대에 널브러졌다. 반응을 확인해야 했다. 대충 생각해봐도 이미 난리가 났겠지만, 그게 또 직접 눈으로 보는 것과는 느낌이 다르니까. 주혁은 곧장 검색사이트를 켰다. 그런데 검색사이트를 보자마자 주혁이 웃음을 터뜨렸다.

1. FNF 접대

2. 나는 알고 싶다

3. FNF엔터테인먼트

4. 태신식품

5. FNF엔터 마약 게이트

실시간 검색어는 벌써 FNF엔터와 태신식품 관련으로 도배되고 있었다. 방송이 끝난 지 얼추 한 시간 만에 실시간 검색어를 장악한 것이다. 내일이면 어떨까. 퍽 기대가 되는 주혁이었다.

"일단은 자자."

강주혁이 잠든 새벽 시간. 인터넷에서는 소리 없는 전쟁이 벌어지고 있었다. 애초 검색사이트의 실시간 검색어를 장악한 FNF엔터와 태신식품의 접대와 마약 관련 키워드들이 여기저기 빠르게 퍼지기 시작했다. 가장 먼저 불타오른 곳은 SNS. 상황이 그쯤 되니, 새벽녘이고 나발이고 기자들이 움직이기 시작했다. 그 누구보다 빠르게 기사를 써야 1클릭이라도 더 먹을 수 있으니. 그렇게 기사가 하나둘 쌓이더니 어느새 분마다 갱신되는 수준이 되었다.

「'나는 알고 싶다' FNF엔터와 태신식품 겨냥. 대중들 관심 폭발」

「FNF엔터테인먼트, 주춤했던 마약 사건 재점화되나」

기사 하나하나가 사건에 장작을 던져넣듯, FNF엔터와 박종주의 접대 및 마약 사건은 활활 타올랐다. 새벽에 활동하는 사람들을 중심으로 SNS와 기사가 빠르게 번졌고 블로그, 카페, 커뮤니티, 갤러리, 게시판, 게임, 라디오 등 모두의 대화에 끼어들기 시작했다. 거기다 퍼지는 속도가 매우 빨랐다. 사람들이 기억하는 FNF엔터의 마약 게이트, 그 꺼지지 않은 불씨 덕분이었다.

그렇게 미친 듯이 굴러가던 스노우볼이 어마어마한 크기로 변했을 때, 아침이 밝았다. 그 새벽에 그 정도의 파급력으로 퍼져나갔던 사건 소식은 아침이 되자 세 배, 아니 다섯 배 정도 더 크게 이슈화되기 시작했다.

"안녕하십니다. 8시 뉴스입니다. 첫 번째 소식입니다. 어젯밤 방영된 시사 프로그램에서 충격적인 사실이……."

포문을 연 것은 아침 뉴스였고, 사람들이 출근하며 듣는 라디오에서도 이 같은 뉴스를 전파하기 시작했다. 젊은 층의 절대적인 지지를 받는 너튜브 역시 가만 있지 않았다. 소식을 접한 너튜버들이 밤새 편집한 영상을 올렸고, 그 영상을 출근길 직장인들이 시청했다. 수많은 영상마다 댓글이 어마어마했고, 대중의 분노는 극에 달했다.

— 약국 FNF수준ㄴㅋㅋㅋㅋㅋㅋㅋ

— 마약 게이트 처음부터 다시 조사해라!!!!!

— 약 국 아 웃 ㅗ

— 태신 만두 먹다 뱉음.

고작 〈나는 알고 싶다〉가 방영되고 12시간이 지난 첫 아침이었다. 이제 시작일 뿐. 거기다 연타로 터질 디쓰패치의 지원사격도 남아 있는 상황이었다.

그 시각, 해창전자 사장실. 김재황 사장이 TV에서 흘러나오는 아침 뉴스를 보고 있었다.

"이를 본 대중들은 분노하고 있으며 현재 FNF엔터테인먼트와 태신식품은 묵묵부답을……."

어느새 필터까지 타들어간 담배를 재떨이에 비벼 끈 김재황 사장이 슬쩍 웃으면서 혼잣말을 뱉었다.

"강주혁 그놈이 말한 타이밍이 이거구먼. 이렇게 큰 판을 짜고 있었다?"

그러고선 책상 위 인터폰을 누르며 다시 한 번 입을 열었다.

"자, 나도 힘 좀 보태볼까."

장수림 변호사를 호출한 김재황 사장이 물었다.

"그래. 너도 뉴스 봤지?"

"아, 예. 확인했습니다."

"저게 아무래도 강주혁 그 친구가 짠 판 같단 말이야."

"이게 말입니까?"

깜짝 놀란 장수림 변호사가 여전히 아침 뉴스를 내보내고 있는 TV로 시선을 돌렸다.

“저 FNF엔터라는 곳이랑 태신식품 끄나풀 언론사랑 엮여 있는 기자들, 압박 넣어. 해명기사 한 줄이라도 내보냈다가는 나랑 척질 각오하라고.”

“예! 알겠습니다.”

“겁 좀 줘도 돼. 줄 땐 확실히 줘. 그리고 저번에 말한 강주혁 그 친구 관련된 사건, 우리 쪽에서 준비한 해명자료들 퍼뜨릴 준비하고. 아, 그렇지. 퍽치기 사건, 강주혁이가 잡았다는 기사도 준비해.”

“준비하겠습니다.”

“바로 움직여.”

“예!”

당차게 대답한 장수림 변호사가 나가자 김재황 사장은 핸드폰을 집어 들어 어디론가 전화를 걸었다.

몇 시간 뒤, 이름 모를 호텔. 침대에 남자가 나체 상태로 누워 있다. FNF 사장 송갑필이었다. 어제 찐득하게 술을 마셨는지, 온 방에 술 냄새가 진동하는 와중에 송갑필은 시원하게 코를 골며 잠에 빠져 있다. 그런 그를 핸드폰 진동 소리가 깨웠다.

“끄으으—”

머리가 아픈지, 송갑필은 이마를 짚으며 얼굴만 들어 핸드폰을 집었다.

— 태신식품 박종주 사장

“아, 시발새끼가 아침부터 전화질이야.”

혀를 차며 전화를 받는 송갑필이 대뜸 목소리를 바꿔버린다.

“예, 사장님. 어제 잘 들어가셨습니까.”

슬슬 기는 송갑필. 하지만 박종주가 대뜸 천둥 치듯 소리쳤다.

"야 이 씨팔새끼야!!! 전화를 왜 지금 받아? 미쳤냐? 미쳤어, 너? 아오— 이런 정신병자 같은 새끼가 진짜!"

"예?"

"예? 예에? 예 같은 소리 하고 자빠졌네. 너 설마 지금 일어났냐? 와 이거 진짜 상 또라이 새끼네. 시발새끼야, 빨리 기사 막아! 지금 당장!!"

"아니, 그게 무슨."

하지만 박종주의 전화는 가차 없이 끊겼다.

"시발, 이 새끼 어제 잘 놀고 왜 이래. 기사를 막으라니……."

혼잣말하던 송갑필에게 순간 불안감이 엄습했다.

"에이 씨. 진짜."

그가 애써 마음을 진정시키며 TV를 켰고, 그사이 핸드폰으로 인터넷에 접속했다. 그러더니 그의 눈이 터질 듯이 커졌다.

"이게 뭔?!"

그럴 수밖에 없었다. 인터넷 어딜 눌러봐도 온통 FNF엔터의 접대와 마약 관련 기사들이 쏟아지고 있었으니까. 깜짝 놀란 송갑필이 홍보팀에 전화를 걸기 위해 통화버튼을 눌렀다가 멈칫했다.

— 부재중 전화 114통

"아, 아니 이게."

그 순간, 전화가 다시 울렸다. 발신자는 FNF엔터 직원이었다.

"야! 지금 상황이 어떻게."

"사장님! 지금 어디세요? 회사 난리 났어요. 기자들 쫙 깔리고, 경찰들이 들이닥쳤는데."

"지금 전화 송갑필 씨입니까?"

직원 목소리 뒤편에서 낯선 남자의 목소리가 들렸다.

"송갑필 씨 되십니까?"

어느새 직원의 전화를 뺏었는지, 모르는 남자가 물어왔다.

"……"

하지만 송갑필은 말문이 막혔다.

"송갑필 씨, 지금 어디십니까."

— 뚝!

일단 사태파악이 먼저였다. 때마침 TV에서 뉴스가 흘러나왔다.

"현재 FNF엔터테인먼트는 묵묵부답으로 일관하고 있으며 태신식품은 곧 기자회견을 통해……."

망치로 머리통을 얻어맞은 듯 멍청하게 TV를 쳐다보던 송갑필이 다급하게 핸드폰을 들어 어디론가 전화를 걸었다.

— 뚜루~ 뚜루~ 뚜루~ 뚜루~

"안 받고 지랄이야!"

이어서 다음 사람.

"시발 기자 새끼들! 술 사줄 땐 잘만 처먹던 놈들이!"

역시 연결 실패. 수차례 기자들에게 연락을 시도했지만, 누구도 송갑필의 전화를 받지 않았다. 그리고 마지막 시도에야 기자가 전화를 받았다.

"야! 김 기자야!"

"……"

"김 기자!"

"어이, 송갑필이."

"……뭐?!"

"당신 좆됐어. 다신 전화하지 마."

끊긴 전화를 멍청하게 내려다보던 송갑필의 시선이 천천히 TV로 향했다.

TV에서는 여전히 FNF엔터의 접대 및 마약에 대해 보도하고 있었고, 그 순간에도 송갑필의 전화는 미친 듯이 울려댔다. 거기다 검색사이트를 점령한 실시간 검색어는 온통 FNF엔터 관련이었으며 평소 돈을 처발랐던 기자들은 자신에게 등을 돌렸다. 얼추 사태파악이 된 송갑필이 내뱉었다.

"시발, 좆됐네."

반면 주혁은 아침부터 흘러가는 상황을 노트북으로 지켜보며 흐뭇해하고 있었다. 모두 계획대로 흘러가고 있었다. 때마침 박 기자에게 문자가 왔다.

— 오늘 오후 가장 뜨거울 때 2차 기사 터질 거고, 네 얘기도 에둘러 섞었다. 그리고 네가 따로 보내준 이중계약 건 해명자료는 이틀 뒤에 터뜨릴 준비 끝.

박 기자도 애초 계획대로 착착 움직이고 있었다. 웃으며 다시 노트북으로 시선을 돌린 주혁은 혼잣말을 뱉었다.

"대단하네."

확실히 파급력이 어마어마했다. 물론 FNF엔터 마약 게이트 때에도 굉장했지만, 지금 상태는 그보다 세 배, 아니 다섯 배는 뜨거웠다. 매분, 매 시간 새로운 기사가 쏟아졌고, 대중의 비난과 욕설이 난무하는 가운데 시간이 흘러 그날 오후. 디쓰패치의 홈페이지 메인에 기사가 걸렸다.

「연예계의 이면, 성접대 그리고 마약. 당신이 모르는 세계」

기사의 내용은 〈나는 알고 싶다〉와 사뭇 달랐다. 방송이 성접대 관련으로 파고들었다면 디쓰패치는 초반 연예계의 접대로 시작해서 마약과 재벌가와의 관계로 마무리하는 분위기였다. 물론 FNF엔터와 태신식품에 초점을 맞췄고. 대신 방송에서 다루지 못하는 예민한 문제까지 철저하게 서술하며 사진과 증인들의 인터뷰 등 증거들로 내용이 채워져 있었다.

"하여간 박 기자, 글빨 좋아."

턱을 괴고 디쓰패치 기사를 읽던 강주혁이 피식했다. 그러다 기사 중간쯤 시선이 멈췄다.

"……마약 물주로 보이는 모 대기업의 상무이사 박모 씨의 과거 통화 녹취록을 입수했다.

— 재생1

— 재생2

— 재생3

녹취록을 보면 과거 박모 씨가 마약 물주인 것이 확인된다."

강주혁이 박 기자에게 보낸 박종주 관련 녹취록. 그리고 다음 줄에는 강주혁이 시킨 대로 주혁에 대한 내용이 살짝 첨가돼 있다.

"취재 결과 박모 씨에게 피해를 입은 연예인이 한둘이 아니었다. 대표적으로 5년 전 자취를 감춘 톱 배우 강모 씨. 강모 씨는 통화 녹취록에서도 확인할 수 있듯이 하지도 않은 마약 루머로 인해 가장 큰 피해를 보았다. 한때 영화판을 호령하던 그는 현재 행방이 묘연하고……."

대충 두 줄 정도의 언급이었지만, 충분했다. 어차피 이번 기사의 포커스는 FNF와 박종주의 몰락이니까. 그럼에도 기사 댓글에는 강주혁과 관련된 댓글도 눈에 띄었다.

— 개불쌍하네. 마녀사냥당했나.

— 지금 다른 기사 보고 왔는데. 이거 가ㅇ,주,혀ㄱ

— 쫄았냐? 왜 당당하게 말을못해! 강주혁이라고!

딱 적당했다.

〈나는 알고 싶다〉와 디쓰패치의 합작품이 터진 날 이후부터 시간은 정신없이 흘러갔다. 강주혁의 일상은 크게 다르지 않았지만, 세상은 달랐다. 하루, 이틀. 이미 FNF엔터와 박종주가 벼랑 끝에 몰린 시점에 박 기자의 기사가 하나 더 떴다.

「마약 루머의 피해자 톱 배우 강모 씨는 누구? 그의 대한 오해들」

강주혁의 오해를 풀어줄 첫 타자. 메인기사는 아니었지만, 연예면 첫 번째 기사로 올라왔다. 그리고 주혁이 기사 내용을 확인하려던 순간, 핸드폰도 울리기 시작했다. 보이스피싱이었다.

"'브론즈' 단계의 주인이신 강주혁 님 안녕하세요!

강주혁 님의 유료서비스 '브론즈'의 남은 횟수는 총 12번입니다."

이윽고 키워드를 안내하는 여자 목소리.

"1번 'H', 2번 '5', 3번 '웹', 4번 '아침 11시', 5번……."

주혁은 1번을 눌렀다.

"탁월한 선택! 강주혁 님이 선택한 키워드는 'H'입니다!

반도체 대기업인 'H'Y테크놀로지가 반도체 라인 5개 건설과 협력사 40여 곳이 입주하는 대형 제2공장을 경기도 광주 오포읍 방면으로 건설 확정합니다. 이로 인해 정부는 신규 일자리 약 2만 명, 부가가치 약 150조 원 창출을 예상한다 발표합니다."

"광주?"

뜬금없이 나온 부동산 미래 정보. 솔직히 주식도 주식이지만 부동산은 더 생소했다. 예전에 건물 거래를 몇 번 시도해본 게 전부. 그때 알음알음 들은 정보로는 어쨌거나 부동산도 주식과 비슷해서, 호재가 있으면 주변 상권의 값이 뛴다고 했다.

"흠. 경기도 광주면 서울과도 그리 멀지 않고, 아직은 건물값도 많이 안 비싸겠지."

거기다 현재 쓰고 있는 사무실은 앞으로 직원들이나 연기자들이 늘어나면 점점 협소해질 테고, 연습실도 대여해서 쓰는 상태라 기동성이 많이 떨어졌다. 어차피 미래에 HY테크놀로지의 제2공장이 경기도 광주로 잡힌다면 건물값도 오를 테고, 일찌감치 사놓고 소속사로 운영하다가 타이밍 좋게 팔고 이사하면 그만이었다. 생각을 마친 주혁이 슬쩍 웃었다.

"회사로 쓸 건물 하나 사야겠네?"

주혁은 메모도 잊은 채 방금 들었던 미래 정보를 검색했다. 하지만 역시 HY테크놀로지 제2공장에 대한 정보는 토지 조사 진행 중이라는 기사 정도뿐이었다. 그 어디에도 확정은 없었다.

"이렇게 되면 완공까지 꽤 걸리겠는데. 뭐, 상관없나? 건설 확정이 광주로만 발표나면 건물값이 오르긴 할 테니까."

검색을 마친 주혁은 그제야 수첩에 메모를 시작했다. 일단 진행 중이던 미래 정보에서 J-주비스의 최화진 자살 건은 지웠다.

"이제 자살은 하지 않겠지."

거기다 박 기자가 명함도 전달했다고 했다. 문제가 있다면 전화하겠지 싶었다. 주혁은 조금 전에 들었던 정보를 간략하게 채워 넣었다.

— 영화 〈척살〉 (진행 중)

— 다큐 독립영화, 〈내 어머니 박점례〉 (진행 중)

— 〈28주, 궁궐에 피어난 꽃〉, 오물 드라마, 졸작 (진행 중)

— HY테크놀로지, 제2공장을 경기도 광주 오포읍 방면으로 건설 (진행 중)

현재 주혁의 전 재산은 약 80억가량.

"미니 하나 찍는 데 대충 제작비가 50억."

언젠가 제작될 〈28주, 궁궐에 피어난 꽃〉. 16부작 미니시리즈 드라마의 제작비는 대략 50억 안팎. 물론 스타작가가 쓴 대본이라면 가격 자체가 달라진다. 몸값이 하늘을 나는 톱스타가 합류하고, 해외로케에 비싼 CG, 장비가 동원되면 백억대를 넘기기도 하지만, 보통은 50억 정도. 거기에 방송사 자체 제작비 지원은 20%로 보고, 기타 작은 투자사의 투자금을 빼면 주혁이 〈28주,

궁궐에 피어난 꽃〉에 넣을 투자금은 대략 30억 정도면 충분할 것이다.

"남는 50억으로 돌려봐야겠네."

보이스피싱의 미래 정보를 대충 정리한 주혁은 다시 노트북으로 시선을 돌려 기사를 정독하기 시작했다. 강주혁 루머의 시작인 이중계약이 어떻게 진행됐는지 서술돼 있고, 강주혁이 전달한 증거나 자료들이 첨부로 달려 있다. 그렇게 이중계약에 관한 오해가 끝나고, 다음 문단은 마약 관련 루머가 서술돼 있었다. 역시 해명자료가 달려 있었고. 끝으로 박 기자가 강주혁을 조사했을 당시 느낀 점과 현재 생각 등을 서술하며 기사는 끝난다. 넘치지도 않고 부족하지도 않은, 딱 강주혁이 원하는 정도의 내용이었다.

"괜찮네."

박 기자의 글빨 때문인지, 기사가 게재된 지 얼마 되지도 않았는데 댓글 반응이 심상치 않았다.

— ㅎㄹ강주혁 마녀사냥 당했었음?

— 돌아와요 오빠ㅠㅠ

— 갤러리에 이거 추리한 거 떴음.

— 강주혁 빤스런 아니었네.

반응 속도가 나쁘지 않았다. 연예계에서 사라진 지 5년이 넘었음에도 강주혁이라는 이름이 아직은 소비할 것이 남아 있다는 증거였고.

"여기서 김재황 사장이 터뜨리면 얼추 되겠어."

이 정도 반응에 김재황 사장에게 부탁해둔 추가타가 터지면 완벽히는 씻을 수 없겠지만, 처음보다 훨씬 편하게 활동할 정도는 될 것 같았다.

'적당히만 이슈 돼도 성공이야.'

주혁의 기대감은 딱 그 정도. 하지만 그를 제외한 모두의 반응은 달랐다. 이미 김재황 사장 쪽은 준비해둔 자료를 퍼뜨릴 준비와 퍽치기 사건을 해결한 톱스타 배우에 관한 기사까지 장전 완료한 상태였다. 이어서 박 기자가 쏘아 올린 강주혁의 해명기사를 타 언론사가 재탕하면서 빠르게 번져갔다. 기본적으로 디쓰패치의 내용을 그대로 인용하고 제목만 바꿔 쓴 기사들이었지만, 발 빠르게 기사가 번진 덕분에 입소문이 퍼지기 시작했다. 물론 아직은 온라인만의 반응일 뿐, FNF와 박종주에 대한 관심이 훨씬 뜨거웠다.

그러다 새로운 기사 하나가 세상에 던져졌다.

「[단독] 강주혁 찌라시, 진실을 밝힌다」

국내 굵직한 언론사의 연예면 메인기사였다. 내용은 강주혁의 루머가 떠돌 때 있지도 않은 사실을 멋대로 기사로 내보낸 과정과, 기자들의 인터뷰 그리고 사과였다. 김재황 사장의 추가타가 시작된 것이었다.

추가 기사로 세상이 한창 시끄러운 동안, 강주혁은 광고 촬영장으로 이동하고 있었다. 어느덧 강하영의 광고 촬영일이었다. 다큐 독립영화팀도 같은 현장에서 촬영하는 날이어서, 확인은 해봐야겠다는 생각에서였다.

"좀 늦겠는데."

주혁의 차가 빠르게 고속도로를 달리기 시작했다.

집 안 모습처럼 꾸며진 세트장에 수많은 스태프가 뛰어다니고 있었다. 그중 한쪽에는 광고주인 해창전자의 홍보팀 직원이 몇몇 보였고, 프로덕션클릭 직원들 그리고 홍혜수 팀장과 강하영도 촬영을 준비 중이었다. 촬영장 중앙에 설치된 모니터 앞에는 한 남자가 심드렁한 표정으로 앉아 있었다. 이번 광고 촬영을 책임질 고봉욱 감독이었다.

그는 아침부터 기분이 좋지 않았다. 가장 큰 이유는 이 광고에 자신의 딸을 캐스팅하려다 물을 먹었기 때문이었다. 고봉욱 감독은 작게 욕설을 뱉으며 구석에서 준비하고 있는 강하영을 쳐다봤다.

'어디서 듣도 보도 못한 기획사에 저 여자애는 또 뭐야? 쟤한테 밀렸다고?'

순간 짜증이 치밀어 올랐다. 이 광고의 감독으로 결정되고부터 프로덕션클릭의 돼지새끼 같은 PD에게 얼마나 술을 퍼먹였던가? 덕분에 딸의 캐스팅이 확실시되다시피 했는데, 느닷없이 광고주가 무명 여배우 한 명을 들이밀면서 그간의 계획이 와장창 무너졌다.

"시발."

광고주가 들이민 여자라 토를 달 수도 없고, 프로덕션클릭의 주황구 PD는 클라이언트가 곧 신인데 자기가 뭘 할 수 있겠냐고 발을 뺐다. 그저 미안하다는 말뿐. 뭣같은 기억이 떠오른 고봉욱 감독은 미간을 잔뜩 찌푸리며 촬영장 뒤편을 쳐다봤다. 그쪽에는 강하영과 즐겁게 얘기를 나누고 있는 웬 할머니와 그 광경을 찍고 있는 남자 두 명이 있었다. 그 광경에 짜증이 더 치밀어 올랐다.

"아니, 여기가 무슨 노인정도 아니고. 어후 시발."

무슨 다큐지 나발인지를 찍는다고 협조하라는 말을 광고주인 해창전자 직원들에게 듣긴 했지만, 짜증이 가시지 않았다.

"준비 끝났습니다. 감독님."

"어. 배우 올려."

"옙!"

스태프 한 명이 지시를 받고는 이리저리 뛰어다니며 촬영 시작을 알렸다. 배우들이 세트장으로 들어갔고, 광고주 직원들과 프로덕션클릭의 직원들 그리고 다큐 독립영화팀이 촬영장과 살짝 거리를 뒀다. 이어서 광고에 사용할 소품과 배우들의 짤막한 리허설 후, 본 촬영에 들어갔다.

"큐!"

고봉욱 감독의 우렁찬 외침에 배우들이 연기를 시작했고.

"혜진아, 아빠가 뭘 사왔게?"

"아빠! 선물 사왔어?!"

"그럼. 짜잔! 혜진이가 갖고 싶다던 노트북!"

"우—와."

"컷! 다시."

얼마 지나지 않아, 감독의 입에서 다시라는 말이 나왔다.

"저기요, 강하영 씨. 표정 좀 화사하게 안 됩니까? 다시 갑니다."

"네! 죄송합니다!"

"다시, 큐!"

고봉욱 감독은 '화사하게'라는 애매한 디렉팅을 끝으로 다시 촬영 시작을 알렸다. 하지만.

"컷! 아니, 화사하게 몰라요, 화사하게? 다시."

같은 장면에서 고봉욱 감독이 꼬장을 부리기 시작했다.

'고생 좀 해봐라.'

촬영 현장에서 권력을 쥔 쪽은 광고주를 제외하면 감독이 최고 위치. 거기다 디렉팅은 감독의 고유 권한이었다.

'해창전자야 뭐, 지네 광고 잘 빼준다는데 별말 못하겠지.'

거기다 그는 광고바닥에서 꽤 잔뼈가 굵은 감독이기에 더욱 안하무인이었다. 점점 험악해지는 촬영 현장에 스태프와 인원들은 슬슬 감독 눈치를 보기 시작했다. 그러는 와중에도 촬영은 계속 진행됐다. 하지만.

"컷! 다시 갑니다."

"다시!"

"컷컷컷! 다시다시!"

"아오 시발! 야! 너 여기 장난치러 왔냐?!"

계속 애매하게 디렉팅하던 고봉욱 감독은 욕까지 섞어가며 촬영장 분위기를 심각하게 만들었다.

'크큭. 아, 속이 시원하네. 이제 저 새끼들 밖으로 내몰아볼까?'

고봉욱 감독이 뒤편, 걱정스러운 표정을 하는 다큐 독립영화팀을 슬쩍 곁눈질했다.

"후— 다시 갑니다. 자, 큐!"

그러자 배우들이 다시 연기를 시작했다.

"혜진아, 아빠가 뭘 사왔게?"

"아빠! 선물 사왔어?"

"그럼. 짜잔! 혜진이가 갖고 싶다던 노트북!"

"우와!"

"시발! 야!"

순간 대본을 집어 던지며 자리에서 벌떡 일어나는 고봉욱 감독. 순식간에 촬영장에 묵직한 침묵이 찾아들었다. 강하영이 움찔 놀랐다.

"너 한국말 몰라? 왜 계속 같은 말 반복하게 해?! 장난치냐? 여기 장난치러 왔어?! 계속 그렇게 할 거면 여기서 꺼져!"

꽤 심하다 싶은 장면이었으나 그 누구도 고봉욱 감독을 터치하지 못했다. 바로 그때 뒤편에 있던 할머니가 뱉은 혼잣말을 고봉욱 감독이 기가 막히게 캐치해냈다.

"어이구, 어이구. 우리 하영이 불쌍해서 어쩌누."

순간 속으로 '옳다구나!'를 외친 고봉욱 감독이 뒤쪽으로 획 돌더니 거친 말을 쏟아냈다.

"시끄러워요, 할머니. 아니 여기가 무슨 노인정도 아니고. 야! 누가 일반인 출입시켰어? 내보내. 빨리 안 움직여?"

고봉욱 감독이 남자 스태프를 강하게 쏘아봤다. 그러나 스태프는 어물댈 뿐, 쉽사리 움직이지 못했다. 그 모습에 짜증이 솟구친 고봉욱 감독이 다시금 할머니 쪽을 쳐다보면서 말했다.

"아주 다들 놀러들 나왔지. 저기요, 거기 독립 촬영인지 나발인지. 나가라고요."

고봉욱 감독은 기세를 타 할머니에게 다가가며 목소리를 높였다.

"거기, 나가란 말 못 들었어요? 나가라고! 아니 여기 왜 다들 한국말을 못 알아처먹어?"

그때였다.

"너. 뭔데."

정적이 흐르는 촬영장 어디선가 묵직한 남자 음성이 들렸다. 느닷없는 반말에 얼굴을 찌푸린 고봉욱 감독이 여기저기 둘러보았다.

"뭐야? 누구야!"

— 뚜벅뚜벅

희미하게 구두 소리가 들리고, 고봉욱 감독이 소리가 난 쪽으로 시선을 맞췄다. 풀 정장을 차려입은 남자가 짜증 난 듯 핸드폰을 속주머니에 거칠게 집어넣으면서 성큼성큼 다가오고 있었다.

"너 뭐냐고."

촬영장이 웅성거렸다. 느닷없이 강주혁이 나타날 줄 몰랐을 테니까. 주혁은 어느새 고봉욱 감독과 손만 뻗으면 닿을 정도까지 거리를 좁혔고, 그의 얼굴을 노려보며 다시 입을 열었다.

"너 뭐냐고 물었잖아."

강주혁의 등장에 당황한 것은 고봉욱 감독도 마찬가지였다. 하지만 티 내진 않았다.

"아니, 강주혁 씨가 여긴 왜."

"왜 자꾸 같은 말을 반복하게 하지? 한국말 못 알아먹어? 너 뭐냐고."

촬영장에 있는 스태프와 관계자들 모두의 시선이 강주혁에게 박혔다. 주변이 웅성거리기 시작하자, 멀찍이 떨어져 있던 해창전자 직원들도 무언가 이상했는지 현장으로 다가왔다. 프로덕션클릭의 주황구 PD도 마찬가지였다. 그러거나 말거나 강주혁은 그저 짜증이 난 상태였다. 어디서 굴러먹던 개뼈다귀 같은 놈이 강하영에게 막 대하고, 다큐 독립영화를 방해하고 있었으니까.

"와, 현장 꼬라지 아주 자알 돌아간다. 그치, 만국아?"

그때 고봉욱 감독이 멀찍이 떨어져 있는 남자 스태프를 째려봤다. 남자 스태프가 움찔하는 모습에 짧게 혀를 찬 고봉욱 감독이 강주혁을 다시금 바라봤다. 아니, 올려다봤다.

"나, 여기 감독이요."

대답을 들은 강주혁이 미간을 살짝 찌푸리며 양손을 주머니에 찔러넣었다. 그러고는 주변을 둘러보며 현장 상황을 파악했다. 움츠러든 채 바닥만 쳐다보는 강하영, 침묵을 유지하는 촬영장, 어느새 다가와 비릿하게 웃고 있는 프로덕션클릭의 주황구 PD, 멀찍이 서 있는 해창전자 직원들, 그리고 잘못한 듯한 표정의 다큐 독립영화팀, 걱정스러운 표정의 할머니까지. 여기서 문제는 죄지은 표정을 짓고 있는 게, 모두 보이스프로덕션과 관련된 사람들이라는 점. 바로 그 부분이 강주혁을 폭발하게 했다.

천천히 주변을 둘러보던 주혁의 시선이 다시금 고봉욱 감독에게 맞춰졌다. 고봉욱 감독은 어느새 권력자다운 미소에, 여유가 서린 표정을 하고 있었다. 마치 '여기서는 내가 왕이야' 같은 얼굴. 하지만 고봉욱 감독은 몰랐다. 여기서 왕은 따로 있었다는 것을.

"아니, 강주혁 씨. 여기 왜 왔냐니까?"

"야."

"뭐? 야?"

"그래, 야. 감독이고 나발이고, 니가 욕한 사람들에게 사과해."

"하, 참. 별 거지 같은 꼴을 다 겪네. 당신이 뭔데 이래라 저래라야?"

"안 해?"

"안 한다면."

주황구 PD가 중재에 나선 건 그때였다.

"자자, 적당히들 하세요. 보세요, 강주혁 씨, 지금 사진 찍히고 난리."

"너도 입 다물어. 밥줄 끊기기 싫으면."

"뭐, 뭐라고?!"

"당신들이 현장에 나와서 하는 일이 뭐야? 이따위 일 없게끔 하는 거 아닌가? 근데 구경만 하고 자빠졌어?"

면전에서 직격타를 맞은 주황구 PD가 입을 벙긋거렸다. 틀린 말이 아니었다. 프로덕션클릭 제작팀이 지원 나와 있는 이유는 현장의 흐름을 원활하게 하기 위함이었다. 그러나 그는 의도적으로 고봉욱 감독의 행위를 눈감았다.

"거기 해창 직원들, 이쪽으로 와보세요."

입 다물고 있는 주황구 PD를 보던 주혁은 멀찍이 떨어져 있는 해창전자 직원들을 불렀다. 그러자 직원들이 슬몃슬몃 다가왔다. 마치 남 일인 양.

"당신들은 이걸 보고만 있었습니까?"

"아니, 뭐. 이런 일이야 광고 현장에서 자주 있는 일 아닙니까?"

"하, 이것들 봐라?"

한심했다. 그래서 주혁은 참지 않았다.

"거지 같은 감독에, 쓰레기 같은 제작사에, 이딴 무능한 직원을 보냈다 이거지."

주혁의 말에 모두 발끈한 와중에, 가장 먼저 고봉욱 감독이 외쳤다.

"이봐! 당신, 적당히 해! 어디서 지금."

"어디 듣도 보도 못한 인간이 감독이랍시고 나대는데, 어떻게 적당히 하지? 당신 광고 빼고 뭐 해봤어? 나는 당신 본 적도 없는데."

"뭐, 뭐야?!"

고봉욱 감독의 얼굴이 시뻘게졌다.

"삼류감독 주제에 설치고 자빠졌네. 최철수 감독님, 홍혜수 팀장님 어디 갔습니까."

느닷없이 불린 최철수 감독이 깜짝 놀라며 얼결에 대답했다.

"아! 급하게 전화를 받으면서 나가시던데. 아직 안 들어오셨습니다."

대충 상황을 확인한 주혁이 강하영을 크게 불렀다.

"하영 씨. 나와요!"

"네? 아! 네!"

강주혁의 부름에 잠시 얼빠져 있던 강하영이 도도도 달려왔다.

"전부 철수합니다. 하영 씨는 홍 팀장님한테 전화해서 같이 차에 가 있어요. 감독님들도 할머님 모시고 차에서 잠시 기다리세요. 곧 갑니다."

그때야 뭔가 일이 복잡해짐을 직감했는지, 주황구 PD가 말렸다.

"아니, 강주혁 씨. 지금 뭐 하는 겁니까!"

"이딴 거 안 찍어. 니들끼리 찍든가."

강주혁의 폭탄선언에 촬영장에 모인 사람들은 입을 다물지 못했다. 그러거나 말거나 강주혁은 핸드폰을 꺼내, 어디론가 전화를 걸었다.

같은 시각, 김재황 사장은 장수림 변호사에게 업무 보고를 받고 있었다.

"강주혁 사장 관련 기사는 모두 내보냈습니다. 이제 퍽치기 사건 기사만 남았습니다."

"음, 오늘 광고 촬영이라지?"

"예. 아마 지금 한창 촬영 중일 겁니다."

"그래. 계속 신경써."

"예. 알겠습니다."

그때 책상 위에 올려둔 핸드폰이 울렸다. 발신자를 확인한 김재황 사장이 피식했다.

"이 친구도 양반은 못 되는군."

그러면서 전화를 받는 김재황 사장.

"그래, 강 사장. 나야. 광고 촬영은 잘하고……."

김재황 사장이 한창 말하는 와중에 강주혁이 말을 툭 잘랐다.

"이게 보상입니까?"

"음?"

"이딴 게 보상이면 안 받느니만 못하군요."

"……자네, 지금 무슨 소릴."

"해창전자도 별거 없네요. 얼마나 느슨하면 그쪽 직원들이나 광고제작사가 광고주를 무서워하지도 않는지."

순간 무슨 소린가 싶은 김재황 사장은 말문이 막혔고, 강주혁이 말을 이었다.

"이딴 게 보상이라면 안 받겠습니다. 광고고 나발이고, 제 사람들 욕먹으면서 찍는 거라면 어떤 것도 받지 않겠습니다. 실망이 큽니다. 그럼."

강주혁이 제 할 말만 하고 전화를 끊어버렸다. 살짝 미간을 찌푸린 김재황 사장이 잠시 핸드폰을 내려다보다가 장수림 변호사를 불렀다.

"야. 광고 쪽에 무슨 일 있는지 빨리 알아봐."

지시를 들은 장수림 변호사가 잠시 움찔하더니 급하게 핸드폰을 꺼내 어디론가 전화를 걸었다.

잠시 후. 상황을 파악한 김재황 사장은 이미 한 차례 장수림 변호사에게 호통을 쳤는지 거친 숨을 내쉬고 있었다.

"제작사에 광고 줄 때, 강 사장 쪽은 특별히 신경쓰게 하라고 몇 번을 말해! 일을 왜 그따위로 처리하는 거야!"

"죄, 죄송합니다!"

잔뜩 퍼부은 김재황 사장은 한 차례 깊은 숨을 들이마셨다.

"다 잘라. 감독이고 제작사고. 강 사장한테 전화해서, 다시 판 짜준다고 말하고! 원하는 대로 해줘!"

"예!"

판을 다시 짜든 말든 돈이 더 들든 말든 중요하지 않았다. 해창전자, 아니 김재황 사장 본인의 자존심 문제였다. 그렇게 당당하게 보상이랍시고 던져줬는데, 보기 좋게 무시당했으니 자존심에 금이 갈 만도 했다.

"아! 강주혁 사장님. 접니다! 예예. 저 사장님께서 원하는 대로……."

그리고 이미 장수림 변호사는 강주혁에게 전화를 걸어 그를 설득시키고 있었다.

같은 시각, 광고 촬영장 스태프들은 어찌할 바를 모르고 있었다. 강주혁과 관련된 사람들은 진작 촬영장을 빠져나갔고, 어디론가 전화를 걸던 강주혁도 현장을 빠져나간 지 오래였다. 거기다 해창전자 직원들은 어디선가 전화를 받자마자 화들짝 놀라더니 강주혁을 찾는다며 부리나케 뛰쳐나갔다.

"아, 감독님. 적당히 좀 하지 그랬어요."

주황구 PD가 고봉욱 감독에게 짜증을 냈다. 하지만 고봉욱 감독은 팔짱을 끼며 얼굴을 잔뜩 찌푸렸다.

"내가 뭘! 야. 까놓고 말해서, 내가 뭘 했냐? 아니 감독이 현장에서 이 정도도 못해? 그리고 강주혁 쟤는 갑자기 나타나서 뭔데?"

"아니, 그게."

그때 주황구 PD의 핸드폰이 울렸다. 발신자는 프로덕션클릭 대표였다.

"예! 사장님!"

"야, 너 잘리고 싶어?!!"

"예?"

놀란 주황구 PD의 턱살이 흔들렸다.

"현장에 기름 바르라고 보내놨더니 무슨 짓거리를 한 거야! 지금 강주혁 씨한테 가서 잘못했다고 빌어! 당장!"

"아니, 그게 무슨."

"해창에서 광고 끊겠단다. 너 밥줄 끊기고 싶어? 이게 얼마짜리 프로젝트인지 알아? 가서 빌어, 빨리. 어떻게든 강주혁 씨 용서받고 되돌려놔. 못하면 너도 끝이야! 알아들어?"

"아……."

전화는 끊겼지만, 주황구 PD는 핸드폰을 귀에 댄 채로 멍하니 허공만 바라봤다. 그 모습이 이상했는지, 고봉욱 감독이 물었다.

"야. 너 왜 그래?"

"시발!"

그러거나 말거나, 주황구 PD는 얼굴이 파랗게 질려서 어디론가 필사적으로 뛰어갔다.

주황구 PD가 강주혁을 발견했을 땐, 이미 해창전자 직원들이 강주혁에게 연신 고개를 숙이고 있었다. 그 모습에 주황구 PD가 더욱 속도를 높여 강주혁의 앞에 섰다. 강주혁이 말없이 헐떡이는 그를 지그시 노려봤다.

"죄, 죄송합니다!"

강주혁과 눈이 마주친 주황구 PD는 냅다 허리를 90도로 숙이며 용서를 구했다.

"뭐가요."

반면 강주혁의 목소리는 싸늘했다.

"제 대처가 안이했습니다! 죄송합니다! 다시는 이런 일 없도록 하겠습니다. 부디 생각을 바꿔주시면."

그러면서도 주황구 PD는 프로덕션클릭에서 강주혁을 처음 봤을 때 자신이 그를 막 대했던 것을 떠올리며 속으로 생각했다.

'이 사람이 어떻게 했길래 해창전자가 움직였을까. 좆된다. 까딱하면 진짜 좆된다.'

그런 만큼 주황구 PD는 필사적이었다. 반면 강주혁은 허리를 잔뜩 굽힌 해창전자 직원들과 주황구 PD를 무심하게 쳐다봤다. 사실 그도 광고를 이렇게 엎을 생각은 없었다. 그저 경고를 주고자 했을 뿐.

"그 감독이란 작자는 안 나오네요?"

"아! 지금 바로."

"아뇨. 됐습니다. 그리고 사과받을 사람은 제가 아닙니다. 이분들이지."

주혁이 앞차에 있는 다큐 독립영화팀과 김점숙 할머니 그리고 강하영을 가리켰다.

"죄송합니다! 다시는 이런 일 없도록 하겠습니다!"

"죄, 죄송합니다!"

강주혁의 말이 끝나자마자, 주황구 PD와 해창전자 직원들이 머리가 땅에 닿을 듯 연신 허리를 굽혔다. 덕분에 강하영과 독립영화팀은 어색하게 괜찮다며 그들을 위로했다. 그 모습을 지켜보던 주혁은 어느새 돌아온 홍혜수 팀장에게 지시를 내렸다.

"홍 팀장님. 일단 하영 씨랑 할머님 모시고, 잡아둔 숙소로 움직이세요. 이후 연락은 따로 줄 테니까."

"알겠어요. 사장님."

지시가 떨어지자, 홍혜수 팀장이 앞차에 있던 할머니를 뒤차로 모시고는 그대로 현장을 떠났다.

"감독님들은 잠시 계세요. 하던 얘기, 제 사무실 가서 마저 하죠."

"알겠습니다."

그런 다음 주혁은 불안한 표정을 짓고 있는 이들에게 시선을 돌렸다.

"주황구 PD님."

"예, 예!"

"이틀 드립니다. 이틀 안에 감독 다시 구하세요. 저 쓰레기 감독은 앞으로 안 봤으면 좋겠군요. 만약 안 되면 제작사 바꿉니다."

"아, 아닙니다! 가능합니다!"

"이틀 안에 구하시고, 3일 뒤에 다시 촬영하는 걸로 가능하겠습니까?"

"물론입니다!"

대답을 들은 주혁이 차에 올라타며 대답했다.

"그럼 바로 움직이세요. 그리고 해창전자 분들은 위에 전화하세요. 대충 해결했다고."

"아, 네!"

주황구 PD나 해창전자 직원들은 각자 빠르게 움직였다. 주황구 PD는 모니터 앞에 심드렁하게 앉아 있는 고봉욱 감독에게 가볍게 말을 던졌다.

"감독님. 집에 가세요."

"어? 뭔 소리야."

"방금 감독님 잘렸어. 약속된 다른 파트도 전부 파토야. 해창 건은 전부."

"뭐?!"

"그러니까 적당히 했어야지. 아, 몰라. 하여튼 알아서 가세요. 자! 현장 정리 합시다!"

대충 던지듯 고봉욱 감독에게 사형선고를 내린 주황구 PD가 현장을 정리하기 시작했다. 순식간에 감독이라는 직책을 박탈당한 고봉욱은 주황구 PD의 뒷모습을 멍청하게 바라볼 뿐이었다.

곧장 사무실로 이동한 주혁과 다큐 독립영화팀 감독들은 다시 이야기를 이어갔다.

"그래서, 아까 뭐라고 하셨죠?"

"아, 슬슬 편집실을 구했으면 해서요. 혹시 아시는 곳이 있나 해서 여쭤보려고."

"편집? 왜 벌써."

강주혁이 의아해서 묻자, 류성원 감독이 대답했다.

"벌써는 아닙니다. 이번 할머님 시외 나들이 촬영이 끝나면 촬영 자체는 거의 끝났다고 보시면 돼요. 후반 내레이션 작업과 엔딩 촬영 정도 남았습니다."

놀란 주혁이 기억을 더듬었다. 그러다 무엇이 떠올랐는지 다시 물었다.

"이상하네요. 분명 기사나 기획서엔 제작기간만 11개월 이상이라고 했는데요."

"아, 그건 당시의 예상 촬영 기간이었습니다. 아시다시피 그때는 저희 투자나 배급도 없었고, 다큐가 아니라 예술영화였지 않습니까? 거기다가 철수가 빠진 상황이라 넉넉하게 그렇게 잡았던 거였는데, 지금은 다큐로 바뀌었고, 사장님 덕분에 아무 걱정 없이 촬영에만 집중할 수 있었습니다."

옆에서 열심히 고개를 끄덕이던 최철수 감독이 보충설명을 했다.

"제일 골치였던 내레이션이나 도우미 역까지 해결해주셨고 숙소며 장비까지. 투자금이 워낙 넉넉해서, 원래 같으면 일주일에 잘해봐야 이틀 찍을 거 지금은 거의 나흘씩 찍었으니 촬영 기간이 그만큼 단축된 겁니다."

감독들의 설명에 주혁이 이제야 이해가 간다는 표정으로 고개를 끄덕였다.

"즉, 곧 영화를 걸 수 있다는 말이네요."

"맞습니다. 물론 걸리는 상영관 수는 적겠지만, 그래도 그게 어딥니까, 하하하."

주혁이 턱을 쓰다듬었다. 생각지도 못한 다큐 독립영화의 개봉이 어느새 코앞이었다.

"알겠습니다. 배급 진행은 제가 VIP픽쳐스와 한번 만나보겠습니다. 편집실은 내일 안에 구해드리죠. 일단 오늘은 쉬세요."

"감사합니다!"

감독들이 떠난 후, 주혁은 수첩을 꺼내 독립영화 관련 메모를 확인했다.

"관객수 312만."

〈내 어머니 박점례〉의 미래 정보를 보며 주혁이 짧게 읊조렸다.

오피스텔로 돌아가는 차 안. 주혁이 핸들을 꺾으며 황 실장에게 전화를 걸었다. 통화 연결음은 금방 끊겼다.

"예. 사장님."

"황 실장님. 내일부터 경기도 광주 오포읍 주변으로 건물 좀 알아봐 주세요."

"알겠습니다. 조건은 어떻게 잡을까요?"

"최근에 올린 건물일수록 좋고, 매매가 50억 이하, 엘리베이터 있는 곳, 우리 소속사 건물로 사용할 거니까. 자세히 알아보시고 적당히 후보군 나오면 추려서 가지고 오세요."

"아, 소속사 건물로요. 알겠습니다."

주혁은 이내 액셀을 밟으면서 다큐 독립영화를 생각했다.

"당겨지는 거면 바빠지겠어."

거기다 이제 강하진의 〈척살〉 출연 분량도 곧 끝날 테고, 웹드라마 부분도 정리해야 했다. 생각을 정리하다 보니 어느새 오피스텔 근처였다. 추민재 팀장의 전화가 온 것은 그때였다.

"어. 형."

"사장님."

뭔가 신나는 일이 있는지 추민재 팀장의 목소리가 살짝 상기돼 있었다.

"〈28주, 궁궐에 피어난 꽃〉, 정보 떴다."

그러나 당장 들어와서 얘기하기엔 정보가 많지 않았다. 제작 소식만 들었다뿐이지 실질적인 정보는 방송국에 직접 가서 확인을 해봐야 하는데, 〈척살〉 출연분이 막바지여서 강하진을 맡은 추민재 팀장이 움직이기 힘들었다. 그렇게 며칠이 흘렀다.

"끄으으!"

침대에서 일어나 기지개를 켜던 주혁은 핸드폰을 들어 스케줄을 확인했다. 오늘은 보이스프로덕션 전체 미팅이 있는 날이었다. 미팅이 끝나면 강하영은 바로 광고 촬영장으로 이동하면 되는 스케줄이었다. 강주혁에게 된통 혼났던 프로덕션클릭이 하루 만에 새 감독을 구한 덕분이었다. 이어서 다큐 독립영화 〈내 어머니 박점례〉의 배급사 VIP와 미팅이 있었다. 감독들이 부탁한 편집실 문제는 무비트리의 노는 편집실을 빌리기로 간단히 해결된 터였다.

일정을 확인한 주혁은 곧장 인터넷에 접속했다. FNF엔터와 박종주에 대한 사건이 터진 지도 며칠이 흘렀기에 반응을 확인하기 위해서였다.

「'접대, 마약' 태신식품 막내아들 박종주, 국내 최대 로펌 '파우스' 선임」

태신식품 쪽은 발 빠르게 재판을 준비 중이었다. 하지만 기업 태신식품 자체의 이미지는 바닥을 쳤다. 이미 태신식품 불매운동까지 벌어지는 참이었고,

FNF엔터 쪽은 아예 회생 불가능이었기에 소속 연기자들이 하나둘 계약 해지를 하는 실정이었다.

대충 상황 파악을 마친 주혁이 이번에는 자신에 관한 기사를 검색했다.

「'강주혁', 당시 악의적인 찌라시 돌린 기자 "정말 죄송하다. 직접 사과하겠다."」

익명으로 돌던 기사가 이제는 강주혁이라는 이름으로 양산되고 있었다. 거기에다 이미 디쓰패치의 해명기사와 김재황 사장 측에서 돌린 후반 해명기사까지 다 터진 상황이었다. 연예면 기사 1면에는 항시 강주혁의 이름이 오르내렸고, 간간이 실시간 검색어에도 등장했다. 너무 넘치지도 그렇다고 너무 시시하지도 않은 적당한 관심이었다.

"이 정도면 괜찮겠어."

확인을 끝낸 주혁이 침대에서 일어나, 출근을 서둘렀다.

보이스프로덕션에는 미팅시간에 맞춰 이미 모두가 모여 있었다. 강주혁을 보자, 직원들과 연기자들이 환호했다.

"어머, 사장님. 오다가 기사 봤는데. 어떻게 된 거야? 일단 축하해!"

"아니 뭐야? 이 상황 사장님이 판 짠 거야? 반응이 나쁘지 않던데? 축하한다!"

강주혁은 이게 무슨 축하받을 일이냐며 손사래를 쳤다. 그럼에도 홍혜수 팀장은 감격스러운 표정으로 강주혁의 어깨를 부여잡았고.

"아니야. 이건 축하받을 일 맞아. 너 인마 얼마나 고생했냐. 완벽히 씻긴 건 아니라도, 이 정도 반응이면 너 돌아다니는 데 아무 지장 없겠더라."

추민재 팀장은 고개를 저으며 열변을 토했다. 마침 문자도 도착했다.

— 사장님! 기사 봤습니다. 지금 학교에서도 애들이 사장님 얘기 엄청나게 해요. 반 친구들이 사장님 이름 막 얘기하는데 신기하기도 하고…….

김재욱이 학교에서 보낸 문자였다. 주혁은 피식 웃으며 공부하라는 답장을 보냈다. 이어서 직원과 연기자들을 보며 상황 설명을 에둘러서 던졌고.

"앞으로는 거리낌 없이 명함 팍팍 날려."

더욱 바빠질 것을 암시하며 자리로 움직였다. 앉을 소파가 부족한 탓이었다. 강주혁이 여전히 흥분이 가시지 않은 직원과 연기자들을 둘러보며 담담하게 입을 열었다.

"우리 곧 이사 갑니다."

"어?!"

"예?!"

"아?!"

"일단 그렇게만 알고 있어요. 건물 매입 예정이 잡혀 있어. 사무실도 점점 좁아지고, 지금 학교에 있는 재욱이 포함해서 사람도 늘어나고, 거기다 연습실도 자꾸 왔다 갔다 하기 힘드니까. 그냥 소속사 건물 하나 살 거야. 일단 이 이야기는 끝."

모두들 궁금해 미치겠다는 표정이었지만 강주혁은 매몰차게 회의를 진행했다.

"홍 팀장님, 하영 씨. 오늘 회의 끝나면 광고 촬영 다시 진행하죠? 오늘은 내가 못 가보는데, 이번엔 안 그러겠지만 혹시나 저번처럼 그딴 행태로 나오면 그냥 박차고 나와요. 우리 을 아니야, 갑도 아니지만. 하여튼 을 아니니까, 그런 생각으로 움직여요."

그러고는 주혁이 스케줄을 정리해놓은 다이어리를 펼치며 말을 이었다.

"추가로 하영 씨, 독립영화 소식 들었어요?"

"아, 네! 이제 곧 후반 작업 들어간다고."

"맞아요. 홍 팀장님은 이번 광고 촬영 진행하면서 독립영화팀이랑 짬짬이 스케줄 맞춰봐요. 이제 내레이션 녹음이나 편집점 맞춰봐야 할 테니까."

강주혁의 말을 들은 홍혜수 팀장이 다이어리에 무언가 적더니, 광고 촬영이 임박해 강하영과 함께 곧바로 사무실을 빠져나갔다.

"다음 하진 씨. 이제 곧 촬영 분량 끝나죠."

"네. 이번 주 안으로 끝나요."

"고생했어요. 남은 거 빨리 털고, 웹드라마 들어갑시다. 웹드라마 쪽도 제작사가 콘티 확정 나면 미팅 진행하기로 했어요. 대본부터 빨리 받아볼 테니까, 일단 대학교 관련 드라마로 많이 봐두고 감정 연습하고 있어요."

"네. 사장님."

"일단, 차에 가 있어요. 추 팀장님 금방 보내줄게."

오늘따라 더욱 청초한 강하진은 조용히 인사하고는 사무실을 벗어났다. 주혁은 추민재 팀장 반대쪽 소파로 이동하면서 물었다.

"확인 좀 해봤어?"

"어어, 짬짬이 돌아봤는데 많이는 못 건졌다."

"괜찮아. 건진 것만 얘기해봐."

고개를 끄덕인 추민재 팀장이 다이어리를 꺼내 들었다.

"일단, 사장님이 말한 〈28주, 궁궐에 피어난 꽃〉이라는 드라마는 케이블이 맞아. WTVM."

"WTVM?"

케이블 방송사를 들은 주혁이 턱을 쓰다듬었다. WTVM은 케이블 3사 중 가장 성적이 안 좋은 방송사였다. 쉽게 말해 꼴등.

"그리고?"

"지금 그 방송사에서 하는 〈신입사원 박원태〉라고 미니 있는데, 그 뒤로 들어갈 편성인 거 같아."

“작감(작가, 감독)은? 확인됐어?”

“감독은 김태우 PD, 작가는 아무리 쑤셔봐도 이름이 안 나와. 아무래도 신인 아니겠어?”

“신인? 흠. 그 김태우라는 연출, 좀 알아? 난 처음 듣는데.”

“아, 나도 많이는 모르고 대충만 알아. 3년 전인가 입봉하고 아침, 미니 이렇게 총 두 개 연출했더라.”

“그래? 그 작품 제목 좀 문자로 찍어줘.”

“확인해보게? 오케이.”

이 바닥의 용어가 왔다 갔다 하는 상황이 뭔가 재미있는지 황 실장은 흥미롭게 두 사람을 지켜보고 있었다. 그것을 알 리 없는 강주혁이 말을 이었다.

“그래서, 얼마나 진행된 거래?”

“정보 많이 없는 거 보니까. 딱 프리 단계 같아. 스태프들 좀 쑤셔봤는데 아직 회의도 안 했고, 이제 대본 1~2부 나온 정도 아닐까 예상해본다. 제작사도 확인이 안 돼.”

“스태프 계약도 안 했다는 거네. 흠, 그럼 투자도 전혀 진행 못 했겠는데. 아예 작품만 골라놨나 보네.”

“아마? 어떻게, 그쪽 제작팀이랑 접촉해봐?”

추민재의 말을 들은 주혁은 팔짱을 끼며 소파에 몸을 묻었다. 그러면서 보이스피싱이 알려준 내용을 떠올렸다.

‘어쨌든 그 드라마는 투자자의 지나친 개입으로 초대박에서 오물 드라마로 전락한다는 게 핵심이야.’

생각을 하며 주혁이 검지로 팔뚝을 톡톡 쳐댔다. 그 모습을 자주 봤던 황 실장은 흥미롭게 강주혁을 쳐다봤고, 추민재 팀장 역시 입을 다물고 기다렸다. 그렇게 몇 초가 흘렀고.

"아니야. 당장은 건들지 말자. 목마른 놈이 우물 판다고, 그쪽 사정이 척박해질 때까지 지켜만 보는 걸로. 대신 동향은 확실하게 파악해야 돼. 지금보다는 약을 두 배로 쳐. 진행비 아끼지 말고 팍팍 써도 돼, 형."

"오케이."

"하진 씨 잘 케어하고, 웹드라마 정리되면 형한테 토스할 테니까, 형도 스케줄 꼬이면 바로 말해줘. 내가 붙어도 되니까."

"알겠습니다요. 사장님."

"응. 형도 출발."

추민재 팀장이 강주혁과 황 실장에게 인사를 던지고는 사무실을 빠져나갔다.

"황 실장님."

"예."

"리스트는요?"

"여기."

황 실장이 탁자에 광주 오포읍 건물 리스트를 올려놨다.

"총 다섯 곳 정도 추렸습니다. 말씀하신 조건들이 충족되는 건물로만."

리스트를 한 장씩 넘기던 주혁이 만족스럽게 고개를 끄덕였다.

"좋네요. 오늘 저랑 좀 움직입시다. 건물들 쭉 돌아보죠."

"알겠습니다. 그리고 제 후배, 내일부터 출근할 수 있는지."

"그럼요. 가능하면 오늘 얼굴 좀 보죠."

"연락해두겠습니다."

"자, 가시죠."

강주혁과 황 실장이 동시에 자리에서 일어났다.

광주시 오포읍 방면. 일단 부동산 업자 없이 움직이기로 하고, 리스트에 있는 첫 번째 건물 앞에 도착했다.

"어떠십니까."

"나쁘지 않네요. 그런데 1층 저 마트가 걸립니다. 유동인구가 많겠어요."

"예, 아무래도. 2~4층까지 공실은 많은데 1층은 전부 점포가 들어선 상태입니다."

"흠."

사실 1층에 무슨 점포가 있든 상관없었지만, 아무래도 소속사로 쓸 건물이니 사람들의 왕래가 잦은 가게는 피하는 게 좋았다.

"여긴 얼맙니까?"

"어…… 대략 30억쯤 되는 것 같습니다."

"30억."

가격은 나쁘지 않았지만, 일단 보류.

"일단 다음 거 보러 가시죠."

"알겠습니다."

주혁의 말에 황 실장이 곧장 운전석에 올라탔고, 주혁도 조수석의 차 문을 열었다. 그 순간.

— 지이잉 지이잉 지이잉 지이이잉~!

품속 핸드폰이 울렸다. 액정을 확인하니 보이스피싱이었다. 곧장 황 실장에게 양해를 구하고 차와는 조금 떨어진 곳에서 전화를 받았다.

"'브론즈' 단계의 주인이신 강주혁 님 안녕하세요!

강주혁 님의 유료서비스 '브론즈'의 남은 횟수는 총 11번입니다."

1번을 누르자 익숙한 여자 목소리가 계속되었다.

"들으실 항목의 키워드를 '선택'해주세요!

1번 '366', 2번 '5', 3번 '웹', 4번 '아침 11시', 5번……."

"저번에 1번 눌러서 나온 게 H였지?"

고민 없이 주혁은 2번 '5'를 눌렀다.

"탁월한 선택! 강주혁 님이 선택한 키워드는 '5'입니다!

김삼봉 감독이 SNS에 올린 소신 발언으로 인해 독립영화계에 큰 논란을 가중시킵니다. 오랫동안 DBS 국제독립영화제의 심사위원으로 활동한 김삼봉 감독은 이번 제1'5'회 DBS 국제독립영화제에 출품된 독립영화들이 죄다 쓰레기 같다면서, 독립영화의 미래가 어둡다는 글을 게재합니다."

살짝 멍하게 허공을 바라보던 주혁이 천천히 핸드폰을 품속에 넣으면서 입을 열었다.

"익숙한 이름이 나왔네."

굉장히 친숙한 이름이 나왔다. 바로 김삼봉 감독. 거기다가.

"DBS 국제독립영화제라……."

주혁은 수첩에 메모하는 것도 잊은 채 볼을 쓰다듬으며 생각에 빠졌다. 그러다 번뜩 무언가가 떠올랐는지, 재빨리 수첩을 꺼내 들었다. 그가 펼친 곳은 〈내 어머니 박점례〉의 미래 정보가 적힌 장이었다. 정보를 가만히 내려다보던 주혁의 입이 열렸다.

"개봉 전에 상 하나 떡하니 타는 것도 나쁘지 않겠는데?"

14. 이사

황 실장은 운전하면서 조수석에 있는 강주혁을 힐끔거렸다. 강주혁은 이동할 때마다 작은 수첩에 메모도 하고 중얼거리기도 하면서 뭔가 골똘히 생각하는 눈치였다. 하지만 과묵한 황 실장은 뭐 하냐고 묻지 않았다. 황 실장이 다시 운전에 열중하기 시작했을 때, 생각을 정리하던 주혁이 입을 열었다.

"황 실장님."

"예, 사장님."

"다음이 마지막이죠?"

"네. 마지막 건물입니다."

주혁이 고개를 끄덕거렸고,

"저 건물입니다."

차에서 내린 주혁이 건물을 천천히 둘러봤다. 1층에는 작은 카페와 핸드폰 매장 그리고 빵집이 있었다. 4층짜리 건물은 외관상 꽤 깨끗해 보였고, 밑으로 나 있는 주차장 입구도 보였다. 무엇보다.

"주변에 뭐가 많이 없네요?"

"네. 저쪽에 아파트나 시내가 있긴 하지만, 이 주변으로는 보시다피시 크게 뭐가 없습니다."

"흠……."

건물 주변이 깔끔했다. 작은 점포 몇몇이 있었지만, 현재 강주혁이 보고 있는 건물이 가장 높은 편이었다.

"여긴 얼마에 거래됩니까?"

"잠시만요. 어…… 일단 28억에 올라와 있습니다."

"28억."

가격도 나쁘지 않았다. 주혁이 턱을 쓰다듬으며 황 실장에게 지시했다.

"내부 한번 보죠. 부동산 업자 불러보세요."

"알겠습니다."

지시가 떨어지자, 황 실장이 핸드폰을 꺼내 곧장 어디론가 전화를 걸었다.

잠시 후, 주혁의 차 뒤에 흰색 승용차가 급박하게 정차했다. 살짝 중앙 머리가 벗겨진 남자가 차에서 내려, 주혁과 황 실장에게로 뛰어왔다.

"아— 혹시 건물 때문에 전화 주신."

"네, 맞아요. 반갑습니다."

부동산 업자는 주혁과 열 걸음은 차이 나는 거리에서부터 손을 내밀며 악수를 청하는 자세로 뛰어왔다. 어느새 코앞까지 도착한 업자는 주혁과 손을 맞잡으며 환하게 웃었다.

"아이고. 이거 빨리 온다고 왔는데, 죄송합니다."

"아뇨. 정말 빨리 오셨습니다. 건물 내부를 좀 보고 싶은데요."

"아이 그럼요. 따라오십쇼!"

신속하게 앞장서는 업자의 뒤로 주혁과 황 실장이 따라붙었다.

시작은 4층부터였다. 엘리베이터에서 내린 주혁은 가장 먼저 보이는 복도를 눈여겨봤다.

"사장님. 저는 따로 한번 돌아보겠습니다."

"아, 네. 그렇게 하세요."

황 실장이 엘리베이터를 타고 다시 1층으로 내려갔고, 주혁은 일자로 펼쳐진 복도 벽 변을 쳐다봤다. 당장은 흰색으로 칠해진 벽에 불과하지만.

'작품 포스터를 쭉 걸면 괜찮겠는데.'

주혁이 미래의 구도를 상상해보았다. 영화사나 제작사 또는 투자사 등을 가면 그 회사가 제작하거나 투자한 영화부터 드라마 등의 포스터를 입구부터 쭉 이어진 복도에 걸어둔다. 보기 좋으라고 해놓는 게 아니다. '우리는 이런 것들을 만들어냈소이다' 같은 홍보를 멋들어지게 하는 것이다. 걸작이든 망작이든 다 걸어둔다는 게 문제지만.

강주혁은 사정이 달랐다. 그에게는 보이스피싱이 있고, 오로지 걸작만을 걸어둘 수 있는 능력이 있었다. 이제 고작 영화 두 편이지만, 주혁은 앞으로 자신이 투자할 또는 만들어낼 수많은 작품이 이 복도에 걸린 것을 상상해보았다.

"전부 대박 터진 작품만 쭉 걸려 있으면 아주 볼 만하겠네."

"예?"

"아, 아닙니다."

잠시 환상에 젖어 있던 주혁은 부동산 업자의 되물음에 현실로 돌아왔다. 물론 속으로 다시 한 번 다짐은 했다.

'못할 건 없지.'

이후부턴 업자의 안내대로 4층 이곳저곳을 둘러봤다. 3층과 4층은 전부 비어 있는 상태였다.

'3층은 연습실과 휴게실 위주로 만들고, 4층에 팀별 사무실을 만들면 되겠어.'

그렇게 주혁이 이곳저곳을 꼼꼼하게 둘러보고 있을 때 황 실장이 4층으로 올라왔다.

"사장님. 지하 주차장과 화장실 그리고 계단부터 건물 벽면까지 딱히 문제점은 안 보입니다."

그러자 부동산 업자가 이때다 싶었는지 대뜸 끼어들었다.

"완전히 새 건물이라고 봐도 무방합니다. 4층에는 태권도장이 잠시 들어왔었는데 거진 공실로 놀았고, 3층도 깨끗해요. 둘러보셨다니 아시겠지만, 건물 벽면에도 못 자국 하나 없이 아주 깔끔합니다."

그 말에 고개를 끄덕이던 주혁과 황 실장은 건물 옥상까지 둘러본 후에야 부동산 업자와 다시 1층으로 내려왔다.

"일정 잡아보시죠."

"예? 무슨 일정을."

"계약 일정이요. 최대한 빨리."

"아, 아! 예, 알겠습니다. 바로 연락해보겠습니다."

부동산 업자는 곧장 핸드폰을 꺼내들었고, 주혁은 다시 1층 점포들을 찬찬히 둘러보았다. 잠시 후 업자가 통화를 마쳤는지, 주혁에게 다가왔다.

"이번 주 주말에는 어떠신지?"

"괜찮습니다. 잡아주세요."

"예!"

"그런데, 여기 1층 월세가 어떻게 됩니까?"

"아."

신난 부동산 업자가 주변 상권부터 시작해서 월세나 앞으로의 발전 가능성까지 나열하기 시작했다. 그 중간을 주혁이 잘라먹으며 차분히 말했다.

"월세를 한 50만 원 낮출 생각입니다."

"예?!"

"대신 각 점포 주인들과 계약서를 다시 쓰고, 특별한 조항을 몇 개 넣을 생각입니다. 어려운 것은 없으니, 가게 주인분들 의견 한번 물어보시고, 계약날 알려주세요."

업자는 당황하긴 했지만, 일단 고개를 끄덕거렸다. 강주혁이 말한 특별조항은 진짜 별것 없었다. 점차 회복되고 있는 강주혁의 이미지에 따라 언젠가는 그의 행보도 세상에 알려질 테고, 보이스프로덕션도 곧 유명해질지 몰랐다. 아니, 유명해져야 했다. 거기다 강자매나 김재욱 그리고 앞으로 이곳에 둥지를 틀 연예인들이 늘어나고 그들이 유명해진다면 필시 보이스프로덕션에는 이쪽 관계자부터 팬들, 기자들이 오갈 것이다. 그들에게 또는 소속 연예인들에게 최고의 서비스나 대우를 약속해달라는 특별조항. 물론 반대로.

'저들이 우리 때문에 불편할지도 모르지.'

당연히 취재진이나 팬들이 몰려들면 시끄러워질 것이 뻔했다. 처음에야 손님이 늘어나서 그냥저냥 넘어가 주겠지만, 그럼 불편함이 쌓이다 보면 귀찮은 일이 생길지도 모른다. 여러 가지 이유가 섞인 월세 인하였고, 배려였다. 돈 몇 푼 깎아주고 사이좋은 이웃을 만드는 게 이미지로도, 앞으로의 관계를 볼 때에도 훨씬 나았다.

얼추 확인을 끝낸 주혁은 부동산 업자에게 연락 달라고 하고는 운전석에 탔고, 황 실장이 업자에게 명함을 건넨 후 조수석에 탔다.

"사장님, 운전은 제가."

"오늘 종일 운전하셨는데, 갈 때는 제가 해도 됩니다. 저 운전 좋아해요."

"아, 그렇다면 알겠습니다."

"일단 사무실로 돌아가죠. 그 후배분은?"

"예. 지금 바로 연락해보겠습니다."

황 실장은 후배에게 전화를 걸었고, 주혁은 사무실로 차를 몰기 시작했다.

사무실에 도착하니 입구에 웬 건장한 남자가 서 있었다. 턱 봐도 180이 넘어 보이는 키에 울퉁불퉁한 몸집. 그 남자를 보자 황 실장이 외쳤다.

"천수야!"

남자가 휙 고개를 돌렸다.

"반갑습니다. 강주혁입니다."

"아아."

남자를 보자마자 주혁이 손을 내밀었고, 천수라는 남자는 이상한 탄성을 내며 주혁의 손을 양손으로 감쌌다. 마치 신이라도 본 듯이. 그 모습에 주혁이 살짝 당황하자, 남자가 천천히 입을 열었다.

"죽기 전에 꼭 한 번 뵈어야지 했는데, 이렇게 가까이서 볼 수 있을 줄은 몰랐습니다."

주혁이 어색한 웃음을 흘리며 옆에 있던 황 실장을 슬쩍 쳐다봤다. 그러자 황 실장이 크게 웃으며 말했다.

"하하, 예전에 한번 말씀드렸죠? 사장님 나온 형사영화 수십 번을 봤다고, 이 친구가 추천해줘서 본 겁니다. 아주 광팬이에요."

황 실장의 후배 박천수 역시 형사 출신이었다. 이력서를 가지고 왔는데, 황 실장과 같이 딱히 문제점이 없었다.

"내일부터 출근하시고, 앞으로 박천수 과장님이라 부르겠습니다. 황 실장님이랑 같은 일을 하시게 될 거고, 자세한 것은 황 실장님께 들으세요. 잘 부탁합니다."

"옙!"

강주혁에게 꾸벅 인사한 박천수 과장은 황 실장과 함께 사무실을 떠났고, 주혁은 그대로 홍혜수 팀장에게 전화를 걸었다. 쉬는 시간이었는지, 홍혜수 팀장은 금방 전화를 받았다.

“누나, 현장 어때?”

“말도 마. 완전 귀빈 대하듯이 극진하게 신경쓰는데, 내가 다 부담스러울 정도야.”

“그래? 진행 속도는?”

“문제없어요~ 오늘 밤 안으로는 끝날 것 같아.”

“알았어.”

통화를 마친 주혁이 노트북에 전원을 넣었다. 가장 먼저, 자신에 대한 분위기를 파악했다. 결과적으로 크게 달라진 건 없었다. 아직 기사가 양산되는 중이고 여전히 실시간 검색어 끝자락에 들어 있지만, 그렇다고 크게 이슈화되지는 않은. 딱 뜨뜻미지근한 상태.

“이쪽은 됐고.”

만족스러운 표정을 짓던 주혁이 곧장 검색창에 글자를 치기 시작했다.

— DBS 국제독립영화제

이번 보이스피싱에서 들은 영화제였다. 주혁도 어지간한 영화제는 거의 다 알지만, 대부분 상업영화와 관련된 영화제였고, 독립 쪽까지 자세히 알지는 못했다.

검색결과는 이랬다. 독립영화의 계승과 확산을 목표로 하고, 영화제 이름에서 알 수 있듯이 유명 교육방송 DBS에서 주최하는 영화제. 국내뿐 아니라 세계 각국의 다양한 독립영화가 매년 출품된다. 특이한 점은 주최측이 방송국이라, 이 영화제에서 수상하면 DBS 소유의 예술영화관은 물론 TV에서도 방영한다는 점이었다.

“생각보다 꽤 굵직한데?”

독립영화제라고 작게 볼 게 전혀 아니었다. 심사위원으로 국내에서 이름 날리는 영화감독이나 원로배우들이 참여하는 데다, 독립 판에서는 꽤 묵직한 영화제인 듯 보였다.

“〈원한소리〉, 〈초파리〉도 여기 출신이네.”

이쯤 되니 더 욕심이 났다. 독립영화나 상업영화나 굵직한 영화제에서 상을 받으면 그 파급력이 상당하다. 실제로 칸이나 해외 영화제에서 상을 받고 국내에 걸어서 흥행의 달콤함을 맛본 영화도 꽤 있는 데다가, 홍보하기에도 그림이 잘빠져서 배급사에서 꽤 환영하는 루트였다.

“거기다 이번에는 거진 쓰레기 작품만 나온다고 했으니까.”

보이스피싱에서 알려준 정보. 김삼봉 감독이 그렇게 말할 정도라면 정말 볼 게 없다는 뜻이다. 현재까진 강주혁만 아는 사실이었고.

“가능성은 충분해.”

생각을 정리한 주혁은 이번 DBS 국제독립영화제가 언제 열리는지 일정을 확인했다. 시작은 약 두 달 뒤.

“빠듯하긴 한데, 가능은 하겠어.”

다음 날부터 강주혁은 일에 미친 사람처럼 일정을 쳐내기 시작했다. 가장 먼저.

“누나. 저번에 말한 세무사랑 변호사, 만나볼 수 있나?”

“어머, 내 정신 좀 봐. 진행 다 해놓고 사장님한테 말을 안 했네. 여기, 이쪽 계통 빠삭한 인간들이니까 잘해줄 거야.”

기본적인 세금과 법 관련 일이었다. 홍혜수 팀장에게 명함을 받은 주혁은 곧바로 그들과 미팅해 현재 상태와 예상되는 미래를 전달했고, 큰 고민 없이 자문을 받기로 확정했다. 앞으로 회계, 정산 관련 직원도 뽑아야 했지만, 그건 이사한 후 생각하기로 했다.

그 후로도 시간은 하루하루 빠르게 흘렀다. 강하진은 〈척살〉 촬영분을 모두 소화해냈다. 잠시 강자매를 포함한 전 인원의 스케줄이 살짝 널널해진 틈에 주혁은 넘어갈 소속사의 계획을 직원들에게 설명했고, 추민재와 홍혜수 팀장을 필두로 새로운 보이스프로덕션의 구상도를 그리게 했다.

그렇게 시간이 흘러 어느덧 건물 계약이 목전인 금요일 아침이었다. 이른 아침부터 주혁의 핸드폰이 울렸다. 침대에 널브러져 있던 강주혁이 힘겹게 발신자를 확인했다. 추민재 팀장이었다.

"……어. 형."

"주혁아! 빨리 인터넷 좀 확인해봐! 너 이거 진짜냐?!"

"……뭐?"

"설명하는 것보다 니가 직접 보는 게 나아! 빨리 확인하고 전화 줘라!"

급박하게 전화를 끊어버리는 추민재 팀장. 주혁은 머리를 쓸어올리며 핸드폰으로 인터넷에 접속했다. 그런데.

"어?"

1. BS화장품 특가 세일

2. 핫 칠리 피자 최저 8천 원 쿠폰

3. 강주혁

4. 태신식품 불매

강주혁의 이름이 실검 3위에 올라 있었다.

"뭐야, 이거."

간간이 실시간 검색어에 강주혁의 이름이 오르긴 했지만 끝자락이었지, 이렇게 상위권에 오른 것은 처음이었다. 주혁은 곧장 자신의 이름을 클릭했다. 그러자 가장 먼저 보이는 기사 제목.

「용인 퍽치기범 잡은 유명 연예인은 '강주혁'」

기사 제목을 보자마자, 주혁의 입이 열렸다.

"이건 김재황 사장이군?"

분명했다. 황 실장이 퍼뜨렸을 리는 없으니까. 가만히 노트북 화면을 쳐다보는 주혁은 생각보다 차분했다. 그도 그럴 게, 타이밍이 썩 나쁘지 않았다. 아니, 지금은 오히려 세상에 알려질수록 좋았다. 재미있게 흘러간다고 느낀 주혁이 기사 제목들을 쭉 훑었다. 그리고 사람들이 달아놓은 댓글과 SNS 등을 확인했다.

「용인 경찰서, 배우 강주혁 씨에 '용감한 시민상' 수여 거론 중」

「연달아 터지는 해명기사와 선행기사, 강주혁 복귀 임박?」

「강주혁을 보는 대중들의 시선, 갑론을박」

— 영화 때문에 배운 액션 현실에서 써먹음.

— 고담시는 배트맨이 지키고 용인시는 강주혁이 지킴.

— 용인시 강트맨.

— ㅋㅋㅋㅋㅋㅋㅋ강트맨ㅋㅋㅋ도랏

— 얘 범죄자 아님? 왜 이렇게 빨아제끼냐.

가히 대중의 관심은 폭발적이었다. 잊혔던 5년이 무색할 만큼. 거기다 김재황 사장이 힘을 쓴 건지는 모르겠으나, 기사를 양산하는 속도와 인터넷에 퍼지는 속도가 어마어마했다. 대충 상황을 파악한 주혁은 짧게 숨을 내뱉으며 팔짱을 꼈다. 그렇게 몇 분이 흘렀다. 생각을 정리하던 주혁이 마침내 팔짱을 풀면서 혼잣말을 뱉었다.

"이 상황…… 이용해먹을 수 있겠는데."

읊조린 주혁이 핸드폰을 집었다. 이어서 어디론가 전화를 걸었다.

"아이고, 물주님."

전화를 건 상대는 박 기자였다.

— 딸랑

인터넷에서 이슈 몰이가 되고 있는 와중에 강주혁은 오피스텔 주변 고급 중국집을 찾았다.

"어서 오세…… 어?"

카운터에 있던 여자 직원이 강주혁의 얼굴을 보곤 말을 멈췄다. 이제 이런 시선이 어색하지 않은 주혁은 슬쩍 웃으며 입을 열었다.

"예약했습니다. 아마 박도훈으로."

"……아. 아! 네. 저기 4번 룸에 계세요."

"감사합니다."

주혁은 종업원이 알려준 4번 룸으로 향했다.

"후르르릅!"

문을 열자마자 들리는 면 흡입하는 소리. 박 기자가 이미 자장면 한 그릇을 해치우고 있었다. 그가 면을 씹으며 말을 뱉는다.

"아, 강트맨 왔냐? 일단 먹어. 먹고 얘기하자."

박 기자의 말에 주혁은 피식하며 자리에 앉았다. 이어서 노크 소리가 들렸고 강주혁을 안내했던 여자 직원이 들어왔다.

"아, 저도 같은 거로 주세요. 곱빼기."

"네."

여자 직원은 여전히 강주혁을 힐끔거리며 방을 빠져나갔다. 그때 물을 한 컵 마신 박 기자가 실눈을 뜬다.

"이젠 뭐, 당당하네? 이런 곳에서 보자고 하고."

"당연히 당당하지. 여긴 그냥 내가 자장면이 당겨서 부른 거고."

"크크. 야, 여기 자장 잘하네. 자주 와?"

"아니. 리뷰 많이 달려서 정한 건데."

"아."

이후, 두 남자는 일절 대화 없이 그저 면을 흡입했다. 그렇게 식사가 끝난 후, 강주혁이 비로소 말을 이었다.

"너도 오늘 기사 봤지? 지금 분위기 재미있던데."

"그전에. 너 해중일보랑 뭔 커넥션 있냐?"

"커넥션?"

"아니, 거기가 이런 시시한 일로 움직이는 데가 아니거든. 근데 니 기사를 가장 먼저 터뜨리고 지금도 계속 갈기던데. 뭐야?"

강주혁이 물을 입에 머금으며 김재황 사장을 떠올렸다.

'숨기는 게 좋겠지.'

생각을 마친 주혁이 고개를 저었다.

"뭔 말도 안 되는 소리야. 내가 언론사랑 친해? 다른 사람도 아니고, 내가?"

언론의 힘으로 몰락의 길을 걸었던 강주혁이었다. 박 기자가 그 사정을 모를 리 없었다.

"하긴 그래. 아, 뭐지? 걔네가 왜 갑자기 니 기사를 그렇게 갈기는 걸까."

흔히들 말하는 직업병. 박 기자는 의문이 생기면 잠을 못 자는 성격이었다. 잠시 생각에 빠졌던 박 기자가 짧게 혀를 차며 강주혁을 쳐다봤다.

"뭐, 어쨌든. 지금 상황은 다들 궁금해 미쳐 있지. 그런데 아무리 찾아도 이게 정보가 없어. 강주혁도 못 찾겠고. 근데 기사는 계속 팔려. 이제 너 같으면 어쩌겠어?"

"지어내겠지."

주혁은 가만히 턱을 쓰다듬으며 말을 멈췄다. 그렇게 몇 초가 흘렀고, 가만히 있던 주혁이 살며시 입을 열었다.

"내가 이 펙치기 사건에 대해 너한테만 인터뷰를 줄게."

"인터뷰?"

"그래. 대신 나에 대한 여론이 다른 곳으로 튀지 않게, 나에게만 집중되게 원천봉쇄 좀 해줘."

"흠. 설명해봐."

주혁은 이 상황을 역으로 이용할 생각이었다. 당장 강주혁의 기사가 양산되면서 이리저리 뻗치면 주혁이 제작하고 투자했던 영화도 곧 윤곽을 드러낼 것이다. 그러나.

'그래서는 파급력이 약해.'

점점 이미지가 회복되고 있는 강주혁. 그에게 대중이 관심을 가지면서 물 흐르듯 영화로 호기심이 뻗치면 당연히 집중이야 되겠고, 영화도 필시 대박이 터지겠지만.

'알고 보는 것과 모르고 봤다가, 나중에 알게 되는 것은 차이가 크다.'

대중이 처음부터 '강주혁이 만든 영화'라고 전제하고 보는 것과 '이 영화 무명만 나왔는데 재미있네' 한 후 '사실 강주혁이 만든 영화였다'고 폭탄 발언을 하면, '헐? 강주혁이?!' 같은 반응이 쏟아질 것이나.

'이쪽이 훨씬 센세이션이겠지.'

흔히들 그런 말을 한다. 생각지도 못했다는. 어차피 주혁이 손댄 〈척살〉은 9백만, 〈내 어머니 박점례〉는 3백만으로 흥행가도를 달릴 예정이고, 한창 주가가 치솟고 있을 때 빵 터뜨리는 설계. 그러기 위해서는 철저히 숨겨야 했다. 퍽치기 사건 기사는 그저 강주혁의 이미지 쇄신용으로만 써먹고, 다른 곳으로 튀지 않게 단단히 봉쇄해야 했다. 여전히 자신을 쳐다보고 있는 박 기자에게 주혁은 구구절절한 설명 없이 심플하게 전달했다.

"당장은 그렇게 해줘. 이 퍽치기 사건으로 내 이미지만 개선되게 기사 뿌려주고, 더는 얘기가 다른 곳으로 뻗치지 않게 딱 마무리를 지어줘. 그냥 '강주혁은 잘 살고 있었다'까지만."

"그래서 인터뷰를 나한테만 주겠다?"

"어. 이번 것도 잘해주면 어느 시점에 내가 진짜 화끈한 떡밥 줄 테니까. 어때?"

"콜."

대충 얘기를 정리한 박 기자는 핸드폰 녹음기능을 켜고 탁자 위에 올렸다. 이후 이어진 인터뷰는 10분 안에 마무리됐고, 중국집 입구에서 박 기자는 기사 정리되는 대로 연락을 주겠다며 사라졌다.

그리고 건물 계약 당일. 주혁은 황 실장을 대동해 확인해야 할 서류들을 검토했다. 이어서 도착한 건물주와 간단한 인사를 나눴다. 모든 절차가 끝난 후, 주혁이 양손을 주머니에 찔러넣고는 자신의 것으로 바뀐 건물을 가만히 올려다보았다. 황 실장이 말을 걸어온 것은 그때였다.

"사장님."

"아, 네."

"여길 선택하신 이유, 혹시 여쭤봐도 괜찮겠습니까?"

"글쎄요. 딱히 이유는 없습니다."

고개를 갸웃하는 황 실장.

"제가 아직 잘 모르지만, 소속사로 쓰시려면 서울 쪽이 낫지 않습니까?"

"하하하, 당연하죠. 말해 뭐합니까."

"그렇다면 왜 여기에."

주혁이 팔짱을 끼며 답했다.

"하하, 서울 건물이 너무 비싸던데요. 그리고 뭐, 지금 우리가 방송국 들어갈 일이 많지도 않고, 해봤자 영화촬영인데 그것도 전부 쳐냈고, 이제 시작점인데 기반 좀 닦고 위풍당당하게 서울 입성하죠, 뭐."

"아아, 그렇군요."

"거기다, 여긴 비싸질 겁니다."

"예? 여기가요? 어ㅡ 그런 소식은 아직 없는 걸로 확인했습니다."

"그런가요? 하하하."

그저 주혁은 의미심장하게 웃을 뿐이었다.

계약이 원만히 마무리된 시점부터, 홍혜수 팀장의 진두지휘로 소속사 꾸미기가 본격화되었다. 주말 동안 공사업체와 미팅을 가졌고, 월요일부터 구상도 작업에 착수했다.

이어진 화요일, 주혁은 촬영이 막바지인 〈척살〉의 촬영 현장을 돌면서 상태를 체크했다.

"이번에 작업할 타깃이 너무 어려. 바꿔줘."

하성필이 한창 열연 중인 태수. 주혁은 다시 돌아온 하성필의 연기 폼을 보고는 슬쩍 웃어버렸다.

'진작 저렇게 하지.'

영화의 후반부 촬영은 오직 집중력이다. 잠시만 흐트러지면 곧장 사고로 이어진다. 그렇기에 〈척살〉의 모든 스태프가 눈에 힘을 빡 주고 막바지 촬영에 집중하고 있었다. 그 팽팽한 긴장감을 지켜보던 주혁은 방해가 될까 싶어 말없이 현장을 빠져나왔다.

그날 저녁, 주혁이 자신의 여론을 확인하려 노트북을 켰다. 그러다 검색사이트 상단에 걸려 있는 광고에 눈길이 꽂혔다.

ㅡ 해창전자/ 광고 삽입곡 선공개!

해창전자의 마케팅이 시작됐다. 강하영이 찍은 노트북 광고의 삽입곡을 선공개한 것.

— 이건 싫어!(해창전자 울트라 노트북 — 혜쥬 '내팽개쳐진 그것' 편 광고 삽입곡)

확실히 해창전자의 든든한 지원 덕분인지, 검색사이트 상단에 떡하니 광고로 걸려 있었다.

"혜쥬?"

가수 이름인가 싶었다. 궁금증에 곧장 검색을 때려보는 강주혁. 아니나 다를까, 역시나 가수 이름이었다.

"OST의 여왕?"

검색결과로 나온 혜쥬라는 가수는 최근 뜨고 있는 솔로 여가수였다. 그녀가 부른 OST는 몇 달 전에 드라마가 종영했음에도 아직 음악 플랫폼 차트 상위권에 올라 있었다. 심지어 노래도 여러 곡.

"한번 들어볼까?"

호기심에 마우스를 움직이던 주혁의 동작이 순간 멈췄다. 전화가 울렸기 때문이었다. 발신자는 VIP픽쳐스의 독립파트 팀장이었다.

"아, 팀장님."

"네, 사장님. 내일 오전 중으로 감독님들과 미팅 어떠십니까? 개봉일이나 홍보 등으로 회의 좀 했으면 합니다. 감독님들 지금 한창 편집 중일 텐데, 괜찮을까요?"

"몇 시간 정도는 괜찮을 겁니다. 잘됐네요. 안 그래도 제안할 게 있었는데."

"제안이오? 어떤?"

"내일 뵙고 말씀드리겠습니다."

"네. 알겠습니다!"

그렇게 전화가 끊겼고, 노래를 들어본다는 것도 잊은 채 주혁은 그 길로 DBS 국제독립영화제에 대한 PPT를 준비하기 시작했다.

새벽녘. 거실 소파에 널브러진 주혁. 그 앞 탁자에 화면이 꺼진 채 벌려져 있는 노트북. 저번과 같이 일하다 잠든 듯했다. 오피스텔은 쥐죽은 듯 조용했다. 하지만 인터넷은 조용하지 않았다. 대부분이 잠든 시각이지만, 새벽부터 활동하는 사람들 위주로 해창전자 광고가 힘을 발휘하기 시작했다. 새벽에 일하는 사람들에게 노동요가 필요한 시점. 해창전자가 선공개한 음원은 새벽에 활동하는 사람들 위주로 재생되기 시작했다.

한 시간, 두 시간, 세 시간, 시간이 흘러감에 따라 음원 구매 수가 늘어났고. 어느새 새벽 4시. 유명 음악플랫폼 차트 9위에 신상 노래 하나가 새로 올라왔다.

[9. NEW/ 이건 싫어!, 혜주 (해창전자 울트라 노트북 '내팽개쳐진 그것' 편 광고 삽입곡)]

— 여윽시!!!혜쥬!!!!

— 광고 노래치고 개좋네. 근데 앨범 이미지 여자 누구임? ㅈㄴ이쁨.

— 오늘의 노동요는 너로 정했놔!

— 선발대/ 티저 보고 왔다. 결론 : 여자 개 귀엽.

— 후발대 출발하옵니다.

느닷없이 튀어나온 노래에 댓글이 어마어마하게 달리기 시작했다. 더불어 강하영에게도 관심이 쏠리기 시작했다.

아침 11시경, 무비트리에서 한창 편집 중이던 다큐 독립영화팀 감독들을 태운 주혁은 곧장 분당 사무실로 달렸다. 보이스프로덕션 직원들은 요즘 거의 광주 건물에 붙어 있어서 사무실은 한산했다. 류성원 감독과 최철수 감독에게 주혁이 커피를 돌렸다.

"편집 얼마나 진행됐습니까?"

"아, 지금은 하영 씨 내레이션 부분하고 녹음 따고 있습니다. 사실 이게 다큐라 상업이랑 편집이 좀 다르거든요."

"아, 그렇군요. 하영 씨 내레이션 부분은 녹음이 끝났습니까?"

"아뇨. 이제 반 정도 끝냈습니다."

노크 소리가 들린 것은 그때였다.

"아, 안녕하십니까."

VIP 독립파트 팀장이 사무실로 들어왔다.

"일찍 오셨네요."

"하하하, 회사로 안 가고 그냥 바로 왔습니다."

"네, 일단 앉으세요. 커피 하시겠습니까?"

"저야 감사하죠. 아, 감독님들 오랜만입니다."

팀장은 넉살 좋게 감독들과 인사를 나누며 소파에 앉았다. 잠시 이런저런 인사치레가 오간 후, 강주혁이 파일을 내려놓으며 본격적인 주제를 꺼내 들었다.

"어? 이게 뭡니까?"

"일단 한번 읽어보세요."

팀장과 감독들이 주혁이 준비해온 파일을 펼쳤다. 그렇게 약 5분여, 가장 먼저 입은 연 것은 최철수 감독이었다.

"사장님. 이거, 우리 영화로 출품을 해보겠다는."

"맞아요. 기간은 두 달 남았습니다. 당연히 DBS 국제독립영화제에 대해서는 잘 아시죠?"

"당연하죠. 독립 쪽에선 워낙 유명하니까. 그런데 저희 작품으로 여길 나간다는 게 승산이……."

최철수 감독이 자신 없는 듯 말끝을 흐렸고, 그 말끝을 VIP 독립파트 팀장이 붙잡았다.

"음, 정리하신 내용상으로 그림은 좋아요. 보통 배급사에서 환영하는 루트기도 하고요. 근데 가능하겠습니까? DBS 영화제는 진짜 깐깐하거든요. 이게 수상이나 되면 다행인데, 까딱 잘못하면 영화관에 걸기도 전에 욕먹기 십상이라."

배급사 팀장다운 판단이었다. 하지만 주혁은 여유로웠다.

"저는 수상까지도 보고 있습니다. 감독님들 작품 좋아요. 팀장님도 작품 보고 배급 결정했다시피, 저도 작품 보고 투자 결정한 겁니다. 뭣보다 작품의 목적성이 좋아요. 대중에게 전달하는 메시지가."

상업영화판에서는 독립영화를 '예술한다'고 표현한다. 그만큼 감독이 전달하려는 메시지가 확실해야 하고, 보는 사람들이 무언가를 느끼게끔 해줘야 한다. 그렇게 따지면 〈내 어머니 박점례〉는 굉장한 수작이었다.

"저는 충분히 가능성이 있다고 생각하는데, 감독님들은 어때요? 저는 감독님들 판단에 따르죠."

주혁의 말에 팀장도 그게 좋겠다는 듯이 고개를 끄덕였고, 최철수 감독과 류성원 감독이 파일을 내려다보며 고심에 빠졌다. 몇 분이 지나, 먼저 입을 연 것은 최철수 감독이었다.

"형, 나는 해보고 싶다."

"그래?"

"어어. 우리 솔직히 사장님 아니었으면 시작도 못 했을 거고, 지원이 든든해서 퀄리티도 높아졌잖아. 난 해보고 싶어."

"그렇긴 하지."

평소에 실없어 보이던 류성원 감독이 짐짓 진지한 표정으로 강주혁을 잠시 바라보다가, 이내 최철수 감독을 보며 입을 열었다.

"가보자. 나도 사장님이 말씀하시니까 왠지 뭔가 될 거 같다."

"사장님. 저희 해보겠습니다."

감독들의 결정에 VIP 독립파트 팀장도 내려놨던 파일을 다시 집어 집중해서 보기 시작했고, 주혁은 감독들을 보며 가장 급한 부분부터 짚어줬다.

"좋아요. 잘될 겁니다. 일단 가장 급한 건 시간입니다."

팀장이 끼어들었다.

"두 달 정도 남았네요. 감독님, 지금 편집 얼마나 진행됐습니까?"

"후반 내레이션 따고, 음악, 효과녹음 단계 정도 됩니다."

"음, 빠듯해요. 어떻습니까, 사장님?"

턱을 쓰다듬던 팀장이 강주혁에게 의중을 물었다.

"제 생각에는 출품용과 개봉용을 따로 만드는 게 어떨까 싶어요."

"따로요?"

"네. 예를 들어 개봉용을 90분으로 만들고, 그걸 편집해서 60분짜리를 출품하는 겁니다."

주혁의 말을 들은 최철수 감독이 무릎을 탁 치며 답했다.

"해보겠습니다."

그의 눈에서 다짐이 엿보였다. 슬쩍 웃음을 비친 주혁이 팀장에게 시선을 돌렸다.

"팀장님. 이것도 마케팅의 일환인데, 감독님들은 편집에만 신경쓰게 하고 나머지 자질구레한 일은 저랑 나눠서 하시죠."

"아닙니다. 제가 해야죠. 당연히 배급사가 할 일입니다. 혹시 도움 필요하면 그때 말씀드리겠습니다."

고개를 끄덕이며 주혁이 자리에서 일어났다.

"그럼, 다 같이 식사나……."

그때, 주혁의 전화가 울렸다. 발신자는 프로덕션클릭의 박장수 총괄 기획자였다.

"네. 기획자님."

"사장님!"

박장수가 매우 다급하게 말을 이었다.

"지금 바로 파워뮤직 차트 확인 좀 해보세요. 해보시고 다시 전화 좀 부탁드립니다!"

"파워뮤직이오?"

"네! 지금 바로!"

전화가 끊기자 주혁은 고개를 갸웃하며 자리에 놓인 노트북으로 향했다. 몇 초간의 부팅시간이 지나고 바탕화면이 나오자마자, 곧장 파워뮤직 사이트 실시간 차트에 접속했다. 그런데.

"허?"

주혁의 눈이 커졌다.

— 3. NEW/ 이건 싫어!, 혜쥬 (해창전자 울트라 노트북 '내팽개쳐진 그것' 편 광고 삽입곡)

'이거 분명 어제 그 광고.'

어제 주혁이 들어보겠다고 했다가 까먹었던 노래가 실시간 차트 3위에 올라 있었다. 그런데 재미있는 점이.

'앨범 재킷이 하영 씨네?'

당장 급해서 이랬는지는 모르지만, 무려 실시간 차트 3위 노래 앨범 재킷에 강하영의 얼굴이 있었다. 거기다 총괄 기획자가 직접 전화를 했다.

'뭔가 터진 거야.'

본능적으로 알아차린 주혁이 곧장 핸드폰을 들어 박장수에게 다시 전화를 걸었다.

“기획자님, 지금 확인했습니다. 지금 뭔가가.”

“사장님! 제가 방금 톡으로 보낸 내용 좀 읽어보시겠습니까?”

“아, 네.”

주혁은 전화를 끊지 않고, 어느새 도착해 있는 톡을 확인했다.

— 제목 : 광고 티저 모델분 이름 좀 알려주세요.

— 내용 : 모델분 배우시죠? 어제 티저 뜬 거 보고 밤새 찾았는데, 전혀 정보가 없어서요. 혹시 출연하신 작품이라도 있으면…….

글자만 복사해서 보낸 느낌이었지만, 문맥상 메일 분위기였다. 톡을 확인한 주혁이 핸드폰을 귀에 대며 확인했다.

“메일입니까?”

“네. 오늘 아침에 온 메일 복사해서 보내드린 겁니다.”

주혁이 고개를 갸웃했다.

“이게 그렇게 놀랄 일입니까?”

사실이 그랬다. 광고모델이 마음에 들어 제작사에 모델에 관한 메일 한두 통 온 것이 큰일일까? 하지만 박장수의 목소리는 여전히 상기돼 있었다.

“사장님, 이런 메일이 몇 개가 왔는지 아십니까?”

“예? 몇 개라니.”

“메일만 5천 개가 넘게 왔어요.”

순간 주혁의 눈이 커지고 말문이 막혔다. 그렇게 몇 초간 입을 다물었던 그가 힘겹게 답했다.

“……5천 개?”

“네! 5천 개. 지금 광고 티저만 나갔습니다. 그것도 하영 씨가 춤추는 장면 10초짜리. 거기다 이게 끝이 아닙니다.”

핸드폰 저편에서 박장수의 마우스 클릭 소리가 들렸고 이어서.

"톡으로 링크 보냈습니다. 저희 회사 공식 홈페이지랑 SNS입니다."

주혁이 다시 확인해보니 박장수가 보낸 URL 링크 두 개가 도착해 있다. 그것을 터치하니 프로덕션클릭의 공식 SNS와 홈페이지가 열렸고, 그와 동시에 박장수의 목소리가 핸드폰에서 들렸다.

"게시글이나 SNS에 공개한 티저 영상 댓글 좀 보세요."

박장수의 말대로 주혁은 SNS에 달린 댓글을 확인했다.

— 총 댓글 7889개

심지어 댓글 대부분이 강하영을 찾고 있었다. 프로덕션클릭 자유게시판에는 게시글 번호가 1000번대를 넘기고 있었고, 역시 거의 다 강하영에 대한 궁금증이었다. 핸드폰 너머 흥분한 박장수의 목소리가 다시 들렸다.

"아침부터 문의 전화가 미친 듯이 옵니다! 아직까지는 대충 얼버무리면서 넘기고 있는데, 사장님. 이거 왠지 느낌이 심상치 않아요."

"느낌이오?"

"예. 제가 이 바닥에서 십수 년인데. 광고 티저로 노래 터지고, 모델이 이렇게 초반에 관심받는 경우는 또 처음입니다. 이거 마케팅 잘만 굴리면 본 광고 나갈 때 제대로 터질지 모릅니다."

박장수의 말을 들은 주혁이 머리를 빠르게 굴렸다. 그러자 박장수가 다급하게 물었다.

"죄송한데, 하영 씨 프로필 돌릴 거 있습니까?"

반면, 다급한 박장수에 비해 주혁은 어느새 양 볼을 쓰다듬으면서 차분하게 계획을 짰다. 이윽고 주혁이 팔을 내리면서 입을 열었다.

"본 광고 대충 언제부터 나갑니까?"

"예? 아, 2주도 안 남았습니다. 아니 그보다."

길어지는 박장수의 말을 잘라먹고 주혁이 말을 던졌다.

"베일에 싸인 느낌으로 가는 건 어떻습니까?"

"예?"

"이미 관심은 받았으니, 5초에서 10초짜리 짧은 광고로 너튜브부터 시작해서 SNS까지 전부 돌리되 모델은 베일에 싸인 컨셉으로."

이미 혜쥬라는 가수가 부른 광고 삽입곡은 차트 상위권에 들었고, 강하영이 관심받기 시작했다. 즉 물이 들어오고 있다는 소리. 흥분하던 박장수가 주혁의 말을 듣고는 잠시 침묵했다. 나름대로 생각을 정리하는 듯했다. 그러더니 박장수가 말했다.

"음…… 나쁘지 않네요. 본편 전에 인터넷부터 휩쓸겠다? 반면 모델에 대한 궁금증은 가중시키겠다는 거고."

"물이 들어오는데 노를 저어야죠."

"자세한 건 내부적으로 회의를 거쳐야겠지만, 당장 들어선 나쁘지 않습니다. 일단, 광고주 쪽이랑도 얘기를 해보겠습니다."

이후로도 향후 계획이나 일정 등을 논의한 후 곧 미팅을 잡자는 결론을 내리고 주혁은 전화를 끊었고, 이어서 곧장 홍혜수 팀장에게 전화를 걸었다.

"어머, 사장님. 안 그래도 전화를."

"누나. 지금 어디야?"

"나? 광주 건물이지. 지금 한창 공사를."

"누나 오늘부터 하진 씨랑 하영 씨 그리고 재욱이 프로필 좀 만들자."

"있잖아? 기초 프로필은 만들어놓지 않았어?"

"그거 말고, 제대로 된 거. 확실하게 여기저기 뿌릴 거 만들자고, 그리고 우리 회사 홈페이지랑 공식 SNS도 개설해. 누나는 오늘부터 여기에 붙어줘. 나도 곧 넘어갈 테니까 자세한 건 가서 말해줄게. 민재 형은?"

추민재 팀장의 이름이 나오자 홍혜수 팀장이 투덜거렸다.

"걔 오늘 안 왔어. 어딜 싸돌아다니는지 전화도 안 받아. 잘라버려!"

"하하, 안 되지. 내가 한번 해볼게. 하여튼 가서 봐."

"알았어~"

그렇게 전화를 끊은 주혁은 자신을 멀뚱멀뚱하게 쳐다보고 있는 감독들과 VIP 독립파트 팀장에게 시선을 돌렸다.

"죄송합니다. 식사는 저 빼고 하시죠."

비슷한 시각, 강자매는 대형마트에서 장을 보고 있었다.

"하진! 이거 봐, 이거! 새우가 내 얼굴만 하다?"

"……언니. 그냥 새우가 먹고 싶다고 말하면 되는 거 아닐까?"

"헤헤헤, 역시! 내가 개똥같이 말해도 알아듣는구나. 사랑해."

강하영이 새우 파는 곳 앞에서 어깨춤을 들썩거렸고, 카트를 끌던 강하진이 안 그런 척하다가 이내 옅은 몸짓으로 이께 들썩임에 동참했다.

"하진아! 이 새우의 자태를 봐! 와, 진짜."

어느새 새우에 얼굴을 처박은 강하영 옆으로 다가온 강하진이 탄성을 뱉었다.

"와…… 이건 사야 돼. 완전 사야 돼."

"그치? 뭘까, 이 생물체는 대체! 꿈인가? 나 지금 꿈을 꾸는 걸까?"

"얼른 사야 해. 꿈에서 깨기 전에 맛이라도 봐야지."

한창 강자매가 콩트 같은 대화를 이어갈 무렵, 대학교의 과잠(과 점퍼)을 입은 남녀 혼성 그룹이 강하영을 보고 지나치며 수군거렸다. 대화 내용은 잘 들리지 않았지만, 강하영이 이상한 낌새를 눈치챘다.

"……저분들 왜 나를 보고 수군거리지. 하진아, 내 얼굴에 혹시 똥이라도 묻었어?"

"그건 아니지만, 언니…… 우리 지금 충분히 추해. 그러니까 내가 얼굴은 씻자고 했잖아."

"헤헤. 쉬는 날인데 귀찮아!"

대수롭지 않게 넘긴 강하영 뒤쪽으로 비슷한 점퍼를 입은 또 다른 남자 무리의 목소리가 들렸다.

"어?! 야. 걔 아니냐?"

"뭐?"

"그 있잖아, 노트북 패대기. 내가 아침에 보여준 거."

"어? 그 혜쥬 노래 그 여자? 어디? 어디?"

호들갑 떠는 남자들의 소리에 강하영이 슬쩍 뒤를 돌아보자, 남자가 '맞네?!', '맞다니까!' 같은 소리를 질러댔다. 슬슬 뭔가 이상하다는 것을 느낀 강하영이 강하진의 팔뚝을 잡았다.

"하, 하진아. 뭔가 이상해."

"……언니."

그때 강하진의 시선은 자신의 핸드폰에 박혀 있었다. 무심코 핸드폰을 확인하다 발견했는지, 뭔가 표정이 오묘하게 변했다. 그러더니 검색사이트가 열려 있는 핸드폰을 강하영에게 보여주었다.

"이거 봐, 언니. 이것 때문 아냐?"

"응?"

어느새 새우의 존재는 온데간데없어진 강하영이 강하진의 핸드폰 화면을 빤히 쳐다봤다. 검색사이트 메인 상단에 대문짝만 하게 걸린 광고를 본 강하영. 그녀가 눈을 커다랗게 뜨며 외쳤다.

"헐! 이게 왜 여기에도 걸려 있지?!"

같은 시각, WTVM 주변 카페. 추민재 팀장이 누구를 기다리는지, 연신 문 쪽을 바라보면서 아이스아메리카노를 쪽쪽 빨고 있었다. 그러기를 한참. 모자를 푹 눌러쓴 남자 한 명이 카페로 들어섰다.

"아! 껀수야, 여기다!"

그 남자를 보자마자 추민재 팀장이 반갑게 손을 흔들었다. 껀수라 불린 남자도 추민재 팀장을 알아보고는 그쪽으로 움직였다.

"아, 형. 아무리 그래도 아침부터 오면 어떡합니까?"

"야야. 내가 하도 궁금해서 그러지. 요즘 예능국은 좀 어때?"

"뭐가 어때요. 죽어나지."

"하하하, 언제 한번 가서 커피 쭉 돌릴게. 뭐 좀 마실래? 아니, 마셔마셔. 저기 케이크도 처먹으려면 먹고."

추민재 팀장이 흔쾌히 카드를 내밀자 안 그래도 배가 고팠는지, 남자가 카드를 받아 카운터로 움직였다. 잠시 후, 남자가 포크로 케이크의 정 중앙을 가르는 순간에 추민재 팀장이 대뜸 물었다.

"그래서, 〈28주, 궁궐에 피어난 꽃〉이 요즘 어떻다는 거야?"

"아이고, 형님. 나 방금 포크 들었소."

"하하하. 그래그래. 먹어먹어."

못 말린다는 듯, 남자가 고개를 절레절레 흔들면서 케이크 한 점을 입에 넣었다. 그러자 추민재 팀장이 남자를 향해 얼굴을 쑥 내밀었다.

"그래서? 어떻다는 거냐고."

케이크를 오물오물하며 맛을 음미하던 남자가 조심스럽게 입을 열었다.

"그거 요즘 투자자 때문에 힘들다고 하더라고요."

* * *

다음 날 아침 광주 소속사 건물에 도착한 주혁은 공사 현장을 휘 둘러보았다. 4층은 공사가 마무리된 상태였다. 사무실 용도로 사용될 4층은 방마다 냄새를 빼기 위해 문이 열려 있었고, 강주혁이 요청한 것처럼 복도에는 빈 액자들이 주룩 걸려 있었다. 그 광경을 말없이 지켜보던 주혁의 등 뒤로 홍혜수 팀장의 목소리가 끼어들었다.

"어머, 사장님 왔어?"

"아, 누나. 구상도처럼 잘 나왔네."

"그치? 내가 손댔는데 이 정돈 나와야지! 아, 민재 연락 안 되지?"

"그러게. 아직 안 돼. 냅둬봐. 뭔가 하고 있겠지."

"하여간에 도움 안 되는 인간이라니까."

"하하. 하영 씨 하진 씨는?"

"아, 지금 사장실에 모여 있어. 재욱이도."

홍혜수 팀장이 씨익 웃으면서 사장실이라는 글씨가 박힌 명패를 가리켰다. 다른 사무실의 명패는 비어 있었지만, 오직 사장실 명패만 끼워져 있다. 강주혁이 사장실의 명패를 올려다보고 있을 때, 홍혜수 팀장이 따라오라는 시늉을 하며 사장실 문을 열었다.

사장실 내부는 이미 세팅이 끝난 상태였다. 정면 큰 창문, 햇빛이 쏟아지는 곳에 강주혁의 자리가 있었고, 그 앞으로 길쭉한 책상과 의자들이 배치돼 있다. 벽면 여기저기 그림이 걸려 있고, 사장실 전체적으로 인테리어 소품이 과하지 않게 놓여 있다.

"아! 사장님, 안녕하세요!"

"오셨어요?"

"안녕하세요."

사장실에 들어선 강주혁을 보곤 김재욱과 강자매가 벌떡 일어나, 꾸벅 인사했다.

"아, 앉아요. 누나. 내가 여기 얼마나 있는다고 이렇게 힘을 줬어?"

"어머, 왜 그래. 여긴 우리 회사의 얼굴인데 당연히 힘을 줘야지!"

피식한 주혁이 주머니에 양손을 꽂은 채, 앉아 있는 소속 연기자들을 지나 자신의 자리 옆에 서서 널찍한 창문을 통해 밖을 가만히 바라보았다.

'전경 좋네.'

그렇게 몇 초간 창밖을 바라보던 주혁은 이내 고개를 돌려, 연기자들이 앉아 있는 길쭉한 책상에 자리했다. 자연스레 홍혜수 팀장이 강주혁의 바로 옆에 앉았다. 그때 황 실장과 박 과장이 목장갑을 벗으며 사장실로 들어왔다.

"아, 사장님 오셨습니까!"

"안녕하세요. 사장님."

"네, 황 실장님, 박 과장님. 앉으세요."

그런데 강하영의 상태가 이상했다. 뭔가 안절부절못하는 느낌. 주혁은 그녀를 가만히 바라보다가 입을 열었다.

"하영 씨, 봤죠?"

"……저, 사장님! 저 너무 불안해요! 어, 어떡하죠! 하진이랑 마트 갔는데 사람들이 막 알아보고!"

"하영아, 진정. 심호흡해, 심호흡."

강하영은 홍혜수 팀장의 도움으로 겨우겨우 심호흡하면서 마음을 진정시켰고, 주혁은 그대로 책상 위 노트북을 허리를 쭉 펴서는 집었다. 이어서 파워뮤직 사이트를 켜서, 현재 해창전자 광고 삽입곡의 순위를 확인.

"지금은 2위로 올랐네."

이어서 검색사이트에 걸린 해창전자의 티저 광고를 확인한 주혁은 노트북 화면을 모두가 볼 수 있게 빙글 돌리면서 말을 이었다.

“물이 들어오고 있어요, 지금. 프로덕션클릭이랑 얘길 나눠보니까 노래도 노랜데, 대중들이 하영 씨를 궁금해하고 있어요.”

“저 그 노래 댓글 보고 너무 놀라서! 세수도 엄청 많이 해봤는데…… 현실이었어요. 꿈이 아니라.”

“하영아, 심호흡.”

놀란 강하영의 등을 토닥이던 홍혜수 팀장이 말을 이었다.

“사장님, 이거 그 루트야. 15초의 미학 루트. 왜 종종 있잖아? 광고로 대박 난 연예인들이.”

“맞아. 그런데 이번엔 사정이 좀 달라. 하영 씨는 지금 인지도가 거의 없는 상태라.”

“하영아. 너 그 병맛춤이 드디어 빛을 본다!”

어느새 진정했는지 강하영이 빙그레 웃었다.

“헤헤헤. 저 엄청 연습했잖아요. 팀장님 에어로빅이 진짜 완전 도움 짱!”

홍혜수 팀장을 보며 강하영이 엄지를 치켜세웠고, 조용히 앉아 있던 강하진도 조심스레 숨겨뒀던 엄지를 내밀었다. 아직 홍혜수 팀장의 에어로빅을 겪어보지 못한 김재욱은 어리둥절하게 눈만 껌뻑이고 있었고, 그들을 지켜보던 주혁이 앞으로의 계획을 설명했다.

“당장은 베일에 싸인 컨셉으로 갈 거야. 대신 관심이 식지 않게끔 너튜브나 SNS 위주로 짧은 광고를 퍼다 나를 거고.”

“해창전자에서 해준대?”

“어차피 하영 씨를 모델로 세워서 제작비 세이브됐을 텐데 그 정돈 해주겠지. 그리고 자기네 광고가 팔리는데 거기 홍보팀도 지금 바쁠 거야.”

이해 간다는 듯 홍혜수 팀장이 고개를 끄덕였다.

"그리고 이건 내가 해창전자랑 결판을 봐야 할 사항이긴 하지만, 나는 이렇게 갈까 해."

"어떻게?"

"일단, 티저나 짧은 광고로 관심이 높아졌을 때 본 광고가 나가겠지. 그럼 곧 해창전자 너튜브에 광고가 게시될 거야. 거기다 추가로 광고 메이킹을 만들어서 올리면 괜찮지 않을까 싶어."

"……광고 메이킹. 사장님, 아이디어 괜찮은 거 같은데?"

"광고 메이킹은 하영 씨 인사말을 시작으로 조금씩 아주 살짝만 보여주는 거야. 하영 씨 매력을. 너무 다 보여주면 안 되고, 궁금해하면서 서서히 빠져들게."

홍혜수 팀장에서 잔뜩 상기된 강하영으로 시선을 돌린 주혁이 계속 말을 이었다.

"그 영상 설명에 우리 회사 공식사이트나 SNS 주소를 달고, 어차피 오른 관심이니까 사람들은 당연히 영상을 보러 찾아올 테니, 해창전자 노트북이나 하영 씨를 둘 다 노출시키는 거지."

강주혁의 계획을 들은 홍혜수 팀장과 연기자 그리고 직원들은 살며시 고개를 끄덕였다.

"이런 기회가 흔치 않으니까, 누나는 오늘부터 하영 씨, 하진 씨 그리고 하는 김에 재욱이까지 프로필부터 만들고, 보이스프로덕션 공식사이트, SNS 개설하는 데 붙어줘."

"알았어."

어느새 홍혜수 팀장은 다이어리에 할 일을 적어내고 있었다.

"황 실장님하고 박 과장님은 한동안은 홍 팀장님이랑 같이 움직이세요. 손이 많이 필요한 작업입니다."

"예!"

"알겠습니다."

"그리고 프로필 사진 말인데."

주혁이 강자매를 한 번씩 쳐다보면서 입을 열었다.

"내 생각엔 하영 씨나 하진 씨, 두 명이 뜨면 자매인 게 알려질 거야. 처음부터 컨셉을 정반대로 잡았으면 좋겠어."

말을 들은 홍혜수 팀장이 살짝 놀랐다.

"어머, 나도 그 생각 했는데."

"그래? 프로필 만들 때, 하진 씨는 흑백으로 약간 고혹하게 갔으면 싶고, 하영 씨는 컬러감 있게 천방지축 같은 느낌이 좋겠어. 완전 정반대 프로필 사진이 같이 걸려 있으면 재미있을 거 같은데. 어때요?"

강하영과 강하진이 새삼스러운 표정으로 서로를 쳐다보다 이내 강하영이 먼저 입을 열었다.

"저는 사장님이 말씀하시는 거면 무조건 좋습니다! 열심히 찍을게요!"

"저도 좋아요. 언니 큰일났다. 인터뷰 연습해야겠네."

"헐! 나 그런 거 해본 적 없어."

"나도. 오늘 집에서 연습하자."

다부지게 다짐한 강자매를 보던 주혁이 이번에는 김재욱을 바라봤다.

"재욱이는 지금 그대로의 모습이 좋겠어. 풋풋한 연하 남자친구 같은 느낌."

"네. 알겠습니다."

"자, 누나, 움직이자. 진행하면서 무슨 일 있으면 바로 연락 주고."

홍혜수 팀장이 고개를 끄덕이며 자리에서 일어났다. 그녀가 일어나자, 앉아 있던 모든 인원이 그녀를 따라나섰다.

약 두 시간 뒤. 사장실의 문이 열렸다. 추민재 팀장이었다.

"아니 형, 왜 이렇게 연락이 안 돼? 홍누나 보면 도망가. 벼르고 있던데."

"흥, 맞서 싸워야지 도망치긴, 폼 떨어지게. 그나저나 사장실 멋있네? 하여간 그 아줌마 딴 건 몰라도 일 하나는."

말을 하다 만 추민재 팀장이 자리에 앉았다.

"그래서, 드라마 쪽 확인하다 온 거지?"

"맞아. 아침에 일어나니까, 그쪽에 약 쳐둔 놈한테 연락이 와 있더라."

"어떻대?"

메모를 해왔는지, 추민재 팀장이 다이어리를 꺼내 들었다.

"일단 대본은 1부, 2부 나온 상태고 3부 작업 중이라는데, 문제가 있나 봐."

"문제?"

"어어. 투자하기로 한 어디더라, 하여튼 거기가 대본 가지고 장난질을 치는 모양이던데."

추민재 팀장의 말을 들은 수혁의 입에 살짝 미소가 걸렸다.

"배우 분량으로 장난질을 치는 모양이지?"

"어? 사장님이 그걸 어떻게 알았어?"

"투자사가 대본 가지고 장난질 치는 거면 보통 그거지 뭐."

"맞아. 그 투자사 새끼들이 스폰 돌리는 배우인지, 조연 비중을 늘리는 작업 중인 거 같더라. 이러니까 당연히 감독은 중간에서 작가랑 줄다리기하는 거 같고."

이해 간다는 듯 주혁이 고개를 끄덕였다.

"제작사는 어디래?"

"김앤미디어. 제작사도 신생, 작가도 보진 못했는데 신인작가 같고, 감독도 3년 전 입봉한 감독. 이런 작품을 왜 알아보라고 한 거야?"

주혁이 턱을 쓰다듬었다.

'척 들어서는 뜰 이유가 없는데, 왜 뜨는 걸까. 분명 이유가 있을 텐데.'

주혁이 말을 이었다.

"지금 제작 상황은 어떻대?"

"앞 드라마 끝나면 특별편으로 2주 늘리고, 다음 단막 4부작으로 시간 벌 작정인 거 같더라. 제작사 쪽도 투자 확정이 안 나니까, 배우 캐스팅도 홀드 잡은 것 같고, 배우가 확정돼야 PPL도 들어오고 할 텐데, 작가가 수정 안 하겠다고 땡깡을 피우는지. 쯧! 하여튼 투자사 새끼들 돈지랄은."

현재 상황을 이해한 주혁이 조용히 양 볼을 쓰다듬었다.

'슬슬 붙어볼까?'

적절한 타이밍이었는지, 주혁이 추민재 팀장에게 지시를 내렸다.

"형. 이제 그 드라마 우리가 먹을 거야."

"뭐?! 왜?"

"설명할 시간 없어. 나중에 설명해줄 테니까, 일단 그쪽 제작사랑 먼저 접촉해봐. 대충 투자사라고 얘기하면서 내부 상황을 좀 캐와. 대본도 입수해오고. 1부 2부는 나왔다며."

"그렇지."

"이젠 형이 전면에 나서서, 판이 정확히 어떻게 돌아가는지 파악하고 등장할 타이밍을 잡자. 그 타이밍이 제일 중요해."

"흠. 일단 알았어."

"이제 형은 그 일에만 치중해."

추민재 팀장은 다이어리를 덮으며 자리에서 일어났다. 그런 그의 팔을 붙잡으며 강주혁이 현재 강자매의 상황과 지금까지의 스토리를 설명했다.

"어?! 진짜냐!"

"어. 형이 하진 씨 담당이니까, 오늘은 그쪽에 붙고 내일부터 움직여."

상황 파악을 끝낸 추민재 팀장은 핸드폰으로 홍혜수 팀장에게 전화를 걸면서 사장실을 빠져나갔다. 다시 홀로 남은 주혁은 자리에 돌아가 의자에 몸을 움푹 기댔다.

"바빠지겠네."

자신의 손을 탄 일들이 하나둘 세상에 나오려 하는 이 순간, 주혁은 이름 모를 쾌감을 느끼고 있었다.

이후 주혁은 실제로 바쁜 일정을 소화했다. 소속 연기자들의 프로필을 검토한 후 컨펌했고, 홍혜수 팀장이 수주 넣은 공식 홈페이지를 실시간 확인하며 수정사항을 전달했다. SNS도 마찬가지. 하루하루가 빠르게, 정신없이 지나갔다. 그사이 광주 건물은 공사가 끝나 비로소 소속사다운 자태를 뽐냈다. 그에 따라 분당 사무실에서 사용할 만한 집기를 모두 광주로 옮기면서 이사를 끝마쳤고. 해창전자 홍보팀, 프로덕션클릭과도 미팅을 거듭하며 자신의 계획을 전달했다. 어차피 해창전자도 불이 들어오고 있기는 마찬가지였고, 만장일치로 주혁의 의견이 확정됐다. 그에 따라 광고 시리즈 중 첫 번째로 공개될 '내팽개쳐진 그것'의 본 광고를 선보이기 전, 프로덕션클릭은 광고 메이킹팀을 따로 만들어서 강하영이 출연하기로 한 광고 시리즈 동안 메이킹을 내보낼 설계를 짰다.

와중에 주혁은 〈척살〉에도 신경써야 했다. 촬영이 막바지여서 모두 신경이 곤두선 상태였다. 촬영 현장은 물론 최명훈 감독의 컨디션도 중요했다. 감독은 촬영 스케줄을 모두 쳐냈다고 일이 끝나는 게 아니다. 편집실로 들어가서부터가 진짜 시작이었기에 특별히 신경써야 했다. 물론 틈틈이 다큐 독립영화팀의 편집 상황도 체크하면서 일정을 소화했다.

"형. 김앤미디어랑 접촉해봤어?"

"내일 거기 회사에 들어가기로 했다."

추민재 팀장은 강주혁의 지시에 따라 〈28주, 궁궐에 피어난 꽃〉에 매달려 있었다.

주혁이 바쁜 스케줄을 소화하는 동안 한 번의 보이스피싱이 걸려왔고, 결과적으로 단타 주식이었다. 덕분에 건물 계약금과 중도금 상당 부분을 만회할 수 있었다.

"타이밍 좋네."

사실 돈이 좀 필요하긴 했다. 드라마 투자가 곧 임박한 상황이었기에. 강주혁과 그의 사단은 모두 주혁의 뜻대로 움직여주고 있었고, 그만큼 시간은 하루하루 바쁘게 지나갔다.

그런데 이즈음, 주혁도 눈치채지 못한 움직임이 있었다. 그 움직임은 조용했지만, 빨랐다.

프로덕션클릭은 주혁의 요청에 따라 너튜브와 SNS에 해창전자의 '내팽개쳐진 그것' 편을 5초와 10초 광고로 만들어 걸기 시작했다. 그런데 이미 혜쥬의 광고 삽입 음원으로 대박이 터졌고, 광고 티저로 대중의 관심이 집중된 상태에서 광고가 나오자 너튜버나 유명 SNS 스타들이 이 짧은 광고를 보고 패러디를 시작한 것이다. 처음은 숏 비디오 플랫폼 앱인 '톡톡'에서부터였다. 유명한 톡톡 유저 한 명이 광고를 패러디하면서 이 패러디가 유행처럼 번지기 시작했다.

"내 딸아! 엄마가 뭘 사왔게?"

"엄마! 뭔데?"

"짜잔! 우리 딸이 좋아하는 단팥빵!"

"패대기!" (실제 입으로 낸 효과음)

단팥빵을 바닥에 신명 나게 패대기친 여자는 이어서 강하영의 병맛춤과 비슷한 춤을 추기 시작하고, 그 모습을 흐뭇하게 보던 엄마는 뒤춤에 숨겨놓았던 치킨을 꺼내 든다. 그러자 여자는 대뜸 춤을 멈추고, 치킨을 뜯기 시작하는 영상.

이 영상을 시작으로 하나둘 번져간 패러디 영상에서 패대기쳐진 물건들도 다양했고, 강하영이 춘 병맛춤도 다양하게 변형되었다. 백 개, 2백 개. 호수의 물이 범람하듯 패러디 게시물이 넘치기 시작했고, 예쁜 여자가 망가지거나, 망가졌던 여자들이 예쁘게 변하는 영상도 등장. 다양한 아이디어가 빛나는 패러디 영상이 나타났다.

— 얘 것도 웃기긴하넼ㅋㅋㅋㅋㅋㅋ

— 웃기긴 한데. 원본 모델 춤 선을 못 따라감.

— 이 패러디 너튜버중에 황소꺼 보셈ㅋㅋㅋㅋㅋ 배째짐.

— 이거 보니까 원본 마려워서 보러 간다.

— 앜ㅋㅋㅋㅋ패대기 찰진 거 보소

해창전자의 '내팽개쳐진 그것' 편의 본 광고가 뜨기도 전에 강하영은 패러디로 먼저 유명세를 탔다.

대중의 관심이 극에 달했을 즈음, 오피스텔에서 눈을 뜬 주혁이 읊조렸다.

"오늘이지?"

본 광고가 세상에 출격할 아침이 밝았다.

15. 투자

해창전자의 화력은 엄청났다. 본 광고인 '내팽개쳐진 그것' 편은 방송은 기본이고 라디오, 너튜브, SNS, 인터넷, 영화관까지 뻗쳐나갔다. 심지어 자동차 극장에도 광고가 걸릴 정도였다. 이미 티저 광고로 강하영의 관심이 높아진 상태에서 본 광고가 여기저기서 나오자, 관심은 극에 달했다. 티저로 내보낸 광고는 10초도 안 되는 짧은 분량이었기에, 풀버전인 1분짜리 광고를 보기 위해 해창전자 공식 너튜브로 사람들이 몰렸다. 해창전자 측은 공식 너튜브에 가수 혜쥬가 부른 삽입곡과 함께 광고 풀버전을 나란히 올려놓았는데, 몇 시간 만에 50만 뷰가 넘었다. 풀버전 영상 설명글에는 오후에 메이킹 영상을 추가로 공개할 것이며 거기에 광고모델의 인사말이 있을 거라는 예고가 적혀 있었다. 그에 따라 해창전자의 구독자 수가 순식간에 수만 명이 늘어났다.

이 같은 반응을 주혁은 사무실에서 전 직원과 연기자들을 모아놓고, 실시간 체크하고 있었다.

"방금 60만 뷰."

강주혁이 말하자, 강하영이 옅은 탄성을 지르며 얼굴을 감쌌다.

"떨린다!"

홍혜수 팀장이나 추민재 팀장은 불안한지 책상 주위를 서성거렸고, 김재욱과 강하진은 박수를 쳤다. 그 와중에 본 광고의 인기를 등에 업은 가수 혜쥬의 삽입곡은 차트 1위에 올랐고, 검색사이트 메인에 추가로 광고가 뜨면서 해창전자의 노트북 광고 인기는 무섭게 치솟았다.

그렇게 시간이 흘러 점심을 먹고 다시 모인 때는 오후 3시. 첫 번째 메이킹 영상이 공개되는 시간이었다. 이 영상을 찍을 때, 주혁은 강하영에게 한 가지 주문을 넣었다.

"하영 씨. 현재 본인의 모습을 최대한 아끼고, 영상에 나오는 모습과는 전혀 다른 차분한 모습으로 청순하게 진행해요."

"예?! 제가요? 어…… 왜요?"

"처음부터 다 보여줄 필요는 없으니까. 그리고 보면 볼수록 반전에 반전을 거듭하는 배우는 작품 폭이 넓어져요. 나는 하영 씨에게 그런 걸 원해."

현재 대중은 강하영의 쾌활하고 병맛 넘치는 매력에 빠져 있다. 그런데 인사 영상에서는 느닷없이 차분하고 청순한 매력을 뽐낸다면? 분명 강하영에게서 또 다른 매력을 찾을 거라고 주혁은 판단했다.

"내가 보는 하영 씨는 팔방미인 느낌이 강해요. 그래서 나는 그렇게 가볼 거야. 어디에 내놔도 어울리는, 그런 배우로 키우고 싶어요."

반전에 반전을, 거기에 다시 반전을. 언제나 통통 튀는 강하영이기에 내린 판단이었다. 이미지 소비가 빠른 이 바닥에서 롱런하기 위해 주혁은 이미 그렇게 결정해둔 상태였다. 그리고 주혁이 주문한 대로 청순함이 고스란히 담긴 강하영의 첫 번째 메이킹 영상이 공개됐다.

"여러분, 안녕하세요."

연습실에서 강하영이 웃으며 손을 흔드는 장면.

"어— 저는 지금 연습실에 와 있습니다. 지금도 계속 반응을 확인하고 있는데, 너무 얼떨떨해요. 앞으로도 2편 3편 계속 나올 테니……."

영상 속 강하영은 누가 봐도 청순의 대명사였다. 천연덕스럽게 청순 연기를 펼치는 그녀의 영상을 감상하던 주혁은 이 팔방미인이 영화나 드라마에서 활약하는 장면을 잠깐 상상했다. 기대가 담긴 웃음이 나왔다.

그 순간에도 메이킹 영상의 조회수는 꾸준히 오르고 있었다.

"미친! 새로고침 한 번 했는데! 방문자 수가 순식간에 5백 명이 넘었어!"

흥분한 추민재 팀장이 외쳤고.

"SNS에 올린 하영이 사진에 댓글이 계속 달린다. 어머, 하영아! 정신 차려. 너 진짜 대박 났어!"

홍혜수 팀장도 흥분하긴 마찬가지였다. 이어서 공식 홈페이지 메일 파트를 맡은 황 실장이 조용히 손을 들었다.

"저…… 사장님. 뭔지는 모르겠습니다만, 메일이 엄청 들어옵니다."

"메일이요? 잠깐만!"

옆에 있던 추민재 팀장이 잽싸게 황 실장의 노트북을 가져다가 확인했다.

"사장님. 이거 전부 섭외 메일인데?"

당최 이슈는 되고 있는데 출처가 불분명한 강하영을 두고 벼르고 있던 방송사와 언론사에서 섭외 메일이 쏟아진 것.

"어딘데?"

"대부분 예능이야. 라디오도 있고 잡지도. 인터뷰랑 게스트 출연 요청."

모두가 소란스러운 이 시점에 주혁은 말없이 생각을 정리했다.

"섭외 요청은 전부 거절합니다."

사장실에 잠시 정적이 흘렀다. 그 정적을 가장 먼저 깬 것은 추민재 팀장이었다.

"지금은 하영이를 예능에서 소비시킬 때가 아니라는 거지?"

"맞아. 나중에 나가는 거야 그때 상황 봐서 결정한다 쳐도, 지금 하영 씨는 배우에 뿌리를 둬야 해."

그때 홍혜수 팀장이 거들었다.

"나도 같은 생각. 나~중에 매력을 뽐내기 위해 예능을 돌리면 모를까, 잠깐 이슈되기 위해 예능 나가서 이미지 소비하는 건, 하영이가 아까워."

고개를 끄덕인 주혁이 의견을 정리했다.

"컨셉 자체도 베일에 싸인 느낌이니까. 그리고 앞으로 이 광고 2, 3탄도 찍을 것이고 계속 메이킹도 나갈 테니까, 하영 씨 설정을 아주 조금씩 풀자. 내 계획상으로는 다큐 독립영화 개봉까지는 사람들을 계속 궁금하게 해야 돼."

주혁의 결정을 들은 추민재 팀장과 홍혜수 팀장이 주거니 받거니 계획을 보충했다.

"그럼 그때까지 계속 떡밥을 뿌려야겠네? 기자들이 침 흘리게."

"그럼 나는 우리 사이트나 SNS에 하영이 사진이나 영상 조금씩 올리기도 해야겠네? 팬서비스 차원에서."

같은 생각을 하고 있던 주혁은 양손을 부딪치며 이목을 집중시켰다.

"홍 팀장님은 메일 보낸 관계자들 전부 만나봐. 가서 무슨 포맷인지 흐름도 듣고, 현재 하영 씨가 시장에서 어떻게 받아들여지는지를 파악해봐. 그리고 명함도 뿌려. 여지는 주자는 거야."

홍혜수 팀장이 고개를 끄덕이며 다이어리를 꺼내 들었다.

"그리고 추 팀장님. 〈28주, 궁궐에 피어난 꽃〉은 어때?"

"좀 이따 제작사 사장 만나볼 거야. 거기서 미팅 얘기를 꺼내야지."

"그래? 그럼 일단 추 팀장님은 거기에만 집중하세요. 형은 바로 출발."

추민재 팀장은 자리에서 일어나, 상기된 표정의 강하영에게 축하한다는 말을 던지며 사장실을 나갔다.

"황 실장님은 홍 팀장님이랑 동행해서, 일 좀 거들어주시고."

"예."

"박 과장님은 우리 연기자들 좀 데려다주세요. 끝나면 황 실장님이랑 합류하시고."

"옙!"

얘기를 마치며 주혁이 흥분한 상태의 강자매에게 시선을 던졌다.

"반응 좀 지켜보자고요. 둘 다 며칠은 연기연습에만 치중해요. 오늘은 일단 가서 쉬고."

"네."

대답은 강하진이 했고, 강하영은 차마 대답까진 못했지만, 당차게 고개를 끄덕였다.

"그리고 재욱아."

"아, 예?"

자신이 갑자기 불릴지 몰랐는지 김재욱이 살짝 놀랐다.

"기말고사 언제야?"

"아…… 다음 달이요."

"10등이다?"

"……네."

"연기 레슨도 꼼꼼히 받고."

조용히 고개를 끄덕이는 김재욱을 보던 주혁은 슬쩍 웃으면서 모두를 향해 말했다.

"자, 움직입시다."

그의 말이 끝나자 다들 한 가지씩 목표를 가지고 사장실을 빠져나갔다. 시끄럽던 사장실은 어느새 강주혁 혼자만 남았다.

"후—"

짧은 한숨을 내쉬며 주혁이 자리로 이동했다. 그러고는 의자에 앉으면서 속주머니에서 핸드폰을 꺼내 어디론가 전화를 걸었다. 상대방은 신호가 세 번이 끝나기 전에 전화를 받았다.

"나야."

"예. 접니다."

전화를 받은 것은 김재황 사장이었다.

"감사 인사드리려고 전화했습니다."

"아니야. 자네야 뭐, 받을 거 받았고 나야말로 얻어걸린 거지. 웹드라마도 곧 시안 확정한다지?"

"예. 곧 연락해준답니다."

"기대하고 있네. 노트북 반응이 아주 좋아."

"하하. 그렇습니까?"

"그래, 내 아들은 어쩌고 있지?"

"다음 달 기말고사랍니다."

김재황 사장이 너털웃음을 터뜨렸다.

"허허헛. 그래? 감시해야겠구먼."

"연기 레슨도 꾸준히 하고 있고, 애가 나쁘지 않아요. 끈기도 있고."

"누구 아들인데, 그래야지. 알았어. 또 연락하지."

"그러시죠."

전화를 끊은 주혁은 곧바로 노트북을 열어, 디쓰패치 홈페이지에 접속했다. 접속하자마자 메인 화면에 바로 보이는 기사 제목.

「[단독] 사라진 톱스타, 강주혁을 인터뷰하다」

박 기자가 강주혁 인터뷰 기사를 올린 건 이미 며칠 전이었다. 이쪽 여론은 이쪽대로 시끄러웠다. 이미 여러 차례 강주혁의 해명기사가 파도를 친 후였고, 추가로 터진 퍽치기범을 잡았다는 소식의 여파 덕분인지, 강주혁을 바라보는 대중의 시선은 어느새 긍정적으로 바뀌어 있었다. 마치 언제 그랬냐는 듯. 오히려 그의 복귀를 원하는 팬들이 더욱 늘어났고, 강주혁의 소식을 접한 영화 리뷰 너튜버들이 그가 출연한 작품을 리뷰하기 시작했다. 덕분에 강주혁이 찍은 작품들이 재조명됐고, 그런 분위기에 힘입어 닫혔던 강주혁의 팬카페가 다시 활성화되기도 했다.

몰락한 톱스타의 화려한 재기를 바라는 이 시점에 주혁은 무심하게 읊조렸다.

"이제 괜찮겠어."

자유롭게 활개 치며 돌아다녀도 괜찮다는 뜻. 기사와 대중의 반응을 대충 확인한 주혁은 이내 노트북을 덮으며 자리에서 일어났다.

"화장실이나."

오랫동안 참았는지 어쨌는지, 말도 끝내지 못하고 걸음을 옮기려는 강주혁. 그때 보이스피싱 전화가 왔다. 번호를 확인하자마자 주혁이 전화를 받았다.

"'브론즈' 단계의 주인이신 강주혁 님 안녕하세요!

강주혁 님의 유료서비스 '브론즈'의 남은 횟수는 총 9번입니다."

1번 선택.

"들으실 항목의 키워드를 '선택'해주세요!

1번 '366', 2번 '2', 3번 '호구', 4번 '아침 11시', 5번……."

"호구?"

이번에 누를 차례는 3번이 아니긴 했지만, 새로 나온 호구라는 키워드가 궁금했던 주혁은 3번을 눌렀다.

"탁월한 선택! 강주혁 님이 선택한 키워드는 '호구'입니다!

오후 5시 50분. 이매역 8번 출구 대로변 부근에서 영화 김'호구' 씨의 희망 촬영장을 구경하던 사람 중 몇몇이 도롯가로 밀리면서 4명이 크게 다치는 사고가 일어납니다. 이 사고로 영화 김'호구'씨의 희망을 바라보는 여론이 매우 악화하면서 결국 영화제작이 무산됩니다."

그러고 전화가 끊겼다.

"사고?"

짧게 읊조린 주혁이 곧장 시간을 확인했다. 4시 5분이 조금 안 된 시간.

"설마 오늘은 아니겠지."

주혁은 일단 보이스피싱 내용을 정리해서 수첩에 적었고, 침착하게 검색사이트를 켰다. 이어서 검색창에 '김호구 씨의 희망'을 검색했다.

— 2020. 개봉예정 / 김호구씨의 희망

정보를 보니 내년쯤 개봉하는 영화였다. 주혁은 곧장 제목을 클릭해서, 영화 정보를 확인했다. 그런데.

— 주연 : 김건욱

"건욱이?"

주연배우 이름에 주혁의 눈빛이 살짝 흔들렸다.

김건욱은 강주혁의 데뷔작인 〈할머니…〉에 같이 출연한 아역 배우였다. 김건욱은 한 살 많은 강주혁을 '형형' 하며 잘 따랐고, 초등학교 생활이 부족한 두 아이는 급속도로 친해졌다. 즉 주혁에게는 김건욱이 처음 생긴 친구인 셈. 영화가 끝난 후에도 연락은 하고 지내다가, 강주혁이 군대 전역을 하고 맡은 작품에서 다시 만났다. 그때부터 두 사람은 바쁜 와중에도 김건욱이 새벽녘에 소주 몇 병을 사 들고 강주혁의 집에 들이닥칠 정도로 가깝게 지냈다. 그러다 사건이 터지면서, 주혁은 김건욱에게 오는 수많은 연락을 피했다. 피해를 주고 싶지 않아서였다.

"옛날 생각나네. 좋은 놈이었는데. 연기도 잘하고."

여러 종류의 배우가 있지만, 김건욱은 우직한 배우에 속했다. 예능 및 인터뷰 등 없이 오직 연기만 하는. 그 때문에 팬서비스 부분이 부족해서, 연기력으로는 극찬을 받지만 대중적으로 스타의 자리에 오르기까지는 굉장히 오랜 시간이 걸렸다.

"그놈 작품이라는 거지, 이게."

김건욱의 이름을 보며 잠시 옛날 생각에 젖어들었던 그가 짐짓 진지한 표정으로 검색사이트의 스크롤을 쭉 내렸다. 그런데.

— 박공주@parkkkkkkk

— #김호구씨의희망 #이매역 #구경중. 이매역에서 지금 김건욱 촬영중ㅋㅋㅋ 오늘이 이매역 마지막 촬영이랙ㅋㅋㅋ 지나가다 우연히 본건데 개꿀ㅋㅋ 김건욱 실물깡패다....존잘이야.....

검색사이트 중간쯤 실시간 SNS를 표시하는 구간에서 주혁의 시선이 멈췄다.

"허?"

그의 시선이 다시 시계로 향했다.

— 4시 11분.

"설마…… 이 사고, 좀 이따 일어나는 건가?"

영화 촬영이란 본디 같은 장소에서 여러 번 하지 않는다. 물론 매번 등장하는 장소라면 얘기가 달라지지만, 애초 감독이 이런 역 주변을 자주 등장시키지 않는다. 촬영에 애로사항이 많기 때문. 그래도 부득이하게 유동인구가 많은 역 주변 야외촬영 컷을 담아야 할 땐 빨리 펼치고 빨리 접는 것을 택한다. 그렇게 해서 어지간하면 하루에 모든 촬영을 마친다. 즉 사고가 일어날 것은 오늘일 가능성이 매우 컸다. 거기다 실시간 SNS에 오늘이 마지막 촬영이라는 문구도 있었고. 순간 주혁의 뇌가 분주히 돌았다. 하지만 생각은 잘 정리되지 않았다. 다만, 몇 가지는 확실했다.

"일단, 시민들이 다쳐."

촬영장을 구경하던 사람들이 네 명이나 크게 다치는 것은 팩트였다.

"이 사고를 안 막으면 건욱이 작품도 엎어지고."

몇 개월을 준비한 작품이 엎어지면 배우는 피눈물이 난다. 그만큼 힘들게 연습한다. 그건 누구보다 강주혁이 잘 알고 있었다. 뭐가 됐든 김건욱은 과거 주혁이 아끼던 동생이었고, 눈에 밟혔다.

"후—"

짧게 숨을 내뱉은 강주혁. 생각할 건 많았지만, 머리가 잘 돌지 않았던 탓인지, 주혁은 그냥 심플하게 생각하기로 했다.

"까짓거 한 번 더 막지, 뭐."

주혁은 일단 이매역 주변 주민센터와 이매역에 민원을 넣었다. 도로 통행에 불편함이 있다고. 경찰 쪽에도 촬영하는데 위험해 보인다며 신고를 넣었다. 여기저기 민원과 신고를 넣었음에도 뭔가 불안했는지 주혁이 자꾸 시계를 힐끔거렸다.

"이매역이면 여기서 가깝긴 한데……."

민원을 넣었는데도 사고가 일어난다면? 또는 민원이 늦게 처리된다면? 순간 주혁의 머릿속에 공무원의 늑장 대처 논란 비슷한 기사가 떠올랐다.

"……일단 가서 지켜볼까?"

결국 주혁이 자리에서 일어났다.

이매역 부근에 도착하니 촬영 현장은 한눈에 찾을 수 있었다. 수많은 인파가 한 곳에 몰려 있었으니까. 주혁은 일단 차에서 그 주변을 살폈다.

"아, 왜 안 오냐."

하지만 민원이나 신고를 넣은 그 어디에서도 사람이 나타나지 않았다. 그렇게 시간이 흘렀다. 1분, 3분, 5분. 초조했는지 강주혁이 핸들을 검지로 톡톡 두드리는 동안에도 시간은 속절없이 흘렀다. 그렇게 5시 37분이 될 무렵.

"안 되겠어."

이대로 두면 민원이고 나발이고 보이스피싱에서 들은 대로 사고가 날 판이었다. 도저히 못 참겠는지, 주혁이 차에서 내려 현장으로 뛰었다.

현장에는 거친 분장을 한 김건욱이 촬영 의자에 앉아 대본을 내려다보고 있었다. 촬영 공간이 협소해서 그런지, 구경하는 사람들의 대화 소리가 직통으로 들렸다.

'사람들이 많이 몰렸는데. 괜찮나, 이거.'

김건욱이 몰려든 팬들을 보며 속으로 걱정할 때, 김건욱의 매니저가 슬며시 다가와서 속삭였다.

"건욱아. 뭐 좀 먹을래?"

"형. 지금 사람들 좀 많이 몰렸는데, 괜찮나?"

"어? 왜?"

"아니, 좀 위험해 보여서."

말을 끝내면서 김건욱은 모여 있는 사람들에게 시선을 던졌다. 그러자 사람들이 여기저기서 핸드폰을 들어 그를 찍어대기 바빴다. 그 사람들을 바라보던 매니저가 입을 열었다.

"딱히 문제없을 것 같은데? 그렇게 많이 모인 것도 아니고. 50명도 안 돼. 그리고 여기 촬영 금방 끝나니까."

"그래? 흠."

그러나 정작 몰려든 사람들은 점점 길가로 밀리고 있었다.

"아! 거기 밀지 좀 마요!"

"꺅! 아 뭐야! 밀지 말라니까! 도로로 빠질 뻔했잖아요!"

촬영 현장에서는 잘 안 보였지만, 꽤 위험천만한 상태였다. 바로 그때.

"……혁이다!"

"강주…… 진짜?!"

몰려 있던 인파가 급격하게 요동치기 시작했다. 촬영 현장에서 가장 멀리 있던 사람들부터 시작해, 어느덧 사람들의 물결이 한 곳으로 뻗치기 시작했다. 몇 초 만에 사람들은 모두 김건욱에 등을 돌린 채 다른 쪽을 향했다. 의아해진 김건욱이 말했다.

"뭐야? 형, 가서 봐봐. 진짜 뭔 일 생긴 거 아니야?"

"어? 어어."

대충 대답한 매니저가 조심스레 가까이 다가가서 상황을 살폈다. 그런데.

"어?"

매니저가 눈이 커져서는 김건욱을 돌아보며 더듬거렸다.

"……와, 건욱아. 저거 강주혁인네?"

"뭐? 누……구?"

살짝 말문이 막힌 김건욱이 이번엔 놀라며 벌떡 일어났다.

"강주혁? 주혁이 형이라고?!"

반면 주혁은 침착하게 대로변 안쪽으로 이동하며 사람들을 이끌었다.

"이쪽으로. 천천히 오세요. 천천히."

강주혁이 외치자 모여든 사람들의 아우성이 섞여서 들렸다.

"오빠! 사인해주세요! 와 실물로 나 처음 봐. 초대박이다, 진짜."

"사진! 사진 좀 찍어주세요!"

이 밖에도 수많은 요청이 있었고, 주혁은 차분하게 사람들을 진정시켰다.

"자, 다 해드릴 테니까, 천천히 이쪽으로."

살짝 무질서하긴 했으나, 50명 남짓한 사람들은 그래도 대로변에서 떨어진 부근까지 그의 통제를 따랐다. 얼추 거리를 확인한 주혁이 시간을 확인했다.

'5시 45분.'

사고까지는 앞으로 5분. 강주혁은 사람들이 몰려 있는 상태를 확인하고는 화단 쪽에 걸터앉아, 한 명 한 명씩 요청을 들어주기 시작했다. 어느새 촬영장 쪽에 몰렸던 사람들 모두가 강주혁을 향하고 있었고. 그 광경을 멍청하게 바라보던 김건욱이 소리쳤다.

"주, 주혁이 형!!"

목소리를 들은 주혁은 슬쩍 웃으면서 김건욱과 눈을 마주쳤다. 하지만 워낙 주변이 시끄러웠기에 그저 눈으로 말했다.

'오랜만이다?'

지그시 눈인사를 보낸 주혁은 이내 눈길을 모여든 사람들에게로 돌렸고, 다시 요청을 들어주기 시작했다. 1분, 3분, 5분. 사고 예정시각인 5시 50분을 지나 어느새 오후 6시를 넘기고 있었다. 그리고 마침내 촬영 스태프가 김건욱을 불렀다.

"건욱 씨! 이동합니다!"

어느새 촬영이 정리됐는지, 이동 사인이 나왔다. 김건욱은 다시 한 번 강주혁 쪽을 쳐다봤다. 저쪽은 아직도 난리가 났고, 사람들이 강주혁을 꼼짝 못하게 에워싸고 있었다. 그 광경에 김건욱은 조용히 혼잣말을 뱉었다.

"추민재 형 전화해봐야겠네."

김건욱은 이내 발길을 돌렸다.

한 시간 뒤. 어렵사리 차에 다시 탄 주혁이 빠르게 움직였다. 그러면서 시간을 확인했다. 오후 7시가 넘었다.

"후—"

한숨을 내쉬며 백미러를 확인했다. 잔뜩 모여 있던 사람들은 이제 볼거리가 사라졌는지 뿔뿔이 흩어지는 중이었다.

"일단은 막았어."

짧게 읊조리며 안도하는 강주혁. 지쳤는지 차를 오피스텔로 몰기 시작했다.

다음 날. 일찍 잠이 들어서인지 새벽녘에 눈을 뜬 주혁은 그대로 광주로 출근했다. 주혁의 머릿속에는 어제의 잔상이 남아 있었다. 출근하면서 이매역 부근 사고를 검색했지만, 다행히 전혀 나오지 않았다. 거기다 잠깐이지만, 김건욱과 강주혁이 같은 장소에 나타난 것이 사진으로 찍혀 SNS에 퍼지면서 화제가 됐다. 주혁은 대수롭지 않았다. 어쨌든 주목적은 달성했기에.

"사람도 안 다쳤고, 그놈 영화도 괜찮겠지."

그때 누군가 사장실의 문을 두드렸다. 황 실장이었다.

"실장님. 왜 이렇게 일찍 출근하셨어요."

"안녕하십니까, 사장님. 전 원래 이 시간쯤 도착합니다. 그런데 사장실에 불이 켜져 있어서."

"아아, 무리하지 마세요. 전 커피 마실 건데, 실장님도?"

"아, 감사합니다."

황 실장은 강주혁에게 꾸벅 인사를 하며 의자를 당겼고, 주혁은 황 실장에게 커피잔을 내밀며 맞은편에 앉았다.

"어제 홍 팀장님이랑 돌아보시니 좀 어떠셨어요?"

"하하, 정신이 없더군요. 다 못 돌아서 오늘도 나가야 할 것 같습니다."

"그래요?"

바로 그때, 강주혁의 핸드폰에 문자가 도착했다. 추민재 팀장이었다.

— 방금 제작사 사장한테 연락 왔다. 오늘 작감하고 전체 미팅 잡아? 혹시

나 자는가 해서 문자로 보내둔다.

내용을 확인한 주혁이 턱을 쓰다듬었다.

“그쪽도 지금 발등에 불 떨어졌겠지.”

“예?”

“아, 아닙니다.”

주혁이 황 실장에게 손을 저으며 추민재 팀장에게 전화하려는 찰나, 기가 막힌 타이밍에 핸드폰이 울렸다. 살짝 놀란 주혁이 발신자를 확인했다. 장수림 변호사였다.

‘이 사람이 뭔 일이야?’

“안녕하세요. 변호사님.”

“안녕하세요, 강 사장님. 너무 일찍 전화드린 건 아닌지 모르겠습니다.”

“아뇨. 이미 출근했습니다. 무슨 일이죠?”

“네. 다름이 아니고, 저희 사장님께서 강 사장님 사무실 이사하신 걸 듣고 선물을 준비하셨습니다. 제가 직접 들고 갈 건데, 언제 시간이 되실까요?”

주혁은 순간 김재욱을 떠올렸다. 부자지간에 대화하다 주혁이 이사한 소식이 전해졌을 거란 생각이 들었다.

“음, 오늘은 제가 중요한 미팅이 잡혀 있어서, 내일쯤 어떠십니까?”

“알겠습니다. 시간은?”

“지금쯤이 좋겠네요.”

“잘 알겠습니다. 내일 다시 연락드리겠습니다.”

“네.”

끊긴 핸드폰을 조용히 내려놓으며 주혁은 황 실장에게 시선을 던졌다.

“황 실장님. 내일도 이 시간에 출근하시면 바로 여기로 오세요.”

“알겠습니다.”

대답을 들으며 주혁이 추민재 팀장에게 문자를 보냈다.

— 오늘 저녁으로 작감 포함 전체 미팅 잡아.

같은 날 늦은 점심, 〈28주, 궁궐에 피어난 꽃〉을 쓴 정 작가의 작업실에 김태우 PD, 제작을 맡은 김앤미디어의 제작실장이 둘러앉아 머리를 싸매고 있었다. 먼저 입을 연 것은 김태우 PD였다.

"작가님, 우리 시간 없어요. 이러고 있을 시간 없다니까?!"

김태우 PD가 간절하게 말하자, 검은색 후드 차림에 동그란 안경을 쓴 여자가 이를 악물며 외쳤다.

"감독님! 아무리 그래도 6부까지 쓴 대본을 3부부터 갈라는 게 말이 돼요? 그리고 9부부터 비중이 거의 없는 조연을 주연급으로 만들라는 게 말이 되냐고요!"

정 작가는 억울함을 넘어 거의 울먹이고 있었다. 김태우 PD도 이해는 갔다. 작가로서 첫 작이고, 대본도 말도 안 되게 잘 뽑혔으니까. 하지만 드라마는 현실이다. 보는 사람들이야 판타지지만, 제작하는 사람들에게는 현실이었다. 아무리 대본이 잘빠져도 돈이 없으면 배우도, 스태프도 그리고 촬영 자체도 시작할 수가 없다.

"후— 작가님. 우리 스태프 계약도 안 했어요. 위에서 내려주는 예산은 팍팍한데, 물가랑 인건비는 계속 올라. 우린 돈이 없다고! 근데 시간이 이제 진짜 없어요. 빨리 찍어야 돼!"

"알아요! 나도 투자자 쪽이 대본 손대는 거 들어본 적 있고, 본 적도 있어. 근데 아무리 그래도 이건 제가 쓴 대본 뿌리를 흔드는 거잖아요? 이럴 거면 저보고 글을 왜 쓰래요. 그냥 그 사람들 앉히지!"

김태우 PD가 관자놀이를 꾹꾹 눌렀다.

"작가님. 아니, 정 작가! 이거 엎어지잖아? 나나 정 작가나 여기 제작실장님이나 이 바닥에 소문 금방 퍼져. 그럼 우리 앞으로 작품 못 들어간다고! 작품 엎은 감독이나 작가, 제작사에 누가 드라마 주겠냐고."

"아니 그래도!"

"정 작가는 이것만 하고 작가 그만둘 거야? 그래! 정 작가는 그렇다 쳐도, 나는 안 돼. 여기 제작실장님은? 그리고 이 작품에 목 걸려 있는 사람들은 어쩔 건데요?!"

"……흑."

결국 정 작가가 눈물을 떨궜다. 작업실에 잠시 정적이 흘렀다. 김태우 PD도 억장이 무너졌다. 대본이 재미있어서, 잘 찍을 자신이 있어서 선택한 작품이었다. 하지만 현실은 녹록지 못했다. 신인작가에 신생 제작사, 거기다 만년 3등 케이블 방송사. 당장 투자 쪽에 제동이 걸렸다. 그러다 막판에 투자사가 등장하긴 했다. 하지만 투자금을 빌미로 정 작가의 대본에 장난질을 치기 시작했다. 그래도 별수 없었다. 이런 일은 비일비재했고, 드라마는 찍어야 하니까. 그렇기에 김태우 PD는 악역을 자청했다. 본인이 아니면 할 사람이 없었으니까.

"그냥, 편하게 생각해. 조연 비중을 조금 늘리고, 대사만 좀 더 넣으면 되잖아. 나머진 내가 알아서 찍을게. 정 작가, 아니 작가님! 제발."

한껏 예민해진 분위기 속에, 김앤미디어 제작실장의 핸드폰이 울렸다.

"아, 죄송해요. 잠시만요."

제작실장이 붉은 단발머리를 찰랑거리며 잽싸게 베란다로 달려가 전화를 받고, 김태우 PD가 다시 정 작가를 설득하기 시작했다.

"이러다 결국 나중에 쪽대본 쓴다니까? 그럼 작가만 죽어나는 거야. 정 작가, 그나마 시간 조금 있을 때……."

그 순간 베란다 문이 열리면서, 눈이 커질 대로 커진 제작실장이 김태우 PD를 불렀다.

"……감독님."

"예?! 왜요? 아니 실장님, 실장님도 빨리 이리 와서."

"지금 저희 사장님한테 전화 왔는데요."

김태우 PD가 신경질적으로 답했다.

"그런데요?"

단숨에 다가온 제작실장이 김태우 PD를 바라보며 떨리는 입을 열었다.

"새, 새로운 투자사랑 미팅이 잡혔대요."

늦은 저녁, 김앤미디어 회의실. 정 작가와 김태우 PD, 제작사 사장과 제작실장이 둘러앉아 있었다. 분위기는 조용했다. 다들 믿기지 않는다는 표정이지만, 반대로 희망의 불빛이 보이기도 했다. 특히나 최근 힘든 시간을 보내고 있던 정 작가가 가장 얼굴을 빛냈다.

잠시 뒤, 복도 쪽에서 발소리가 들렸다. 제작실장이 벌떡 일어나 회의실 문을 열었다.

"하하하. 아, 여기구나. 어유 다 모여 계셨네."

추민재 팀장이 너털웃음을 지으며 제작실장과 악수했고, 이어서 앉아 있는 모두에게 인사를 던졌다.

"반갑습니다. 보이스프로덕션의 추민재 팀장입니다."

추민재 팀장이 책상 위에 명함을 인원수대로 올리자, 가장 먼저 김태우 PD가 집어 들었다.

'보이스프로덕션? 처음 듣는데.'

의심 섞인 눈초리로 추민재 팀장을 올려다보는 김태우 PD. 반면 추민재 팀장은 넉살 좋게 의자를 당기면서 이런저런 얘기를 던지고 있었다.

"와— 신생이라 들었는데, 회사가 좋네요? 뭔가 느낌 있어. 그 뭐더라? 앤티크? 하하하."

농담을 던지는 추민재 팀장에게 김태우 PD가 조심스레 입을 열었다.

"저…… 그런데 투자를 하신다고."

"아, 감독님? 아이고 반갑습니다."

추민재 팀장은 김태우 PD의 손을 대차게 흔들면서 답했다.

"맞아요. 투자하려고."

"아니, 너무 갑작스러워서요. 설명이 좀 필요합니다."

"아하하, 그렇죠. 그런데 잠시만 기다려주세요. 사장님이 지금 화장실을 가셔서. 금방 오실 겁니다."

"사장님? 누가 또 오십니까?"

"네. 저희 사장님이요."

마침 그때 회의실 문이 다시 열렸고, 풀 정장을 차려입은 남자가 들어왔다.

"반갑습니다."

순간 김태우 PD가 자리에서 벌떡 일어났고, 김앤미디어 사장과 제작실장은 입이 떡 벌어졌다. 정 작가의 눈은 이미 남자에게 꽂혀 떠날 줄을 몰랐다. 그렇게 몇 초간 정적이 흐른 뒤, 어렵사리 김태우 PD가 입을 열었다.

"강주혁 씨?! 아, 저희 배우 캐스팅은 아직 시작도 못 했는데. 거기다 강주혁 씨는 저희가 감당이…… 추민재 팀장님, 투자 건으로 오신 게 아닙니까?"

추민재 팀장은 싱긋 웃으며 강주혁을 쳐다봤고, 그 시선을 받은 주혁이 뚜벅뚜벅 걸어서 김태우 PD 앞에 섰다. 명함을 건네며 그가 살짝 웃었다.

"감독님. 보이스프로덕션 사장 강주혁입니다."

명함이 건네지긴 했으나, 김태우 PD는 쉽사리 손을 뻗지 못했다. 이런 기가 막힌 타이밍에 투자자가 새롭게 나타난 것도 놀라웠지만, 무엇보다 그 투자자가 강주혁이라는 것. 상황이 놀랍기는 다른 사람도 마찬가지였다. 강주혁이 한 번 더 손짓하며 입을 열었다.

"감독님, 안 받으십니까?"

그때야 현실임을 알았는지, 김태우 PD가 정신을 차리며 명함을 받았다.

"예? 아, 아! 죄송. 아니."

그러면서도 말이 꼬여서 나온다. 어쨌거나 주혁은 살짝 웃는 표정으로 모두를 보며 여기 온 이유를 설명했다.

"지금 여러분이 시작하려는 드라마, 그 드라마에 관심이 있습니다. 얘기를 좀 나눠보고 싶어서 왔어요."

말을 끝낸 주혁이 추민재 팀장 옆자리에 앉고는 여전히 멍청하게 서 있는 김태우 PD에게 시선을 던졌다. 굳었던 김태우 PD가 움찔했다.

"아, 그럼 투자를 한다던 회사가."

"예. 제 회사입니다."

김태우 PD가 명함을 내려보다가 다시 강주혁에게 시선을 맞췄다.

"감독님. 일단 앉으세요. 여쭤보고 싶은 게 많습니다."

"예? 아, 예."

주혁은 뒤늦게 자리에 앉은 김태우 PD를 미소 띤 표정으로 말없이 쳐다봤다. 궁금한 것을 물어보라는 표정 같았다. 김태우 PD가 다시 입을 열려는 찰나, 대뜸 주혁의 왼편에 앉아 눈빛을 반짝이던 정 작가가 외쳤다.

"제 작품을 어떻게 아셨나요?!"

그녀의 동그란 안경에 초점을 맞춘 주혁이 여유롭게 답했다.

"최근에 드라마에 관심이 많았어요. 정 작가님 작품만이 아니라, 여러 작품에 신경을 쓰고 있었습니다."

"그, 그런데 왜."

“작가님 작품을 선택했냐고요?”

정 작가가 기름칠이 덜 된 기계처럼 고개를 천천히 끄덕였다. 주혁의 대답은 빨랐다.

“어렵지 않습니다. 제일 재미있었으니까요.”

“예?! 제, 제 작품이오?”

그때 가만히 듣고 있던 김태우 PD가 은근슬쩍 끼어들었다.

“저 죄송하지만, 이 작품을 어떻게 보셨는지 여쭤봐도 되겠습니까?”

저 위치에 올라 있는 배우가 대본을 보고 느낀 것과 연출인 자신이 이 작품을 고른 이유를 비교하고 싶은 마음.

“물론입니다.”

당연하다는 듯, 웃는 표정과 함께 주혁이 자신의 감상을 늘어놓았다.

“일단, 진부했습니다.”

순간 정 작가가 움찔했다. 그러거나 말거나 주혁은 말을 이었다.

“하지만 저는 진부함을 무시하지 않습니다. 클리셰라는 게 몇십 년 동안 돌려써도 먹히는 이유를 저도 잘 알아요. 그 정도로 진부함은 무섭죠.”

이어서 주혁의 시선이 정 작가에게 맞춰졌다.

“제가 이 대본에서 재미있게 본 건, 진부함 속에 빛나는, 확 귀에 박히는 날것의 대사.”

동그란 안경 너머 정 작가의 눈이 반달로 변했다. 영혼을 갈아서 만든 대본이다. 그런 작품을 강주혁이 칭찬해주고 있으니 좋을 만도 했다. 그 표정을 보던 주혁이 이번에는 김태우 PD를 보며 말을 이었다.

“그리고 그 대사의 재미를 극대화해주는 상황과, 극을 이끌어가는 무엇 하나 버릴 것 없는 캐릭터.”

입에 발린 소리가 아니라, 실제 주혁이 입수한 대본을 시간 날 때마다 짬짬이 읽고 느낀 점이었다. 〈28주, 궁궐에 피어난 꽃〉은 퓨전 사극이었다. 국사 선생님인 여자주인공이 특별한 사고로 인해 먼 과거로 가게 되고, 가상의 왕자를 만나면서 벌어지는 이야기를 담은 드라마. 그렇다고 마냥 진부하기만 한 것은 아니었다. 국사 선생님이었던지라 역사에 빠삭한 여자주인공이 자리가 위태한 왕자를 도와 정치에 관여하는 재미와 카타르시스가 가미됐다.

"솔직히 말씀드리면 지상파 포함 비슷하게 방영되는 드라마 대본 중에는 가장 눈길을 끌었고, 가능성이 보였습니다."

주혁의 대답에 김태우 PD가 고개를 끄덕였다.

'내가 고른 이유와 거의 비슷해.'

고개를 끄덕이는 김태우 PD를 보던 주혁은 김앤미디어의 사장을 쳐다보며 입을 열었다.

"그래서 투자를 하고 싶은데, 제가 한발 늦었나요?"

어느새 사업가의 눈빛으로 돌아온 김앤미디어 사장이 고개를 저었다.

"아주 적절할 때 오셨습니다. 솔직히 좀 많이 놀랐어요. 타이밍이 너무 절묘하셔서."

"하하, 그렇습니까?"

김앤미디어 사장은 곧장 자세를 바로잡고 주혁에게 파일 몇 개를 건넸다.

"기획서, 예산서, 시놉입니다. 확인해보시고 얘기를 계속하시죠."

"아, 혹시 예상 캐스팅안, 같이 볼 수 있습니까?"

"그럼요."

김앤미디어 사장이 제작실장에게 눈짓하자, 제작실장이 붉은 단발을 찰랑거리며 회의실을 나갔다가 파일 하나를 들고 돌아왔다.

"여기."

"네. 잠시 확인 좀 해보겠습니다."

주혁이 가장 먼저 확인한 것은 가상 캐스팅. 솔직히 가장 궁금했다. 이 드라마가 뜨는 이유를 아무리 조사해봐도 이렇다 할 게 나오지 않았기에. 하지만 김앤미디어가 내민 캐스팅보드에 올라 있는 배우들을 봐도 고개가 갸웃거려지는 것은 마찬가지였다.

'뭔가 이목을 집중시킬 배우는 없는데.'

캐스팅보드를 말없이 확인하던 주혁이 시선은 여전히 파일에 둔 채 입을 열었다.

"여기서 확정된 배우는 있습니까?"

대답은 제작실장 쪽에서 나왔다.

"애초 여주로 이태희랑 송주희 쪽에서 관심은 가지고 있어요. 이태희 쪽이 긍정적으로 답변이 왔는데 아무래도 송주희가 그림은 더 괜찮아서, 이태희 홀드 잡고 송주희 기다리고 있습니다."

"남주는요?"

"고민석이오."

그때 옆에서 캐스팅보드를 힐끗거리던 추민재 팀장이 말했다.

"고민석? 뮤지컬 출신? 걔 아직 원톱은 힘들지 않나?"

"안 그래도 소속사 측에서 부담스럽다는 느낌은 던지는데, 어떻게 설득은 했어요. 지금 그쪽은 계약서 사인만 남았습니다."

상황을 설명하던 제작실장이 강주혁을 곁눈질하며 작은 목소리를 냈다.

"그런데, 솔직히 지금 투자 부분이 원활하지가 않아서, 캐스팅은 제대로 움직여보지도 못했어요."

제작실장의 말을 들은 주혁이 이미 아는 사항이지만, 전혀 모르는 척 답했다.

"지금 상황을 좀 들어볼 수 있습니까?"

"아, 그게."

어물거리며 말을 시작한 제작실장의 설명을 대충 축약하면 이랬다. 투자하기로 한 측에서 조연으로 소이라는 걸그룹 멤버를 넣고, 분량을 늘려준다면 즉시 투자를 시행하겠다는 그림.

'소이? 분명 〈척살〉 캐스팅에서도 본 적 있었던 거 같은데.'

"그럼 아직 계약도 안 한 상태겠네요?"

"네. 그쪽이 수정 대본을 확인하면 투자하겠다고 해서요. 후— 무슨 대본 검수를 숙제 검사처럼. 아, 죄송해요."

은근슬쩍 속마음을 내비친 제작실장이 단발머리를 흔들면서 고개를 숙였다. 그 모습에 슬쩍 웃으며 손을 내저은 주혁의 시선은 다시금 파일로 움직였다. 확실히 캐스팅보드에는 소이라는 걸그룹 멤버의 사진이 걸려 있고, 그 상단에 굵게 체크가 되어 있었다. 그런데 의아한 점이.

"악역은 전부 오디션을 보는 겁니까?"

이번 대답은 김태우 PD 쪽에서 나왔다.

"제 요청이었습니다. 악역 캐릭터가 두 명인데, 한 명은 중후반부엔 여주의 조력자로 변하고, 한 명은 대놓고 대립하는 악역이죠. 두 캐릭터 전부 서사가 특이해서 신인으로 갈 생각이었습니다."

"아, 좋네요."

김태우 PD의 대답을 들은 주혁의 눈빛이 순간 빛났다. 물론 아무도 눈치채진 못했지만.

캐스팅보드를 파악한 주혁은 이어서 기획안과 예산서 등을 읽어내려갔다. 결과적으로 드라마 〈28주, 궁궐에 피어난 꽃〉의 제작비는 회당 3억 8천만 원으로 책정되어 있었다.

'회당 3억 8천. 16부작이니까, 대충 60억인가?'

나쁘지 않았다. 방송사에서 나오는 제작비 약 20~30%를 포함하면 주혁이 초기 생각했던 투자금과 얼추 맞아떨어졌다. 건네받은 파일을 모두 훑은 주혁이 입을 열었다.

"이 자료들은 제가 가져가도 되겠습니까?"

김앤미디어 사장이 살짝 실망한 눈치로 고개를 끄덕였다. 강주혁의 입에서 고민해보겠다는 말이 나올 거라는 예상 때문이었다.

"당연하죠. 당연히 가져가셔서 고민을 해보셔야."

"아뇨. 투자하겠습니다. 2회차로 나눠서 지급하죠."

"아, 감사합…… 예?!"

주혁의 깔끔한 결정에 추민재 팀장을 제외한 모두가 놀란 토끼눈을 떴다. 그러거나 말거나 주혁은 드라마 기획안을 검지로 툭툭 치면서 말을 이었다.

"이 기획안대로라면 빨리 움직이셔야겠네요. 1차 투자금은 내일 바로 쏘겠습니다. 계약서도 지금 당장 쓰는 게 좋겠네요. 대신."

마치 홀린 듯 강주혁의 얘기를 경청하던 김태우 PD가 끝물에 나온 '대신'이라는 단어에 움찔했고, 그 모습을 알 리 없는 주혁이 다음 말을 꺼냈다.

"조건이 몇 가지 있습니다."

조건. 조건이란 단어에 김태우 PD가 속으로 혀를 찼다.

'그럼 그렇지.'

실망한 기색이 역력한 김태우 PD가 물었다.

"조건이 뭡니까?"

주혁은 웃으면서 가만히 상황을 지켜보는 정 작가를 쳐다봤다.

"의미 없는 대본 수정은 없었으면 좋겠습니다. 즉 작가님이 원하시는 이야기를 쓰는 데 그 누구도 방해하지 않았으면 좋겠네요."

순식간에 정 작가의 표정이 환해졌다.

"제, 제가 쓰는 이야기요?"

"맞아요. 드라마는 작가놀음이라고들 하죠. 대본이 재미있으면 솔직히 어떻게 찍어도 재미있게 나올 겁니다. 작가님의 글, 지금처럼만 써주시면 물건 나오겠어요."

"와…… 감사합니다!"

그녀의 감사에 주혁은 별거 아니라는 듯 미소를 지으며 시선을 김앤미디어 사장에게로 옮겼다.

"그리고 사장님."

"예?"

"지나친 PPL은 지양해주세요. 어차피 2부 이후부터는 대부분 사극풍으로 진행되는데, 억지로 현대적 PPL을 넣으면 흐름을 해칠 게 뻔하니까요."

"아, 그렇긴 한데. 사장님께 투자를 받아도 현실적으로."

"30억 투자하겠습니다."

"예?! 그 정도면 거의 60%는 넘는."

"네. 그렇죠."

느닷없이 튀어나온 투자자에게서 겨우 숨통 트일 정도의 돈이 나올 줄 알았던 김앤미디어 사장의 말문이 막혔다.

"물론 협찬과 PPL, 광고 등 제작사와 투자자인 제 입장에서 수익이 날 부분인 것은 잘 알고 있어요. 아예 배제하자는 게 아니라, 적당히 작품을 해치지 않는 선에서 진행해주십사 하는 겁니다."

"아, 알겠습니다."

주혁은 마지막으로 김태우 PD를 쳐다보며 말했다.

"그리고 감독님."

"네. 네?"

"작품 내에 작가님이 정한 캐릭터 비중은 대본대로 뽑혔으면 좋겠습니다. 제가 내거는 조건은 이 정도면 됩니다. 이 부분들이 계약서에 명시되고, 다들 인정하시면 바로 계약서를 써도 됩니다."

담담하게 말한 주혁에 비해 그가 내민 조건들이 워낙 꿀 같았는지, 〈28주, 궁궐에 피어난 꽃〉 제작 인원들의 움직임은 부산스러워졌다.

* * *

같은 시각, 소울 엔터테인먼트. 대형은 아니지만 소속된 연예인이 굵직굵직하기로 소문난 이곳 로비로 트레이닝 바지와 오버핏 후드 차림의, 키가 크진 않지만 비율이 좋고 맑은 피부를 가진 여자가 들어섰다. 그러자 엘리베이터 앞에서 대기하고 있던 남자가 후다닥 달려왔다.

"헤나야, 왔어? 사장님 기다리신다."

"응, 알아. 근데 오빠, 다이어트 하고는 있는 거야? 난 벌써 1킬로나 뺐는데, 오빤 그대로 같다?"

"하하하. 네가 작품 선택하면 나도 바빠질 테니 금방 빠지겠지?"

"그럼 재미있는 작품을 좀 가져와봐! 이 회사에서 마지막 작품이 될지도 모르는데."

헤나라고 불린 여자가 칭얼거리며 엘리베이터 버튼을 눌렀다. 그러자 남자가 머리를 긁적이며 헤나 옆으로 붙었다.

"내가 보낸 작품들 못 봤어?"

"봤어."

"별로야?"

"완전 별로."

"왜? 그거 전부 꽤 이름 있는 작가나 히트 친 작품 굴린 연출로 골라서 보낸 건데."

그때 엘리베이터가 열렸고, 그대로 몸을 실으며 헤나가 입을 열었다.

"맨날 똑같은 캐릭터, 이야기. 전부 별로야."

"그래? 큰일인데. 너 이번에 들어온 OST 작업 끝나면 앨범 활동도 끝물이라 사장님이 작품 빨리 선별하라고 했는데."

헤나의 매니저로 보이는 남자가 의견을 피력하긴 했지만, 강요하진 못했다. 이유는 간단했다. 헤나의 작품 보는 눈이 탁월했기 때문이었다.

그녀의 시작은 가수였다. 스무 살도 안 된 그녀가 솔로로 선보인 데뷔곡이 초대박 히트를 치면서 이름을 날렸다. 이후 2집, 3집, 4집까지, 그녀가 음반을 내면 음원 플랫폼의 차트 석권은 물론, 수많은 히트곡을 만들어냈다.

다음으로 헤나가 손을 내민 것이 연기였다. 그녀의 명성에 힘입어 첫 드라마의 주연으로 발탁됐지만, 대중의 시선은 달갑지 않았다. '개나 소나 연기한다고 나대는구나!' 같은 감상이 쏟아졌다. 하지만 여기서 빈전이 있었다. 헤나의 연기력이 출중했던 것. 거기에 더불어 드라마까지 상승곡선을 타면서 헤나는 가수이자 연기자의 길을 걷기 시작했다. 그런데 여기서 또 재미있는 점이 있었다. 그녀가 선택한 작품이 늘 중박 이상은 친다는 사실이었다.

간혹 그런 배우들이 있다. 작품 선택에 시간은 걸리더라도, 들고나온 작품은 늘 잘되는, 작품 보는 눈이 탁월한 그런 배우가. 해서 어느새 대중은 헤나가 찍는 작품이라면 일단 믿고 보기 시작했다. 그런 그녀가 최근 앨범 활동을 마무리하면서 다음 작품을 고르는 중이었다.

엘리베이터가 멈추자 매니저는 로비에서 기다린다는 말을 던지고는 다시 1층으로 내려갔다. 헤나는 매니저에게 가볍게 인사하고는 사장실로 직행했다. 하지만 사장은 보이지 않았다. 헤나는 가벼운 발걸음으로 사장실 문을 닫고는 여기저기 놓인 트로피나 그림, 사진 등을 구경하면서 콧노래를 흥얼거렸다. 대부분 헤나와 같이 찍은 사진들이었다. 헤나는 자신이 나온 사진들을 자랑스럽게 보면서 조금씩 조금씩 옆으로 이동했다. 그러다.

— 턱!

“아!”

정신없이 사진을 보다가 책상에 허벅지를 부딪힌 헤나가 잠시 다리를 문지르며 고통을 음미했다.

“크— 아파.”

그러면서 책상에 손을 짚었는데.

“응?”

그녀의 눈에 책상 위 대본이 눈에 띄었다.

— 〈28주, 궁궐에 피어난 꽃〉/ 1부

그때 소울엔터 사장이 방으로 들어왔다.

“아, 헤나 왔어?”

“응. 사장님.”

그렇게 잠시 그녀의 눈에 띄었던 대본은 가볍게 관심 밖으로 사라졌다.

다시 김앤미디어. 김앤미디어 사장과 제작실장이 계약서를 수정하러 나가고, 회의실에는 강주혁과 추민재 팀장 그리고 김태우 PD와 정 작가가 남았다. 추민재 팀장은 핸드폰을 보면서 내일 일정을 확인하는 중이었고, 강주혁은 아까 훑었던 기획안을 다시 읽어보고 있었다.

‘촉박하네.’

지금 촬영에 들어가도 늦을지 모르는 일정. 어쨌든 최소 2주 안에는 자질구레한 일들을 모두 처리하고 3주 안에는 촬영이 들어가야 할 것 같았다. 그때 우물거리던 정 작가가 입을 열었다.

"저…… 사장님? 배우님? 뭐라고 불러야 할지."

"하하, 편하게 부르세요. 뭐, 현재는 배우가 아니긴 합니다."

"아, 그럼 사장님. 호, 혹시! 나~중에 진짜 나중에 제가 사장님을 주연으로 두고 글을 쓰면 그때 대본을 한 번 봐주실 수 있을까요?!"

멈칫. 연신 핸드폰을 들여다보던 추민재 팀장의 손이 멈췄다. 반대로 주혁은 여유 있는 미소를 띠면서 답했다.

"글쎄요. 출연 확답은 못 드리겠습니다. 다만 꼭 그 대본을 제일 먼저 보고 싶네요."

"네, 네! 꼭 제일 먼저 보여드릴게요!"

주혁은 말 없는 웃음으로 답했고, 추민재 팀장이 그런 강주혁을 슬쩍 쳐다봤다. 그때였다.

— 우우우우웅 우우우우웅

추민재 팀장 손에 들린 핸드폰에서 진동이 울렸다.

— 배우 김건욱

발신자가 김건욱임을 인지한 추 팀장이 주혁에게 다시 눈길을 던졌다.

"주혁, 아니 사장님."

"응?"

주혁이 추민재 팀장과 눈을 마주쳤고, 추민재 팀장이 작게 속삭였다.

"건욱이 전화 왔는데?"

16. 개입

추민재 팀장의 말에 주혁이 고개를 갸웃했다.

“건욱이?”

“어어. 아, 끊겼다.”

“어제 잠깐 스쳤어. 그건 여기 정리하고 나가서 얘기하자.”

추민재 팀장이 고개를 끄덕였고, 그 시점에 김앤미디어 사장과 제작실장이 회의실로 돌아왔다. 수정된 계약서를 하나하나 꼼꼼하게 확인한 주혁이 펜을 집어 들며 입을 열었다.

“아, 그리고 제가 괜찮다고 할 때까지는 제 이름이 밖으로 새지 않았으면 좋겠네요. 물론 어느 시점에는 발표를 해주셔야겠지만, 그때까진 함구하셨으면 좋겠습니다.”

“걱정하지 마세요. 말씀해주실 때 홍보자료 뿌리는 거야 일도 아니니까요.”

김앤미디어 사장은 말을 끝내면서 제작실장에게 눈길을 던졌다. 그러자 제작실장 역시 대차게 고개를 끄덕였다.

“감독님도 작가님도 부탁드립니다.”

“알겠습니다.”

"네!"

그들의 확고한 대답을 모두 들은 주혁은 계약서에 사인한 후 김앤미디어 사장에게 건넸다. 그러고는 자리에서 일어나 한 사람 한 사람 악수를 했다.

"앞으로 잘 부탁드립니다. 기본적인 이슈나 어떤 문제가 발생하면 저한테 바로 연락 주세요. 어지간한 부분은 제가 해결해드리겠습니다. 제작 사항이나 기타 작은 일들은 제가 궁금할 때마다 따로 연락드리죠."

대답은 김태우 PD 쪽에서 나왔다.

"예. 알겠습니다. 저희도 기본적인 건 그렇다 쳐도 알려드려야 할 부분은 전달하겠습니다."

"좋네요. 그럼 일차적으론 저한테 연락을 주시되, 제가 연락이 안 되면 여기 추민재 팀장님한테 연락하셔도 됩니다."

"네."

"그럼."

강주혁과 추민재 팀장이 빠져나간 회의실은 잠시간 정적이 흘렀다. 그걸 깬 건 정 작가였다.

"와…… 저 완전 꿈꾸는 거 같아요. 진짜 강주혁 님 왕팬이었는데."

그 틈새를 제작실장이 붉은 단발을 흔들며 끼어들었다.

"저, 저도."

그리고 김태우 PD가 거들었다.

"쉽게 겪을 수 있는 일은 아니지. 그런데 저분 웹상에서 퍽치기범 잡아서 강트맨, 강트맨 하던데. 진짜 분위기가 좀 오묘하네요. 저도 처음 보긴 했는데."

"그러니까요. 제작사 운영하면서 저도 이런 적은 처음인데, 앞으로도 겪을 순 없겠죠?"

"모르죠. 강주…… 아니 보이스프로덕션 사장님이 계속 이쪽 일을 한다면 자주 볼지도. 그런데 정 작가, 뭘 그렇게 열심히 적는 거야?"

정 작가는 뭐에 홀린 듯 아이디어 노트에 무언가를 써제끼고 있었다.

"지금 상황이요! 이런 거 다른 작가들이 겪어보기나 하겠어요? 지금 나눈 대화들, 상황들, 대사나 장면으로 언젠가 써먹어야지!"

정 작가는 신이라도 내린 듯, 이 회의실에서 나눈 모든 대화와 상황을 빠짐없이 적어내기 시작했다.

지하 주차장에 내려간 강주혁은 추민재 팀장을 태우고 회사로 차를 몰았다. 침묵을 깬 건 핸드폰을 내려다보던 추민재 팀장이었다.

"근데 얘가 왜 사장님한테 안 하고 나한테 전화를 했지? 혹시 아직 얘한테 연락 안 한 거냐?"

"건욱이?"

"어어."

"안 했지. 내 여론도 최근에서야 조금 좋아졌잖아. 괜히 만났다가 사진 찍히면 골치 아프니까."

"오해 풀어줘야 안 되겠냐? 나한테 전화한 거 보니까, 아직도 너가 자길 싫어한다고 생각하는 모양인데?"

"뭐, 그렇겠지. 슬슬 전화해봐야지."

말을 마친 주혁이 핸들을 왼손으로 꺾으면서 오른손으로 식어 빠진 캔 음료를 들어 올렸다.

"그나저나 형."

"어?"

"〈28주, 궁궐〉, 악역들 어땠어?"

"캐릭터 잘빠졌더라. 정 작가? 글빨 좋던데?"

"지금 하진 씨나 하영 씨 그리고 재욱이 드라마 돌릴 정도는 돼?"

주혁의 물음에 추민재 팀장의 눈빛이 변했다.

"흐음…… 배역 알 박게?"

"그냥은 안 되지. 정식 루트를 통해서."

"오디션을 보게 하겠다?"

"투자자라고 배역을 날로 먹겠다고 하면 대본 가지고 장난치던 놈이랑 다를 게 없잖아. 거기다 나는 걔들 아무 배역이나 떠먹여줄 생각 없어. 쟁취하게끔 할 거야. 키울 거면 확실하게 키워야지. 단단하게."

추민재 팀장이 순간 실소가 터졌다.

"크크, 너답다."

"일단 김앤미디어에 말해서 앞으로 제작 일정 파악해두고, 오디션 계획도 확인해둬. 주기적으로 제작팀, 연출팀이랑 연락하면서 동향 파악해주고."

"예예."

"기획안 봤지? 시간 없어서 아마 빠르게 움직일 거야. 저렇게 빨리 핸들링하면 분명 어딘가 구멍 뚫려서 바람 새니까, 그런 부분들을 우리가 보완해줘야 해."

어느새 다이어리를 꺼내든 추민재 팀장은 강주혁이 말한 지시사항을 빼곡하게 적기 시작했다.

* * *

다음 날 아침, 회사에 도착한 주혁이 차를 대고 엘리베이터로 이동하는데 전화가 울렸다. 발신자는 부동산 업자였다.

"예."

"아이고, 사장님. 아침 일찍 죄송합니다. 다름이 아니라, 그 1층 빈 점포에 편의점을 하고 싶다는 사람이 있어서요."

"상관없겠죠. 저희 건물 계약서 특이한 것 잘 알려주시고, 그쪽에서 확실하게 인지한 상태면 들어오라고 하세요."

"예에~ 잘 알겠습니다."

전화를 끊은 주혁은 도착한 엘리베이터에 몸을 실었다. 4층에서 내린 주혁은 복도에서 사장실로 향하는 황 실장의 뒷모습을 보고 말을 건넸다.

"황 실장님."

"아! 사장님. 어제 오자마자 사장실로 오라고 하셔서."

"하하하, 네. 커피 하셨어요?"

"아뇨. 제가 타겠습니다."

"앉아 계세요."

살짝 고뇌하던 황 실장은 이내 자리에 앉았고, 주혁은 머신에서 뽑은 커피를 황 실장 앞에 내려놓았다.

"감사합니다. 그런데 아침부터 무슨 일로."

"아, 다른 건 아니고."

주혁이 이유를 설명하려던 때 다시 핸드폰이 울렸다. 발신자를 확인한 주혁이 전화를 받았다.

"네. 변호사님."

"강 사장님. 어제 말씀드린 건으로 전화드렸습니다. 혹시 지금 출발하면 되겠습니까?"

"예. 도착하시면 곧장 4층으로 오시면 됩니다."

"알겠습니다."

전화받는 모습을 지켜보던 황 실장을 보며 주혁이 입을 열었다.

"이상하게 이 사람, 장수림 변호사는 믿음이 안 가서요."

"아, 지금 온답니까?"

"네. 이사 선물을 가지고 온다는데."

"그렇군요. 잘하셨습니다."

궁금증이 풀린 황 실장은 김이 모락모락 나는 커피를 한 모금 마셨다. 그러고 잠시 뒤, 복도에서 부산스러운 소리가 들렸다.

"왔나 봅니다."

황 실장의 말에 복도로 나가보니, 장수림 변호사가 몇몇 가드들과 함께 큰 화분과 수많은 박스를 옮기고 있었다. 강주혁을 알아본 장수림 변호사가 인사를 했다.

"아, 강 사장님. 오랜만입니다. 혹시 이것들 둘 곳이."

수많은 박스에 주혁이 살짝 놀라며 물었다.

"이게 다 뭡니까?"

"노트북입니다. 이번 광고가 잘돼서, 저희 사장님이 준비하신 겁니다. 새로 이사도 하셨으니 필요할 거라고."

박스는 대충 봐도 30개는 넘어 보였다. 장수림 변호사가 말을 이었다.

"앞으로 가전기기 포함 집기들 필요한 것 저한테 연락 주시면 됩니다. 무제한 지급하겠습니다. 일단, 이것들은 어디로?"

"아, 이쪽으로 오세요."

주혁은 사장실 옆, 아직 비어 있는 사무실에 그들을 안내했다. 몇 분 뒤, 박스를 전부 옮긴 장수림 변호사를 사장실로 불러들여 커피를 권했다.

"감사합니다."

주혁은 장수림 변호사와 이것저것 대화를 나눴고, 황 실장은 옆에 묵묵히 둘의 대화를 경청했다.

"그나저나, 일전엔 감사드립니다."

"뭐가요?"

"강 사장님 덕분에 아이기스 가드 물갈이를 할 수 있었습니다."

순간 황 실장의 표정이 변했고, 주혁 역시 마찬가지였다.

'김재황 사장이 말한 건가?'

어찌 됐건 장수림 변호사는 김재황 사장의 최측근 비서니까.

"아뇨. 제가 한 게 뭐 있나요."

"강 사장님 정보 아니었으면 못 잡을 뻔했습니다. 정보만 알고 있다면야 마스크를 쓰고 있었다 해도 해창전자 손바닥 안이죠."

"그렇……습니까?"

그러면서 주혁은 가만히 앉아 있는 황 실장에게 눈길을 던졌다. 그의 눈도 오묘한 빛을 내고 있었다.

"아, 벌써 시간이."

그때 손목시계를 확인한 장수림 변호사가 자리에서 일어나 강주혁에게 가볍게 인사했다.

"이만 가보겠습니다. 필요하신 게 있으면 언제든지 편하게 연락 주세요."

"알겠습니다."

인사를 마친 장수림 변호사가 사장실을 빠져나갔고, 일어섰던 주혁은 다시 자리에 앉으며 말없이 앞에 놓인 커피잔을 만지작거렸다.

"……"

그렇게 약 1분 동안 말 없던 주혁이 입을 열었다.

"황 실장님."

"예."

"우리가 그 퍽치기 놈 마스크 쓰고 있었다고 말했던가요?"

"적어도 제가 있던 상황에서는 전혀."

"그렇죠? 저도 얘기한 기억이 없는데."

주혁은 검지로 책상을 때리며 생각을 빠르게 정리했다.

"황 실장님."

"예."

"장수림 변호사, 뒤를 한번 캐보죠. 오래 걸려도 상관없습니다. 천천히 조심스럽게 한번 알아보세요."

"알겠습니다."

그 길로 황 실장이 사장실을 빠져나갔고, 그 모습을 지켜보던 주혁이 혼잣말을 읊조렸다.

"조심해서 나쁠 건 없겠지."

같은 시각, 케이블 방송사 WTVM 국장실. 아침부터 국장실에 불려간 김태우 PD가 불같이 화를 냈다.

"아니, 국장님! 그게 무슨 소립니까?! 편성을 내년으로 미룬다고요?"

"인마, 내 말을 끝까지."

"아니 이건 또 무슨 소립니까? 이미 이번 편성 맞춰서 판 다 짜놨는데, 왜 이러세요. 진짜!"

"야야야. 여기가 놀이터야? 회사야 회사. 거기다 나는 국장이고. 당연히 더 잘 팔릴 걸 일찍 내보내야 하지 않겠냐?"

김태우 PD가 주먹을 불끈 쥐었다.

"뭔데요. 이건 또."

"송호가 해외 나간 최 작가를 잡아 왔어. 거기다 김태령에다가 고민석이 세팅시켰다."

"고, 고민석이요? 고민석은 우리가."

"야, 인마! 이 바닥 빤한데 연출인 니가 나한테 물어보면 어쩌자는 거야! 후— 너 이번에 그 걸그룹 소이인지 뭔지 밀어주는 투자자 깠다며? 고민석이 소속사 사장, 그 투자자랑 친구란다."

"예?!"

"어이구 등신 진짜. 그러니까 적당히 작가 갈아서 대본 수정하고 배우 도장부터 찍었어야지."

WTVM 국장은 이미 기획 총괄을 도맡아 하는 CP를 통해 사태 파악이 끝난 상태였다. 그때 국장실 문이 열렸다.

"국장님."

"어. 송호 앉아."

박송호 PD가 국장실로 들어오자, 김태우 PD가 그를 휙 돌아보며 외쳤다.

"아니, 송호 선배. 이게 뭐 하는 짓거립니까?"

"뭐."

"선배는 상도덕이라는 게!"

"그만!"

국장의 호통에 사무실에 침묵이 흘렀다. 그러나 김태우 PD의 분은 사그라지지 않았다. 그 틈에 국장이 최후통첩을 날렸다.

"오늘 포함 3일 준다. 태우! 너가 송호보다 배우 세팅 좋으면 편성 너 줄게. 그래! 헤나 좋잖아. 내일모레 이 시간까지 헤나 같은 거물 잡아 오면 편성은 물론이고, 예산까지 바로 따따블이다. 그러면 송호 너는 편성 내년이고."

그러자 박송호 PD가 국장에게 항변했다.

"국장님!"

"시끄러, 인마! 어쨌거나 송호 니가 똥 싼 거 태우가 치우고 있던 건 맞잖아. 후배 배우나 빼돌리고 말야. 거기다 너 왜 대본 안 가지고 와? 배우만 때려 박으면 끝이야?"

PD 두 명은 국장의 말에 말문이 막혔는지 입을 다물었다. 그러자 국장이 다시 한 번 외쳤다.

"가만히 서서 뭣들 해! 빨리 움직여!"

박송호 PD가 국장실을 나섰고, 김태우 PD는 이를 악물었다.

'이 와중에 헤나라니 말이 되나. 아, 시발!'

이어서 김태우 PD도 국장실을 나섰다. 두 PD의 뒷모습을 지켜보던 국장은 자리에 털썩 주저앉아, 관자놀이를 꾹꾹 눌렀다.

"하이고~ 두야."

그날 오후, 주혁은 김앤미디어에 1차 투자금을 보낸 후에 사장실에서 대충 점심을 때우면서, 김태우 PD가 연출했던 작품을 확인하고 있었다. 아침드라마와 미니.

"괜찮네."

아침드라마는 수많은 인물의 갈등이 얽히고설킨다. 까딱 연출을 잘못하면 그야말로 스토리가 꼬여서 보기가 힘들어진다. 하지만 김태우 PD가 연출한 아침드라마는 적당한 긴장감을 유지하고, 인물 간 갈등을 조금씩 풀면서 극을 이어가고 있었다. 이어서 미니.

"다른 건 몰라도, 여주 포커스 하나는 기가 막히네."

여주의 존재감을 폭발시키는 연출력. 미니를 처음 한 게 맞나 싶을 정도의 장면 소화력. 그리고 시청자의 카타르시스를 불러일으키는 컷에서는 온 힘을 다해 연출을 뿌린 게 눈에 확 보였다. 어느새 빠져들어 드라마를 시청하던 주혁이 다음 화를 보기 위해 마우스를 움직였다. 바로 그때, 책상 위에 올려둔 핸드폰이 울렸다. 발신자를 확인한 그의 입에 미소가 걸렸다.

"들으실 항목의 키워드를 '선택'해주세요!

1번 '366', 2번 '2', 3번 'K', 4번 '아침 11시', 5번……."

"흐음. 뭐를 눌러볼까."

그가 즐거운 고민에 빠졌다. 그의 선택은 1번.

"탁월한 선택! 강주혁 님이 선택한 키워드는 '366'입니다!

인기 OST 곡 '366'일의 사랑이 외국 가수 폴샤크의 Powerful과 매우 유사하다는 표절 의혹을 받고 있는 가수 겸 연기자 헤나 씨가 10년간 몸담았던 소속사와 헤어지고 홀로서기를 하지만, 전 소속사 관계자가 헤나는 당시 OST 곡이 표절곡임을 알면서도 녹음에 참여했다는 유언비어 인터뷰를 하면서 그녀를 바라보는 여론이 더욱 싸늘해집니다."

"헤나?"

낯익은 이름이었다. 검색사이트에 넣어보니 과연 인기 절정인지, 그녀에 대한 검색 정보량이 어마어마했다. 출력된 정보를 대충 훑던 주혁은 짧게 숨을 뱉으며 턱을 문질렀다.

"이건 또 어떻게 써먹지?"

수첩에 미래 정보를 적은 주혁은 펜으로 입술을 툭툭 두드리면서 검색의 결을 넓혔다.

"내가 처박혀 있을 때쯤 연기를 시작했나?"

검색 결과로 나온 기사나 정보들은 그녀를 거의 추앙하고 있었다. 프로필을 보니 그녀가 주연으로서 이름을 알린 첫 드라마가 종영한 시점은 대략 6년 전이었다. 이어서 헤나의 음반을 확인하던 주혁이 수첩에 적은 미래 정보를 다시 한 번 읽었다.

— 인기 OST 곡 '366일의 사랑'이 외국 가수 폴샤크의 'Powerful' 표절 의혹을 받음. 전 소속사 관계자가 헤나는 표절곡임을 알면서도 녹음에 참여했

다는 유언비어 인터뷰를 해 여론이 더욱 싸늘해짐.

"일단 '366일의 사랑'이라는 OST를 혜나가 작업한다는 소식은 없어."

만약 OST로 쓰일 노래를 혜나가 받아서 작업 중이라면 기사라도 한 줄 나는 게 정상이었다. 하지만 그 비슷한 기사조차 없었다. 즉 작업까지 들어가지는 않았다는 소리.

"이걸 어떻게 써먹어야 잘 써먹었다고 소문이 나려나."

OST 표절 같은 경우 엄밀히 따지면 가수의 잘못이 아니다. 그 드라마에 투입되는 음악감독과 음악팀의 잘못이 크다. 하지만 주혁이 방금 검색해본 바로는 혜나는 음반 쪽으로나 드라마 쪽 모두 높은 인기를 누리고 있다.

"나 같으면 이런 오점을 남기기 싫을 것 같은데."

가수로서 연기자로서 승승장구하는 상황에 표절가수라는 프레임이 덜컥 따라붙는 것을 누가 좋아할까? 거기다 보이스피싱에서 들은 대로라면 곧 그녀는 홀로서기를 시작한다고 했다. 그 타이밍에 몸담았던 소속사의 관계자가 그녀는 표절임을 알면서도 녹음에 참여했다는 인터뷰를 한다는 건데. 여기서 포인트는.

"유언비어."

저런 헐뜯기 인터뷰야 얼굴 가리고 대충 뱉는 대로 싸지르면 끝이다. 물론 유언비어를 퍼뜨린 인간을 찾을 수야 있겠지만, 그때가 되면 이미 혜나의 이미지는 2연타를 먹고 바닥을 칠지도 모를 일. 표절 의혹이 벌어지는 OST를 혜나가 작업하든, 나중에 보복성 유언비어가 퍼지든 어쨌든 간에.

"즉, 혜나 얘가 이 노래를 안 부르게만 하면 되겠네."

모든 일의 시발점인 이 OST를 혜나가 부르지 않으면 끝날 일.

"그럼 나는 얘한테 뭘 받아야 하나."

주혁이 턱을 문지르며 받을 것을 고심하던 때에 책상 위에 있던 핸드폰이 다시금 울렸다. 발신자는 추민재 팀장이었다.

"어, 형. 어디야?"

"사장님. 일 터졌다."

"뭔 일?"

"일단, 너 이동하면서 내가 설명할 테니까, 지금 빨리 김앤미디어로 와야겠다."

넉살 좋은 추민재 팀장답지 않은 다급함에 주혁은 사태의 심각함을 느꼈는지, 곧장 자리에서 일어나며 답했다.

"알았어."

약 한 시간 뒤, 주혁이 김앤미디어 회의실에 도착하니 이미 김앤미디어 사장과 제작실장, 김태우 PD, 정 작가 그리고 추민재 팀장까지 모여 있었다. 표정이 하나같이 심각했다. 오는 길에 추민재 팀장에게 대략적인 설명은 들었으나, 자세한 사항을 듣기 위해 주혁이 김태우 PD에게 말을 걸었다.

"그래서, 감독님. 어떻게 된 겁니까? 내년 편성이라뇨?"

김태우 PD가 하나부터 열까지 주혁에게 상황을 자세히 설명했다. 상황을 들은 주혁은 살짝 미간을 찌푸렸다.

'내가 개입해서 미래가 변했어.'

당연하다면 당연한 결과였다. 주혁이 이 드라마의 제작에 끼어들어 원래 투자자를 까내자 이런 사태가 벌어진 것이었다.

'지난 일들을 좀 꼼꼼하게 되짚을 필요가 있겠어.'

대충 생각을 정리한 주혁이 고개를 들어 회의실 정면에 걸린 커다란 TV에 시선을 던졌다. TV에는 남자 배우 사진들이 출력되고 있었다. 주혁이 다시 김태우 PD에게 고개를 돌렸다.

"그래서 지금 캐스팅보드를 다시 진행하고 있는 겁니까?"

대답은 김앤미디어 제작실장이 대신했다.

“네. 어떻게든 비슷한 급으로 올려야 해서. 지금 급하게 캐디(캐스팅디렉터)도 오고 있어요.”

주혁이 고개를 끄덕였다.

“감독님. 시간은 오늘 포함 3일이라고 하셨죠?”

“예.”

“그 선배 연출이라는 분, 그쪽은 누가 세팅됐습니까?”

다시 짜증 나는 기억이 떠올랐는지, 김태우 PD가 이를 악물며 답했다.

“남주에 고민석, 여주에 김태령을 올렸습니다.”

“대충 A급 세팅이네요.”

말을 끝낸 주혁은 다시 TV로 시선을 옮기면서 양 볼을 쓰다듬었다.

‘주연 때문에 편성 엎어지는 거야 자주 있는 일이지.’

물론 이렇게 후배 작품에 꽂힌 배우를 빼돌리는 경우는 흔하지 않지만.

‘문제는 시간이야.’

그때 잠시 중단됐던 캐스팅 관련 미팅을 다시 진행하려는지, 제작실장이 입을 열었다.

“계속 진행할게요. 일단, 고민석과 동일한 급에 당장 대본을 보낼 수 있는 배우는 이 정도로 추려져요. 정홍수는 어떠세요?”

제작실장의 말이 끝나자 모인 사람들이 하나둘 의견을 피력했다. 그 모습을 지켜보던 주혁이 천천히 입을 열었다.

“정홍수, 별로 좋은 카드는 아닙니다. 연속극에서나 팔리지, 미니 마스크는 아니에요.”

“아, 그럼 유수혁은?”

다른 카드가 올라오자 이번에도 의견이 쏟아졌지만, 강주혁이 곧장 새로운 정보를 던졌다.

"갠 약돌이로 영화판에서도 유명합니다. 폭탄을 안고 달리는 꼴이에요."

"저, 정말요?"

그때 추민재 팀장이 거들었다.

"뭐, 예전부터 유명했지. 크게 터진 게 없긴 하지만, 곧 한 방 터질걸요?"

강주혁과 추민재 팀장을 제외한 모두가 신문명을 경험하는 듯한 표정으로 둘을 쳐다봤다. 이런 디테일한 배우 사생활을 아는 것은 이 바닥에서 잔뼈가 굵은 배우 강주혁이기에 가능했다. 그런 주혁이 TV에 나열된 배우들을 보면서 하나하나 짚어주기 시작했다.

"서태훈도 제외. 저 친구는 술쟁이라 툭하면 현장에서 술판을 벌입니다. 여자 스태프들과 문제도 많아요. 그리고 박도욱. 음, 나쁘진 않은데, 미니 멱살 잡고 끌고 가기엔 연기가 딸려요. 멘털도 약하고. 류창수 쟤는 대사 자체를 못 외워서 나중에 감독님이 고생할 겁니다. 컷을 일일이 잘라 붙여야 해서."

사실 현실적인 테두리 안에서 진행돼야 하는 캐스팅이었지만, TV에 올라온 배우들은 죄다 지뢰밭이었다. 짧게 한숨을 내쉬던 주혁이 김태우 PD에게 시선을 돌렸다.

"감독님."

"예?"

"저 정도 라인업이면 국장 선에서 오케이가 난다는 겁니까?"

"아, 확실하진 않지만, 돌아가는 분위기 봐서는 여주, 남주 둘 다 고민석 급으로만 세팅하면 편성을 다시 찾을 수 있을, 아니 싸워볼 만합니다."

"여주면 이태희, 송주희 쪽이 긍정적으로 보고 있다고 하지 않으셨습니까?"

대답은 근심 가득한 김앤미디어 사장 쪽에서 나왔다.

"엎어진다는 소문이 세 바퀴는 돌았는지, 양쪽 다 연락이 안 됩니다."

김앤미디어 사장의 말이 끝나자 김태우 PD가 푸념을 늘어놨다.

"후— 진짜 국장 말대로 헤나 캐스팅되면 한순간에 정리될 텐데."

"누구요?"

김태우 PD가 대수롭지 않게 답했다.

"헤나요. 아, 영화보단 드라마 쪽에서 핫합니다. 거기다 가수로서도 아시아 쪽 꽉 잡고 있으니까, 헤나 캐스팅되면 엄청나죠. 국장이 직접 거론했을 정도니까."

살짝 급하게 주혁이 제작실장을 쳐다보며 물었다.

"그쪽에도 대본은 보냈습니까?"

"아, 네. 보내기야 여기저기 전부 뿌렸는데."

"그런데요?"

"솔직히 헤나 정도면 대본이 넘쳐흐르겠죠. 차기작 준비 중이라고는 했는데, 저희 쪽에 연락은 없었."

— 드륵!

대답을 다 듣기도 전에 주혁이 자리에서 벌떡 일어났다.

"팀장님. 일단 움직이자."

"어? 어딜?"

하지만 강주혁은 이미 회의실 문을 열고 있었다. 그러자 다급하게 추민재 팀장이 뒤따랐고, 주혁이 모두를 돌아보며 입을 열었다.

"내일 안에 연락드리겠습니다."

주차장에서 강주혁이 추민재 팀장에게 지시를 내렸다.

"형. 형은 지금 바로 헤나 그 친구에 대해 좀 알아봐. 소속사의 관계, 현 상태, 그리고 떠도는 소문까지 전부, 가능하면 헤나 연락처까지 확인해서 내일 아침에 미팅하는 걸로."

다이어리를 꺼내 지시를 적던 추민재 팀장이 미소를 띠었다.

“사장님, 또 뭔가 꾸미는 거지? 크크, 재밌게 돌아가네. 그리고 사장님.”

“왜?”

“생각해봤는데, 남주로 건욱이는 어때?”

“그럼 땡큐지. 근데 저번에 스칠 때 보니까 영화 촬영 중이었어. 드라마는 쌩라이브인데, 스케줄이 안 될 거야. 그리고 대뜸 전화해서 작품 하자고 하면 하겠어? 직접 찾아온다면 모를까.”

“그렇긴 하지. 염병, 영화 안 들어갔으면 딱인데. 일단 바로 확인해볼게.”

말을 마치자마자 추민재 팀장은 자신의 승합차에 올랐고, 주혁도 본인의 차에 오르면서 홍혜수 팀장에게 전화를 걸었다. 신호음은 오래가지 않았다.

“응. 사장님.”

“누나, 연습실이지?”

“어머, 당연하지. 왜? 농땡이라도 피울까 봐?”

홍혜수 팀장은 현재 소속사 건물의 연습실이 완벽하게 정리되지 않았기에 분당 쪽 연습실에서 강자매과 김재욱의 연기 레슨을 진행하고 있었다.

“누나. 스튜디오 쪽에 줄 좀 있지? 음악감독이나.”

“있지? 왜?”

“지금 바로 헤나한테 들어간 OST 좀 알아봐. 노래 제목하고, 어느 작품에 꽂히는 건지까지.”

“헤나? 걔는 왜 갑자기?”

“설명은 내일 아침 미팅할 때 해줄게. 얼마나 걸려?”

“지금 시장에 도는 곡이면 전화 몇 번 돌리면 금방 나오지. 거기다 헤나 급에 들어간 거면 더 빨라.”

“알았어. 그럼 확인해서, 내일 광주 건물로 출근해. 아침에 미팅하자.”

"네네~"

전화를 끊자마자, 주혁은 빠르게 광주 소속사 건물로 차를 몰기 시작했다. 그러다 신호에 걸린 찰나, 혹시나 싶어 박 기자에게 전화를 걸었다. 박 기자는 마치 기다리고 있었던 것처럼 빠르게 전화를 받았다.

"아이고— 물주님. 어인 일이십니까? 때가 된 겁니까?"

"아니야, 아직. 뭐 물어볼 게 있어서."

"응. 아쉽네. 뭔데?"

"헤나 알지?"

"걔 모르는 기자가 어딨냐?"

"혹시 그 친구 소속사랑 뭐 찌라시 도는 거 있나 해서."

"……뭐지? 뭔가 알맹이는 없고 껍데기만 있는 물음인데?"

주혁이 피식했다.

"알아, 몰라."

"모르는데 한번 알아볼 순 있어. 근데."

"근데 뭐?"

"찌라시를 물어다 주면 그것이 현실이 됐을 때, 그 특종은 제가."

"우린 이미 한 배 탄 거 아니었나?"

"오오오— 물주님 후광이 여기까지."

쓸데없는 말이 늘어지자, 주혁이 박 기자의 말을 톡 잘라먹었다.

"시간이 많이 없어. 늦어도 내일 저녁까진 알아줘야 해."

"여부가 있겠냐. 확인하고 전화 줄게."

여기저기 전화를 돌린 주혁은 곧장 액셀을 밟으며 빠르게 이동했다.

다음 날 이른 아침, 사장실 책상에 엎드려 있던 주혁이 '헉' 소리를 내며 벌떡 고개를 들었다. 그 상태로 몇 초간 멍하니 있던 그가 혼잣말을 뱉었다.

"허리 겁나 아프네."

사장실에서 밤새 헤나에 대한 정보를 찾다가 그대로 잠들었던 주혁이 추적추적 화장실로 향했다. 잠시 뒤, 대충 고양이 세수를 끝낸 주혁이 모닝커피를 마시고 있을 즈음 추민재 팀장과 홍혜수 팀장이 나란히 사장실로 입장했다. 언제나처럼 아침부터 으르렁거렸다.

"어우— 민재야. 아침부터 얼굴이 왜 그렇게 텁텁하니?"

"하하, 아줌마. 아줌마의 그 꿉꿉한 얼굴이나 어떻게 해봐 좀."

그러다 자리에 앉아 있는 주혁의 모습을 본 추민재 팀장의 입이 벌어졌다.

"허— 사장님 혹시 여기서 잔 거야?"

"뭐, 그렇게 됐어. 커피?"

"콜."

"저도요~"

머신에서 커피 두 잔을 내려 건네며 주혁이 자리에 앉았다.

"그래서, 확인해봤어?"

먼저 다이어리를 펼치며 입을 연 것은 추민재 팀장이었다.

"여기저기 떨어진 거 주워왔는데, 일단 헤나 소속사는 소울엔터테인먼트고, 데뷔 때부터 지금까지 있었다나 봐. 올해로 10년째."

"근데?"

"자세히는 모르지만 그쪽 사장이랑 최근에 트러블이 좀 있는지, 계약 기간이 두세 달 정도 남았다는데 재계약한다는 이야기가 없어."

'그렇다면 보이스피싱 미래 정보는 조만간 벌어지는 일이겠는데.'

주혁이 생각에 빠져 있는 동안 추민재 팀장이 말을 이었다.

"그리고 최근에 헤나가 굉장히 예민하게 이미지를 관리한다는 얘기가 있어. 음반 쪽은 짧게 작업이 가능한 OST 쪽으로만 보고 있고, 드라마도 작품성을 엄청 본다는데. 이거 딱 사이즈가."

"홀로서기네."

잘나가던 배우가 1인 기획사로 홀로서기를 시작해서 무너지는 케이스는 굉장히 흔하다. 쉽게 말해 프리랜서로 전향한다는 뜻이다. 회사의 후광 없이 오롯이 혼자 설계를 짜야 하니, 이미지 관리는 당연히 철저해야 한다. 대충 이해가 간다는 듯, 주혁이 고개를 끄덕이다가 홍혜수 팀장을 쳐다봤다.

"누나. 어땠어?"

"응. 최근에 헤나 걔한테 들어간 노래가 꽤 많아. 어차피 OST야 음악팀에서 1순위 가수들한테 쭉 돌리니까."

"헤나 쪽에서 뭘 선택했는지 확인 안 돼?"

"어머, 내가 누구니. 당연히 확인했지."

홍혜수 팀장이 핸드폰을 꺼내 들었다. 핸드폰에 메모해둔 모양이었다.

"어— 아! 이거다. '366일의 사랑'? 다른 건 전부 헤나 쪽에서 커트했다는데, 그것만 아직 커트했다는 소리가 없어."

'됐어.'

티 안 나게 속으로 쾌재를 부른 주혁이었다.

'대충 그림이 그려지는데, 문제는.'

살짝 상기된 표정으로 주혁이 추민재 팀장에게 물었다.

"헤나 연락처 확인돼?"

"어려워. 매니저까지만 확인했다."

"매니저 쪽은 안 돼. 회사 사람이니까."

"그럼 어쩌지?"

그때 홍혜수 팀장이 끼어들었다.

"나 걔 번호 아는데?"

"뭣?!"

추민재 팀장이 자리에서 벌떡 일어났다. 얼굴이 잔뜩 일그러진 상태였다. 반대로 홍혜수 팀장은 꽤 여유로운 표정으로 추민재 팀장을 올려다봤다.

"어머, 민재야. 너 앉으나 서나 눈높이가 똑같네?"

그렇게 티키타카가 시작되려는 찰나에 주혁이 중간에 끼어들었다.

"누나가 걔 번호를 어떻게 알아?"

"음— 설명하자면 좀 길어. 사장님 그때 그렇게 되고 내가 좀 떠돌았어. 프리랜서로. 그즈음 걔가 배우로는 신인이었거든? 그때 연기 레슨을 좀 봐줬지."

주혁이 팔짱을 끼며 되물었다.

"그럼 못해도 5년인데. 번호가 바뀌어도 몇 번은 바뀌었을 시간인데?"

그러자 홍혜수 팀장이 미소를 머금었다.

"글쎄 걔가 연 단위로 안부 문자를 보내던데? 번호가 바뀔 때도 보내주고. 걔 연기 레슨 봐준 게 끽해봐야 1년인데, 나한테 감동한 거지."

어느새 자리에 앉은 추민재 팀장이 콧방귀를 뀌었다.

"헹! 어쩐지 헤나 걔 딕션 따박따박스러운 게 어디서 많~이 들어봤더라니."

"호홍. 고마워, 민재야."

가만히 그들의 대화를 듣고 있던 주혁이 팔짱을 풀며 홍혜수 팀장에게 시선을 던졌다.

"가장 최근에 연락된 게 언제야?"

"어— 한 넉 달 전?"

주혁이 턱을 쓰다듬었다. 그런 주혁을 쳐다보던 홍혜수 팀장이 되물었다.

"사장님. 이제 설명 좀 해주지? 어째 나만 모르는 거 같아. 맨날 연습실에 짱박아두고!"

살짝 섞인 콧소리에 강주혁도 추민재 팀장도 실소를 터뜨렸다. 하지만 홍혜수 팀장은 눈을 똘망똘망 뜨고 사장을 쳐다보고 있었다. 주혁이 슬쩍 웃으면서 상황을 설명했다.

"〈28주, 궁궐〉 알지? 투자를 시작했어."

간략하게 포인트만 얘기했고, 이어서 헤나와 관련된 설명은 추민재 팀장 역시 귀를 기울였다. 대충 상황을 파악한 홍혜수 팀장이 입을 열었다.

"그러니까. 지금 헤나가 필요한데, 사장님이 걜 도와줄 카드를 들고 있다는 거네?"

"맞아."

"그런데 사장님, 그런 고급정보는 어디서 얻는 거야?"

주혁이 웃었다.

"하하, 있어. 나한테만 정보를 주는 곳."

"여하튼 사장님은 뭔가 요지경이라니까. 뭐, 그건 그렇다 치고. 헤나? 걔 쉬운 애 아니야."

대답은 추민재 팀장 쪽에서 나왔다.

"쉬운 애가 아니라니?"

"음, 뭐라고 할까. 약간 뱀 같다고 할까? 얘가 독사까진 아닌데, 여튼 그런 이미지야. 독하기는 또 얼마나 독한데. 하긴 그 정도나 되니까 그 나이에 솔로 가수나 배우로도 성공했겠지."

가만히 둘의 대화를 듣고 있던 주혁이 생각을 정리하는지, 검지로 책상을 두들겼다.

"어쨌든, 이건 무조건 돼야 해."

주혁의 혼잣말에 두 팀장은 서로의 얼굴을 한 번씩 쳐다보다가, 다시금 주혁을 돌아봤다. 수많은 생각이 오가는지, 검지가 책상을 때리는 횟수가 점점 늘어갔다. 시간이 너무 촉박했다. 주혁의 머릿속에는 수많은 단어가 헤엄쳤고, 그 단어들을 정리하기 시작했다.

'헤나, 뱀, 홀로서기, 이미지 관리, OST, 표절, 작품성, 소속사와의 관계.'

— 툭툭……

그러다 그의 검지가 순간 멈췄다. 이어서 자신을 빤히 쳐다보고 있는 두 팀장에게 시선을 던졌다.

"일단, 형. 형은 지금 바로 김앤미디어 쪽이랑 김태우 PD, 정 작가 모두 모아놓고 상황을 전달해. 급하니까 아무 배우나 잡을지도 몰라. 계약서 쓰면 안 되니까, 적당히 내가 헤나 쪽이랑 접촉한다고 말해놔."

"그래서?"

"내가 연락할 때까지 잡아놔야지. 아마 전전긍긍하고 있을 테니까, 가면서 전화를 돌려."

"알았어."

추민재 팀장이 잽싸게 사장실을 빠져나가자, 주혁은 곧장 홍혜수 팀장에게 시선을 던졌다.

"헤나랑 친분이 어느 정도나 되는 거야? 혹시 지금 약속 잡고 부르면 밥 먹을 정도는 돼?"

"음— 그 정도는 되는 거 같은데? 근데 걔 바빠서."

홍혜수 팀장이 말하는 도중, 주혁이 고개를 저었다.

"지금 놀고 있다나 봐. 작업 기간이 짧은 OST나 드라마 차기작 고르면서. 확실히 혼자 생활하려고 숨 고르기를 하고 있어."

"그래? 그럼 해볼까?"

그녀의 말이 끝나자, 주혁이 곧장 시간을 확인했다. 아침 9시가 넘어가고 있었다.

"내 설계상으로는 무조건 점심 전에는 헤나를 만나야 돼. 그리고 늦어도 오늘 저녁 안에는 확실한 결정이 나야 해."

"오늘?"

"어. 내일이면 늦어."

사실이 그랬다. 조금이라도 타이밍이 어긋나면 주혁으로서는 여러 가지로 난감한 상황이 펼쳐질 것이 확실했다. 주혁이 홍혜수 팀장과 눈을 맞추며 입을 열었다.

"누나. 간만에 현실 연기 좀 하자."

"호홍, 대사는?"

양 볼을 쓰다듬는 주혁의 머릿속에는 이미 대사가 결정돼 있었다.

"가끔 연락을 주고받았으면, 누나 외국 나가 있던 것도 알겠지. 한국 들어왔는데, 점심이나 같이하자고 해봐. 장소, 시간은 톡으로 보내준다 하고."

"근데 느닷없이 사장님이 나타나는 전개?"

"대뜸 내가 부른다고 하면 믿을 것 같지가 않아. 안 그래도 이미지 관리 때문에 예민하다는데."

간만에 긴장된다는 듯이 심호흡을 하는 홍혜수 팀장.

"후—우— 웬일이니. 나 이런 거 처음 해봐. 지금 바로 할까?"

"바로 해야지. 연기 레슨 선생님, 위엄을 보여줘. 절대 티 나지 않게."

돌연 위엄 있는 표정으로 돌변한 홍혜수 팀장이 짧게 고개를 끄덕이더니, 핸드폰을 들어 올렸다. 이어서 화면을 몇 번 터치하더니, 통화를 누르며 핸드폰을 귀에 가져다 댔다. 그녀의 얼굴은 방금까지 가득하던 긴장감은 온데간데없이, 어느새 장난치기 좋아하는 어린아이 같은 웃음을 짓고 있었다. 몇 초 후, 드디어 현실 연기가 시작됐다.

"어머, 혜나야. 오랜만이다?"

그녀의 첫 대사에 주혁이 미소를 머금었다.

"응응, 그래. 언니 한국 왔어. 같이 점심 먹자."

홍혜수 팀장의 두 번째 대사가 끝나자, 얼마나 크게 대답했는지, 헤나의 통화 목소리가 주혁에게까지 들렸다.

"지인짜아?! 먹어요! 어디로 가?"

"언니가 지금 움직이고 있으니까, 장소랑 시간은 톡으로 찍어줄게. 응응. 알았어~"

자연스럽게 통화를 마친 홍혜수 팀장이 입을 열었다.

"장소, 시간. 어떻게 보낼까?"

어느새 주혁은 그녀에게 박수를 치고 있었다.

홍혜수 팀장을 통해 헤나에게 약속장소와 시간을 전송한 후, 주혁도 곧장 움직였다. 의심을 피하기 위해 약속장소를 서울로 잡는 바람에 생각보다 시간이 걸렸다.

한창 운전하는 도중에 전화가 걸려왔다. 때마침 신호에 멈춰선 주혁이 핸들 옆 통화 버튼을 눌렀다. 박 기자였다.

"어어. 뭐 좀 나왔어?"

"확인해봤는데, 그 헤나 소속사 사장이 헤나한테 자꾸 중국 진출을 강요하는 모양이야."

"중국?"

"응. 안 그래도 요즘 중국 쪽이 한국 배우들한테 빡빡하게 구는데, 왜 굳이 중국을 선택했는지는 모르겠는데, 연예부 쪽 애들은 거진 다 아는 내용인가 보더라고."

"다른 거는?"

"어— 그래서 둘이 사이가 안 좋은데, 딱 재계약이 임박한 거지. 그런데 헤나가 재계약을 계속 미룬다네? 독립하려나?"

대충 떠도는 얘기는 비슷비슷했다. 중국 쪽 진출을 강요받은 것은 처음 듣는 얘기였지만. 주혁은 잠시간 말을 멈췄다가 무언가 떠올랐는지, 박 기자에게 위치를 물었다.

"지금 어딨어?"

"나? 나 회사지."

"지금 데리러 갈 테니까, 시간 좀 내라."

"지금? 어— 특종입니까?"

"니가 오면 특종 될 가능성이 커지긴 하겠지."

"외출 채비 끝내놓고 기다리겠습니다!"

전화를 끊은 주혁은 디쓰패치로 목적지를 틀었다.

비슷한 시각, 무비트리 편집실.

수많은 모니터가 즐비한 편집실에서 짐승처럼 변해버린 류성원, 최철수 감독이 연신 키보드와 마우스를 조작하고 있다.

— 타닥타닥타닥

— 딸칵딸칵딸각

고요한 편집실에는 오로지 키보드 치는 소리와 마우스 클릭 소리만이 울려 퍼졌다. 그러다 수염이 잔뜩 자란 류성원 감독이 눈과 눈 사이를 꾹꾹 누르면서 입을 열었다.

"후— 철수야. 이러다 우리 죽는 거 아니겠지?"

그의 물음에 최철수 감독은 시선을 여전히 모니터에 두면서 입을 열었다.

"며칠 안 잔다고 죽진 않아. 컷 편집했으면 빨리 넘겨. 지금 테이크 싱크랑 음향 거의 끝났어."

"끄어— 나도 거의 다 잘랐다."

몇 주간 편집실에 처박혀 편집을 진행하던 그들은 어느새 컷 편집과 음향 마스터링(음향과 싱크, 음악 등을 맞추는 작업) 중이었다. 그래도 상업영화에 비해 다큐 독립영화라 작업은 빠른 편이었다. 보통 상업영화는 촬영 콘티를 토대로 컷 편집을 한다. 거기서 NG 컷을 걷어내면서 새롭게 파생되는 아이디어 등을 삽입하기에 시간을 어마어마하게 잡아먹는다. 따라서 상업영화는 각 파트마다 수주를 넘거나, 전문 편집기사가 따라붙는다.

그에 비해 〈내 어머니 박점례〉의 편집이 비교적 순항하는 이유는 메시지가 중요한 독립영화여서 복잡한 사운드 믹싱은 상대적으로 덜 중요하기 때문. 게다가 다큐적인 장면이 많아 NG 컷이 확 줄었다. 다만 독립영화의 경우 대개 연출한 감독이 모든 편집을 책임지기 때문에, 체력 문제가 따랐다. 체력이 이미 바닥난 류성원 감독이 멍한 눈빛으로 최철수 감독에게 물었다.

"시간…… 맞출 수 있을까?"

"죽어도 맞춰야지."

"출품 기간 얼마나 남았지?"

"접수는 시작됐고, 2주간."

"후— 겁나 빡빡하네. 못해도 접수 날까진 끝나야 한다는 거잖아."

여전히 모니터에 시선을 고정한 최철수 감독이 고개를 저었다.

"안 돼. 길어도 12일."

"어? 왜?"

"사운드 믹싱 끝내고, 영화 뽑으면 강주혁 사장님 보여드려야지."

"아."

"그리고, 편집하면서 든 생각인데."

"뭔데?"

"우리 영화, 강주혁 사장님 눈에 못 들면 수상이고 나발이고, 개봉도 못할 거라는 생각이 들어."

자기도 인정한다는 듯, 끄덕이던 류성원 감독도 모니터에 얼굴을 박았다. 최철수 감독이 말을 이었다.

"형. 이 정도 되니까, 오기가 생겨. 진짜 잘 뽑고 싶다."

"나도."

"우리 영화 얼마나 풍파가 많았냐. 강주혁 사장님이 안 건졌으면 장춘성 그 새끼 때문에, 어후…… 생각하니까 또 빡치네."

"그렇지. 솔직히 우리 영화, 결과는 그렇다 치더라도 상 하나 떡하니 타고 싶다."

순간 바쁘게 움직이던 최철수 감독의 손이 멈췄다. 이어서 류성원 감독을 돌아보면서 나지막이 속삭였다.

"형. 우리 상 타면 다음 작품 할 때, 강주혁 사장님이 또 뒤를 봐주지 않을까?"

"……"

최철수 감독을 말없이 쳐다보던 류성원 감독이 다시금 모니터로 고개를 돌리며 입을 열었다.

"밤새우자."

목표가 생긴 그들은 또다시 미친 듯이 키보드와 마우스를 두들기기 시작했다.

이른 점심, 마포역 주변 레스토랑. 룸으로 이루어진 레스토랑으로 마스크를 쓴 강주혁과 박 기자가 들어섰다. 카운터에 있던 직원이 고개를 숙였다.

"어서 오세요. 예약하셨습니까?"

"네. 홍혜수로 했습니다."

"잠시만요. 아, 5번 룸이에요. 일행은 있으십니까?"

"한 명 더 올 겁니다."

"알겠습니다. 오시면 5번 룸으로 안내하겠습니다."

친절한 안내를 해준 직원에게 고개를 숙인 주혁과 박 기자가 5번 룸으로 이동했다. 룸 안은 적어도 열 명이 앉아서 식사할 수 있도록 세팅이 완료된 상태였다. 박 기자가 자리에 앉으면서 입을 열었다.

"그러니까, 지금 너 계획에 내가 필요하다는 거지?"

"맞아. 그리고 오늘 결정되는 거에 따른 특종은 너한테 줄게. 가장 빨리 기사 올릴 수 있을걸?"

"흐흐흐, 좋아. 일단 물주님의 장단에 맞춰주지. 그런데 헤나 진짜 오긴 오는 거야?"

박 기자의 물음에 주혁이 피식하며 순간적으로 홍혜수 팀장의 자연스러운 연기를 떠올렸다.

"올 거야."

"그래?"

대답을 들은 박 기자가 핸드폰을 조작하더니 테이블 위에 올렸다. 주혁이 시간을 확인했다.

'슬슬 올 때가.'

마침 복도에서 구두 소리가 들렸다. 그 소리에 반사적으로 주혁이 자리에서 일어났고, 덩달아 박 기자도 움찔거리며 일어났다. 이어서 구두 소리가 멎고, 닫혔던 문이 괴팍하게 열렸다.

"언니!!! ……어?"

웃음과 당황이 공존하는 표정의 헤나가 등장했다. 투명한 피부, 가슴까지 내려오는 긴 생머리에 검은색 구두, 허벅지를 살짝 덮는 정장 스타일의 빨간

원피스. 검은색 백을 멘 모습. 공항 패션으로도 손색없었다.

어느새 다가왔는지, 그녀 앞에 주혁이 섰다. 그러자 딱 주혁의 어깨 정도 닿는 헤나의 시선이 천천히 강주혁의 얼굴로 올라갔다.

"뭐, 뭐지? 제가 방을 잘못 찾았나요?!"

그녀의 당황스런 외침에 주혁이 싱긋 웃으며 마스크를 벗었다.

"아뇨. 잘 찾아오셨습니다. 헤나 씨."

강주혁을 알아본 헤나. 안 그래도 큰 그녀의 눈이 두 배는 커졌다. 당황과 난감이 뒤섞인 게 한눈에 보였다. 그렇게 몇 초쯤 강주혁을 올려다보던 헤나는 여전히 커다래진 눈을 돌려 자신을 바라보는 박 기자와 룸을 쭉 둘러봤다. 예상하던 그림이 아니었다. 헤나는 어이없는 웃음을 지으며 시선을 다시 강주혁에게로 돌렸다.

"뭐예요, 이 상황? 언니는요?"

주혁은 웃음을 지으면서 정중하게 의자를 가리켰다.

"일단, 앉으실까요?"

"제가요? 왜요?"

하지만 헤나는 요지부동이었다. 갑자기 나타난 강주혁을 마치 귀찮은 방문판매 업자처럼 느끼는 듯했다. 그래도 지금 상황이 궁금하긴 했는지, 룸을 나가지는 않았다. 그녀가 다시 한 번 박 기자를 쳐다보며 입을 열었다.

"무슨 상황인지 설명부터 해줘야 앉든지 말든지 할 것 같아요."

다시 시선을 강주혁에게 맞추는 헤나.

"선배님."

선배님이라는 호칭에 주혁이 순간 류진주를 떠올렸다. 그 생각을 지우고 주혁이 가리키던 의자를 앉기 쉽게 빼내면서 입을 열었다.

"헤나 씨에게 제안할 게 있는데, 도통 만나기가 쉽지 않더라고요. 해서 홍혜수 팀장님에게 도움을 좀 요청했습니다."

"제안? 팀장? 혜수 언니가 팀장이에요?"

"네. 제 회사 팀장입니다."

"……어떤 제안인데요?"

다시 한 번 의자를 가리키는 강주혁.

"앉으시죠."

"……"

헤나를 쳐다보는 주혁의 여유로운 표정은 변함이 없었고, 반대로 헤나는 호기심이 당기는지 어쨌는지, 짐짓 진지한 표정으로 주혁을 바라봤다. 그렇게 다시 몇 초. 결국 헤나가 주혁이 빼둔 의자에 엉덩이를 붙였고, 주혁은 헤나가 자리에 앉자마자 룸의 문을 닫았다. 제자리로 돌아온 주혁은 앉기 전 명함을 꺼내 헤나에게 건넸다. 그러자 박 기자도 허겁지겁 명함을 꺼내 헤나에게 내밀었다. 자신에게 건네진 명함 두 장을 번갈아 보던 헤나가 물었다.

"디쓰패치? 보이스프로덕션? 뭐예요, 이 조합?"

그녀의 말이 끝나자, 곧장 인사를 던지는 박 기자.

"헤나 씨. 반가워요. 기자회견하실 때 몇 번 뵀는데, 하하하. 잘 모르시겠죠? 편하게 박 기자라고 불러주세요."

"디쓰패치…… 박 기자님…… 아! 그분이시구나? FNF 접대사건 터뜨린?"

"와하하, 알아봐주시니 영광입니다. 별거 아니었는데."

"별거 아니긴요. 너무 대단한 일을 하신 거죠. 자료들도 엄청 디테일해서, 저 완전 몰입해서 봤는데!"

"과찬입니다. 하하하."

칭찬은 고래도 춤추게 한다고 했던가. 박 기자는 어느새 헤나에게 넘어간 듯 보였다. 그 장면을 조용히 지켜보던 주혁은 홍혜수 팀장이 말했던 헤나에 대한 평가를 떠올렸다.

'뱀.'

그렇게 박 기자를 띄워주던 헤나가 손에 들린 두 번째 명함을 보면서 다시금 입을 열었다.

"보이스프로덕션? 여긴 뭐예요? 선배님이 하시는 건가?"

"네."

"오? 진짜요? 복귀는 안 하시고 사업하시는 거예요?"

"네."

"아아. 그렇구나. 대따 신기하다. 뭐뭐 해요?"

"그냥, 이것저것 해요."

"이것저것 뭐요? 프로덕션이니까 작품 제작 같은 것도 해요?"

"네."

주혁의 표정은 여전히 여유로웠지만, 대답은 무척이나 빠르고 무미건조했다. 그러거나 말거나 헤나는 수많은 질문을 던졌다.

"혜수 언니는 거기서 무슨 일 해요?"

"나중에 놀러 가도 돼요?"

"사옥이 광주에 있네요?"

하지만 주혁의 대답은 '네, 아니오' 정도였다. 박 기자는 어느새 정신이 없어졌는지, 눈알을 굴리기 바빴다.

"아아, 그럼 거기 소속된."

그리고 헤나가 바로 다음 질문을 던지려 할 때, 주혁이 말을 잘랐다.

"헤나 씨. 홀로서기를 준비하신다고요."

멈칫. 질문 폭격을 하던 헤나가 말을 멈춘 채 주혁과 눈을 마주쳤다. 마치 의도를 파악하겠다는 듯이. 침묵을 먼저 깬 것은 헤나였다.

"와, 신기하다. 혹시 저 영입 제의하시려고요? 선배님이?"

"제의하면 오시겠어요?"

주혁의 즉답에 헤나의 미간이 살짝 찌푸려졌고, 장난스레 웃던 주혁이 종이뭉치를 내밀었다. 〈28주, 궁궐에 피어난 꽃〉 1, 2부 대본이었다. 식탁에 올려진 대본을 본 헤나의 표정은 점점 더 요지경으로 변했다.

"갑자기 대본?"

"독립하기 위해, 음반부터 드라마까지 굉장히 심사숙고하고 있다고 들었어요. 이게 제 첫 번째 제안입니다."

"이 대본이 제안이라고요?"

헤나가 대본을 힐끔 보았다.

"맞아요. 저는 이 드라마 주연을 헤나 씨가 해줬으면 좋겠는데."

"왜요?"

"여기 나온 여주인공은 헤나 씨가 해야 딱 맞을 거 같아서요. 물론 제 생각이지만."

주혁의 말이 끝나자, 헤나가 살짝 놀란 표정을 지었다. 내심 기분이 좋아서였다. 누가 뭐래도 강주혁은 연기로는 현존 톱에 있는 배우였으니까.

"제가요? 왜 그렇게 생각하세요?"

그녀의 물음에 주혁이 손목을 들어 시간을 확인 후, 입을 열었다.

"헤나 씨 나온 작품을 전부 확인해봤어요. 본업이 가수라 그런지 모르겠지만 감정을 잡는 게 능숙했고, 전달력, 강세 등 배우로 전향하기 위해 얼마나 연습했을지 보였어요."

"……"

헤나는 대답이 없었고, 아랑곳없이 주혁이 말을 이었다.

"흔히들 이 바닥에서 아이돌이나 가수들이 어느 정도 인기를 끌면 배우라는 루트를 타는데, 욕먹기 일쑤죠. 그 편견을 깨기 위해 발음부터 호흡까지 새로 배웠죠? 좋아요. 왜 드라마 연출들이 헤나 씨를 선호하는지 알겠던데요. 그리고 뭣보다."

"……듣고 있어요."

"헤나 씨 마스크가 참 재미있어요. 앳돼 보이는데, 그 속에 흡인력이 있어. 특히 두 번째로 찍은 작품 〈밤의 연인〉에서 전생을 회상하는 씬. 아주 인상 깊었어요."

입에 발린 소리가 아니었다. 주혁은 어제부터 오늘 아침까지 사장실에 틀어박혀 밤새 헤나의 작품을 분석했다. 그리고 결론을 내렸다. 〈28주, 궁궐〉과 정말 잘 어울리겠다는.

"그런데 헤나 씨 작품들을 보다 보니까, 한 가지 특이한 점이 있던데요."

"특이한 점이요?"

"헤나 씨의 작품 선택 기준은 여주인공의 세계관이 명확한 게 대부분. 맞죠? 1~2화에 '지금까지 이런저런 인생을 살았습니다' 하고 대충 발라버리는 게 아니라, 꾸준하게 독자들에게 세계관을 어필하는 작품을 선택했던데."

"……"

주혁이 탁자 위 대본을 손으로 짚으며 말을 이었다.

"읽어보세요. 아마 욕심이 날 겁니다."

그의 얘기가 입에 발린 소리가 아니라고 느꼈는지 어쨌는지는 모르지만, 헤나가 대본 1부를 끌어당기며 입을 열었다.

"읽어볼게요. 할지 말지는 모르겠지만."

헤나는 속으로는 기분이 좋았지만, 새침하게 답했다. 하지만 주혁이 고개를 저었다.

"아뇨. 안 하시면 제가 알고 있는 정보를 알려드리기가 어려워요."

고개를 갸웃하는 헤나.

"정보요? 무슨 정보요?"

"헤나 씨. 그대로 독립하시면 필시 제 살 깎아먹는, 이미지가 굉장히 안 좋아지는 일이 벌어질 겁니다. 그런데 그 정보를 현시점에는 저만 알아요. 여기서 두 번째 제안입니다. 이 드라마를 하시면 그 정보를 알려드릴게요."

표정은 웃고 있지만 진지한 눈빛을 한 주혁 때문에 헤나는 살짝 황당했다.

'거짓말 같진 않은데.'

안 그래도 최근 행동 하나하나를 신경쓰고 있었다. 더군다나 제안을 한 사람이 강주혁이고, 옆에 앉아 있는 박 기자까지. 저 두 남자는 금방 탄로 날 멍청한 거짓말로 시간을 보낼 만큼 한가한 사람들일까?

바로 그때 주혁의 요청대로 박 기자가 양념을 쳤다.

"헤나 씨. 제가 얼핏 듣고 독자적으로 확인해봤는데, 신빙성이 있어요. 아니, 거의 확실합니다. 이대로 독립하시면 확실히 미끄러져요."

다른 사람도 아니고 디쓰패치 박 기자의 양념이 위력을 발휘한 것이지, 헤나의 표정이 짐짓 진지하게 변했다. 그사이를 주혁이 비집고 들어갔다.

"그래서, 어쩌시겠어요?"

고민에 빠진 헤나는 잠시 박 기자에게 시선을 돌렸다가, 다시 강주혁을 노려봤다.

"어떻게 믿죠? 나중에 말 바꿀지도 모르잖아요. 선배님이."

"하하. 만약 상황이 그런 식으로 흘러간다면 헤나 씨 입장에선 그냥 출연 안 해버리면 그만이죠. 계약서에 명시하면 되겠네요. 만약 내가 거짓말을 한 게 되면 모든 계약은 무효, 같은."

"하…… 이런 출연 제의는 또 첨 받아보네."

강주혁이 식탁에 놓인 대본을 헤나 쪽으로 조금 더 밀면서 입을 열었다.

"그것도 그거지만, 전 이 작품 자신 있습니다. 아마 꽤 걸작으로 평가받을 거예요. 물건입니다. 한번 읽어보고 계속하죠."

"지금부터 읽어요?!"

"말했죠? 시간이 별로 없어요."

주혁은 웃고 있었지만, 말투는 단호했다.

같은 날 늦은 오후, 김앤미디어 회의실은 마치 마감 시간을 코앞에 둔 편집부처럼 모두가 초조함의 극치를 달리고 있었다. 김태우 PD는 연신 시계를 확인하며 책상 주변을 맴돌았고, 정 작가는 모든 것을 포기한 듯한 표정으로 노트북 화면을 멍하니 바라보고 있었다. 김앤미디어 사장과 제작실장은 계속 어딘가로 전화를 걸었지만 상대방이 받지 않는지, 계속 혀를 차댔다.

"스읍. 이 역할은 재욱이가 나으려나."

하지만 그 혼돈의 회의실에서 추민재 팀장만은 침착하게 자리에 앉아, 다이어리에 무언가를 적으며 혼잣말을 뱉고 있었다. 그 모습에 김태우 PD가 참다못해 한마디 던졌다.

"팀장님. 사장님 연락은 아직입니까?"

추민재 팀장은 시선을 여전히 다이어리에 두고는 짧게 답했다.

"그러게요. 아직 없네요."

"그, 근데 왜 이렇게 침착합니까! 무슨 대비책을!"

살짝 흥분한 김태우 PD의 양어깨를 붙잡으며 추민재 팀장이 심호흡하는 시늉을 했다.

"감독님. 릴렉스~ 후흡— 후우— 심호흡하시면서."

"아, 아. 죄송합니다. 흥분했네요."

"아뇨~ 이해합니다. 당장 내일이면 편성이 날아갈 판에. 어— 그런데요."

"예?"

"어차피 배우들 전부 나가리 났잖습니까? 지금부터 뛰어다녀서 A급 배우 계약이 덜컥 되는 것도 아니고, 이제 우리는 사장님을 믿을 수밖에 없어요."

"그, 그래도 시간이."

살짝 미소 지으면서 다시 자리에 앉는 추민재 팀장.

"연락 준다고 했으니까, 죽이 되든 떡이 되든 가져올 겁니다. 침착하게 기다려보죠. 너무 그렇게 걱정만 하고 살면 주름이 늘어요, 감독님. 우리 회사에 홍 팀장이라고 있는데, 그 꼴 난다니까?"

너무나 여유로운 모습이 적응되지 않는지, 김태우 PD는 말문이 막혀버렸다. 도떼기시장을 연상케 하는 회의실을 둘러보던 김태우 PD가 머리를 쓸어 넘기며 눈을 질끈 감았다.

'내년 편성 확정이다…….'

바로 그때 회의실 문이 열리고, 강주혁이 들어왔다. 회의실에 있던 모든 사람의 시선이 그에게로 박혔다.

"대충 맞췄네요."

주혁이 담담하게 추민재 팀장에게 다가갔다.

"별거 없었지?"

"그럼. 어떻게 됐어?"

"어? 어떻게 되긴."

주혁이 웃으면서 문 쪽을 보며 외쳤다.

"거기서 뭐 해. 들어와요!"

그의 외침이 모두의 귓가에 맴돌기를 몇 초, 예쁜 여자가 들어왔다.

"아, 안녕하세요!"

그녀를 바라보는 모두가 눈알이 튀어나올 듯한 얼굴로 굳어버렸다. 하지만 이게 끝이 아니었다. 예쁜 여자 뒤로 흔히 볼 수 없는 마스크의 남자가 따라 들어왔다.

"반갑습니다."

그 바람에 눈알이 튀어나온 것도 모자라 턱이 빠져라 입을 벌리는 사람들. 하지만 주혁은 무심하게 김앤미디어 사장을 쳐다보며 입을 열었다.

"진행하시죠."

다음 날 늦은 아침. WTVM 국장실에는 박송호 PD가 대본을 가지고 소파에 앉아 있었다. 국장은 시간을 체크하고 있었고, 그 모습을 지켜보던 박송호 PD가 입을 열었다.

"국장님. 태우 이거 안 온다니까요. 아니, 현실적으로 제가 세팅한 배우랑 비슷한 급을 그 시간에 때려박는 게 말이 안 되잖습니까."

"시끄러워, 인마."

사실 박송호 PD의 말도 틀린 것은 아니었다. 어느 정도 세팅이 끝났다면 적어도 어제쯤 문자라도 보냈어야 하나, 김태우 PD는 감감무소식.

'쯧! 새끼. 그냥 얼추 B급 정도라도 데려왔으면 우겨서라도 편성 주려고 했더니.'

편성은 국장 직인으로 시작된다. 처음부터 끝까지 오롯이 국장의 책임이라는 뜻. 따라서 아무리 밀어주고 싶어도, 그만 한 이유와 변명거리가 필요했다. 해서 국장은 김태우 PD에게 배우를 빨리 물색해오라고 지시를 내렸다. 어차피 박송호 PD가 세팅한 A급은 바라지도 않았다. 그보다 조금 밑이라도 국장에게는 명분이 필요했다. 하지만 김태우 PD는 그 작은 명분조차 만들어주지 못한 셈.

"아, 국장님. 빨리 편성 좀 해주세요. 저 빨리 제작 미팅해야 한다니까요. 태우 그거 절대 배우 못 구해요. 지금 뻥끼 탄 거라니까요."

국장 역시 할 일이 많은 사람이었다. 그런 그가 박송호 PD를 노려보며 입을 열었다.

"후— 송호. 너 최 작가랑 한 번만 더 싸우면 1년간 B팀만 돌린다?"

"예? 아! 그럼요. 절대 안 싸우죠. 저희 지금 사이 좋습니다. 국장님."

"지랄은."

말을 마친 국장이 책상에 놓인 편성 승인 서류를 내려다봤다. 그러다 이내 마음을 먹었는지, 다시 박송호 PD를 쳐다봤다.

"시간 없으니까, 바로 준비해."

"그럼! 편성 저 주시는 겁니까?!"

"그래, 인마. 빨리 꺼져! 진짜 싸우기만."

밖이 소란스러워진 것은 그때였다.

"……하세요~"

"와……."

그 바람에 말을 멈춘 국장이 미간을 찌푸리며 자리에서 일어났다.

"뭐야. 누가 왔어? 왜 이렇게 소란스러워? 야. 나가서 확인해봐."

"예? 아, 예."

귀찮은 표정을 지은 박송호 PD가 국장실 문을 열려는 순간이었다.

— 덜컥!

"우왓!"

박송호 PD가 문손잡이를 잡은 순간 국장실 문이 갑자기 열렸고, 그 바람에 박송호 PD가 엉덩방아를 찧었다.

"선배? 거기서 뭐해요?"

문을 연 것은 김태우 PD였다.

"너 이씨! 야…… 어?"

그때 김태우 PD 등 뒤로 여자 얼굴이 스윽 튀어나왔다.

"응? 이분은 여기서 왜 이러고 계시는 거예요?"

"헤, 헤나?! 아니, 헤나 씨가 왜 여길?!"

여전히 자빠진 채로 놀라는 박송호 PD. 놀라기는 국장 역시 마찬가지였다. 반대로 풀메이크업을 한 헤나는 나자빠져 있는 박송호 PD를 호기심 있게 보다가, 이내 국장에게 눈길을 던졌다.

"아! 국장님. 안녕하세요!"

"예?"

얼결에 대답한 국장의 시선은 천천히 김태우 PD로 옮겨붙었다. 그런데 김태우 PD가 다시 문밖을 향해 외쳤다.

"이쪽입니다. 이쪽으로 오시면 돼요!"

덕분에 자연스럽게 국장의 시선도 문 쪽으로 쏠렸고, 몇 초 뒤 장신의 남자가 추가로 국장실로 들어왔다. 그 역시 나자빠진 박송호 PD에게 힐끗 시선을 던졌다가 이내 국장에게로 고개를 돌리며 입을 열었다.

"안녕하세요. 국장님."

대뜸 나타난 장신의 남자를 보자마자, 국장이 반사적으로 외쳤다.

"거, 건욱 씨?!"

국장실에 헤나로도 모자라서, 영화배우 김건욱이 나타났다.

그 시각, 주혁은 사무실로 이동 중이었다. 〈28주, 궁궐〉은 추민재 팀장에게 일시적으로 일임한 상태. 주혁이 핸들을 꺾으며 읊조렸다.

"지금쯤 국장실에 들이닥쳤겠네."

편성을 따내면 추민재 팀장이 헤나와 김건욱을 데리고 사옥으로 오는 스케줄. 그때 헤나에게는 표절 정보를, 김건욱과는 못다 한 이야기를 하면 될 듯싶었다.

"민재 형 또 겁나 궁금해하고 있겠네. 건욱이가 어떻게 합류한 건지."

추민재 팀장의 궁금해 미치겠다는 표정이 눈에 선했다. 바로 그때 전화가 울렸다. 발신자는 부동산 업자였다.

"네."

"사장님. 어디쯤 오셨습니까?"

"15분이면 도착합니다."

"아아! 그러시면 편의점 하신다는 분은 도착하셨거든요? 도착하셔서 연락 주시면 바로 건물로 출발하겠습니다."

"그러시죠. 도착하면 연락드리겠습니다."

"옙!"

아침부터 주혁이 사옥으로 향하는 첫 번째 이유는 점포 계약 건 때문이었다. 굳이 강주혁이 직접 볼 이유는 없지만, 보이스프로덕션 사옥 성격 자체가 좀 특이하므로 직접 얘기를 나눠보고 결정하기 위해서였다.

"후—"

짧게 한숨을 내쉰 주혁은 새삼 바쁘다는 것을 느끼면서, 빠르게 차를 몰기 시작했다.

사옥에 도착해 주차를 마친 주혁이 입고 있는 정장 매무새를 정리하며 엘리베이터로 향했다. 그러면서 속주머니에서 핸드폰을 꺼냈다. 슬슬 오시라는 연락을 하기 위해서였다. 그런데 주혁이 핸드폰을 꺼냄과 동시에 전화가 울렸다. 편집에 영혼을 갈아 넣고 있는 최철수 감독이었다.

"네. 감독님."

"사장님! 기쁜 소식입니다!"

"하하. 편집이 얼추 됐나요?"

DBS 국제독립영화제 출품 기간이 많이 남은 상황은 아니었다. 1주하고 며칠. 나름 급박한 상황이었지만, 주혁은 두 감독을 닦달하지 않았다. 어련히 알아서 맞춰줄 거라 믿었기 때문이었다.

"예. 이번 주말 전으로 끝날 것 같습니다!"

"좋네요. 그럼 마무리 작업하시고, 주말에 시사회 겸 한 번 모여야겠네요."

"하하하. 시사회는 너무 거창하고, 테스트로 보시면서 튀는 장면이나 마지막 수정할 부분 검사 차원에서 부탁드립니다."

"알겠습니다. 일정은 제가 잡아서 따로 연락드릴게요. 고생하셨습니다."

"네. 감사합니다!"

그렇게 전화가 끊겼고, 이어서 엘리베이터가 도착했다. 엘리베이터에 몸을 싣는 주혁이 미소 지으며 혼잣말을 했다.

"슬슬 작품들이 세상 밖으로 나갈 시동이 걸리네."

그러면서 주혁이 4층 버튼을 눌렀다. 엘리베이터 문이 천천히 닫혔다. 바로 그때였다.

— 지이잉 지이잉 지이잉 지이이잉~!

다시금 울리는 전화기.

"바쁘다. 바빠."

이번에는 시간상 부동산 업자나 추민재 팀장이 아닐까 생각했지만, 둘 다 아니었다. 발신자를 확인한 그는 곧 수첩을 꺼내 들었다.

*070-1004-1009

이번에 걸려온 것은 보이스피싱이었다.

17. 발사

"들으실 항목의 키워드를 '선택'해주세요!

1번 '음성', 2번 '2', 3번 'K', 4번 '아침 11시', 5번……."

키워드를 들은 주혁이 턱을 쓰다듬으며 고심에 빠졌다. 그러다 뭔가 생각이 있는지 그의 손가락이 움직였다. 그의 선택은 3번 'K'였다.

"탁월한 선택! 강주혁 님이 선택한 키워드는 'K'입니다!

일본 기업 불매운동으로 인해, 일본 기업 및 일본 자본이 투입된 업체의 이미지가 상당히 안 좋아지는 반면, 한국의 맛을 입히자는 아이디어로 시작된 일명 'K'R마카롱이 젊은 층에서 입소문을 타면서 SNS, 메신저 등으로 확산, 전국적으로 가맹점 30곳이 넘는 핫아이템으로 발전합니다. 덕분에 'K'R마카롱 1호점이 광주의 떠오르는 명소로 자리잡으면서, 유명한 맛집 등이 연쇄적으로 주변을 채우게 되고, 결과적으로 상권이 살아나며 부동산 가격에도 큰 영향을 미치게 됩니다."

보이스피싱이 끊기자, 주혁이 핸드폰을 주머니에 넣으면서 천천히 사장실로 걸음을 옮겼다. 이어서 닫혀 있던 문을 밀어내면서 작게 읊조렸다.

"일본 기업 불매? 거기다 갑자기 마카롱?"

생각보다 뜬금없었는지, 메모도 잊은 채 주혁이 노트북을 열었다. 먼저 검색한 것은 일본 기업 불매. 자잘하게 일본 기업을 불매하자는 내용의 블로그나 카페 등의 정보는 나왔지만, 본격적인 불매운동 움직임은 없었다.

“곧 뭔가 터진다는 뜻이네.”

다음 검색어는 KR마카롱. 검색사이트가 결과를 뱉어내는 것은 굉장히 빨랐다.

“있긴 있네? SNS에서만 판매하는 건가?”

KR마카롱은 송편, 약과, 한과 등 한국의 색깔을 입힌 마카롱이었고, 현재는 SNS에서만 판매되고 있었다. 그렇다고 폭발적으로 이슈화돼서 엄청 팔린다거나 하는 느낌은 아니었고, 굉장히 영세한 느낌이 강했다.

“개인이 재미로 하는 수준인가.”

거기다 일일이 수작업으로 만들어내는 듯 보였다.

“흠. 이걸 어떻게.”

주혁이 볼을 쓰다듬으며 KR마카롱 SNS를 구경하고 있을 때, 이번에는 부동산 업자가 전화를 걸었다.

“아, 죄송합니다. 제가 전화한다는 걸.”

“아아! 사장님 도착하셨어요?”

“예. 지금 사무실에 있습니다.”

“허이구! 금방 올라가겠습니다!”

잠시 후, 노크 소리가 나더니 조심스럽게 문이 열렸다. 그런데 부동산 업자 혼자였다.

“아까 편의점 하신다는 분도 같이 오신다고 안 하셨나요?”

“그게요. 그분이 갑자기 급한 일이 생겼다고 하셔서.”

“그래요? 그럼 계약을 아예 취소하신 겁니까?”

"아아, 그건 아니고. 하시긴 하시는데, 금방 연락 주신다고 했습니다. 분명하실 겁니다. 사실 이 주변에서 월세를 이렇게 싸게 가져갈 곳이 많이 없기도 하고, 편의점이 들어오면 건물도 살아요."

틀린 말은 아니었다. 어찌 됐건 편의점이 있으면 건물의 이미지가 좋아지긴 하니까. 고개를 끄덕이던 주혁이 별생각 없이 물었다.

"무슨 편의점입니까? 요즘 워낙에 편의점이 많지 않습니까?"

"아아, 아마 식스텐 편의점일 겁니다. 편의점 영업사원 명함을 보여줬는데, 식스텐 명함이었습니다."

"식스…… 잠깐만요. 식스텐이오?"

"예예."

순간적으로 편의점 상호를 되물은 주혁이 미간을 찌푸렸다.

'식스텐이면 일본 기업인데.'

식스텐이 건물에 입점한 후, 일본 기업 불매운동이 확산되면 그것은 곧 건물의 이미지 실추를 뜻했다. 부동산 업자가 말을 이었다.

"아! 그리고 아침에 편의점이랑 똑같은 곳으로 점포 문의가 왔는데, 스읍— 느낌이 영."

"왜요?"

"젊은 부부 같은데, 영 쎄합니다. 딱 월세 밀릴 목소리라고 할까?"

"그래요?"

"뭐, 사장님 결정이시니까. 저야 소개만 해드릴 뿐이고. 그래도 편의점이 낫지 않을까 싶긴 합니다만."

"그분들은 업종이 뭐랍니까?"

"아아. 잠시."

부동산 업자가 다이어리를 꺼내, 손가락으로 종이를 훑더니 이내 답했다.

"아, 여기 있네. 어— 무슨 메카롱? 마케롤? 그 있잖습니까? 젊은 애들이 환장하는 빵 같은 거. 뭐라더라."

순간 주혁의 표정이 변했다.

"마카롱."

"그렇지! 그겁니다, 그거! 그거 판다는데, 이미 옆에 빵집도 있고, 여러모로 힘들지 않나. 아, 물론 선택은 사장님이."

"상호가."

"예?"

"상호가 뭡니까. 그 마카롱."

"어— 그건 저도 잘."

"번호 알려주세요."

살짝 멍하게 주혁을 쳐다보던 부동산 업자가 후다닥 다이어리를 건넸다. 다이어리에서 번호를 확인한 주혁이 곧장 전화를 걸었다.

"여보세요?"

"안녕하세요. 오늘 아침에 제 건물 점포 임대 문의하셨다고."

"아! 네네! 집 주변이고, 월세가 싸서."

전화를 받은 것은 젊은 여자 목소리였다.

"죄송한데, 뭐 좀 여쭤보겠습니다."

"아, 네네."

"마카롱을 판매하신다고."

"맞아요. 마카롱."

"상호는 정하셨나요?"

"네. KR마카롱으로 하려고요."

순간 주혁의 입가에 미소가 번졌다.

"만드시는 마카롱이 어떤 느낌이죠?"

"어— 그, 약간 한국만의 색깔을 입힌 건데, 송편이나 약과 같은 모양도 있고. 일일이 수작업으로 만들어요. 원래는 SNS에서만 판매했는데, 꽤 팔리는 바람에 집에서는 한계가 있어서…… 아! 그런데 아까 부동산 사장님께 말씀 듣기로는 이미 편의점이 들어오기로."

"계약하시죠."

"……예?"

"계약이요. 왜요? 이미 다른 곳 정하셨습니까?"

전화상으로 잠시간 침묵이 흐르더니 목소리가 남자로 바뀌었다. 남편이 받는 듯 보였다.

"저, 저희랑 계약하신다고요?"

"하하. 네. 최대한 빨리 했으면 싶네요."

"와…… 가, 감사합니다! 그럼 혹시 내일도 괜찮으신지."

"알겠습니다. 내일로 잡죠. 자세한 건 부동산 사장님이랑 진행하세요."

"알겠습니다!"

그렇게 전화가 끊겼고, 주혁이 부동산 업자에게 말했다.

"마카롱으로 가시죠. 오늘부터 임대 문의는 일절 안 받겠습니다. 계약 일정 픽스하시면 다시 연락해주세요."

"……예? 아, 예예."

부동산 업자는 머리를 긁적이며 사장실을 빠져나갔다.

몇 시간 뒤. 주혁은 자리에 앉아 수첩을 정리했다. 일단 헤나 표절 관련 미래 정보는 지웠고, 오늘 들었던 일본 기업 불매 및 마카롱 정보를 채웠다.

"마카롱도 마카롱인데, 일본 기업 불매 쪽이 신경쓰인단 말이지."

대중은 일본 이슈에 굉장히 민감하다. 그리고 이 바닥 역시 가까운 일본과 연관이 깊고, 거기에 주혁의 과거 사건에도 일본이 엮여 있었기에 신경이 안 쓰일 수가 없었다.

"이 새끼들 또 뭔 짓을 하는 거야?"

주혁이 혼잣말을 뱉은 바로 그때였다.

"사장님. 갔다 왔어."

"와! 엄청 특이하네요. 사옥이?"

"형."

방송국에서 편성을 따낸 팀이 모두 사장실로 들어왔다. 추민재 팀장, 김건욱 그리고 헤나. 주혁은 그들을 올려다보면서 입을 열었다.

"왔어요? 형, 건욱아. 미안한데, 나 헤나 씨랑 둘이 먼저 얘기 좀 할게."

"어어. 알았어."

말이 끝나기 무섭게 눈치 빠른 추민재 팀장이 김건욱을 이끌고 사장실을 빠져나갔다. 말똥말똥한 표정으로 자신을 쳐다보는 헤나에게 주혁이 의자를 손짓하며 입을 열었다.

"앉아요."

"아뇨. 그보다 선배님, 빨리 듣고 싶은데요? 내가 독립했을 때 터질 문제."

그녀가 앉는 것을 거부하자 주혁 역시 당겼던 의자를 다시 밀어 넣고는, 커피를 내리며 그녀를 등진 채 답했다.

"최근에 OST 곡을 받아서 작업 중이라면서요? 제목이 뭐라더라. '366일의 사랑'?"

다 내린 커피 두 잔 중 한 잔을 그녀 앞에 내려두며, 주혁이 말을 이었다.

"그거 표절이에요."

"……뭐라고요?"

"표절이라고요."

커피 한 모금을 삼킨 주혁이 책상에서 작은 포스트잇 한 장을 집어 그녀에게 건넸다.

"지금 작업하는 '366일의 사랑', 외국 가수 노래 표절곡에 관한 내용이니까, 확인해봐요."

"……"

포스트잇을 내려다보던 헤나에게 주혁이 마지막 말을 날렸다.

"하마터면 표절가수 될 뻔했네요. 그쵸? 가서 확인해봐요. 그쪽으론 나보다 훨씬 전문가시니까."

"……일단, 확인은 해볼게요. 만약 아니면 진짜 드라마 안 해요."

"얼마든지."

여유롭게 미소 짓는 주혁을 빤히 올려다보던 헤나는 이내 사장실을 빠져나갔다. 그 모습을 잠시 지켜보던 주혁이 추민재 팀장에게 전화를 걸었다.

"어. 사장님."

"형. 어디야?"

"우리 연습실. 구경시켜주고 있었지. 끝났어? 올라갈까?"

"아니야. 내가 내려갈게."

3층 연습실은 이미 모양새가 잡혀 있었다. 연습실로 주혁이 들어서자, 추민재 팀장이 빠르게 다가왔다. 그 뒤를 김건욱이 느릿느릿 따라붙었고.

"사장님, 썰 좀 풀어봐. 건욱이 어떻게 태운 거야? 쟤는 사장님한테 들으라는데. 야, 건욱아! 빨리 좀 와. 너는 아직도 그렇게 뭐든 느릿느릿이냐?!"

웃으며 천천히 다가오는 김건욱을 쳐다보던 주혁의 대답은 간단했다.

"별거 없는데, 헤나 씨랑 얘기 중에 건욱이가 술 먹고 전화했더라고."

"술 먹고?"

"응. 자기가 잘못한 게 뭐냐고. 뭔데 이렇게 오랫동안 피하냐고."

"그래서?"

"그래서 그냥 헤나 씨 있는 곳으로 불렀어. 그 역시도 좀 늦긴 했지만."

"하여간에."

추민재 팀장이 혀를 찼을 때, 김건욱이 드디어 강주혁 옆에 섰다.

"내가 뭘. 형이 너무 급한 거야."

"지랄. 야, 너는 느려도 너무 느려. 됐고, 그래서? 얘 영화 하고 있었다며?"

이번에는 주혁이 김건욱을 쳐다보면서 답했다.

"그때 스쳤을 때, 이미 중후반부 촬영이었다네. 지금은 후반 촬영도 다 끝났고. 근데 오더니 헤나 씨가 보고 있는 대본을 유심히 보길래, 관심 있냐 물었더니, 관심 없대. 근데 눈빛은 또 달라."

"크크크, 솔직하지 못한 새끼."

"내가 뭘."

이어서 주혁이 결론을 내렸다.

"그래서 그냥 나랑 작품 하나 같이하자고 했어. 생각해본다고 하더니, 생각을 3초 만에 끝내더라."

"야, 건욱아. 그게 생각이냐? 생색이지."

"그게 그거지."

역시나 김건욱의 대답은 약간 느렸고, 그게 답답했는지 추민재 팀장이 외쳤다.

"오래간만에 뭉쳤는데, 오늘 저기 홍 아줌마 불러서 회식이나 하자! 연습생 애들도 전부 불러서."

"연습생? 벌써 연습생이 있어?"

"놀라지나 마라. 전부 사장님이 뽑은 물건들이니까."

호탕하게 웃으며 김건욱의 등짝을 후려치는 추민재 팀장이었다. 이후 주혁이 홍혜수 팀장에게 연락해, 강자매와 김재욱을 호출. 강자매과 김재욱은 김건욱을 보곤 몇 번이나 놀라자빠지긴 했지만, 김건욱의 특이한 캐릭터 덕과 강주혁과 친하다는 말에 금세 친밀해졌고, 그들의 치킨파티는 밤늦게까지 이어졌다.

다음 날부터 주혁은 정신없는 일정을 소화해야 했다. 시간이 게 눈 감추듯 지나갔다. 먼저 헤나와 김건욱을 투톱으로 주연 계약을 마친 〈28주, 궁궐〉은 편성이 확정되자마자, 늦은 만큼 속도를 높였다. 미뤄놨던 키스태프들과의 계약을 진행했고, 동시에 계약이 완료되는 스태프들과 모여서 제작 회의를 이어갔다. 그 와중에 주혁에게 특종을 약속받은 박 기자가 〈28주, 궁궐〉의 주연 확정기사를 가장 빠르게 내보냈다.

「〈28주, 궁궐에 피어난 꽃〉 헤나·김건욱 주연 확정」

박 기자의 기사를 이어서 타 언론사도 빠르게 기사를 퍼뜨렸다. 그러나 메이킹도 안 돌린 초기 홍보일 뿐이었고, 앞으로의 관심이 더욱 기대되는 상황이었다.

헤나는 헤나대로 '366일의 사랑'이 외국 가수 표절곡임을 확인하고, 바로 까냈다. 덕분에 그녀는 〈28주, 궁궐〉의 첫 번째 OST를 작업하기로 확정했다. 하지만 문제가.

"사장님! 저 왔어요! 혜수 언니는요?"

"……연습실에요."

"감사링~!"

홍혜수 팀장과 친해서인지, 헤나는 보이스프로덕션 사옥에 뻔질나게 놀러왔다. 처음 몇 번이야 반가웠지만, 슬슬 주혁도 그녀가 귀찮아지기 시작했다.

KR마카롱과의 계약도 문제없이 진행되었다. 마카롱 가게에 걸어둘 액자와 주인 남자가 입고 있던 흰색 티셔츠에 사인을 해줘야 했지만. 그리고 이어진 금요일, DBS 국제독립영화제의 접수 일정을 확인했다.

"일주일."

정확하게 7일이 남은 상황이었다.

"영화제에 드라마, 하영 씨 광고, 웹드라마. 몸이 열 개라도 모자라겠네."

혼잣말로 투덜거렸지만 주혁의 표정은 밝았다. 그가 바쁘게 움직일수록 손댄 일들이 빠르게 굴러갈 테니까.

"아, 〈척살〉도 확인해야지."

최근 예민한 후반 촬영을 진행하던 〈척살〉이 생각나 최명훈 감독에게 전화를 걸기 위해 다시 핸드폰을 들었다. 바로 그 타이밍에.

ㅡ 지이잉 지이잉 지이잉 지이이잉~!

마치 기다렸다는 듯이 전화가 울렸다. 발신자는 마침 최명훈 감독이었다. 주혁이 웃으며 전화를 받았다.

"네, 감독님. 안 그래도 전화드리려던 참이었어요."

"하하하, 제가 딱 좋을 때 전화드렸네요."

"그러니까요. 촬영은 얼마나 쳐내셨어요?"

주혁의 물음에 최명훈 감독이 짧게 '어험!' 같은 헛기침을 한 후, 숨을 들이마시더니 이내 답했다.

"사장님, 오늘 마지막 촬영입니다. 보러 오시죠."

크랭크업(마지막 촬영)을 앞둔 영화 〈척살〉의 세트장으로 향하는 주혁의 차 안은 기대와 긴장이 뒤섞인 애매한 분위기였다. 때마침 걸린 신호에 주혁은 차를 세운 후, 짧은 숨을 내뱉었다.

"후ㅡ"

그러면서 얼굴도 한번 쓸었다. 그의 표정은 마치 시험결과 발표를 앞둔 수

험생 같았다. 그럴 수밖에 없었다. 그의 변곡점. 〈척살〉은 그를 집 밖으로 나가게끔, 피했던 세상을 똑바로 보며 움직이게끔 한 시발점 같은 영화였다. 버스 사고를 막아냄과 동시에 찾아온 〈척살〉의 시나리오, 최명훈 감독의 합류, 장춘성의 미투 문제, 무명배우들 캐스팅, 강자매, 제작과 투자까지. 〈척살〉을 무사히 크랭크인시키기 위해 움직였던 주혁의 머릿속에 그간 있었던 일들이 잔상처럼 스쳐 지나갔다.

"진짜 많은 일이 있었네."

여기까지 오면서 수많은 결정과 선택이 있었고, 문제도 많이 터졌지만.

"하하, 하긴 하네."

결국, 마지막 촬영이 도래했다.

이어서 켜진 초록 신호. 신호가 바뀌자마자, 주혁은 빠르게 액셀을 밟았다. 전화가 울린 것은 그때였다. 발신자는 최근 장수림 변호사의 뒤를 캐던 황 실장이었다.

"네. 황 실장님."

"사장님. 사장실에 안 계셔서."

"아, 지금 〈척살〉 촬영장으로 이동 중입니다. 오늘이 마지막 촬영이라."

"아! 그렇습니까?!"

"황 실장님도 오세요. 보고는 거기서 듣죠. 제가 지금 운전 중이니까, 좌표는 추 팀장님한테 받으세요."

"알겠습니다."

세트 촬영장 주변은 인산인해였다. 최명훈 감독을 비롯해 스태프들도 많았지만, 당일 촬영분이 없음에도 기념하는 마음으로 몰려든 배우들, 송 사장과 제작팀, VIP 최혁 팀장과 비하인드 촬영팀, 몇몇 기자들, 추민재 팀장과 강하진 등이 촬영장 주변을 둥그렇게 감싸고 있었다. 그 모습을 보며 주혁이 천천히 촬영장 쪽으로 발길을 옮겼다.

"여기여기! 막내야! 조명 하나만 더 대봐!"

"10분 후 숏 들어갑니다! 빨리빨리 움직입시다!"

"마지막이다! 정신 차려!"

"분장팀! 뭐해!"

가까이 다가갈수록 촬영장의 열기가 느껴졌다. 하지만 소리치며 뛰어다니는 스태프들의 표정은 하나같이 밝았다. 그 모습을 담는 VIP 최혁 팀장과 비하인드 및 메이킹팀의 움직임 역시 바빴다.

'슬슬 VIP도 제대로 바빠지겠지.'

배급사의 실질적인 힘은 영화의 촬영이 모두 끝난 후부터 발휘된다. VIP 최혁 팀장은 오늘 마지막 촬영을 기점으로 보도기사와 홍보자료 등, 영화 〈척살〉의 소식을 바삐 퍼나를 준비를 하고 있었다.

주혁의 왼쪽으로는 송 사장과 제작팀, 추민재 팀장과 강하진 그리고 조단역과 조연들이 뒤섞여서 촬영장을 구경하고 있었다. 아직 강주혁을 발견하지 못한 것인지, 추민재 팀장과 제작팀이 무언가 대화를 나누고 있었고, 강하진과 배우들은 연신 웃으며 촬영장을 기웃거렸다. 송 사장은 어디론가 전화를 거는지 핸드폰을 귀에다 댔는데.

— 지이잉 지이잉 지이잉 지이이잉~!

동시에 주혁의 핸드폰이 울렸다. 강주혁에게 전화를 걸었던 모양이었다.

"투자자님 어디야? 안 와?!"

"나는 형 보이는데."

"어? 왔어?"

송 사장이 주변을 두리번거리더니 이내 주혁을 발견했다. 그러자 씨익 미소를 지으면서 다가오려 하기에 주혁이 손을 올려 그를 막았다. 그러면서 주변을 손가락질하며 기다리라는 시늉을 던졌다. 다들 바쁘게 각자 할 일을 하는 와중이었고, 주혁은 방해하고 싶지 않았다. 오늘의 주인공은 저들이었고.

'나는 들러리지.'

눈치 빠른 송 사장이 고개를 끄덕이며 자리에 멈춰섰고, 주혁은 적당한 거리를 둔 채 촬영장을 바라봤다.

잠시 뒤, 회사처럼 꾸며진 세트장에 분장을 마친 하성필과 조연들 그리고 류진주가 모습을 드러냈다. 하성필의 거친 분장으로 판단하건대 마지막 촬영은 액션씬인 듯했다. 하성필과 류진주가 나란히 섰고, 주변으로 스태프들이 옷매무새와 분장을 연신 가다듬었다. 그 와중에 하성필과 류진주는 서로 진지한 표정으로 대사를 맞춰보는 듯 보였다.

"하성필 씨!"

하성필을 콜한 무술감독. 그에 따라 이번 액션씬에 대동하는 조연들과 함께 다시 한 번 동선을 체크했다. 물론 위험한 장면을 연출하는 스턴트팀이 대기 중이었지만, 하성필이 직접 동선을 파악하는 것을 보니 어지간하면 본인이 쳐낼 작정인 듯했다.

이윽고 카메라 감독, 조명감독 등과 촬영대본을 보며 얘기를 나누던 최명훈 감독이 천천히 모니터 앞 자신의 자리에 앉았다. 그와 동시에 비하인드컷을 찍던 VIP 메이킹팀이 촬영장에서 썰물 빠지듯 쭉 빠졌다. 각자 자리를 잡는 배우와 스태프. 최명훈 감독의 눈빛이 변하더니, 손을 올렸다.

"카메라."

"오케이."

"사운드."

"오케이."

사인을 전부 확인한 최명훈 감독의 손이 순식간에 바닥으로 내리치면서 강하게 외쳤다.

"하이— 액션!"

마지막 촬영답게 최명훈 감독은 그 어느 때보다 신중했다. 벌써 세 번의 리액션 주문이 나왔고, 다섯 번의 카메라 구도 변경이 있었다. 하지만 그 누구도 불평을 늘어놓지 않았다.

"자, 바짝 당겨서 가볼게요. 성필 씨 표정 좋아요. 시선 좀만 더 긴박하게."

"예."

"다시 갑시다. 하이— 액션!"

이어진 네 번째 사인.

전 촬영에서 흐트러진 세트장 소품들을 바로잡은 뒤 촬영이 이어졌다. 그 상황을 아까와 같은 자리에서 팔짱을 끼고 가만히 눈에 담는 강주혁.

"……"

딱히 움직임도 없고, 말도 없었다. 그 요지부동을 깨뜨린 것은 황 실장이었다.

"사장님."

등 뒤에서 들린 목소리에 주혁이 뒤를 돌아봤다.

"아, 황 실장님."

"뭔가 북적북적하네요."

"하하, 처음 보시죠? 크랭크업 현장은."

"예. 뭐, 촬영장 자체가 생소하긴 합니다."

여전히 촬영장이 신기한 듯 주변을 구경하는 황 실장을 웃으며 바라보던 주혁이 다시금 촬영장에 시선을 두면서 본론을 던졌다.

"장수림 변호사, 뭐 좀 나왔습니까?"

말이 끝나기 무섭게 속주머니에서 손바닥만 한 다이어리를 꺼내든 황 실장이 답했다.

"지시하신 날로부터 꽤 따라붙었는데, 이렇다 할 건 없었습니다. 김재황 사장 1비서답게 처리하는 일은 굉장히 많은 것으로 확인되고, 격주로 쉬는지 거의 회사에 붙어 있습니다."

"그래요?"

"예."

황 실장의 보고에 주혁이 살짝 고개를 꺾었다.

'괜한 걱정이었나.'

팔짱을 낀 채로 오른손으로 볼을 쓰다듬던 주혁이 물었다.

"박 과장님은요?"

"혹시 몰라서, 장수림 변호사의 과거에 대해 좀 알아보라고 시켜둔 상태입니다."

"잘하셨습니다. 흠, 나오는 게 없다……."

"그런데."

바로 그때 황 실장이 반전을 꺼내 들었다.

"그런데 한 가지 이상한 점은 있습니다."

"어떤 점이오?"

"장수림 변호사, 이번 쉬는 날에 충북으로 움직였습니다."

"충북?"

고개를 끄덕이는 황 실장.

"예. 충북에서 좀 외진 곳으로 빠져들어 가는 바람에 꼬리 붙은 게 티 날까 싶어서 미행은 중단했습니다."

"좋아요. 황 실장님이나 박 과장님 안전이 최우선입니다. 무리하진 마세요. 아니다 싶으면 그전에 확실하게 빠지시고. 그것보다 충북이라. 바쁜 와중에

피 같은 휴일에 거길 왜 갔을까요? 고향이 거기 있나?"

황 실장도 확실치 않은지, 고개를 갸웃했다.

"확인된 건 없습니다. 일단 박 과장이 진행하는 일을 마쳐야 뭐가 나와도 나올 것 같습니다. 제가 알아서 한번 기술적으로 충북 쪽 파보겠습니다."

"안전이 최우선입니다."

"예."

얘기를 마친 주혁은 다시금 시선을 촬영장으로 돌리면서 입을 열었다.

"오늘은 박 과장님도 그렇고, 대충 정리하세요. 촬영 끝나면 크게 회식할 테니까. 간만에 고기로 배 좀 채우시죠."

"하하하, 알겠습니다. 박 과장 바로 호출하겠습니다."

잠시 뒤. 최명훈 감독의 '액션!' 주문에 따라 하성필이 다시 움직였다. 세트장에 나열된 책상을 뒤엎고, 바닥에 나뒹구는 모니터와 키보드로 상대 조연들을 후려쳤다. 주먹이 오가고, 이어서 칼부림까지. 수많은 무기 소품이 부서지는 소리와 배우들 간의 거친 호흡이 꽤 떨어져 있는 주혁에게까지 느껴질 정도였다.

"시발!!! 저 새끼 막아! 막으라고!"

조연의 대사가 던져졌고, 바닥에 쓰러진 류진주를 보호하는 하성필은 계속 액션을 이어갔다. 그렇게 몇 분간 액션이 이어졌고, 마지막은 하성필이 각성해, 일그러진 표정으로 비장하게 카메라를 노려보는 장면.

"……"

5초, 10초, 15초.

여분 컷까지 모니터로 확인한 최명훈 감독이 자리에서 벌떡 일어났다.

"컷! 오케이! 수고하셨습니다!!"

최명훈 총괄감독의 외침에 촬영 현장이 난리가 났다.

"우와와오왁!!!!!!"

"수고하셨어!!!"

"워후!!"

스태프들의 기쁨이 서린 고성, 그것을 지켜보던 관계자들의 축하 박수, 비록 오늘 컷에는 등장하지 않지만, 끝까지 지켜보던 조연들의 외침 등이 섞이면서 파티장을 만들어냈다. 최명훈 감독은 곧장 하성필과 류진주에게 악수를 청했고, 이어서 숨을 헐떡이며 고생해준 조연들과도 악수를 나눴다. 조연 몇몇은 감독과 악수하며 눈시울을 붉혔고, 개중에는 바닥에 엎드린 채 통곡하는 배우도 있었다. 기나긴 무명 생활. 그 어두운 나날에 번뜩 나타난 기회. 가뜩이나 조연 및 조단역 역할이 무명으로 채워진 〈척살〉이기에 배우들은 자신의 과거를 회상하며 각자 이 순간을 만끽했다.

그 현장을 지켜보던 주혁도 황 실장과 함께 촬영장으로 걸음을 옮겼고, 스태프들과 하나둘 인사를 하며 최명훈 감독에게 다가갔다.

"감독님, 고생하셨습니다."

등 뒤에서 들린 목소리에 최명훈 감독이 고개를 휙 돌리더니, 주혁을 발견하곤 표현 못할 오묘한 얼굴로 답했다.

"감사……합니다."

강주혁을 보자 뭔가 울컥했는지 살짝 떨리는 손을 내밀었다. 그때 제작팀과 송 사장이 촬영 현장에 난입했다.

"자! 다들 고생하셨습니다! 마무리할 것들 정리하시고 팀별로 좌표 찍어드릴 테니까, 가셔서 고기 배 터지게 드십시다! 이동수단 없으신 스태프, 배우님들은 우리 제작팀이 준비한 버스 타시면 됩니다! 고깃집을 하루 통으로 빌렸으니까, 편하게들 마무리하세요!"

송 사장의 선포가 힘을 발휘해 다들 환희에 찬 모습으로 촬영장 마무리를 서둘렀다.

"선배님!"

그 와중에 주혁을 류진주가 불렀다.

"어, 고생했다."

"선배님도 갈 거죠?"

"고기? 가야지."

"좀 이따 봐요!"

촬영장은 시작 전 준비보다 끝나고 정리하는 시간이 더 오래 걸리고, 할 일도 많다. 와중에 VIP 메이킹팀은 이리저리 돌아다니며 정신없는 촬영장 비하인드컷을 담느라 바빴고, 몇몇 카메라는 하성필과 조연들을 인터뷰하기 시작했다. 후반 마케팅에 사용될 영상이었다.

"강주혁 사장님."

"아, 최혁 팀장님. 오랜만입니다."

"하하. 그러니까요."

"VIP는 이제 바빠지겠네요."

"그렇죠. 이제 본격적으로 마케팅을 날려야 하니까. 그래도 설계는 이미 끝났고, 반응 좋을 겁니다."

배급사 VIP는 자신감이 넘쳤다.

"그보다, 사장님 인터뷰를 좀 따고 싶은데요."

"제 인터뷰요?"

"예. 초반 마케팅에는 처음 말씀하셨던 것처럼 '선례가 없었던 무명배우들로 꽉 찬 〈척살〉'이라는 컨셉이지만, 영화관에서 내려온 다음 2차 판매전에 나갈 마케팅에는 사장님 코멘트를 사용할까 합니다."

그의 말에 주혁이 잠시 생각에 빠져들었지만, 이내 답했다.

"나쁘지 않네요."

송 사장이 예약한 고깃집은 촬영장에서 멀지 않은 곳에 위치한 주택형 식당이었다. 시내와는 꽤 떨어져 있어, 마치 자연 속에 파묻힌 펜션 같은 느낌이었다.

"사장님! 여기 고기 10인분 추가요!"

"감독님 어딨어! 우리 감독님!"

"감독님 여기요! 쓰러지셨습니다!!"

"깨워, 깨워!"

약 두 시간 만에 이미 분위기는 미쳐 있었다.

"자! 우리 주연배우님들! 하성필, 류진주 씨 건배사 들어봅시다!"

"어어어! 진주 씨 도망갑니다!"

"잡아! 진주 씨 잡아!"

"꺄!"

스태프 몇몇이 도망치는 류진주를 잡으러 뛰어다니고, 그 와중에 담담하게 '대박 기원!'이라는 심심한 건배사를 외치는 하성필. 그는 초기 강주혁의 계획대로 어느새 〈척살〉에 많은 정을 붙인 상태였다.

정신이 혼미해지는 광경을 즐기던 주혁이 조용히 문을 열어 마당으로 빠져나왔다. 밖에는 벤치가 군데군데 놓인 넓은 잔디밭이 펼쳐졌다. 그중 가장 가까운 벤치로 주혁이 천천히 걸었다. 걸쭉한 목소리가 들린 것은 그때였다.

"야. 어디 가냐?"

돌아보니 얼굴이 벌게진 하성필이 서 있었다.

"왜, 보고 싶어서 따라왔냐?"

"지랄. 저기 있다가는 뒈질지도 몰라서 나온 거다."

거칠게 답한 하성필이 강주혁을 지나쳐, 먼저 나무 벤치에 몸을 던지며 말을 이었다.

"어후! 다들 미쳤어. 서서 뭐하냐?"

그 말에 주혁이 하성필 옆에 앉으며 입을 열었다.

"고생했다. 차기작은? 골랐냐?"

"미친. 야, 오늘 촬영 끝났는데, 뭘 벌써 차기작이여. 다 아는 놈이."

"하하, 그렇지. 이제 무대인사다 제작발표회다 뭐다 더 바쁘긴 하지."

"……그래서, 내가 받을 건 언제쯤 줄 거냐?"

"지금은 안 되지. 영화 내려올 때쯤."

"쯧!"

짧게 혀를 찬 하성필이 담배를 입에 물면서 말했다.

"이 영화가 대체 뭐라고 그렇게까지 하는 거냐?"

"글쎄. 대박이 터질 거 같아서?"

"얼마나 예상하는데."

"적어도 9백만."

"커걱!"

담배 연기가 목에 걸렸는지, 한참을 기침하던 하성필이 어렵사리 되물었다.

"9백만? 야. 무슨 9백만이야. 자기만족도 적당히 해야지. 3백만만 나와도 대박이구먼."

주혁이 그를 쳐다보며 웃었다.

"내기할까?"

"무슨 내기?"

"어— 9백만이 넘으면 내가 필요할 때, 한 번 더 주연으로 서라. 하라는 거 아무거나. 불평불만 없이."

"안 넘으면?"

"너 출연료 기부한 거 다시 지급하는 건 어때?"

"니가?"

"내가."

구미가 당기는지, 하성필이 담배를 깊이 빨더니 비릿한 웃음을 던졌다.

"콜."

— 지이잉 지이잉 지이잉 지이이잉~!

그때 주혁의 전화가 울렸다. 보이스피싱이었다. 주혁은 하성필에게 전화받는다는 시늉을 던지며 벤치에서 일어났다.

"'브론즈' 단계의 주인이신 강주혁 님 안녕하세요!

강주혁 님의 유료서비스 '브론즈'의 남은 횟수는 총 6번입니다."

1번 선택.

"들으실 항목의 키워드를 '선택'해주세요!

1번 '음성', 2번 '2', 3번 '억', 4번 '아침 11시', 5번……."

"억?"

주혁은 호기심이 당기는 3번 '억'을 택했다.

"탁월한 선택! 강주혁 님이 선택한 키워드는 '억'입니다!

백번 촬영이라는 동아리팀에서 자체 제작한 웹드라마 청순한 멜로가 젊은층으로부터 높은 인기를 끌자, 정식 제작사에서 백번 촬영 동아리 스태프들을 그대로 합류시켜 리메이크 제작을 통해, 네리버TV, 너튜브, SNS 등으로 론칭. 통합 누적 조회수 1'억' 뷰를 달성합니다."

그렇게 전화가 끊겼고, 주혁이 읊조렸다.

"웹드라마……?"

주혁은 해창전자에서 받았던 보상을 떠올렸다.

* * *

술을 많이 마시지도 않았는데, 침대에서 눈을 뜬 주혁은 나름의 숙취가 느껴져 한참을 움직이지 못했다.

"으윽."

그렇게 뒹굴거리기를 한 시간 만에 천근만근인 몸을 어렵사리 일으켰다.

광주 사옥 1층에는 공사 자재들이 잔뜩이었다. KR마카롱이 들어올 점포였다.

"기대되네."

공사가 끝난 후, 어떤 사건이 터져서 일본 불매운동이 터지는지, 그 과정에서 KR마카롱은 어떻게 대박이 터지는지 궁금증 반 기대감 반이 담긴 표정으로 미소 짓던 주혁이 사장실로 걸음을 옮겼다. 그러고는 커피부터 내리고 자리에 앉아 수첩을 집었다. 주혁의 시선은 보이스피싱에서 들은 웹드라마 관련 정보에 꽂혔다.

— 백번 촬영 동아리팀, 웹드라마 〈청순한 멜로〉, 리메이크 후 1억 뷰

"동아리팀이면 대학교?"

확인해봐야 했다. 이 동아리팀이 촬영팀인지 뭔지, 제작은 어느 정도 진행됐는지, 그리고.

"내가 개입할 수 있는 정도인지."

대충 생각을 정리한 주혁이 노트북을 켜며 읊조렸다.

"일단은 다큐 독립, 드라마, 웹드라마, 매니지에 집중하자."

검색 시작은 웹드라마 〈청순한 멜로〉. 그러나 쓸 만한 정보는 없었다. 아니, 아예 없다고 해도 무방했다.

"아직 시작도 안 했나?"

이렇게 되면 답은 두 가지였다. 제작 전이거나 제작 중이거나. 어쨌든 완성된 상태는 아니라는 뜻이었다. 웹드라마 제목으로 건진 게 없자 주혁은 동아리팀 이름인 백번 촬영으로 검색의 결을 바꿨다. 하지만 이쪽도 전혀 나오지 않았다. 잠시간 노트북을 바라보던 주혁이 팔짱을 끼며 혼잣말을 뱉었다.

"얘네를 어떻게 찾아야 하나. 일단 기다려야 되나?"

뭐든 시작하려면 무조건 이 동아리팀부터 찾아야 했지만, 그렇다고 대학교를 일일이 찾아다닐 수도 없는 노릇. 그렇게 생각에 빠져 있던 주혁이 핸드폰을 꺼내 어디론가 전화를 걸었다.

"어어. 그래, 강 사장."

"사장님. 통화 좀 괜찮으십니까?"

"그래. 괜찮아."

상대는 김재황 사장이었다.

"다름이 아니라, 주시기로 한 웹드라마 말입니다."

"음. 홍보팀에서 보고받기로는 시안 확정이 아직 안 됐다지? 저번 광고처럼은 안 되게끔 단단히 일러뒀어."

"그렇군요. 감사합니다. 하나 여쭤볼 게 있습니다."

"뭔가?"

"그 웹드라마. 마케팅용일 텐데, 핸드폰 출시에 맞춰서 광고 형식으로 뿌린다고 친다면 시간이 얼마나 남았을까요?"

"길어야 두 달이겠지. 광고 후발로 뿌린다고 해도 제작까지 두 달이야. 왜 그런가?"

잠시 말을 끊은 주혁이 머릿속으로 계산을 빠르게 돌렸다.

"두 달."

"음?"

"아, 아닙니다."

김재황 사장 역시 짧게 침묵하더니 입을 열었다.

"……자네, 또 뭔가 꾸미고 있어. 그렇지?"

"하하. 그럴 리가요. 확인차 연락드렸습니다. 일단 그 웹드라마 시놉부터 확인해봐야겠네요."

"그래. 내 장변한테 얘기해두지."

"감사합니다."

주혁이 핸드폰을 책상 위에 올렸다.

"시간이 많이 없는데."

사장실의 문이 열린 것은 그때였다.

"형? 뭐야, 이 시간에."

문을 연 건 사람의 몰골이 아닌 추민재 팀장이었다.

"웁! 허…… 사장님 어제 혼자 도망쳤겠다."

"하하. 아니, 내가 술만 먹고 마냥 놀 순 없잖아. 오늘은 좀 쉬지 그랬어."

"……아침부터 〈28주, 궁궐〉 쪽에서 전화가 왔다. 미친, 생각해보면 아침도 아니야! 새벽이었지. 웁!"

워낙에 크게 소리 질렀는지, 추민재 팀장이 책상을 짚으며 헛구역질을 하는 바람에 주혁이 자리에서 벌떡 일어났다.

"형. 화장실 가서 한번 게워내는 게 어때?"

"……싫다. 너랑 얘기하다가 얼굴에 뿜을 거야."

"나가. 해고야, 당신."

"웃기시네. 해고해도 뿜을 거다."

"침착해, 형. 사람이 왜 그렇게 부정적이야."

서 있을 힘도 다툴 힘도 없는지, 추민재 팀장이 그대로 자리에 앉았다. 그를 측은하게 바라보던 주혁이 커피 한잔을 내려 추민재 팀장에게 건네며 상석에 자리했다.

"그런데 〈28주, 궁궐〉 팀에서 새벽에 전화했다고?"

"……어어."

"뭐 때문에?"

"오디션 일정 픽스됐다고."

"오, 그래?"

앞에 놓인 커피를 들이켠 추민재 팀장이 계속 말을 이었다.

"오디션 대본 나왔다길래, 확인해보고 싶다고 퀵으로 보내라고 했다. 나 오늘 파업이야. 거기 방송국까지 못 가."

"하하하, 잘했어. 그래서 거기 진행 상태가 요즘 어때?"

"달리고 있지. 주연으로 헤나랑 건욱이 때려박았는데, 남은 거야 제작 문제 아니겠어? 보니까 헤드급 스태프들 계약은 마쳤고, 제작 회의 들어갔지 뭐."

"동굴이겠네."

드라마는 기획CP의 손을 떠나 국장의 편성 직인이 찍히면 오롯이 연출의 권한이 된다. 이어서 가장 기본적인 작가, 주연, 투자가 해결되면 나머지는 방송국 회의실에 스태프들과 박혀서 수많은 미팅을 거듭한다. 일명 동굴.

의상, 세트, 협찬, 장소 등 작가가 뽑아낸 대본을 토대로 가장 현실적이고 극중 인물에 적합한 영상을 만들기 위해 노력한다. 쉽게 말해 극중 배역의 머리부터 발끝, 사는 집, 다니는 회사, 하다못해 주변 놀이터까지 초기에 정하고 간다. 그런 상황을 이해한 주혁이 추민재 팀장을 보며 물었다.

"그래서 오디션 대본 보내준대?"

"어어. 점심쯤에는 도착할 거 같은데."

고개를 끄덕이며 강주혁이 자리에서 일어났다.

"그럼, 그쪽에 좀 넉넉하게 보내달라고 해. 우리 애들이 오디션 본다는 얘기는 하지 말고."

"어어."

"그리고 홍누나한테 전화 넣어서 지금 말고 점심에 출근하라고 하고, 오면서 연습생들 전부 업어오라고 해줘. 형은 휴게실 가서 좀 쉬고. 대본 오면 내가 받을 테니까."

"아, 그럴까? 그러자. 내장이 터지겠다. 어휵!"

헛구역질하며 추민재 팀장이 자리에서 일어났다.

늦은 점심, 퀵으로 도착한 오디션 대본을 들고 주혁이 3층 연습실 문을 열었다. 연습실에는 이미 두 팀장과 강자매, 김재욱까지 모여 있었다. 주혁이 연습실로 들어서자, 강자매와 김재욱이 자리에서 일어났다.

"안녕하세요. 사장님!"

"사장님. 안녕하세요."

"안녕하세요."

주혁이 가볍게 미소 지으며 인사를 받았다.

"앉아요. 나는 서서 얘기할 테니까."

이어서 주혁이 오디션용 대본을 연습생들에게 나눠주었다. 세 장짜리 대본. 1부 컷 한 장면, 3부, 4부의 한 장면이 들어간 짤막한 대본이었다.

"WTVM 케이블, 약 두 달 뒤 금토로 들어가는 〈28주, 궁궐에 피어난 꽃〉이라는 드라마의 오디션용 대본이에요. 오디션은 다음 주."

"다, 다음 주요?!"

강하영이 놀라 되물었다.

"맞아요. 다음 주. 나는 그 드라마의 악역을 모두 여러분 중에서 해줬으면 좋겠는데."

"……악역이오?"

이번에 되물은 것은 김재욱.

"그래, 악역. 왜 굳이 선한 역할도 있는데 악역이냐고 묻는다면 대답은 쉬워요. 인간의 가장 기본적인 감정을 배우기 위해서."

"……기본적인 감정."

대본을 빤히 쳐다보며 강하진이 짧게 읊조렸고, 그녀에게 잠시 시선을 두던 주혁이 말을 이었다.

"그리고 연기의 스펙트럼을 넓히기 위해서라고 할 수 있어요."

공감한다는 듯 고개를 끄덕이는 팀장들에 반해 연습생들은 침묵을 지켰다.

"그런데 나는 여러분이 당당하게 오디션에 합격해서 이 드라마에 합류하길 원해. 떨어진다면 그건 그것대로 여러분의 기폭제가 되겠지."

잠시 말을 끊고, 주혁이 연습생들을 둘러보다 다시 말을 이었다.

"근데 기회라는 건 자주 오는 게 아니죠. 눈앞의 기회를 쟁취하는 것. 그것도 배우의 자질 중 하나고, 그렇게 크는 겁니다. 욕심나는 배역을 놓치는 배우는 많이 못 커요."

말을 끝낸 주혁이 들고 있던 오디션 대본을 들어 올렸다.

"이건 지정 연기, 하지만 현장에서 자유 연기를 추가로 시킬지도 몰라요. 홍 팀장님, 각자 개성에 맞춰서 자유 연기 연습시켜줘."

"네네~ 사장님."

"아마 그쪽에서 어떤 배역에 맞춰질지 안 알려줄 거예요. 오로지 이 오디션 대본에 표현된 인물을 분석하고 나름대로 답을 꺼내봐요. 그리고."

싱긋 웃는 강주혁.

"오디션 보기 전에, 내가 여러분의 완성된 연기를 먼저 볼 겁니다."

모두의 눈이 커졌고, 주혁은 미련 없이 연습실을 빠져나왔다. 추민재 팀장이 뒤따라 왔다.

“형. 형은 〈28주, 궁궐〉 팀한테 계속 스케줄 공유받으면서 나한테 알려주고, DBS 방송국 들어가서 DBS 국제독립영화제 분위기 좀 알아봐.”

“그렇지. 이제 곧이네?”

“어어. DBS 가서 혹시 무슨 문제는 없는지, 현재 상태는 어떤지. 영화제 시작이 임박해서 정보는 많을 거야.”

“알았어.”

다음 날 일요일 아침, 무비트리 편집실. 캄캄한 편집실에 강주혁과 송 사장, VIP 독립파트 팀장, 강하영이 모여 앉아 〈내 어머니 박점례〉의 편집본을 시사했다. 그들의 뒤쪽에는 류성원 감독과 최철수 감독이 초조하게 서 있었다. 출품용으로 편집된 영화는 약 62분짜리.

“내는 지금도 행복혀. 이유? 하늘에 있는 내 아이들이 매일 꿈에서 웃어중께. 내도 웃는기제.”

마지막 할머니의 웃는 모습이 슬로우로 잡히고, 밑으로 내레이션이 담기면서 영화가 끝났다.

“……”

“……흑.”

모니터는 이미 블랙 화면으로 전환됐음에도 누구도 입을 열지 않았다. 오로지 강하영의 훌쩍거리는 소리만 들릴 뿐. 최철수 감독이 편집실의 불을 켜며 조심스레 물었다.

“어, 어떠십니까?”

그런데 VIP 독립파트 팀장이 심각한 표정으로 자리에서 일어나더니, 어디론가 전화를 걸며 후다닥 복도로 빠져나갔다.

“와…… 이거, 완전…… 이야.”

송 사장은 뭔가 알맹이를 빼먹은 감상을 늘어놨다.

"……흑— 할머니."

강하영은 할머니를 찾으며 흐느끼기 바빴다. 그 상황에 입이 더욱 바짝바짝 말랐던 류성원, 최철수 감독은 가만히 팔짱을 끼고 있는 주혁에게로 시선을 던졌다.

"사장님."

"어, 어떠셨습니까?"

떨림이 담긴 물음에 모니터를 빤히 보던 주혁이 고개를 살며시 돌려 감독들을 쳐다봤다가, 다시 모니터로 향하더니, 자리에서 일어나며 그들에게 말했다.

"영화제 출품작들 다 쓸어버릴 수 있겠어요."

"정말입니까?!"

"전달하고자 하는 메시지, 인물, 분위기, 음향 그리고 무엇보다 할머니의 표정이 너무 현실적으로 담겨서 서사가 느껴지는 영화. 이건 되겠습니다."

강주혁의 감상평을 들은 감독들은 서로 손을 붙잡으며 연신 흔들어댔다. 그 모습에 주혁이 살짝 웃으면서 그들의 어깨를 두들겼다.

"출품용, 개봉용으로 나눠서 앞으로는 VIP 배급사랑 얘기 나누는 거로 하죠. 영화제 접수는 감독님들이 직접 하시는 게 좋겠네요. 기분도 낼 겸. 정말 고생하셨습니다. 접수 완료하시면 연락 다시 주세요. 하영 씨."

"……아, 넵!"

어느새 울음을 그친 강하영이 편집실을 나서는 주혁에게 따라붙었다. 그녀에게 주혁이 시선을 던졌다.

"하영 씨도 고생했어요. 할머니를 대하는 눈빛이 진실했고, 특히 내레이션이 아주 좋았어요. 그럼 잘빠졌어."

"헤헤, 감사합니다!"

그때 최철수 감독이 강주혁을 불러세웠다.

"사장님!"

주혁이 돌아보니 두 감독이 헐레벌떡 뛰어오고 있었다.

"네."

"호, 혹시 사장님 회사에 감독 전속계약 같은 것도 하십니까?"

주혁이 말없이 감독들을 쳐다보자, 최철수 감독과 류성원 감독이 득달같이 말을 이었다.

"물론 사, 상업영화는 안 찍겠지만, 독립 쪽으로 이름을 날려보겠습니다!"

"해외 영화제에서 상 받을 때까지, 아니 그 이후에도 사장님 회사에서 하면 안 되겠습니까?"

다큐 독립영화 감독들의 눈빛은 단단한 반면, 주혁은 미소 짓고 있었다. 이어서 주혁이 여유롭게 답했다.

"그럼 설마 다른 곳이랑 계약하려고 하셨어요? 당연히 저랑 가셔야죠. 이미 감독님들은 제 미래에 포함되어 있습니다."

예상치 못한 대답에 류성원, 최철수 감독은 순간 말문이 막혀버렸다.

같은 날 저녁, 주혁의 오피스텔. 샤워를 마친 주혁이 노트북을 열었다. 검색 사이트를 열고, 무언가를 치려다가 잠시 생각에 빠지는 강주혁.

'전속 독립영화팀이라…… 이제 하나 모았네.'

잠시간 턱을 쓰다듬던 주혁이 대충 생각을 정리했는지, 이내 검색을 시작했다. 가장 먼저 강하영. 최근 광고가 큰 이슈가 되는 바람에 급부상한 그녀의 인지도와 지금의 상태를 확인하기 위해서였다.

"좀 식긴 했는데, 아직 나쁘지 않아."

1위를 찍었던 광고 삽입곡이 7위까지 떨어지고, 치솟던 해창전자의 구독자 수도 거의 멈추었지만, 여전히 기사는 던져지고 있었고, 대중의 관심도 나쁘지 않았다.

— 아침을 이 광고로 시작하는 사람 손들어라

— 2탄 언제나오뮤ㅠㅠ

— 매일 베댓이 갱신되는 희한한 영상

— 손22222

관심이 식는 것은 어쩔 수 없지만 방송가 포함 여기저기서 섭외 메일은 계속 오고 있었기에, 이대로 2탄 광고와 독립영화가 개봉하면 그녀의 인지도는 유지될 거라 판단했다.

다음 검색어는 〈28주, 궁궐에 피어난 꽃〉. 드라마 자체는 기자들이 자꾸 장작을 넣어줘서 관심이 높아지고 있었다. 여기서부터 본격적으로 메이킹을 돌리고, 홍보를 뿌리면 얼마큼이나 관심도가 높아질지 기대가 컸다.

"좋아. 다음."

이어진 검색어는 강주혁, 본인이었다. 정작 이쪽이 문제였다. 강주혁의 이미지는 개선됐지만, 이어지는 장작이 부족하니 관심이 점점 식고 있었다. 화제까진 아니더라도 앞으로 세상에 던져질 작품들, 그리고 보이스프로덕션이 시너지를 얻고 폭발력을 일으키려면 강주혁에 대한 관심은 어느 정도 이어지는 편이 좋았다.

노트북을 가만히 지켜보며 마우스를 검지로 톡톡톡 치는 강주혁. 그렇게 몇 분이 흐른 후, 검색했던 〈28주, 궁궐〉로 다시 페이지를 돌렸다. 그러고는 시선을 돌려 탁자 위에 놓인 오디션 대본을 내려다봤다. 몇 초간 가만 있던 주혁이 혼잣말을 뱉었다.

"오디션 심사위원이라면 그림은 나쁘지 않은데 말이지."

입소문이 가장 빠른 곳, 방송국. 그리고 드라마 〈28주, 궁궐〉의 오디션. 수많은 연출자와 작가, 배우, 기자, 스태프들이 모여드는 소굴. 주혁은 그곳으로 포커스를 맞췄다.

"오랜만에 방송국 한번 가볼까?"

월요일 아침부터 정 작가의 작업실에 김태우 PD 포함 모두가 모였다. 김태우 PD가 앞에 놓인 8부 대본을 내려다보며 입을 열었다.

"정 작가님. 요새 뭔가 전투력이 높지 않아?"

"왜요? 언제는 작가는 글만 빨리 쓰면 된다면서요?"

"그렇긴 한데, 뭔가 묘하게 속도가 빠르니까."

"몰라요. 요즘 뭔가 혈액순환도 쫙 되는 게 글도 잘빠져요. 싫으세요?"

"아니, 뭐. 내가 싫을 게 뭐야."

그때 제작실장이 은근한 미소를 지으며 정 작가의 팔뚝을 꼬집었다.

"작가님. 강주혁 버프 받아서 그런 거라니까."

"아! 부정 못하겠어! 실장님도 보셨잖아요. 그때 헤나 씨랑 건욱 씨 딱 데려와서 시크하게 '으흠! 진행하시죠' 하는데— 와, 진짜 멋짐 폭발."

"아, 작가님은 그때가 킬포였구나? 저는 그 우리 남자배우 엎어져서 캐스팅 회의할 때, 강주혁 씨 딱 앉아서 배우들 하나하나 짚어주면서 핸들링하는 거. 저 그때 진짜 쓰러질 뻔했잖아요. 눈빛 대박."

대본 회의가 급작스럽게 강주혁의 팬클럽 분위기로 흘러가자 가만히 듣고 있던 김태우 PD가 헛기침을 뱉었다.

"……커험!"

"아, 감독님. 죄송."

"나는 그때였는데. 투자자라고 소개하면서 강주혁 씨가 명함 줄 때. 크—"

"……"

"……"

그러나 분위기는 썰렁했다. 김태우 PD의 느닷없는 고백에 보조작가와 정작가가 입을 다물었고, 제작실장이 의심의 눈초리로 그를 쳐다봤다. 그러자 다시 헛기침하는 김태우 PD.

"어험! 것보다, 실장님. 장주리 어때요? 요즘 시장에서."

"장주리요? 그야말로 애매하죠. 주연 주기엔 좀 모자라고, 그렇다고 조연주기는 또 좀 넘치고. 그렇다고 캐릭터가 확 잡힌 것도 아니고, 요즘 예능에도 곧잘 보여서 배우 이미지가 많이 구겨진 것도 있어요. 왜요?"

"아니, 그쪽 소속사 팀장한테 내가 신세 진 게 있어서. 자잘한 배역이라도 좀 남으면 달라는데, 무슨 경매시장도 아니고. 후—"

짧게 한숨을 뱉은 김태우 PD가 8부 대본을 펼쳤다. 이제 대본 회의를 진행하겠다는 뜻이었고, 그에 따라 재잘거리던 분위기가 순식간에 엄숙해졌다.

8부 대본이 빠르게 넘어가고 있을 즈음, 김태우 PD의 핸드폰이 울렸다. 김태우 PD가 시선은 대본에 고정한 채 전화를 받았다.

"네. 김태웁니다."

그런데 무심하게 전화를 받던 김태우 PD의 눈빛이 순간 변했다.

"아! 사장님. 네네. 다음 주에. 예. 아, 확정은 아니지만, 저랑 촬영감독, 제작실장님, 캐디, 조연출 정도?"

이어서 몇 초간 말이 없던 김태우 PD가 깜짝 놀라며 외쳤다.

"예?! 아, 아뇨. 한번 논의해보겠습니다. 네. 다시 연락드리겠습니다."

살짝 멍한 상태로 핸드폰을 내려놓는 김태우 PD가 이상했는지, 제작실장이 물었다.

"감독님. 무슨 일 있어요?"

"강주혁 사장님인데. 이번 오디션에 참여하고 싶다고."

"네?!"

"그리고 정 작가님도 참여시키는 게 어떠냐고 하시는데."

"저도요?"

그러자 어느새 비즈니스적 얼굴로 변한 제작실장이 입을 열었다.

"강주혁 사장님 같은 경우라면 명분은 있어요. 누가 뭐래도 메인 투자자시고, 어마어마한 주연배우 둘을 꽂았는데, 거기다 연기파 배우기도 하고요, 분명 우리와는 보는 시선이 다를 거라 생각해요. 작가님이 오디션에 참여하는 건 저도 찬성이고요."

"음."

메인 작가가 오디션에 참가하는 것은 통상 있는 일이었지만, 김태우 PD는 정 작가의 멘털이 걱정이었다. 신인이기도 했고, 뭐가 됐든 작가는 글을 뽑는 것이 가장 중요한 요소이니까. 하지만 지금 정 작가의 집필 속도를 보면 오디션에 참여시켜도 큰 문제는 없어 보였다.

"어쩌시겠어요? 누가 뭐래도 결정은 감독님이 하시는 거니까."

"흠. 일전에 강주혁 사장님, 자신이 투자자라는 거 일단은 숨기자고 안 했나? 방송국 오면 금방 입소문 타고 난리 날 텐데."

"맞아요. 그래서 우리 회사에서도 보도자료 만들기만 하고, 신호 주면 쏘기로 했는데. 글쎄요, 뭔가 생각이 있으시겠죠."

같은 시각, 보이스프로덕션 사장실에서 강주혁은 짧게 한숨을 뱉었다.

"후— 일단 떡밥은 뿌렸고."

사실 주혁은 이번 오디션에 직접 참여할 생각은 없었다. 그저 방송국에 갈 명문을 만들기 위함일 뿐.

"대충 휘젓다가 오디션 시작할 때쯤 빠지면 되겠지."

오디션장에서 필수적으로 필요한 생수나 기타 물자들을 지원해주고, 오디션 시작이 임박할 때쯤 대충 둘러대고 빠져나올 속셈이었다. 어찌 됐건 총괄 책임자는 김태우 PD였고, 전반적인 핸들링은 그가 하는 것이기에. 김태우 PD의 기를 살려주면서, 불특정 다수에게 자신을 충분히 노출하는 설계.

생각을 정리한 주혁은 핸드폰을 꺼내 홍혜수 팀장에게 전화를 걸었다.

"누나."

"응. 사장님."

"〈28주, 궁궐〉 쪽에 우리 애들 오디션 신청 영상 접수할 때, 회사 이름은 지우고 보내."

"회사 이름을? 개인으로 내라는 소린가?"

"맞아. 어차피 그쪽에서도 별 신경은 안 쓸 거야. 공개 오디션도 아니고, 소속사에만 뿌린 오디션 정보니까 대충 소속사는 있겠거니 할 텐데."

"근데?"

"우리 회사 이름을 적어서 보내면 오디션 볼 때 김태우 PD의 판단이 흐려질 수가 있어."

"그러니까, 쌩으로 하라는 거잖아? 그치?"

"응. 실력으로만 볼 수 있게. 오디션 접수 영상 잘 준비해주고, 결과 나오면 연락 줘."

"알았어요~"

전화를 끊은 주혁은 오디션 건은 일단 뒤로 미뤄놓고 본격적으로 움직이기 시작했다. 먼저 VIP픽쳐스 최혁 팀장과 무비트리 송 사장에게 연락해 〈척살〉의 스케줄을 확인했다.

"아마 수요일에서 목요일 중으로 CCV 압구정점에서 제작발표회를 시작으로 본격적으로 홍보기사를 뿌릴 겁니다."

이번 주 안으로 모든 마케팅이 시작될 예정이고.

"너튜브나 SNS 채널을 통해서 실시간으로 방송 때리고, 주요 배우들 인터뷰, 감독 인터뷰도 유명 검색사이트부터 영상 채널 사이트까지 전부 한 번에 론칭될 예정입니다."

VIP픽쳐스는 마케팅 폭격을 준비 중이었다. 그에 따라 최명훈 감독은 초기 마케팅 스케줄을 모두 소화한 후, 편집실에 박힐 예정이었고.

"그런데 하성필 씨나 류진주 씨, 강하진 씨는 그렇다 치더라도, 발표회 참석 배우들 추리는 게 애매하네요."

"가능하면 조연급은 전부 참석시켰으면 좋겠는데요."

"전부요? 그럼 20명도 넘는데."

"뭐 어때요. 파격적이고 그림도 풍성해지고 좋죠. 어차피 〈척살〉 초기 마케팅 컨셉 자체는 그분들이 주인공이니까요."

"음. 한번 힘써보겠습니다."

"하하. 잘 부탁드립니다."

전례 없는 신박한 제작발표회가 될 계획을 잡았다.

이어서 최철수 감독과 류성원 감독이 보이스프로덕션을 찾았다. 그들과 간단하게 점심을 마친 주혁은 4층의 빈 사무실을 보여주며 입을 열었다.

"여기서 감독님들 작품 구상이랑 자료 수집 등 전부 하시면 됩니다. 책상이랑 기타 집기는 내일 안으로 세팅해드릴게요."

"와…… 감사합니다. 저희한테 제작사 사무실이 생길 줄이야."

"하하. 편하게 출퇴근하세요. 뭔가 논의할 게 있으면 바로 옆옆이 제 방이니까 편하게 오시면 되고, 이동용 차량도 곧 지급될 겁니다."

"차, 차요?!"

"당연하죠. 가뜩이나 전국적으로 돌아다니시는데, 차가 필요할 테니까요."

대충 상황 설명을 끝낸 주혁은 그대로 감독들과 전속 계약서를 작성하고 악수를 나눴다.

"상업성 생각지 마시고, 기획 한번 시원하게 뽑아보세요."

"넵!"

"알겠습니다!"

당차게 대답한 감독들은 짐을 싸 오겠다며 사옥을 떠났다. 아예 틀어박혀 살 모양이었다.

오전과 점심 일을 정리한 주혁은 DBS 국제독립영화제 일정을 확인했다. 접수 기간은 이번 주 금요일까지였고, 최종 선정작 발표까지는 약 3주가 남은 상태.

"최종 발표 즈음 개봉 시기를 잡으면 되겠어."

포스터부터 시작해, 홍보 부분까지 DBS 국제독립영화제의 수상작이라는 멘트를 넣기 위해서는 어쨌든 최종 발표 이후가 시기는 적절했다. 독립영화제 일정을 확인한 주혁은 검색창에 동아리팀 백번 촬영을 검색했다.

"흠."

하지만 여전히 나오는 것은 없었다.

"얘네가 대박이 터지는 건 한참 나중인가?"

백번 촬영으로 결과가 없자 주혁은 캠퍼스 관련 웹드라마를 너튜브에서 검색했다. 웹드라마 관련 미래 정보를 들은 후 짬 날 때마다 웹드라마 영상을 확인했는데, 업로드되는 영상은 생각보다 많았다. 제작 연습 삼아 올리는 팀도 있고, 포트폴리오로 만드는 팀도 많았다. 물론 대학생들이 모여 소소하게 제작한 영상도 종종 튀어나왔다. 당연히 주혁은 전문 제작사에서 뿌리는 웹드라마는 거르면서 확인하던 중이었다.

"음?"

— 연습용 영상 1화

— 설명 : 안녕하세요! 이 웹드라마는 저희 동아리팀 졸작(졸업작품)으로 낼 영상입니다! 미숙한 게 당연하니 악플은 참아주세요 ㅠㅠ 하지만! 진심 어린 조언은 새겨듣겠습니다!

너튜브에 어제 날짜로 올라온 따끈한 영상 하나가 주혁의 눈길을 끌었다. 자연스레 영상 클릭.

"나도 드디어 대학생!"

영상은 경쾌한 여자 목소리로 시작됐다. 핸드폰으로 찍었는지 촬영 자체는 미흡한 점이 많았지만.

"디테일이 나쁘지 않아."

대본을 누가 쓴 건지, 대학생의 감성이 느껴지는 대사와 새내기다운 울렁거림이 살아 숨 쉬는, 흔한 캠퍼스 웹드라마와는 무언가 다른 느낌이 1편부터 풍겼다.

"촬영 센스도 좋고."

장면의 포커스와 여배우를 잡아내는 센스, 더불어 물 흐르는 듯한 장면 전환까지, 편집과 영상도 감각이 있었다.

"괜찮은데?"

키우는 맛이 있을 것 같았는지, 주혁은 영상 설명에 적혀 있는 메일주소로 메일을 보냈다. 한번 만나보고 싶다고. 주혁이 찾던 그 영상은 아니었지만, 이 정도 퀄리티면 충분히 가능성이 있어 보였고.

"자체제작도 생각해 놔야겠지."

현재야 조금 벅차지만, 훗날 보이스프로덕션이 더욱 확장됐을 때를 생각하면 전속 계약된 제작팀을 슬슬 키워두는 게 맞았다. 메일 끝에 핸드폰 번호를 적은 후 전송을 마친 주혁이 기지개를 길쭉하게 켜고선 자리에서 일어나 커피머신 쪽으로 발길을 돌릴 때.

— 지이잉 지이잉 지이잉 지이이잉~!

황 실장에게 전화가 왔다.

"네. 황 실장님."

"사장님. 혹시 지금 제가 있는 쪽으로 오실 수 있으십니까?"

"무슨 일이 있습니까?"

"예. 장수림 변호사를 캐다 보니 묘한 남자 한 명이 튀어나왔습니다. 그런데 연예계 관련 사람 같아서요. 직접 보시는 게 좋겠습니다."

"알겠습니다. 현재 위치 문자로 보내세요."

"알겠습니다."

전화를 끊은 주혁은 곧장 차 키를 챙겨 사무실을 나섰다. 주혁이 차에 탈 즈음 황 실장에게 문자가 도착했다. 곧바로 주소를 내비에 입력하고 출발. 그로부터 5분 정도 지나자 다시 전화가 울렸다. 이번에는 김태우 PD였다.

"네, PD님. 상의는 해보셨습니까?"

"예, 사장님. 오디션에 참석하셔도 문제없을 듯합니다. 그런데 정말 괜찮으시겠습니까? 아시다시피 방송국에는 듣는 귀와 말하는 입이 많습니다만."

"하하, 괜찮아요. 간단한 오디션 진행자료 좀 부탁드립니다."

"알겠습니다."

"아, 그리고 제가 오디션 심사로 참여한다는 것은 감독님 포함 수뇌부만 알고 계셨으면 합니다."

"일단, 알겠습니다."

전화를 끊은 주혁이 핸들을 꺾으며 혼잣말을 읊조렸다.

"됐어."

황 실장이 있는 곳은 판교 쪽이었다. 직장인들이 넘실거리는 곳. 그 대로변에 황 실장이 차를 정차하고는 주혁을 기다리고 있었다. 적당한 상가에 주차

한 주혁은 곧바로 황 실장의 차 조수석에 올랐다. 벨트를 매며 강주혁이 입을 열었다.

"누굽니까?"

"일단, 이동을 좀 하겠습니다."

황 실장이 차를 몰기 시작하더니, 약 10분 정도 지나 어느 빌딩 앞에 멈췄다. 그러고는 허리를 쭉 펴며 뒷좌석에서 작은 가방을 집어 들더니 사진 몇 장을 꺼내 주혁에게 건넸다.

"충북 음성까진 따라붙었습니다."

"음성? 그때 말한 충북이 음성 쪽이었습니까?"

"예. 주변 CCTV를 확인하면서 뒤를 캤는데."

말을 멈추며 주혁이 들고 있는 사진 한 장을 가리키는 황 실장.

"이쯤에서부터 확인이 안 됩니다. 음성군청에서 국도를 따라 쭉 올라가다, 이쪽 샛길로 빠지는데 리나 읍으로 빠지는 길이었습니다."

황 실장이 건넨 사진에는 주변이 휑한 도롯가나 차 한 대 지나갈 수 있는 작은 샛길이 보였다.

"장수림 변호사가 어디로 향했는지는 아직 모르지만, 이상한 점을 발견했습니다."

보고 있던 사진을 내리면서 황 실장을 쳐다보는 강주혁.

"이상한 점?"

"예. 저번 주 장수림 변호사가 쉬는 날 그를 미행할 때, 그 주변까지 쫓았다가 탄로 날까 싶어서 샛길이 보이는 그곳에서 잠복했는데, 몇십 분 뒤에 차 한 대가 추가로 이 샛길로 들어갔습니다."

"그런데요?"

황 실장이 검은색 고급 승합차가 선명하게 찍힌 사진을 주혁에게 건넸다.

"수상해서, 남자 뒤를 따랐습니다. 이 빌딩 10층으로 올라가는 것까지는 확인했습니다. 그리고 10층에는."

황 실장이 빌딩 1층 안내데스크를 가리키며 답했다.

"엔터테인먼트 회사가 있었습니다."

"오호? 엔터 회사?"

바로 그때였다.

"사장님, 저 사람."

황 실장이 정면으로 손가락을 찍었다. 그 손가락을 따라 주혁이 고개를 움직였다. 그 끝에는 방금 건물에서 나왔는지, 남자가 속주머니에서 담배를 꺼내고 있었다. 그렇게 몇 분. 남자가 피우던 담배를 털면서 몸을 도로 쪽으로 돌렸고, 얼굴이 보였다.

"……저 새끼가 왜."

남자의 얼굴을 보자마자 주혁의 눈이 커졌다. 이를 이상하게 여긴 황 실장이 되물었다.

"사장님? 아는 사람입니까?"

"……"

주혁은 대답 없이 눈을 남자에게 고정한 채, 혼란스러운 건지 환희에 찬 건지 헷갈리는 표정으로 머리를 강하게 쓸었다. 그러면서 작게 읊조렸다.

"예전 소속사 사장 새끼네요."

연대보증부터 이중계약까지, 강주혁을 나락으로 빠뜨린 모든 사건의 시발점. 전 소속사 사장은 어느새 건물로 들어가고 없었다. 하지만 주혁은 여전히 남자가 사라진 쪽을 쳐다보고 있었다.

"……"

말도 없고, 움직임도 없다. 처음 봤을 때야 놀란 맛이 있었지만, 현재 주혁은 꽤 무덤덤한 상태였다. 놀라움이 호기심과 궁금증으로 바뀌었기에.

'장수림 변호사, 류진태. 무슨 관련이 있지?'

물론, 신기한 느낌도 없지 않았다. 딱히 복수의 감정은 없었음에도 보이스 피싱을 듣고 그가 움직일 때마다, 한 명씩 나타나는 것.

'복수는 귀찮아.'

하지만 강주혁이 월세방에서 나올 때 했던 다짐.

'하지만 내 앞에 나타나면 철저하게 짓밟는다.'

생각을 마친 주혁이 가만히 기다리고 있는 황 실장을 불렀다.

"류진태."

"예?"

"류진태. 저 남자 이름입니다."

"아, 류진태."

황 실장이 다급하게 다이어리에 메모했고, 주혁이 말을 이었다.

"이거 일이 재미있게 돌아가네요. 다만 아직 확실하게 나온 게 없으니, 좀 더 파고들어 보죠. 장수림 변호사의 뒤를 계속 파보되 류진태의 관계도 추가하시고, 주마다 보고받겠습니다. 시시콜콜한 정보도 빠짐없이 짚어보세요."

"예."

"류진태, 눈치가 아주 귀신입니다. 쥐새끼 같은 놈이니까, 각별히 주의하세요. 다시 한 번 강조하지만 황 실장님과 박 과장님 안전이 최우선입니다."

"알겠습니다."

지시를 내린 주혁은 곧장 황 실장의 차에서 내려 본인 차에 다시 올랐고, 박 기자에게 문자를 보냈다.

— 곧 재미있는 특종이 생길 것 같다.

시간은 빨리 지나갔다. 추민재 팀장은 강주혁의 지시에 따라 〈28주, 궁궐〉

팀의 진척상황을 매일 확인하면서, DBS 국제독립영화제의 정보를 수집.

"〈28주, 궁궐〉은 지금 스태프 계약 끝내고 장소 헌팅 다니더라. 그리고 이번 DBS 국제독립영화제 슬로건이 '다큐멘터리, 우리를 비춘다'던데, 해서 대부분 출품작이 다큐 독립이라는데? 〈척살〉은 제작발표회 준비가 한창이고."

홍혜수 팀장은 보이스프로덕션의 공식 홈페이지, SNS 채널, 강하영의 시장 관리까지 도맡아 쳐냈다.

"사장님."

"어. 오디션 예선 결과 나왔어?"

"응. 전부 합격!"

"하하. 그래? 다행이네."

"연출팀 쪽에서 장소랑 시간 전달해줬어. 다음 주 월요일이네?"

"그럼 그날 누나가 좀 인솔해줘. 민재 형은 그날 나랑 할 일이 있어."

"알았어요~"

연습생들은 오디션 예선에 합격함에 따라 연기 레슨에 박차를 가했다.

그 틈에 해창전자에서 수주받은 웹드라마 제작회사에서 주혁에게 연락이 왔다. 1차 시안이 통과됐으니 미팅을 하자는 전화였다. 직원 모두가 바빴기에 주혁이 직접 움직였다. 하지만.

"음."

파워볼륨이라는 제작회사에서 내민 1차 시안은 광고 때와는 달리 주혁의 눈길을 사로잡지 못했다.

'대본 자체는 메일을 보냈던 대학생 연습팀이 훨씬 나은데.'

허나 현실적으로 시간이 많지는 않았던 터라, 주혁은 파워볼륨 측에 꼭 필요한 수정사항을 전달했다. 그들은 해창전자에서 주의를 받은 것인지, 의견을 꽤 수용하는 모습을 보였다. 그러나.

"마지막으로 대본 말인데. 이렇게 가면 여타 웹드라마와 다른 점이 없지 않습니까?"

"그렇긴 한데, 웹드라마 특성상 수익률이 거의 제로에 가깝습니다. 광고에 치중하기 때문에 대본들이 거진 카피에 가깝죠."

설명은 주혁의 고개를 갸웃하게 했다. 아무리 수익률이 제로라 해도, 하다 못해 캐릭터의 서사조차 포함돼 있지 않은 대본. 이 지루한 1차 시안을 정말 해창전자에서 통과시킨 걸까? 아직 최종 시안은 아니었기에 주혁은 기본적인 수정사항을 전달한 후 파워볼륨과 다음 미팅 약속을 잡았다. 하지만.

'저대로 나오면 죽도 밥도 안 되겠어.'

저 대본을 최종까지 통과시키면 보상으로 받은 피 같은 웹드라마는 의미가 없어진다고 판단했다. 메일을 보냈던 연습팀에서 최대한 빨리 연락이 와야 했지만, 아직은 감감무소식.

"후— 하긴 모든 일이 뜻대로 되진 않겠지."

이어진 목요일. 목요일에는 희소식이 세 가지가 있었다. 첫 번째는 보이스피싱. 해외 축구 경기결과 정보라 토토를 해야 했지만, 다큐 독립영화팀의 감독들에게 지급할 차량을 살 돈에 보탤 수 있었다.

두 번째는 HY테크놀로지의 발표. 아침부터 HY테크놀로지의 관심이 뜨거웠다. 실시간 검색어에 오르내리기도 했고, 기사도 쏟아졌다.

「HY테크놀로지 제2공장 유치, '광주, 이천, 청주, 구미, 충남 참여.' 과연 승자는? 」

물론.

"결국, 광주지."

유치 결과는 오직 강주혁만 알고 있었다. 유치가 확정되더라도 실제로 첫 삽을 뜨는 건 한참 뒤의 일이겠지만, 부동산 시세는 유치 결정과 함께 치솟을 것이다. 어쨌든 기분 좋은 소식이었다.

세 번째는 영화 〈척살〉의 제작발표회. 배급사 VIP픽쳐스 최혁 팀장은 강주혁의 요청대로 압구정 CCV 영화관에서 진행되는 제작발표회에 조연으로 출연한 18명의 무명배우를 앞세웠다. 최명훈 감독과 하성필, 류진주 모두 참석했지만, 기사는 뒤쪽에 서 있는 무명배우들이 더욱 화제가 됐다. 반면 기자들의 질문은 대부분 평범했다. 감독님은 신인인데, 어떻게 이 영화에 합류했는가? 하성필 씨는 조연이 무명으로 채워져서 부담되지 않았는가? 류진주 씨는 비중이 적다는 소문이 돌던데, 왜 출연을 결심했는가? 무명배우 조연들은 어떻게 합류하게 됐는가? 등등.

"투자자님의 도움으로 제가 쓴 작품을 직접 찍을 수 있었습니다."

"부담은 없었습니다. 다들 연기도 잘하셨고, 제가 배워야 할 판이었어요. 오히려 나를 지켜보는 다른 이가 있어서 긴장됐습니다. 누군지는 말씀 못 드리지만."

"비중이 크고 작고는 아무런 상관없다고 존경하는 선배님께 들었어요. 아! 저도 누군지는 말씀 못 드리고요. 하여튼 그래서 전혀 고민 없었습니다!"

"저는 연극판에서 10년을 굴렀습니다. 배가 고팠고, 희망이 사라진 지 오래였어요. 그때 갑자기 그분한테 오디션 제의를 받았습니다."

최명훈 감독을 포함, 모든 사람의 답변에는 일맥상통하는 부분이 있었다. 하지만 실명을 거론하는 이는 없었다. 그렇게 꽤 장황하게 펼쳐진 〈척살〉의 제작발표회는 문제없이 정리됐다. 최혁 팀장에게 발표회 소식을 들은 후, 주혁이 짧게 읊조렸다.

"이제 포스트프로덕션(후반 작업)."

〈내 어머니 박점례〉에 이어서 〈척살〉도 후반 작업과 개봉만이 남았다.

다음 날 늦은 점심, 보이스프로덕션 연습실. 어느새 월요일 오디션이 코앞이었다. 하여 주혁이 최종 점검차 연습실에 들렀다. 첫 순서는 강하진이었다.

"후—"

짧게 숨을 뱉은 후, 지정 연기부터 시작하는 강하진. 강하진 연기의 장점은 감정이 없는 듯 그 속에 감정이 숨어 있는 것. 대본상 1부의 현대적인 대사를 거친 후, 3부의 사극풍 대사, 4부 역시 사극풍 대사.

"살아남으려고 발버둥을 치면 칠수록, 더 깊은 수렁에 빠지게 될 것이야. 저지른 잘못은 그때 고스란히 돌려받게 되겠지. 절대."

"됐어요. 자유 연기."

주혁이 강하진의 지정 연기를 끊어내고, 자유 연기를 요청했다. 그녀가 펼친 연기는 사이코패스 살인자. 수갑을 차고, 언론을 향해 담담하게 인터뷰하는 연기였다.

"다음. 재욱이."

약간 긴장한 얼굴로 걸어 나온 김재욱은 강하진과 같은 대본이었지만, 남자 배역으로 강세를 바꿔 지정 연기를 펼쳤다.

"자유 연기."

역시 연기 중간에 주혁이 끊어냈고, 자유 연기를 요청했다. 김재욱이 준비한 자유 연기는 집에만 박혀 사는 사람을 표현했다. 강주혁도 한때 경험해봤던, 일명 방구석 폐인.

"다음. 하영 씨."

부름에 총총총 걸어 나온 강하영은 평소 통통 튀는 그녀와는 정반대의 모습으로 지정 연기를 시작했다.

"……"

그런데 이번에는 주혁이 중간에 끊지 않았다. 덕분에 강하영은 오디션 대본대로 지정 연기를 모두 소화했다.

"자유 연기."

그녀가 준비한 연기는 코믹하게 풀어낸 결벽증이 심각한 일진 연기였다.

"가, 감사합니다!"

강하영은 자신이 준비한 연기가 끝나자, 고개를 깊숙하게 숙였다. 그러자 주혁이 펼쳐놨던 오디션용 대본을 접으면서 연습생들에게 시선을 맞췄다.

"전부 사극풍 대사는 처음이었을 텐데 어색하지 않았고, 괜찮았어요."

"……감사합니다."

"근데, 나는 괜찮기만 해서는 안 된다고 생각해요. 그런 유의 연기는 마지막 결정자에게 고민을 안겨줘. 왜 그럴까요? 뇌리에 확실히 박히지 않아서 그래요. 그럼 결정자의 머리에 확실히 박히기 위해선 어째야 할까요?"

"……"

모두 입을 다물었다. 잠시 뜸을 들이던 주혁이 말을 이었다.

"본질. 모든 것을 본질로 돌려야 돼. 문지방에 발가락을 찧으면 자연스레 시발! 같은 욕이 튀어나오는 것처럼, 또는 콩콩 뛰면서 아픔을 참아내는 것처럼. 정해진 상황에, 장면에, 확정된 배역에 자신을 집어넣어 새롭게 배출해야지, 배역을 딱 보고 '아, 얘는 이렇게 되겠구나' 하면서 남들도 다 하는 생각으로 결정짓고 연기하면 결국 쪼가 붙었다는 소리만 나와요."

양옆에 있던 팀장들이 고개를 끄덕였다.

"하영 씨, 하진 씨, 재욱이. 연기? 잘해요. 그런데 이 바닥을 씹어먹으려면 연기 잘한다는 소리 가지곤 안 돼요. 말문이 막히게 만들어야 돼."

주혁이 다시 오디션용 대본을 펼쳤다.

"여기 첫 번째 대사를 할 때, 왜 다들 진지한 얼굴이었지? 답은 나와 있죠. 문맥상, 상황상 그래 보이니까. 이 캐릭터가 화내고 있고, 대본 지문에 '버럭

하며'라고 적혀 있으니까."

"……"

"그런데 배역의 행동은 지문에 없어요. 즉 '진지한 표정으로 버럭한다'가 아니고, 울면서, 웃으면서, 피를 토하면서, 침을 뱉으면서, 통곡하면서. 캐릭터에서, 대사에서 수많은 해석을 뽑아낼 수 있다는 거야. 대본에 먹히지 마세요. 틀에 박히지 마. 상황에 항상 물음표를 던지고, 항상 자신을 의심해요. 자신이 친 대사에 만족하는 순간, 더 높은 곳은 없습니다."

이어서 자리에서 일어나는 강주혁.

"자유 연기도 괜찮았어요. 여러분은 지금 상태로 어딜 가서 연기해도 눈에 띄고, 괜찮다는 소리를 들을 텐데, '연기 괜찮았다'는 말에 만족하면 안 돼요."

잠시 말을 끊은 주혁이 연습생들 앞에 섰다.

"가장 오감이 날뛸 시기가 신인 때고, 멋대로 그 자유분방한 오감을 배출해요. 보통 소속사에서는 신인배우에게 정적인 연기를 연습시켜. 나는 말도 안 되는 짓거리라고 생각해요. 까짓거 오디션 몇 번 낙방해도 돼. 내가 있고, 뒤에 팀장님들이 있어요. 귀한 배우, 흔하지 않은 진짜가 되세요."

"……"

강주혁의 말을 들은 강자매나 김재욱은 딱히 대답은 없었지만, 뭔가 끓어오름을 느꼈다.

"오디션 잘 보시고."

마지막으로 격려의 말을 던진 주혁이 연습실을 나섰다.

주말이 지난 월요일 아침, WTVM 방송국 로비. 아침부터 로비는 인산인해였다. 방송국 로비에는 원래 수많은 인파가 오가지만 오늘은 특히나 관계자들이 많았다. 정문 옆 카페테리아에는 빈자리를 찾아보기 힘들 만큼 빼곡하게 방송국 직원들과 소속사 관계자들이 각자 미팅을 진행하고 있었다.

"안녕하세요. 감독님. 저희 소속사에서 이번에 밀고 있는 걸그룹입니다."

"아아. 얘네 걸스엔젤?"

"아니, 작가님. 우리 끽해야 단막 4부작짜린데, 무슨 최주용을 섭외해요. 아오— 답답하네."

"그래도 최근에 신인 작가 드라마에 헤나랑 김건욱 캐스팅했다면서요."

"아니 그건."

정문 오른쪽 구석에는 바리케이트를 치고 아침드라마 촬영이 한창이었다.

"자자, 빨리 하고 빠져야 합니다! 우리 협조 세 시간밖에 못 받았어요!"

"야! 조명 조명! 창문에 부딪치지 마!"

거기다 오늘이 WTVM의 가요프로 녹화 날인지, 심심치 않게 인기 있다는 아이돌 그룹이나 가수들이 로비를 가로질러 방송국 신관으로 걸음을 옮기고 있었고.

"야야. 블랙조이다."

"헐, 생각보다 작네."

한쪽에는 기자들이 모여 있었다.

그런 도떼기시장 같은 방송국 로비에 김태우 PD와 조연출이 마중 나와 있었다.

"선배님. 오신다는 분이 언제쯤 오세요? 저 배우들한테 스케줄 전화 돌려야 되는데."

"야. 그거 내가 오늘 점심부터 하랬잖아. 뭘 아침부터 돌려. 배우들 성낸다."

그때 누군가 뒤편에서 김태우 PD를 불렀다.

"이야, 당장 촬영이 내일모렌데 여기서 놀고자빠졌어?"

김태우 PD가 뒤를 돌아보니, 편성을 말아먹은 박송호 PD가 미소 지으며 걸어오고 있었다.

"왜요?"

"어이구. 선배 편성자리 후리더니 말투도 싹수없어진 것 봐라?"

"그게 어떻게 제가 후린 겁니까? 선배님이 똥 싼 거 제가 치운 거죠."

미간을 찌푸린 박송호 PD가 옆에서 어물거리는 조연출에게 시선을 던졌다.

"후배가 아주 좋~은 거 배우겠어. 어? 빈둥거리기나 하고 말이야."

"노는 거 아니고요. 누구 좀 기다리고 있는 겁니다."

"허이구, 누가 들으면 아주 대스타 기다리는 줄 알겠네. 누가 행차하길래 연출이 직접 마중을."

바로 그때.

"……혁 아니야?"

"강……맞아!"

"……찍어! 일단……."

한쪽에 있던 기자들이 부산스럽게 움직였다. 그러자 카페테리아에 미팅하던 사람들이 '뭐야?' 같은 시선을 정문으로 박았다. 정문을 열고 들어오는 남자 두 명. 선두에 있는 남자는 커다란 봉지를 들고 있었다. 다른 남자는 차림새가 꽤 고급스러운 정장이었다. 뒤늦게 남자를 알아본 카페 사람들이 마치 짠 듯이 자리에서 스르륵 일어났다.

손이 멈춘 것은 아침드라마를 찍던 현장도 마찬가지였다. 바삐 움직이던 스태프들의 고개가 하나같이 남자를 따라 천천히 움직였고, 대본을 들고 있던 연출 역시 마찬가지.

"헐!"

"대박!"

가요프로 녹화 때문에 출근을 서두르던 몇몇 걸그룹은 아예 가던 길을 멈추고 길쭉한 남자를 소녀 감성에 젖어 멍하니 쳐다봤다.

"와……."

로비를 바삐 지나치던 방송국 직원들 역시 걸음을 멈추고, 남자를 구경했다. 그러나 이 큰 방송국 로비를 렌웨이 삼아 걷듯, 남자는 수많은 시선에도 아무렇지 않게, 무심한 눈빛으로 김태우 PD에게 걸어갔다.

"아, 오셨어요?"

"뭔데? 누가 왔……!"

심드렁하게 뒤를 돌아보자마자, 코앞에 있는 남자의 얼굴을 보고 눈알이 튀어나올 듯 말문이 막힌 박송호 PD. 그를 담담하게 내려다보던 남자가 김태우 PD에게 물었다.

"누구신지?"

"아, 그때 말씀드렸던 선배 PD님."

'아' 같은 짧은 말을 뱉은 남자는 모두의 시선이 밀집된 상황에서 박송호 PD에게 손을 내밀며 입을 열었다.

"강주혁입니다."

18. 유통

주혁은 미소를 머금은 채 박송호 PD의 손을 흔들며 입을 열었다.

"케이블 방송사는 처음 와보는데, 로비에 관계자들이 많네요."

"예? 아, 예. 그, 그런데 여긴 왜 오셨는지."

당황 섞인 질문에 주혁이 잡던 손을 놓고는 김태우 PD를 쳐다보며 답했다.

"우리 김태우 PD님 좀 뵈러 왔습니다. PD님, 이거 오늘 오디션 진행에 도움이 될까 해서 사 왔는데, 어디에 두면."

"아! 여기 앞에 두세요! 야야, 빨리 들어. 뭐하고 섰어!"

김태우 PD의 채근에 번뜩 정신을 차린 조연출이 후다닥 강주혁이 들고 있던 봉투를 건네받았고, 추민재 팀장이 김태우 PD 앞쪽에 봉투를 내려놓았다. 봉투 속을 들여다보며 김태우 PD가 놀라 물었다.

"허— 이게 다 뭡니까?"

"하하하. 생수랑 샌드위치랑 이것저것 대충 사 왔습니다. 오늘 오디션 보는 중간중간 쓰시라고."

"헛. 뭘 이런 걸 다 준비하셨어요. 야야, 일단 미팅룸에 가져다 놔."

조연출이 봉투들을 양손 가득 들고선 뛰어갔다. 그 모습을 바라보던 김태우 PD는 이내 다시 강주혁에게 시선을 던졌다.

'뭐 이렇게 침착해? 주변이 안 보이나, 지금?'

기자들이 카메라로 그들을 찍어대고, 직원들이나 관계자들, 지나가던 걸그룹 등이 핸드폰을 들이대는 와중에도 강주혁과 추민재 팀장은 두런두런 얘기를 나누고 있었다. 마치 항상 이런 상황을 겪어왔던 것처럼. 중간중간 기자들이 목청 높여 질문도 던졌다.

"강주혁 씨! 복귀하시는 겁니까?!"

"멘트 부탁드립니다!"

하지만 강주혁은 그저 기자들을 향해 살짝 웃으며 간결하게 답했다.

"드라마 제작 관련으로 왔습니다."

그러자 기자들이 득달같이 밀려들었다.

"예?! 제작에 참여하신다는 건가요?"

"오디션, 오디션 심사위원으로 참석하셨나요!"

강주혁의 대답은 쿨했다.

"글쎄요. 적어도 오늘은 아닙니다."

기자들의 눈이 동그랗게 떠졌다. 그 눈에는 하나같이 이렇게 써 있었다. '이건 특종이다!'

"적어도? 앞으로 할 가능성이 있다는 겁니까?!"

"복귀는 전혀 생각이 없는 겁니까?!"

벌떼같이 몰려드는 기자들. 그에 반해 강주혁의 반응은 여유롭다 못해 오랜 경험에서 우러나온 관록마저 느껴졌다.

"확정된 게 없어서, 답하기가 어렵네요."

그런 강주혁을 물끄러미 바라보는 김태우 PD.

'뭔가 분위기가 달라.'

미쳐 있는 기자들과 달리 매우 담담한 강주혁의 모습에 김태우 PD는 새삼 사는 세상이 다르다는 느낌을 받았다. 강주혁이 잠적한 지 5년. 그리고 이제야 세상에 나왔는데, 이 정도의 관심을 받고 있다.

'하긴, 잘나갈 때는 어마어마했지.'

그때 옆에서 얼굴이 구겨진 채 상황을 지켜보던 박송호 PD가 김태우 PD에게 귓속말을 던졌다.

"야야, 사고 나겠어. 수습 좀 해라."

"아."

점점 늘어나는 인파에 김태우 PD도 아차 싶었는지, 강주혁에게 한 걸음 다가서서 작게 말했다.

"사장님, 이제 이동하시죠. 오디션 시작이 두 시간 뒤라 아직 세팅은 안 끝났는데 미팅룸으로 일단."

하지만 주혁이 고개를 저었다.

"아, 오늘은 아무래도 참석이 힘들 거 같습니다. 일정이 꼬여버렸어요."

"어— 그렇습니까?"

"네. 죄송해서 이것저것 사 오긴 했는데, PD님 능력이 좋으시니, 알아서 잘 하시겠죠. 하하하."

넉살 좋게 칭찬을 던진 주혁이 시간을 확인한 뒤, 다시 입을 열었다.

"이제 가보겠습니다. 혹시 무슨 일 있으면 바로 연락 주세요. 아, 작가님께 안부 부탁드립니다."

"아, 알겠습니다. 준비해주신 것들 정말 감사합니다. 연출하면서 또 이런 지원은 처음이네요, 하하."

"뭘요."

얼추 안부 인사를 끝낸 주혁은 김태우 PD에서 어색하게 서 있는 박송호

PD에게 시선을 옮겼다. 박송호 PD가 살짝 움찔했다. 주혁은 말없이 그를 물끄러미 쳐다봤다. 자초지종이야 어떻든 간에, 결과적으로 박송호 PD 역시 강주혁의 앞길을 가로막았던 인물. 방해하면 얄짤없다는 느낌으로 몇 초간 그를 쳐다보던 주혁은 이내 몸을 돌려 인파들 사이로 멀어졌다.

주혁이 차에 타자마자, 시동을 거는 추민재 팀장이 대뜸 입을 열었다.

"이야― 우리 싸장님, 아직 안 죽었네."

그런데 주혁도 약간은 의아했는지, 턱을 문질렀다.

"원래 방송국이 저랬나? 지금 아침이잖아? 나도 저 정도 인파는 예상 못했는데."

"그래? 뭐, 그렇지. 너야 예전에 몇 번 방송국 가본 게 다지? 요즘엔 다 저래. 옛날처럼 방송국이 베일이 싸여 있고 그러지 않지."

주혁이 고개를 끄덕이며 벨트를 채웠다.

"그래도 나쁘지 않았고, 괜찮았어."

"그러니까. 사장님 말대로 내일이면, 아니지. 내일이 뭐야. 오늘 오후면 기사 쫙 깔리겠던데? 대충 봐도 기자가 너덧 명은 되던데."

말을 마친 추민재 팀장이 차를 출발시켰다.

"홍누나는?"

"지금쯤 출발했지 싶은데? 뭐, 그 아줌마니까 어련히 잘하겠지."

"계속 연락 취하면서, 상황 좀 받아봐. 공식적으론 첫 오디션들인데, 신경써야지."

"어어. 어디로 가? 회사?"

추민재 팀장의 물음에 주혁이 고개를 끄덕이려는 찰나.

― 지이잉 지이잉 지이잉 지이이잉~!

핸드폰이 울렸다. 액정에 뜬 번호는 주혁도 모르는 번호였다.

"네."

"아! 아, 안녕하세요."

여자였다.

"네? 누구시죠?"

강주혁이 전화를 받자, 상대방이 약간 놀란 듯 격앙된 목소리로 답했다.

"그, 그 뭐지? 아! 제가 메일을 잘 확인 안 해서 지금 봤는데요. 저희 영상을 보셨다고. 보이스프로덕션 맞아요?"

순간 그의 뇌리에 스친 너튜브 영상.

"혹시 연습용 영상을 올리신?"

"예예예! 맞아요! 만나고 싶으시다고 메일 보내셨길래."

대충 들어도 앳된 목소리였다.

"맞아요. 다행이네요. 아예 연락이 안 될 줄 알았는데."

"아아! 죄송해요! 진짜 메일을 지금 봤어요."

"하하하, 괜찮아요."

"저…… 그런데 제작사인가요?"

물음을 듣자마자, 주혁이 추민재 팀장의 어깨를 치면서 갓길에 차를 대라는 시늉을 했다.

"맞아요. 혹시 팀이 따로 있나요?"

"네! 저희 총 다섯 명이 있는데."

"지금 미팅할 수 있어요?"

"지금요?!"

"네."

추민재 팀장이 갓길에 차를 세웠고, 다시 여자 목소리가 들려왔다.

"전부 물어봐야겠지만, 수업이 끝난 다음엔 괜찮을 거 같아요. 저…… 어디로 가면."

"대학생인가요?"

"네! 대학생이요."

"그럼 문자로 학교 주변 어디 모여 있을 곳, 수업이 끝나는 시간 보내주세요. 저희 쪽에서 데리러 가겠습니다."

"아아! 네!"

그렇게 전화가 끊겼고, 추민재 팀장이 곧바로 물어왔다.

"뭔데?"

그와 비슷하게 문자가 도착했다.

— 한청대학교 정문 바로 옆에 스타박스 카페가 있어요! 거기서 두 시간 뒤에 모여 있을게요!

문자를 확인한 주혁이 추민재 팀장에게 시선을 던졌다.

"형. 회사 들렀다가, 누구 좀 태워와야겠다."

같은 시각 WTVM 방송국 3층 미팅룸은 오디션 준비가 한창이었다. 주혁을 배웅한 김태우 PD가 문을 열었다.

"아! 감독님 오셨어요?"

"안녕하세요. 뭐 하다 오셨어요?"

안에는 정 작가와 제작실장이 있었다. 이어서 김태우 PD가 대답하려는 찰나에.

"선배님! 생수랑 샌드위치 등등 전부 배치했습니다!"

조연출이 입장하면서 당차게 외쳤다. 제작실장이 붉은 단발머리를 찰랑거리며 고개를 갸웃했다.

"아참! 감독님. 생수랑 샌드위치 어떻게 된 거예요? 방송국 예산 팍팍했을 텐데 말씀하시지. 저희 쪽에서 준비했을 텐데."

그러자 김태우 PD가 고개를 저으며 정 작가 옆자리에 앉았다.

"아니, 제가 준비한 건 아니고."

"엥? 그럼요?"

"강주혁 사장님이 다녀갔어요. 이것들 전부 사장님이 준비하신 거고."

"어? 정말? 근데 왜 안 올라오세요?"

제작실장의 물음에 격하게 동의한다는 듯, 정 작가가 고개를 심하게 끄덕였다.

"일정이 꼬였다고, 가셨어."

"허!"

"아!"

뭘 기대했는지 모르겠지만, 정 작가와 제작실장이 실망스런 탄성을 질렀다. 이어 힘 빠진 제작실장이 입을 열었다.

"그럼 굳이 안 오셔도 됐을 텐데, 이것들 전부 준비해서 넘겨주고 간 거예요? 와, 진짜 대박이다."

"그러게요. 그냥 쿨하게 로비에서 딱 주고, 송호 선배한테 눈빛 한 번 쏘고는 가시던데."

"그거 경고한 거네요. 나대지 말라는?"

"글쎄요. 말은 없으셨는데, 은근히 속 시원하긴 했어. 그나저나 좀 기대하긴 했는데. 배우 강주혁이 오디션 보는 장면."

김태우 PD의 대답에 제작실장이 답했다.

"다시 말씀드려보지 그래요? 어차피 일정이 달라져서 오늘 거 끝나면 다른 배역으로 2차 오디션까지 봐야 하는 스케줄인데."

"그렇긴 하죠. 어떻게, 한번 여쭤볼까? 아, 근데 방금 로비에서 강주혁 사장님 포스가, 어후."

로비에서의 강주혁 모습이 떠오른 김태우 PD가 고민에 빠졌다.

한 시간 뒤, 고급 한정식집. 〈내 어머니 박점례〉 관련하여 VIP픽쳐스와 미팅이 있었다. VIP 독립파트 팀장이 가방에서 서류파일 몇 개를 꺼내 주혁과 감독들에게 건네며 입을 열었다.

"내부적으로 파악했을 때, 국내 전체 스크린 수는 이 정돕니다. 솔직히 현실적으로는 이 숫자에서 약 20% 정도 생각합니다."

보통 상업영화는 900~1300개의 스크린 수를 점유한다. 방금 VIP 독립파트 팀장의 말은 결국 전국적으로 약 200~300개 정도의 스크린을 사들이겠다는 소리였다.

"지금 숫자는 예상입니까? 아니면 어느 정도 얘기가 된 상태입니까?"

"메가폭스 쪽은 독립영화에 굉장히 우호적입니다. 그쪽으로 투자도 많이 하고요. 얼추 얘기도 진행됐습니다. CCV 쪽은 접촉을 해봐야 하고, 박스시네마는 제일 마지막에 접촉합니다."

주혁이 고개를 끄덕이자, VIP 독립파트 팀장이 자료 중 거의 끝장을 펼치며 입을 열었다.

"스크린 수도 그렇지만, 개봉일정을 확정하는 게 우선입니다. 어ㅡ 보면 지금 DBS 국제독립영화제 발표까지 약 2주 좀 넘게 남았으니까, 이번 달은 버린다고 치고, 저는 두 달 뒤 10월이 어떨까 싶어요."

"10월."

"네. 뭐, 상업이랑 싸움이 되겠느냐마는 그래도 대진은 무시 못합니다. 9월이 좀 치열해서. 바로 다음 달은 좀."

"흠. 아무래도 그렇겠네요."

주혁도 동의하는 바였다.

방안에 잠시 침묵이 흘렀다. VIP 독립파트 팀장이 다시금 입을 열었다.

"감독님들은 어떠신."

바로 그때였다.

— 지이잉 지이잉 지이잉 지이이잉~!

주혁의 속주머니에서 전화가 울렸다. 보이스피싱이었다. 번호를 확인한 주혁이 곧장 자리에서 일어나, 전화 받겠다는 시늉을 하고는 복도로 나왔다.

"들으실 항목의 키워드를 '선택'해주세요!

1번 '2', 2번 '빅', 3번 '10', 4번 '새벽 2시 30분', 5번…….."

"키워드가 전부 바뀐 거 같은데?"

새롭게 리셋된 키워드. 잠시 멈춰 있던 주혁이 생각을 정리했는지, 2번 '빅'를 눌렀다.

"탁월한 선택! 강주혁 님이 선택한 키워드는 '빅'입니다!

세계적으로 수많은 팬층을 자랑하는 마볼픽쳐스의 신작 영화 '빅'히어로가 애초 11월로 잡힌 개봉일을 10월로, 목요일이 아닌 화요일로 당기는 변칙 개봉으로 인해, 영진위는 이러한 변칙 개봉은 상식과 상도덕에 어긋나는 사례라며 주장합니다. 그에 따라 영화 관계자들이 강력하게 들고 일어나지만, 마볼픽쳐스의 신작 영화는 문제없이 개봉합니다."

그렇게 전화가 끊겼다. 내용을 곱씹던 주혁은 곧장 핸드폰으로 마볼픽쳐스의 신작 영화 〈빅히어로〉를 검색했다.

— 영화 빅히어로 / 2019년 11월 개봉

"올해잖아."

마볼픽쳐스의 영화는 국내에서도 어마어마한 팬층을 자랑한다. 같이 개봉하는 상업영화들은 줄초상 되기 일쑤.

"굳이 피할 필요는 없긴 하지만."

대중들이 마볼픽쳐스의 영화만 보는 것도 아니고, 이미 본 사람들은 자연스레 다른 영화를 본다. 문제는 스크린이었다. 영화관도 결국 백화점과 같다. 더 좋은 상품이 나오면 구식 상품은 밀리기 마련. 만약 마볼픽쳐스의 신작 영화 때문에 〈내 어머니 박점례〉의 개봉일이 10월이 아닌 11월로 밀린다면.

"11월은 너무 늦고. 10월엔 스크린 확보가 힘들어."

계산을 돌리던 주혁이 방안으로 들어가더니 모두에게 확정하듯 말했다.

"9월. 개봉은 9월로 갑시다."

"예?! 9월요?"

놀라는 VIP 독립파트 팀장. 하지만 주혁은 강단 있게 밀고 나갔다.

"제가 책임집니다. 개봉은 9월로 가죠."

쉽사리 수긍하지 못한 VIP 독립파트 팀장과 몇십 분간 대화가 이어졌지만 결국 9월로 정해지고, 곧바로 빡빡한 일정을 쳐낼 계획을 잡기 시작했다.

두 시간 넘게 강주혁이 미팅을 진행하는 사이, 아침 방송국에서 특종을 잡았던 기자들은 바쁘게 기사를 써내기 시작했다. 1초라도 빨리 내보내야 1클릭이라도 더 먹는 세계. 덕분에 기사는 늦은 아침부터 퍼지기 시작했고.

「'강트맨' 강주혁 WTVM 방송국에 나타나」

「드라마 PD와 대화하는 '강주혁'/ 사진」

「'강주혁'이 제작에 참여한다는 〈28주, 궁궐에 피어난 꽃〉. 알고 보니 헤나, 김건욱 주연!」

점심에서 오후로 넘어가는 무렵에는.

11. 강주혁

12. WTVM 드라마

13. 오늘 축구경기

14. 28주, 궁궐에 피어난 꽃

15. 강주혁 제작사

16. 한국 이란

실시간 검색어에 오르기 시작했다.

* * *

조연출이 옆 대기실에 들렀다가, 오디션이 진행되는 미팅룸의 문을 열었다.

"선배님! 끝났습니다. 대기실에 남은 인원 한 명도 없어요."

그러자 몇 시간 만에 기지개를 켠 정 작가가 책상에 널브러졌다.

"끄아— 오디션이란 거 진짜 힘든 거구나."

곤죽이 된 정 작가의 등을 제작실장이 토닥이며 위로를 전했다.

"작가님. 내일 오디션 하나 더 남은 거 알죠?"

"으아— 맞아. 내일도 본다고 했죠?"

정 작가가 순식간에 풀이 죽었다. 반면 김태우 PD는 배우들의 프로필 다섯 장을 나열해놓고 턱을 문지르며 혼잣말을 뱉었다.

"어디서 이런 친구들이 튀어나왔지?"

"그러니까요."

김태우 PD의 혼잣말에 옆에 있던 캐디(캐스팅디렉터)가 동의하며 프로필을 손으로 가리켰다.

"소속사가 품은 신인들은 대충 거기서 거긴데, 확실히 뭔가 달라요. 솔직히 이 친구들 뒤쪽으론 눈에 들어오지도 않던데요."

그때 팔짱을 끼고 있던 촬영감독이 거들었다.

"김 PD야. 이 아, 강하영이는 봤제? 카메라 포카스 대~충 걸었어도 뷰 죽이는기, 야는 평범하게 살기는 텄다."

촬영감독의 말끝을 제작실장이 붙잡았다.

“최근에 광고로 엄청 이슈된 친구던데. 그 있잖아요. 패대기 광고. 해창전자 거.”

“아, 맞나?”

붉은 단발을 찰랑이며 고개를 끄덕이던 제작실장이 말을 이었다.

“김재욱? 나는 이 친구가 좋던데. 대사 조곤조곤 씹는 거 들으셨죠? 진짜 격앙된 장면에서 담담하게 대사 치는데, 저 살짝 소름 돋았어요. 거기다 비주얼에다 키도 커서 스타일도 잘빠지겠던데요. 근데 나이는 또 열여덟이래. 어쩔 거야, 진짜.”

공감한다는 듯 정 작가가 고개를 끄덕이며 입을 열었다.

“저는 이분이 좀 대단하던데. 프로필 보니까 영화 경력도 있고, 아까 분명 오열하는 장면이었는데 웃으면서 대사를 하더라고요. 상상도 못했는데.”

여기저기서 의견을 듣던 김태우 PD가 멀뚱히 서 있는 조연출을 보면서 입을 열었다.

“야. 이 친구들, 한 명이 인솔했다고?”

“네! 대기실에 들어올 때도 같이 왔고, 갈 때도 같이 가던데요? 인솔자도 스타일 엄청 죽이시던데.”

“소속사 하나에서 이런 신인이 셋씩이나? 그런데 왜 소속사 이름을 안 적었지?”

대답은 제작실장 쪽에서 나왔다.

“가끔 있어요. 소속사 숨기고 배우 밀어넣는 거. 배우로만 판단해달라는 거죠. 연락처가 다 똑같은 거 보니까 그 인솔자 번호로 통일했나 보네요.”

살짝 고개를 끄덕이던 김태우 PD는 이내 행복한 고민에 빠졌다. 전부 쓰고 싶었지만, 현재 넣을 수 있는 배역은 두 개.

"지금 뽑는 역할이 월녀역, 무사역. 다들 점찍은 친구들 얘기해보세요."

본격적으로 배역 확정 미팅을 시작하려는 찰나였다. 〈28주, 궁궐〉의 총괄 CP가 다급하게 미팅룸의 문을 열어젖히며 외쳤다.

"야! 태우야! 인터넷 좀 봐라!"

"예?"

어느새 김태우 PD 앞에 선 CP가 상기된 얼굴로 말을 이었다.

"터졌다!"

같은 시각. VIP와 미팅을 마치고 돌아가는 차 안에는 조수석과 뒷좌석에 류성원 감독과 최철수 감독이 앉았고, 운전은 강주혁이 하는 중이었다. 주혁이 핸들을 꺾을 때, 류성원 감독이 입을 열었다.

"어— 그러니까 수상하든 안 하든 DBS 국제독립영화제가 끝날 무렵에 포스터 찍고, 바로 스크린에 건다는 말씀이죠?"

"맞아요. 스케줄상 그렇게 움직여야 맞출 수 있어요."

"후— 떨린다."

"하하, 괜찮아요. 좋은 결과 있을 겁니다."

그때였다. 뒷좌석에 앉아서 핸드폰을 보고 있던 최철수 감독이 다급하게 강주혁을 불렀다.

"어? 사, 사장님! 지금 검색사이트에."

"네?"

"실검 4위가 사장님 이름!"

"실시간 검색어에?"

"예! 아니 4위에만 있는 게 아니고, 7위랑 9위에도!"

매우 다급해 보이는 최철수 감독을 룸미러로 지그시 쳐다보던 주혁이 정면으로 시선을 돌렸다.

'생각보다 입질이 빠른데?'

그러고는 다시 룸미러를 통해 최철수 감독을 보며 입을 열었다.

"검색어에 저만 있습니까? 지금?"

"아, 아뇨. 사장님이랑, 〈28주, 궁궐〉? WTVM 드라마까지."

최철수 감독이 말을 이으려는 찰나, 강주혁의 핸드폰이 울렸다.

— 김태우 PD

발신자를 확인한 주혁이 슬쩍 웃으며 핸들에 붙어 있는 통화버튼을 눌렀다.

"네. PD님."

"사장님! 지금 난리가 났습니다!"

"예. 저도 확인했습니다."

"어쩌죠? 아무래도 아까 아침에 방송국에 있던 기자들이 바로 기사 뿌린 거 같은데. 이러면 사장님이 곤란하신 게."

"괜찮아요. 옆에 제작실장님 계시죠?"

"네? 아, 네."

"잠시 바꿔주세요."

강주혁의 말이 끝나기 무섭게 제작실장의 목소리가 전해졌다.

"네. 사장님."

"실장님, 물이 들어오니까, 슬슬 각을 잡을까요?"

"각이요? 무슨……."

말끝을 흐린 제작실장의 물음에 주혁이 핸들을 꺾으면서 답했다.

"지금 이 시간부로 제가 준비를 부탁드렸던, 저와 관련된 기사들 뿌리세요. 더불어 매일 드라마 관련 기사도 쏘세요. 장작을 계속 추가했으면 합니다."

"지금부터요?"

강주혁이 웃었다.

"판을 키우자는 겁니다."

도착한 보이스프로덕션 사옥 주차장에는 홍혜수 팀장과 추민재 팀장이 마중 나와 있었다. 주혁이 엘리베이터 버튼을 누르며 입을 열었다.

"형. 그 대학생 팀 데려왔어?"

"어어. 지금 4층 사장실에. 아니, 것보다. 지금 실검 난리 났던데? 생각보다 훨씬 크게 번질 느낌이야?"

"괜찮아. 예상했잖아, 이 정도는."

담담하게 대답한 주혁이 홍혜수 팀장에게 고개를 돌렸다.

"어땠어. 오디션?"

"응. 아~주 원활하게 끝났어요. 우리 애들이 비주얼로 대기실 완전 밀어버렸다니까?"

"고생했어. 다들 연습실?"

"어머, 너무 빡빡하게 굴리면 다 죽어요. 오늘은 쉬라고 집에 보냈어."

"하하, 잘했어."

그때 엘리베이터가 도착했고, 강주혁을 포함한 팀장들과 감독들이 몸을 실었다. 홍혜수 팀장이 물었다.

"근데 사장님."

"응?"

"누가 될 것 같아? 대충 느낌 왔지?"

"대충은."

"누구?"

"아마 하영 씨, 재욱이."

"어머? 진짜? 나는 하진이가 대사 전달력은 좀 더 좋다고 생각하는데?"

홍혜수 팀장이 고개를 갸웃했지만, 주혁은 딱히 대답이 없었다.

4층 사장실, 회의 책상에 옹기종기 모여앉아 있던 대학생 중 한 명이 시간을 보더니 입을 열었다.

"벌써 10분 지났는데. 야, 최수정. 이거 사기 아냐?"

"모르겠어. 근데! 우리 뭐 딱히 돈도 없는데 무슨 사기야."

"사기라니까, 사기. 튀자. 사람들 오기 전에."

다섯 명이 한창 서로 다른 의견을 피력하고 있을 때, 사장실의 문을 열고 추민재 팀장이 들어왔다.

"많이 기다렸죠? 사장님 지금 잠시 화장실 가셨으니까, 금방 옵니다."

그때 조금 전, 사기를 의심하던 남자가 답했다.

"저 혹시 저희가 무슨 돈을 내거나, 교육비를 받는다든가, 그런 게 있습니까?"

"돈? 그럴 리가요."

"그런 게 아닌데, 저희 영상 딱 하나 보시고 이러는 게 말이."

그때 다시 문이 열렸다. 손에 묻은 물기를 닦아내며 들어온 주혁이 모여 있는 대학생들을 둘러봤다.

"하하, 오래 기다렸죠?"

— 덜컹!

강주혁을 보자마자, 사기라고 의심했던 남자가 벌떡 일어나는 바람에 앉았던 의자가 뒤로 내팽개쳐졌다.

"헐……!"

"이, 이거 무슨 방송인가요?"

학생들의 반응은 제각각이었지만 결과적으로 모두 충격을 받은 듯 보였다. 심지어 최수정이라 불린 여자는 헛것을 본 것처럼 눈을 비비기까지 했다. 그러거나 말거나 주혁은 그들과 가까운 자리의 의자를 빼내 앉았다.

"놀랐어요?"

"……아, 아니."

놀랄 만도 했다. 이 타이밍에 강주혁이 나타날 줄 몰랐을 테니.

"왜 서 있어요? 앉아요."

주혁은 여전히 입을 벌린 채 서 있는 남자에게 앉으라 권했고.

"바로 본론이라 미안한데, 대본 좀 볼까요?"

강주혁이 말을 잇자, 뿔테안경을 쓴 여자가 화들짝 놀랐다. 그러다 떨리는 손으로 가방 속 종이뭉치를 꺼내 책상 위에 올렸다. 이들 웹드라마의 이후 내용이 적힌 대본을 빠르게 넘기는 강주혁.

'……괜찮아. 파워볼륨에서 내세운 것보다 훨씬.'

물론 군데군데 미숙함이 보였지만, 첫 장부터 재미있었다. 옴니버스식으로 펼쳐지는 캠퍼스 시트콤처럼, 짜디짠 스낵 같은 흡인력이 있었다. 순식간에 30% 정도 읽은 주혁이 대본을 덮으며, 뿔테안경을 쓴 여자에게 물었다.

"작가 지망생?"

"아, 네네."

"글은 언제부터 썼어요?"

"초, 초등학생 때…부터요."

"대본은 몇 부까지?"

"지, 지금 3부……."

대답은 들은 주혁이 이번에는 전체를 보면서 입을 열었다.

"연출팀은 어떻게 돼요?"

물음에 답한 것은 서 있던 남자였다.

"제, 제가 촬영하고, 편집 및 후반 작업은 여기 수정이랑."

결과적으로 촬영 전반은 서 있던 남자가 도맡고, 이후 편집과 영상 후반 작업은 최수정이라는 여자와 나누고 있었다. 나머지 인원은 제작팀에 가까웠다.

"그러니까 작가 한 명, 연출팀 두 명, 제작팀 두 명으로 그 정도 퀄을 뽑아냈다?"

주혁의 되물음에 대학생들이 끼기긱 소리가 날 정도의 더딘 끄덕임을 보였다. 하지만 반대로 주혁은 대학생들에게 빛을 발견하는 순간이었다. 미소를 머금은 주혁이 책상에 놓인 대본을 검지로 두어 번 치더니 대학생들을 바라보며 입을 열었다.

"이거, 크게 키워서 나랑 한번 제작해볼까요?"

"제작이요?!"

모두가 놀라자빠지는 상황에 주혁은 대본을 뿔테안경을 쓴 여자에게 돌려주면서 입을 열었다.

"네, 제작. 아, 혹시 여러분 정해진 팀명은 있나?"

그러자 충격의 현장 속에서 어렵사리 최수정이 입을 열었다.

"저…… 저희가 원랜 팀명 같은 게 없이 그냥 활동했던 거라, 사실 오면서 상의를 했는데."

"네. 편하게 말해봐요. 나도 여러분을 피력할 팀명은 들어놔야 하니까."

최수정이 같이 온 친구들을 둘러보다, 이내 답했다.

"배, 백번 촬영으로 하려고요."

커피를 마시던 주혁의 움직임이 멈췄다. 분명 들어본, 익숙한 팀명이었다.

"백번 촬영?"

"네…… 별론가요?"

어느새 미소가 담긴 표정으로 주혁이 이번에는 뿔테안경 여자에게 물었다.

"혹시 작품 제목이?"

그러자 뿔테안경 여자가 살며시 입을 뗐다.

"확정은 아닌데, 가제는 있어요. 〈청순한 멜로〉라고."

확신에 찬 표정으로 변한 주혁이 엄지를 치켜세웠다.

"제목, 아주 좋아요."

치켜세울 수밖에 없었다.

'이 정도면 아직 내 감도 쓸 만하지?'

장차 1억 뷰를 찍는다는 웹드라마와 그 팀을 찾아냈으니까.

잠시 후, 어느새 텅 빈 사장실에 주혁이 혼자 남았다. 대학생 팀은 너무 놀라고 갑작스러워 각자 생각을 해보겠다고 했지만.

"이미 넘어왔어."

주혁은 그들의 눈에서 욕심을 엿봤다. 제작이라는 꿈을 가지고 모인 팀. 그들도 이 바닥의 현실을 잘 알고 있을 것이다. 즉.

"이르면 내일이라도 연락 오겠지."

꽤 기대에 찬 표정을 머금은 주혁이 노트북을 열었다.

"아주 난리가 났네."

그의 이름은 실검 3위에 안착했고, 그와 관련된 용어들이 줄줄이 사탕처럼 올라 있었다. 거기다 분마다, 시간마다 지속적인 어뷰징 기사가 쏟아졌다. 개중에는 사실적인 기사도 있었고, 전혀 다른 내용의 기사도 널렸다. 그때 김태우 PD에게 전화가 다시 왔다.

"아! 사장님."

"방송국은 좀 어때요?"

"지금 난리 났습니다. 국장님 전화 와서 내일 당장 자기한테 오라 그러고, 여기저기서 미친 듯이 전화가 와요."

"하하하."

몇 분 동안 현재 상황에 대해 열변을 토하던 김태우 PD가 대뜸 아차 싶었는지, 말을 바꿨다.

“아아, 그것보다. 아까는 제가 정신이 없어서 못 여쭤봤는데.”

“네.”

“혹시 내일 오디션에 심사 자격으로 다시 한 번 오실 수 있으신지 해서요.”

“주연이 헤나, 김건욱이니 호흡 맞출 배우들도 그에 맞게 준비해야겠죠.”

“맞습니다. 헤나 씨나 건욱 씨가 워낙 능력으로나 몸값으로 비싸니까, 하하. 주연배우님들이 불편함 없이 연기할 수 있도록, 소속사가 있든 없든 상관없이 제대로 된 연기파로 뽑아야 합니다.”

주인공의 가족이나 친구 역할 몇몇을 오디션을 통해 뽑는다는 소리였다.

“사장님이 심사를 같이 진행해주시면 새로운 시각으로 배우를 볼 수 있을 것 같습니다. 저 이렇게 된 김에 이번 작품에 영혼을 갈아 넣을 생각이라.”

제의를 받은 주혁이 잠시간 턱을 쓰다듬으며 계산을 돌렸다. 그렇게 몇 초가 흘렀고.

“좋습니다. 오늘은 시간상 참여 못했으니, 내일은 당연히 참여해야죠. 하하, 저도 이 작품에 투자했으니, 영혼을 갈아 넣어보죠. 일정 문자로 보내주세요.”

“아, 감사합니다.”

전화가 끊겼다. 하지만 주혁은 핸드폰을 곧장 내려놓지 않았다. 빠르게 어디론가 문자를 보내는 강주혁.

— 박 기자

— 내일 일정 있나?

답장은 빠르게 왔다.

— 물주님의 말씀에 따라 일정이 있을지도 모르고, 없을지도 모르고.

답장을 확인한 주혁이 곧장 내용을 입력했다.

— 내일 나랑 방송국에 같이 들어갈까?

주혁은 판을 더욱 크게 키울 심산이었다.

다음 날 아침, WTVM 방송국 미팅룸. 이른 아침임에도 3층 대기실과 복도 흡연실 등은 인산인해였다. 어제의 오디션은 점심에 시작했지만, 오늘 오디션은 합격자가 많아서 아침부터 시작하느라 관계자들이 몰려든 것이었다. 엘리베이터 앞 복도 양옆 의자에는 앉을 자리가 부족했고, 흡연실에 있는 사람들은 담배를 피우면서도 대본을 보기 바빴다.

미팅룸에서는 작은 거울로 얼굴을 확인하던 정 작가가 김태우 PD에게 물었다.

"사장님은 언제 오시는 거예요?"

"글쎄요. 어제 연락하고 한 번도 안 해봤는데. 곧 오시겠지."

옆에 있던 제작실장이 고개를 돌려 시간을 확인했다.

"이제 10분 있으면 시작해야 하는데."

그때 복도 끝, 엘리베이터가 열렸다. 엘리베이터에서 내린 남자를 가장 먼저 알아본 것은 흡연실에서 담배를 뻑뻑 피워대던 연예부 기자들이었다.

"야야! 왔어!"

기자들이 흡연실에서 우당탕 소리를 내며 잽싸게 복도로 빠져나오더니, 엘리베이터에서 내린 강주혁을 찍어대기 시작했다. 그와 동시에 수많은 질문들이 쏟아졌지만, 대체로 비슷한 내용이었다.

'어쩌다 제작을 하게 됐느냐?'

'오늘 오디션에 정말 참여하는 것이냐?'

대답은 간략했지만, 기자들의 궁금증을 유발하기에는 충분했다.

"오늘 오디션에 심사 자격으로 참여한 것은 맞지만, 제작에 참여한 건 아닙니다."

주혁의 대답에 기자들이 득달같이 달려들려는 찰나에 조연출과 연출팀 몇몇이 달려 나와 기자들의 통행을 막았다. 양옆으로는 수많은 지원자들과 엔터테인먼트 관련 직원, 매니저 등이 강주혁에게 눈길을 던졌다.

'이 바닥은 좁지.'

오늘 강주혁의 등장으로 아마 이 소문은 삽시간에 연예계를 휩쓸 것이다.

'이젠 소문이 안 나면 곤란해.'

강주혁을 바라보는 시선은 제각각이었지만, 결과적으로 모두가 이 기가 막힌 소식을 여기저기 퍼다 나르고 있었다. 핸드폰으로 사진을 찍는 것은 물론이고, 수군거리며 흉을 보거나 선망의 눈길을 보내기도 했다. 이 장면은 곧 기사를 비롯해 SNS 등으로 퍼질 것이고.

'논란은 곧 관심이지.'

그대로 그는 미팅룸의 문을 열었다.

"제가 좀 늦었나요?"

"아, 오셨어요? 아닙니다. 딱 맞춰 오셨어요. 근데 뒤에 계신 분은?"

어느새 미팅룸에 도착한 주혁은 김태우 PD의 물음에 뒤에 서 있는 박 기자를 설명했다.

"기자긴 한데, 신경 안 쓰셔도 됩니다. 드라마 내부적인 부분은 절대 터치 안 할 겁니다. 저는 어디에 앉을까요?"

"여기!"

"하하. 작가님 오랜만이네요."

책상 중앙에 김태우 PD, 그 바로 옆이 강주혁의 자리였다.

"오늘 오디션 볼 인원 프로필입니다. 처음 뵙네요. 얘기는 계속 들어왔는데 와, 실물이 그냥 말도 안 되십니다."

조용히 있던 캐디가 주혁에게 프로필 뭉치를 내밀었다.

“자, 시작하죠!”

김태우 PD의 외침으로 오디션 심사가 시작됐다.

바쁘게 심사가 시작된 곳은 방송국만이 아니었다. DBS 국제독립영화제.

이번 15회 DBS 국제독립영화제에는 총 80개국에서 받은 출품작만 1100편이 넘었다. 여기서 대략 100편 정도가 추려져서 본심으로 넘어가는데, 이 과정에서 예선 심사를 담당하는 심사위원들이 죽어난다. 영화제 최종 수상 발표까지는 3주도 안 남은 상황이었다. 영화평론가, 영화학과 교수, 독립영화 프로듀서, DBS 방송국 다큐전문 CP 등으로 이루어진 예선 심사위원이 총 열 명 남짓, 이들이 하루에 수십 편이 넘는 출품작을 보면서 본선작을 선별해냈다.

그들은 각기 다른 심사기준으로 서로 의견을 맞춰 작품을 선별하는데, 어쩐지 이번에는 일맥상통하는 부분이 있었다.

‘출품작 대부분 볼 게 없었다. 덕분에 빛나는 작품을 추려내기 쉬웠다.’

그 와중에 예선 심사위원으로 참여한 DBS 방송국 다큐전문 CP의 눈에 작품 하나가 들어왔다.

‘〈내 어머니 박점례〉? 이 할머니, 예전에 우리 방송국 〈사람극장〉에 출연했던 분 같은데?’

최철수 감독은 애초 〈내 어머니 박점례〉를 다큐 TV프로인 〈사람극장〉에 출연한 할머니를 모티브로 삼았다. 그리고 그 프로그램은 DBS 방송국 거였고. DBS 방송국 다큐전문 CP는 심사과정에서 이 같은 사실을 발설하진 않았으나, 후배 PD에게 문자를 보냈다. 이 작품에 대해 알아보라고. 뭔가 이 영화와 엮어서 방송 기획을 잡을 수 있을 것 같았기에. 거기다.

‘이 작품은 못해도 우수상까진 간다.’

〈내 어머니 박점례〉는 누가 뭐래도 이번 출품작 가운데 단연 돋보였다.

한창 DBS 국제독립영화제의 예선이 진행되는 동안, 강주혁이 참여한 〈28주, 궁궐〉의 2차 오디션은 어느새 막바지로 치닫고 있었다.

"다음이 마지막인가?"

"옙!"

김태우 PD의 질문에 전체적인 진행을 맡은 조연출이 당차게 답했다.

"복도 포함 대기실엔 이제 한 분 남았습돠!"

"그래?"

상황을 확인한 김태우 PD가 은근슬쩍 옆자리의 강주혁을 힐끔거렸다.

'뭐지? 왜 코멘트를 하나도 안 하시나?'

심사로 참여한 주혁은 말 한마디, 질문 한 번 없었다. 그저 한 명 한 명 연기가 끝날 때마다 낙서하듯 프로필 여백에 뭔가를 적기만 할 뿐이었다.

'지루하신가?'

심지어 지루해 보이기까지 했다. 덕분에 연기자에 대한 질문은 김태우 PD와 정 작가가 진행해야 했다.

잠시간 강주혁을 쳐다보던 김태우 PD는 이내 고개를 돌려 조연출에게 지시를 내렸다.

"마지막 분 들어오시라 해."

"옙!"

잠시 후.

"아, 안녕하세요! 말숙이라고 합니다!"

자신을 말숙이라고 소개한 여자가 어린아이의 손을 잡고 미팅룸으로 들어섰다. 오디션을 진행하던 인원들의 눈이 동그랗게 떠졌다. 가장 먼저 입을 연 것은 정 작가였다.

"……그 아이는?"

"아! 죄송해요! 오디션은 봐야겠고, 애를 어디 맡길 수도 없고…… 어쩔 수 없이 데려왔습니다!"

그녀의 당찬 대답에 주혁은 어느새 흥미롭게 말숙이라는 여자를 바라보고 있었다.

'하영 씨가 크면 저런 모습이려나.'

이미지가 강하영과 매우 흡사했다. 당차고 톡톡 튀는데, 어딘가 약간 나사 풀린 듯한 느낌이 신선했다.

"어…… 죄송한데, 아이를 데리고는 오디션 볼 수가 없나요?"

"아니, 그건 아닌데."

"만약 볼 수 없는 거면…… 가, 강주혁 님과 악수 한 번만 하게 해주세요!"

말숙은 여전히 아이의 손을 꼭 잡고 강주혁을 선망의 눈빛으로 쳐다봤다. 김태우 PD의 웃음이 터졌다.

"하하하, 강주혁 님 팬이시구나?"

"네! 저…… 진짜 왕팬입니다!"

"괜찮아요. 아이만 잠깐, 어…… 기자님? 잠시만 데리고 있어주시면."

"어? 제가요?!"

구석에 있던 박 기자에게 모두의 시선이 박혔다. 이어서 강주혁이 입을 열었다.

"그래. 박 기자님. 잠깐 데리고 있어."

"내, 내가? 나 저렇게 어린…… 어어!"

어느새 박 기자 앞에 선 말숙이 아이를 안겨줬다.

"부탁드립니다!"

"어…… 어, 네."

다행히 아이는 얌전했고.

"어— 말숙 씨는 소속사가 없네요? 이 오디션 정보는 어디서 들으셨어요?"

"아! 죄송해요. 사실은 이 방송국에 제 동생이 방송작가로 있어서……."

"아— 그러시구나. 배역은 뭘 보고 오셨어요?"

"엄마 역입니다!"

그녀의 대답을 들은 주혁이 프로필을 정독했다. 말숙의 나이는 40. 성인인 여주인공의 엄마 역을 맡기에 나이가 애매했지만.

"제가 엄~청 노안이라 전혀 어색하지 않습니다!"

말숙의 말대로 그녀는 나이에 비해 꽤 노안 느낌이 강했다.

"일단, 알겠습니다. 대본 보시고 지정 연기부터 시작할까요?"

"넵! 후—"

김태우 PD의 말을 시작으로 심호흡을 길쭉하게 한 그녀가 연기를 시작했다. 그와 동시에 강주혁의 눈빛이 변했다.

몇 분 뒤. 말숙이 오디션을 끝내고, 박 기자에게 맡겼던 아이의 손을 잡고 나감과 동시에 모든 오디션이 끝났다.

"끄어!"

"사장님, 수고하셨습니다."

"수고하셨어요."

간단한 인사말을 끝으로 주혁이 자리에서 일어나며 김태우 PD와 제작실장에게 말을 전했다.

"감독님. 앞으로 〈28주, 궁궐〉의 관심은 지금보다 훨씬 뜨거워질 겁니다. 제작팀과 상부에 확실히 전달하세요. 방송국 자체에서도 힘을 실어줘야 더욱 판이 커집니다. 원래 방송국 쪽도 이런 식으로 관심이 터지면 진행하는 매뉴얼 있죠? 그대로 진행하세요."

"아, 저희야 그렇지만, 사장님은 괜찮으신지?"

"저는 신경 안 쓰셔도 됩니다. 이제부터 수많은 어뷰징 기사부터 뜬구름 잡는 기사들이 쏟아질 텐데, 실장님."

"네?"

"장작, 확실하게 던지세요. 이 관심을 드라마 직전까지 끌고 가야 하니까."

"아, 네네!"

말을 끝냄과 동시에 주혁이 박 기자에게 가자는 손짓을 던졌다. 이어서.

"여기."

강주혁이 김태우 PD에게 연기자들의 프로필 뭉치를 건네며 미팅룸의 문을 열었다.

"무슨 일 있으면 아무 때나 전화 주셔도 됩니다. 다들 고생하셨어요. 아, 조연출님도 고생하셨네요."

"아! 옙! 들어가세요!"

그렇게 강주혁과 박 기자가 사라졌다.

"후— 결국 끝까지 질문 한 번을 안 하네."

카메라를 해체하는 촬영감독이 말을 뱉었고.

"그러게요. 뭔가 진지하게 보시긴 하던데. 컨디션이 안 좋으셨나?"

"허—"

그때 김태우 PD가 강주혁에게 받은 프로필 뭉치를 펼치더니 탄성을 질렀다.

"감독님? 왜 그래요?"

"아니 이게."

말문이 막혔는지, 김태우 PD는 입을 다물고 프로필 뭉치를 넘기기 바빴다. 그 모습에 궁금했는지 옆으로 다가온 제작실장의 입이 벌어졌다.

"헐— 이게 다 뭐야?"

"……이 배우는 뭐가 문제인지, 이 배역과 왜 안 맞는지, 반대로 무슨 점이 두드러졌는지 등등을 적어둔 거지."

배우의 연기를 보고 느낀 점, 장점, 단점, 배역과의 싱크로율 등을 강주혁은 프로필 빈칸에 빼곡하게 적어두었다. 마지막 멘트는 하나같았다.

'판단과 결정은 감독이 잘하시리라 생각합니다.'

그 정성에 제작실장이 혀를 내둘렀다.

"와, 이게 무슨. 이걸 전부 글씨로 쓴 거야? 아니, 말로 하셔도 되는데."

"저번에 사장님이 그러시긴 했어요."

"뭐요?"

"제작을 잘 부탁한다고."

제작은 오롯이 김태우 PD와 정 작가 그리고 제작팀의 역량. 강주혁은 그들에게 오디션을 보러온 연기자들에 관한 조언을 선 넘지 않는 범위 안에서 표현한 것이다. 순간 미팅룸이 숙연해졌다.

"저, 글 쓰러 갈래요."

자리에서 일어난 정 작가를 시작으로 모여 있던 모두가 다음 단계로 움직이기 시작했다. 김태우 PD도 국장을 만나러 드라마국으로 이동했다.

"야! 태우! 이게 어떻게 된 거냐! 투자자가 진짜 강주혁이 맞아?"

그를 본 국장이 외쳤다.

"……맞아요."

"아니, 이 새끼가 그런 거물 떡밥을 왜 이제사!"

국장이 이마를 짚으며 한탄할 때, 김태우 PD 주변으로는 어느새 부장, CP, 다른 PD들과 조연출 등이 몰려들었다. 단 한 명, 얼굴을 찡그린 박송호 PD는 자리에 앉아서 움직이지 않았다.

"강주혁이 투자를 해?"

"야, 지금 실검 미쳤던데?!"

몰려든 구경꾼들은 김태우 PD에게 하나둘 질문을 던졌고.

"태우!"

이마를 짚으며 생각에 빠졌던 국장이 다시 김태우 PD를 불렀다.

"네."

"오디션은?"

"끝났죠."

"거기에도 강주혁 참여한 게 맞아?"

"네. 맞아요."

"아오! 씨. 야! 너는 진짜."

짜증을 내던 국장이 핸드폰을 꺼내며 말을 이었다.

"야, 태우. 지금 당장. 아, 제작사가 어디라고?"

"김앤미디어요."

"그래, 거기 사장한테 내가 좀 보잔다고 전해."

"예? 국장님이 왜?"

답답했는지 국장이 버럭 외쳤다.

"야! 지금 실검 못 봤어?! 이거 잘하면 케이블 3사 싸잡을지도 모른다는 생각 안 드냐?!"

"근데 제작사 사장을 왜 국장님이."

"이럴 때 인마! 예산 땡겨서라도 뭐라도 해야지!! 빨리 전화나 해!"

그 시각 WTVM 방송국 로비에는 3층에서 쫓겨난 기자들이 진을 치고 있었다.

"강주혁 씨! 여기! 여기 좀 봐주세요!"

"드라마에서 직접 연기도 하십니까?!"

강주혁의 등장에 벌떼처럼 달려드는 기자들과 그들을 응대하는 강주혁.

그 모습을 꽤 먼 곳에서 박 기자가 찍어댔다. 그러기를 몇 분, 상황이 끝나자 할 일을 마친 박 기자가 강주혁에게 따라붙었다.

“이제 됐지?”

“됐어. 들어가서 바로 기사 뿌리고, 앞으로 2타 3타 터질 게 많으니까, 핸드폰 붙들고 있어. 바빠질 거야.”

“오오, 물주님! 일단 난 출발한다!”

주혁은 박 기자에게 앞으로 터질 〈내 어머니 박점례〉와 〈척살〉에 관한 떡밥을 흘렸고, 박 기자는 군침을 흘리며 자신의 차로 움직였다. 그 모습을 지켜보던 주혁은 고개를 돌려 저 멀리 아이와 걸어가는 여자에게 뛰었다.

강주혁이 따라오고 있다는 것을 알 리 없는 말숙은 자신의 손을 꼭 잡은 아이에게 말했다.

“태준아, 태준아.”

“응!”

“엄마 오늘 계 탔다? 흐흐흐.”

“엄마! 계가 뭐야?”

“응~ 엄마 오늘 완전 기분이 좋다는 뜻이야. 태준이는 강주혁 님이 누군지 모르지? 엄마만 알 거다~”

“왜에! 나도 알려줘!”

“흐흐. 누구냐며언~ 엄마가 어릴 때, 완전완전 좋아하는 배우셨어. 태준이도 좋아했으면 좋겠.”

바로 그때였다.

“말숙 씨.”

말숙의 등 뒤로 남자의 중저음 목소리가 깔렸고.

“네? 헉!”

몸을 돌린 말숙이 강주혁을 보곤 헉 소리를 냈다.

주혁은 담담하게 명함을 건네며 입을 열었다.

"연기, 제대로 해볼 생각 있어요?"

늦은 밤, 강주혁의 오피스텔. 정신없는 하루를 보낸 주혁이 길게 숨을 뱉으며 소파에 널브러졌다.

— 취익!

이어서 냉장고에서 꺼낸 맥주를 땄고, 핸드폰 검색사이트에 접속했다.

"하하하."

그가 웃기 시작했다. 이유는 간단했다.

1. 강주혁

2. 강주혁 드라마

3. 28주 궁궐에 피어난 꽃

4. WTVM 금토 드라마

5. 헤나

6. 강주혁 사건

7. 김건욱

8. 28주 궁궐

실검 1위부터 강주혁으로 요동치고 있었으니까. 실검부터 기사까지, 이미 타오른 관심은 꺼질 줄 몰랐다. 박 기자가 터뜨렸던 강주혁의 해명기사들과 퍽치기범 미담 이슈로 남아 있던 불씨에, 〈28주, 궁궐〉 제작에 관한 기사들은 휘발유를 부은 격이었다. 덕분에 대중의 관심은 강주혁에서 강주혁의 제작사로, 거기에서 다시 〈28주, 궁궐〉로 다시 헤나, 김건욱으로, 이중 삼중으로 뻗쳐나갔다. 검색사이트는 물론이고 유명 SNS, 관련 갤러리, 카페 등에서 강주혁과 〈28주, 궁궐〉이 어마어마하게 거론되기 시작했다.

이쯤 되니 여론 자체도 긍정적인 것과 부정적인 것으로 나뉘었다.

「'강주혁' 제작자로 나선 것이 불편한 이유」

「느닷없는 논란으로 끌어올린 드라마의 관심」

관심은 곧 논란으로 바뀌었고, 기자들은 수많은 어뷰징 기사와 추측성 기사를 분마다 내던졌다. 그럴수록 대중의 반응도 찬반이 극명하게 갈렸고, 강주혁과 더불어 〈28주, 궁궐〉이 최근 드라마 이슈 중 가장 두각을 나타냈다.

다음 날 아침, 사장실에서 대중의 관심을 확인한 주혁이 노트북을 덮으며 앞을 보았다. 사장실에는 이미 홍혜수 팀장과 추민재 팀장이 와 있었다. 주혁은 그들에게 앞으로의 계획을 세세하게 설명했다. 계획을 간략하게 줄이자면 이랬다.

'이제 거칠 것이 없다.'

강주혁을 만천하에 공개한 이후 곧 세상으로 쏘아 올릴 것들. 〈내 어머니 박점례〉, 〈척살〉, 강자매, 김재욱 등 투자에서 제작, 매니지까지. 앞으로의 방향성을 설명했고, 터뜨릴 계획을 피력했다. 이 모든 것의 시작은 〈28주, 궁궐〉이었고.

"예상보다 훨씬 관심이 높아."

주혁의 계획이 착착 맞아떨어지고 있었다.

— 똑똑

사장실에 노크 소리가 울린 것은 그때였다.

"저어, 안녕하세요."

조심스럽게 문을 열고 들어오는 여자.

"어떻게 오셨어요?"

그녀를 보자 추민재 팀장이 물었고, 곧장 주혁이 자리에서 일어났다.

"오셨어요? 이쪽으로 앉아요."

"네넵!"

대답한 여자가 자리에 앉자, 주혁이 두 팀장을 돌아보며 말했다.

"어제 새로 영입한 배우님. 이름은 말숙으로 활동할 거야."

"자, 잘 부탁드립니다!"

말숙의 인사를 받은 추민재 팀장이 답했다.

"마스크가…… 특이한데? 너도 참 너다. 그 바쁜 와중에 배우도 영입했어? 어디 계셨던 분인데?"

주혁이 미소를 지었다.

"소속사는 지금까지 없었고, 개인으로 단역부터 조단역까지 해오셨나 봐."

"네! 사실 이번 드라마 오디션 끝나면 마트로 취업을 생각 중이었어요. 그런데 어제 강주혁 님이 명함을 주셔서."

자랑스럽게 명함을 꺼내 드는 말숙의 뒤로 주혁이 섰다.

"나는 이분을 명품 조연으로 키워볼 참인데."

주연, 조연, 조단역, 단역. 작품에는 수많은 배역이 있다. 그중 주연은 작품을 하나 고르면 다른 작품에 들어가기가 힘들다. 비중이 높고, 스케줄 관리가 쉽지 않기 때문. 하지만 가끔 스크린부터 브라운관까지, 장르 불문 여기저기 얼굴을 비추는 배우들이 있다. 조연 중에서도 명품. 어느 주연의 연기 호흡에도 같이 숨 쉴 수 있는 다채로운 연기자. 그야말로 쓰임새가 넓은 배우.

주연은 한 작품에 들어가면서 그 작품이 망하면 끝이지만, 여기저기 활약하는 조연은 다르다. 다작을 하면 흥행할 작품에 낄 확률이 높아진다. 쉽게 말해 애매한 주연보다는 확실히 돈을 긁어모을 수 있는, 주혁은 말숙에게서 그런 가능성을 확인했다.

"말숙 씨는 만약 이번 드라마에 합류하게 되면 이번 작품까지는 제작사랑

개인으로 계약하시고, 출연료는 그냥 전부 가지시면 돼요. 그래도 케어는 해 드릴 겁니다. 뭐, 떨어지시면 바로 다른 거 하면 되니까 걱정하지 마시고."

"넵!"

"자, 계약서 쓸까요?"

이후 계약서를 작성한 말숙은 공식적으론 추민재 팀장 담당으로 빠졌다.

"오디션 발표일은 언제래?"

"내일모레."

"그전에 준비해둘 건 확인해두자. 일단, 현재로서 가장 인지도가 높은 하영 씨. 드라마에 합류하면 더 시끄러워질 거야. 확실하게 케어해주고, 재욱이는 제작팀이랑 스케줄 관리할 때 학업에 문제없게끔 조율해봐."

"어머? 아직 결과도 안 나왔는데. 너무 김칫국 마시는 거 아니야?"

강주혁의 대답은 없었다. 하지만 그의 지시에는 확신이 있었다.

"팀장님들 포지션은 지금까지와 같은데, 대신 속도가 빨라졌으니까, 소통은 전과는 다르게 다섯 배 이상 빠르게 전달하자."

"알았어."

"알았어요~"

얘기를 마친 주혁은 자신만 들리게끔 혼잣말을 뱉었다.

"나는 벌여놓은 것들 주워 담아야지."

손댄 것들이 세상에 던져질 날이 임박함에 따라, 강주혁의 일정은 살인적이었다. 먼저 강하영이 맡은 해창전자 광고. 두 번째 광고 시리즈의 시안 확인 차 프로덕션클릭과 미팅을 거듭했고, 그러는 와중에 다시 찾아온 백번 촬영팀과 계약을 진행했다.

"한 명은 빠졌나요?"

"아, 네. 제작팀 한 명은 못하겠다고."

"그렇군요. 그럼 총 네 명? 작가, 연출, 연출보조, 제작팀."

이들 역시 다큐 독립영화 감독들과 다를 것 없는 조건으로 계약했고, 사무실 역시 부담 없이 사용할 것을 알렸다.

"잘 부탁해요."

"열심히 하겠습니다! 저…… 그런데, 저희 작품을 어떻게 리메이크하시려는지 여쭤봐도."

"아, 그건. 음— 일단 내가 싸워서 이기면 알려줄게요."

"싸워서요?"

해창전자의 웹드라마를 제작하는 파워볼륨. 주혁은 백번 촬영의 〈청순한 멜로〉 대본을 가지고 파워볼륨과 싸워서 이겨야 했다. 사실상 대본 교체와 다름없었기에. 하지만 강주혁은 거리낌 없이 파워볼륨에 3화 분량의 대본을 내밀었고, 당연하게도 파워볼륨 측은 굉장히 회의적으로 반응했지만, 주혁은 강단 있게 밀고 나갔다. 사실상 큰 틀로 잡고 들어가면 대본만 교체하면 되는 문제였고, 파워볼륨이 내미는 대본은 웹드라마로서도 광고로서도 의미가 없었다.

"아무리 그래도 작가가 대학생인데, 나머지 팀도 전부 대학생이고. 말이 됩니까?"

"정식 드라마도 아니고, 한 편에 10분짜리 광고에 가까운 웹드라마에 인원 네 명 포함되는 게 무슨 문제가 있는지 이해가 안 되네요. 그리고 제가 보기엔 전 대본보다 이 대본이 백배는 눈길이 가는데요? 제 말이 틀렸습니까?"

전화에서 미팅까지 이어진 싸움은 결국 해창전자 쪽에서 종결시켰다. 따지고 보면 김재황 사장의 입김이었다.

"대본 교체?"

"예. 강주혁 사장 측에서 대본 교체를 원한다고."

"해줘."

"예?"

"해주라고. 그놈 또 뭔가를 꾸미고 있었어. 해줘 그냥. 뭔지 기대 중이야, 난."

그렇게 강하영이 들어가는 광고와 강하진이 출연하는 웹드라마가 얼추 가닥이 잡힐 때쯤.

"드디어 떨어졌네."

실시간 검색어를 휩쓸던 강주혁의 이름은 정확하게 4일 만에 사라졌다.

"4일이면 알 사람들은 전부 알았겠지."

그렇다고 관심도가 시들해진 것도 아니었다. 김앤미디어와 박 기자의 추가 장작으로 여전히 어뷰징 기사들이 쏟아지고 있었고, 보이스프로덕션 홈페이지와 공식 SNS 채널은 폭발 직전이었다. 그 여세를 몰아 덩달아 관심이 증폭된 〈28주, 궁궐〉 쪽은 김앤미디어와 협의하에 대대적인 광고와 홍보를 시작했다. 공식 너튜브를 론칭하고, 각종 검색사이트에 마케팅 채널을 개설해 드라마 제작부터 티저, 메이킹, 비하인드 등의 예고편과 흡사한 영상을 올릴 준비를 했다.

보이스피싱 역시 주혁에게 희소식을 던졌다. 단 한 번이긴 했지만, 단타 주식 정보 덕에 주혁은 드라마 투자금을 어느 정도 회복할 수 있었다.

그사이 〈척살〉의 마케팅 스케줄을 소화한 최명훈 감독은 무비트리의 편집실에 틀어박혔다. 상업영화는 독립과는 다르게 대대적인 공사가 들어간다. 최종 편집본은 음향에서 마무리를 짓고, 소리가 덧씌워진 영화 최종본은 음향 제작사에서 확인하게 된다.

"후—"

살인적인 스케줄에 지친 주혁이 의자에 몸을 움푹 기대며 길게 숨을 내뱉었다.

— 지이잉 지이잉 지이잉 지이이잉~!

전화가 울린 것은 그때였다. 홍혜수 팀장이었다.

“어, 누나. 결과 나왔어?”

“응. 나왔어. 방금 전화 받았어.”

“누구야?”

한 박자 느리게 대답하는 홍혜수 팀장.

“하영이랑 재욱이. 사장님이 맞혔어. 대체 어떻게 안 거야? 아, 그리고 말숙 씨도 붙었어.”

오디션 합격자의 이름이 호명되자, 주혁이 자리에서 벌떡 일어났지만, 꽤 절제된 상태로 주먹을 움켜쥐었다.

“와, 누나. 이런 기분이었구나? 배우를 키우는 기분이. 뭔가 짜릿해.”

이름 모를 희열이 느껴졌다.

“어머? 너 키울 땐 재미가 그닥 있진 않았는데? 뭔가 짜릿함이 없었어. 오히려 심심했지.”

“하하, 그랬나? 아, 맞아.”

“응?”

주혁이 웃으며 답했다.

“이제 소속사 숨길 필요 없어. 까도 돼.”

오로지 실력으로 평가받은 오디션. 그 결과가 나왔으니 더는 숨길 필요가 없었다.

모든 배우가 픽스된 〈28주, 궁궐〉도 빠르게 움직였다. 이미 제작 자체가 많이 늦어진 터였는데, 늦게나마 속도를 낼 수 있었던 것은 정 작가 덕분이었다. 그녀가 최근에 뽑은 대본이 10부. 속도가 미친 듯했다. 물론 드라마는 영화에 비하면 쌩라이브로 진행되기 때문에 중간중간 대중의 니즈와 반응을 파악해서 수정이 들어가야겠지만, 드라마의 뼈대 자체가 이미 10부까지 완성된 셈이었다.

"예? 세 분 모두 보이스프로덕션 소속이라고요? 아니, 강주혁 사장님 투자만 하시는 게 아니었나요? 배우도 키우시는 거예요?!"

그러는 와중에 배우 계약을 하던 제작실장은 홍혜수 팀장에게 합격 배우들의 소속을 듣고 놀라자빠졌다. 이 소식은 김앤미디어에서 방송국으로, 방송국에서 김태우 PD, 정 작가를 포함 결국 〈28주, 궁궐〉에 관련된 모두에게 퍼졌다. 모두가 혀를 내둘렀다.

'강주혁은 투자와 제작 그리고 매니지까지. 거기다 소속 배우들에게 회사명을 숨기고 오디션을 보게 했다.'

가장 충격받은 것은 제작실장에게 소식을 전해들은 김태우 PD였다.

"매니지? 배우도 키운다고?"

"네."

"허. 그럼 투자에, 쟁쟁한 주연배우들은 대놓고 꽂았는데, 소속 배우들은 모든 것을 감추고 오디션을 보게 했다는 겁니까?"

"그렇다네요. 솔직히 좀 대단하달까?"

소문이 빠른 연예계였고, 강주혁과 관련된 소문들은 삽시간에 퍼져나갔다. 그에 따라 강하영, 김재욱, 말숙에게 꼬리표가 붙었다.

'강주혁이 키우는 배우.'

강주혁이 차곡차곡 쌓아온 설계들이 점점 사람들에게 알려지고, 빛을 내기 시작했다.

그렇게 정신없이 열흘쯤 흘렀다. 이른 아침부터 출근을 서두른 주혁이 사장실에 발을 들이자마자, 커피부터 찾았다. 커피머신에서 커피가 줄줄줄 내려올 무렵 노크 소리가 들렸다.

"사장님."

황 실장이 사장실로 들어왔다.

"아, 오셨어요. 커피?"

"감사합니다."

주혁은 앉아 있는 황 실장에게 커피를 내려놓으며 입을 열었다.

"자, 어때요. 뭐가 좀 나왔습니까?"

"박 과장 보고로는 류진태는 최근에 일본에서 입국했답니다."

"지금껏 일본에 있었다? 근데 갑자기 한국을?"

"예. 일본에서 무슨 일을 하는지는 확인이 어렵습니다. 그런데 최근 류진태가 소속 연습생을 일본으로 보내는 건 몇 차례 확인했습니다."

황 실장이 공항에서 류진태와 여자 연습생이 찍힌 사진을 내밀었다.

"거기다 의심되는 점도 있습니다."

"의심?"

고개를 끄덕이던 황 실장이 다이어리를 몇 장 넘긴 후, 말을 이었다.

"류진태가 한국으로 입국한 날짜와 사장님과 제가 김재욱 군을 구했던 시기가 비슷하고, 류진태 그 사람이 엔터 회사를 차린 게 약 한 달 전입니다."

— 툭툭툭

말을 들은 주혁이 검지로 책상을 두드렸다.

'장수림 변호사, 류진태, 재욱이 그리고 나.'

뭔가 전혀 안 맞는 것 같으면서도 사이사이 강주혁이 끼어들면 묘하게 맞아떨어지는 그림이었다. 잠시 조용하던 주혁이 대뜸 입을 열었다.

"……일단, 나부터 수술하겠다는 그림 같은데."

황 실장도 동의했다.

"장수림만 있다면 더 알아봐야겠지만, 류진태라는 인물이 과거 사장님과 원수였고, 장수림이 그와 지속적인 만남을 갖고 있습니다. 이런 경우 분명 어디든 터집니다. 싹이 보일 때 잘라내야죠."

맞는 말이었다. 류진태와 강주혁의 관계. 그런 류진태가 장수림 변호사와 접촉하는 게 우연일 리 없었다. 분명 뭐가 있어도 있다는 뜻.

'터진 다음 행동하면 너무 늦지.'

천천히 고개를 끄덕이는 강주혁은, 심지어 약간 웃음기도 보였다. 조용했지만, 확실한 분노가 그의 가슴속에서 솟구치는 중이었다.

"안 보인다면야 어쩔 수 없지만, 눈앞에 나타났으니 확실하게 밟죠. 어디서 접선하는지 확인됩니까?"

"충북 음성군청 옆길 따라 쭉 들어가다, 샛길로 약 5키로 정도 직진하니 작은 별장 하나가 산속에 있었습니다. 거깁니다. 몇 주 지켜봤는데, 월요일 빼곤 만나지 않습니다. 그리고 9월 8일에 접선할 가능성이 큽니다."

"9월 8일? 왜죠?"

"류진태를 며칠 밀착하며 따라다닐 때 통화내용을 엿들었습니다. 기술적으론 도청이라고 하는데. 어렵지 않죠."

"좋아요. 충분히 움직여볼 만합니다."

주혁이 허리를 돌려 책상 위 달력을 확인했다. 빼곡하게 적힌 일정을 확인하던 주혁이 천천히 입을 열었다.

"9월…… 8일. 저랑 황 실장님, 박 과장님 그리고 제가 아는 기자와 추가로 몇 명 데리고 가서 결정적인 뭔가를 확실하게 잡아내 보죠."

"알겠습니다."

"그전까지 확실하게 준비하세요. 그들 동태를 계속 살피면서, 무슨 일 있으면 바로 연락하시고."

"예."

얘기를 마친 황 실장이 자리에서 일어나 사장실을 빠져나갔다. 그 모습을 지켜보던 주혁은 이내 다른 일을 처리하기 위해 속주머니에서 수첩을 꺼내 들었다.

"……그건 그렇고."

몇 초간 수첩을 정독하던 주혁은 수첩을 다시 덮으면서 혼잣말을 뱉었다.

"오늘이지?"

오늘은 몇 가지 일이 예정되어 있었다. 먼저, DBS 국제독립영화제의 최종 본심 50편의 발표날이었고. 그리고 문자가 하나 도착했다.

— 홍혜수 팀장

— 지금 말숙 씨 픽업하러 이동 중! 다들 첫 리딩날이라 엄청 긴장했어. 사장님 어릴 때 생각나네.

"하하."

강주혁을 세상에 대놓고 알린 시발점, 〈28주, 궁궐에 피어난 꽃〉의 첫 리딩이 시작되는 날이었다.

용인 수지 쪽 원룸에 사는 말숙은 아침부터 분주했다. 연기자로서 경험해 보는 첫 리딩. 말숙이 화장실 거울을 보면서 양 볼을 강하게 후려치더니, 심호흡을 강렬하게 시전했다. 정신을 맑게 하는 그녀만의 방법이었다.

말숙은 흔히들 말하는 싱글맘이었다. 가족이나 주변 지인들의 시선은 달갑지 않았지만, 그녀는 주눅 드는 법이 없었고, 언제나 당찼다. 아들 때문이었다. 과거야 어찌 됐건 그녀는 힘을 내야 했고, 돈을 벌어야 했다. 하지만 오랜 세월 꿈꿔왔던, 아니 꿈으로 가지고 있던 배우라는 직업을 그녀는 놓지 못했다. 때문에 일하는 짬짬이 오디션을 보러 다녔고, 주말에는 단역과 조단역 등을 전전하며 생활을 이어갔지만, 아이가 점점 커감에 따라 현실적인 벽을 느겼다.

'마지막이야. 이 드라마 오디션으로 배우는 끝!'

말숙은 마지막 찬스를 쓰는 심정으로 〈28주, 궁궐〉의 오디션에 접수했고, 거기서 평생 상상으로만 만났던 강주혁을 보았다.

"현실…… 맞겠지?"

— 찰싹!

현실감이 무뎌진 탓이지, 그녀가 다시 한 번 양 볼을 때렸지만.

"아프다…… 진짜구나."

지나치게 아픈 것을 보니 현실임이 분명했다.

"내가 드라마에 나오다니."

비록 5부에 하차하는 엄마 역이었지만, 처음 맡는 조연이었다. 거기다.

"내, 내가! 강주혁 님 회사 소속 배우……."

그때, 화장실에서 몽상에 빠져 있던 말숙에게 문자가 도착했다.

— 홍혜수 팀장님

— 말숙 씨 집 앞에 도착했으니까, 나와요. 우리 샵도 들러야 돼 ㅎㅎ

문자를 확인하자, 놀란 말숙이 가방을 집어 들고는 냅다 뛰었다. 그녀의 집은 3층이었고, 계단을 따라 1층으로 빠르게 달렸다.

"어머, 말숙 씨 뛰었어요? 넘어져서 얼굴 다치면 어쩌려고. 나 사장님한테 혼나!"

홍혜수 팀장이 흰색 승합차 앞에서 말숙을 기다리고 있었다. 오늘 함께 리딩이 잡혀 있는 강하영과 김재욱이 말숙을 발견하곤 차에서 폴짝 뛰어나와 인사했다.

"안녕하세요!"

"안녕하세요."

“아…… 안녕하세요. 그런데 진짜 저 데리러 오신 거예요?”

홍혜수 팀장이 미소 지었다.

“그럼? 여기 말숙 씨 말고 우리 소속 배우가 또 있나?”

“그, 그런데, 이번 드라마는 제 개인으로 계약해서…… 회사에 들어가는 돈이 없을…….”

말숙의 목소리가 약간 떨렸다. 감격과 걱정이 뒤섞인 듯. 반면 홍혜수 팀장은 쿨했다.

“응? 그게 무슨 상관이야. 이번 작품이 잘되면 앞으로 말숙 씨가 회사에 벌어다주는 돈이 수십 배는 넘을 텐데? 사장님이 말한 케어는 그걸 위한 거고, 이제 한 식구니까 그런 거. 아! 시간! 말숙 씨 타요. 우리 진짜 시간 없어.”

“언니! 가요!”

“먼저 타세요.”

홍 팀장의 채근에 강하영이 친근하게 말숙의 팔을 잡아끌었다. 김재욱은 예의 바르게 그녀에게 먼저 올라타라고 권했고.

“……”

난생처음 받아보는 배우 대접에 감격과 당황스러움이 공존하던 말숙이 얼결에 승합차에 올라탔다.

몇 시간 뒤, 일행이 도착한 WTVM 리딩실에는 출입을 허가받은 몇몇 기자와 일찌감치 리딩실에 도착한 메이킹팀이 작은 카메라를 설치하고 있었다. 오늘 대본 리딩에 참석하는 배우들은 20명 남짓. 아직 시작까지 30분가량 남은 터라 리딩실은 약간 조용했다. 그때 정적을 깨고 김건욱의 내시 역으로 출연하는 배우가 입을 열었다.

“야야, 소문 들었냐?”

그러자 옆에 앉아서 대본을 뒤적이던 무관 역할의 배우가 고개를 갸웃했다.

"소문?"

"어. 우리 드라마, 강주혁이 투자 꽂은 거."

"아, 나도 기사 봤어. 근데 그분 급이면 투자할 정도 돈은 있을걸?"

"야, 말이 되냐. 기억 안 나? 그분 구설수 오지게 터져서 사업 망하고 번 돈 죄다 빚 갚는 데 쓴 거. 알 만한 사람 다 아는데."

말을 끝낸 내시 역할 배우가 뒤쪽에 앉은 기자를 힐끔 보더니, 몸을 바싹 당겨서 목소리를 죽였다.

"그리고 강주혁이 투자하면서 자기네 배우 세 명을 끼워 넣었다더라. 찌라시긴 한데, 딱 그림 안 나오냐?"

"세 명이나?"

"어어. 그것도 완전 생짜 신인을."

"헐, 그건 좀 심했네."

그때 뒤쪽에 있던 기자 한 명이 목에 뭔가가 걸렸는지 헛기침을 했다. 덕분에 퍼뜩 정신을 차린 무관 역할의 배우가 검지를 입술에 가져다 댔다.

"야야, 입 다물어. 지금 우리 드라마 겁나 핫한데, 그런 구설수 하나 터지면…… 어후. 엎어지면 니가 책임질래?"

"미쳤냐? 내가 왜."

"찌라시 도는데 아직 기사 안 터진 것 보면 대충 쉬쉬하는 분위기라는 건데. 첫 촬영 전에 사약 마실 일 있냐?"

"아, 안 되지. 헤나에 김건욱 선배님 주연인데. 어떻게든 묻어가야지."

"그래, 인마. 안 그래도 지금 못 먹어도 3%는 예상하는데. 괜히 소문 나발거리지 말고 대본이나 봐."

자신의 입에다 지퍼 채우는 시늉을 하던 배우는 대본에 시선을 고정했다. 때마침 리딩실의 문이 경쾌하게 열렸다. 통큰 후드 차림의 헤나가 꽤 많은 배우들과 함께 리딩실에 입장했다.

"아! 안녕하십니까! 선생님!"

"안녕하세요!"

"홍홍홍. 안녕안녕~"

배우들이 입장함에 따라 리딩실이 북적이기 시작했고, 두루두루 쾌활하게 인사를 던진 혜나는 책상의 상석 바로 오른쪽 주연 자리에 앉았다. 곧바로 그녀 주변으로 배우들이 몰려들었다.

"혜나야. 어제 라면 먹고 잤어? 얼굴이 왜 그래?"

"아이~ 선배님!"

"흐흐. 혜나 그새 예뻐진 것 봐. 요즘 피부샵 다녀?"

"언니! 언니도 꿀피부면서!"

한눈에 봐도 혜나가 배우들 사이에서 얼마나 인기 좋은지 알 수 있었다.

이어서 다시 열리는 문. 이번에는 김건욱이 느릿느릿 등장했다. 그의 등장에 리딩실에 일순 긴장감이 돌았다. 혜나와 중견배우들을 제외한 조연들의 생각은 하나 같았다.

'김건욱이다.'

드라마 판에서 흔히 볼 수 없는 톱 배우. 그는 알 수 없는 오라를 풍겼다. 더군다나 김건욱의 행동은 매우 담백했다. 들어와서 전체적으로 인사 한 번, 중견배우들을 보고 인사 한 번, 바로 자신의 자리에 착석. 끝이었다.

세 번째로 문이 열리자, 이번에는 김태우 PD와 정 작가 뒤로 신인배우 세 명이 줄줄이 들어왔다.

"아, 벌써들 와 계셨네. 우리 신인배우님들이랑 얘기 좀 하느라고 늦었습니다. 안녕하세요. 아, 선생님 오셨습니까?"

김태우 PD는 여유롭게 여기저기 인사를 하며 상석으로 이동했고, 그 뒤를 정 작가가 따랐다. 그런데 여기서 조연들은 요상한 장면을 목격했다. 김태우 PD와 같이 들어온 신인배우 세 명과 그들을 인솔하는 여자 주변으로 이 드라마의 핵심 인물들이 몰려든 것. 시작은 혜나였다. 혜나가 팔짝 뛰며 인솔하는 여자에게 달려들었다.

"혜수 언니!"

이후 신인배우들에게도 격의 없이 인사하며 말을 던졌고, 내내 과묵하던 김건욱까지 느릿느릿 일어나 신인배우들에게 무언가 말을 걸었다.

"왔어? 주혁이 형은?"

비중 있는 조연 역할에 신인이 뽑히는 경우도 많지 않지만, 만약 뽑혔다 할지라도 리딩날 주연배우들이 신인들에게 먼저 다가가는 일은 없다고 봐도 무방하다. 그런데.

'뭐야, 저 그림은.'

작품을 이끌어갈 여주, 남주 모두가 신인들 주변을 맴도는 희한한 광경이 펼쳐졌다. 그 모습을 이상하게 쳐다보는 조연들과 매니저들, 기자들, 관계자들. 이들은 이윽고 한 가지 생각에 도달했다.

'아, 쟤네 강주혁이 키우는 배우랬지?'

모두의 생각이 강주혁으로 마무리될 때쯤, 제작실장과 직원들이 양손 가득 묵직한 봉투를 들고 리딩실로 들어왔다.

"자, 저희 투자자님이 쏘는 거니까, 드시면서 하세요~"

책상에 올려진 것들은 가벼운 요깃거리와 주전부리 그리고 마실 것 등등이었다.

"자, 이제 시작할까요? 저는 연출을 맡은 김태우 PD, 여기는 우리 〈28주, 궁궐에 피어난 꽃〉 대본을 집필하시는 정소연 작가님."

"아! 안녕하세요. 대본 리딩은 처음 해보는데, 제가 쓴 글을 배우님들이 읽어주시는 게 엄청 떨리네요. 잘 부탁드립니다!"

정 작가의 소개로 입을 연 김태우 PD가 주연들을 소개한 후 본격적인 대본 리딩의 시작을 알렸다. 그리고 리딩이 끝날 무렵 조연을 맡은 배우들의 소감은 간단했다.

'과연 강주혁이 키우는 배우들이구나.'

며칠 뒤. WTVM 방송국에서 야심차게 준비한 리딩 현장 메이킹 영상은 대략 5분짜리였음에도 공개와 동시에 엄청난 뷰를 기록했다. 그간 강주혁의 설계대로 끊임없이 장작을 던져 활활 타오르던 화제성, 헤나의 인기, 영화만 작업하던 김건욱이라는 톱 배우가 만들어낸 신선함과 신비로움으로 대중의 관심을 폭발적으로 끌어냈다. 분위기만으로는 같은 시기 케이블 3사 중에 가장 늦게 시작되는 〈28주, 궁궐〉이 압도적인 인기를 누리는 중이었다.

한편으로 기자들은 이 분위기를 역풍으로 만들 틈새를 시시각각 노리고 있었고, 이 드라마를 아니꼽게 생각하는 인물들도 많았다. 가장 대표적인 인물이 박송호 PD였다. 새파란 후배에게 작품이 밀렸다는 소문이 퍼지면서, 완벽하게 낙동강 오리알 신세가 돼버렸다. 반대로 김태우 PD는 드라마국에서 일약 스타 PD로 우뚝 섰다.

이 같은 상황을 파악하던 강주혁은 사장실에서 커피를 마시며 웃었다.

"스타 PD라…… 그 정돈 돼줘야, 나중에 인맥으로 쓸모가 있지."

강주혁으로서는 자신의 회사와 배우를 키우는 것과 별개로 앞으로 계속 부대낄 인물들도 키우고 있는 셈이었고. 하여, 강주혁의 미래설계에 포함된 인물들은 지금부터 이름을 알리는 것이 맞았다.

그렇게 〈28주, 궁궐〉이 인기를 끌어올리는 동안, KR마카롱은 어느새 공사를 마치고 본격적인 판매를 시작했다.

"사장님. 이거 직원분들이랑 나눠 드세요! 저희가 만든 첫 번째 마카롱 선물세트거든요?"

젊은 부부는 공사를 마치고 처음으로 만든 마카롱 세트를 주혁에게 선물했다.

"감사합니다."

"헤헤. 뭘요! 저희가 감사하죠."

젊은 부부가 사무실을 떠나자, 책상에 올려진 포장된 마카롱을 내려다보며 읊조리는 강주혁.

"이쪽도 시작됐고."

그의 수첩에 담긴 모든 것이 시작되려 하고 있었다.

그리고 8월 말. 정신없는 일정 속에 어느새 DBS 국제독립영화제의 최종 수상작 발표일이 밝았다. 주혁은 아침부터 약간 초조한 듯 커피를 연신 들이켜다, 수첩을 꺼내 김삼봉 감독이 했다던 DBS 국제독립영화제의 미래 정보를 다시금 확인했다.

— 제15회 DBS 국제독립영화제 출품작, 전부 쓰레기 (진행 중)

사실 따지고 보면 도박에 가까웠다. 가까운 미래에 〈내 어머니 박점례〉가 관객 312만을 올린다는 정보와 김삼봉 감독이 SNS에 글을 게재한다는 정보만으로 시작한 일이었다. 즉 수상 자체는 미지수였다.

"그래도 내가 아는 김삼봉 감독이라면."

거장 김삼봉 감독이라면 작품 보는 눈이 있을 것이고.

"〈내 어머니 박점례〉는 충분히 수상할 만한 급은 된다. 적어도 우수상."

그럼에도 왠지 모르게 긴장되는 순간이었다. 애꿎은 책상만 검지로 때리며 전화를 기다리던 중.

마침내.

— 지이잉 지이잉 지이잉 지이이잉~!

결과를 가장 먼저 알았을 VIP 독립파트 팀장으로부터 전화가 왔다. 주혁이 짧게 숨을 내쉬면서 전화를 받았다.

"네. 접니다."

"사장님!!"

전화기 너머로 엄청난 텐션이 전해졌다.

"엄청난 일이 벌어졌습니다!!"

그의 목소리에 주혁도 침을 삼켰다.

"엄청난?"

"예!! 하하, 세상에. 독립 쪽 일하면서 이런 적은 저도 처음입니다!"

"……"

주혁은 말을 아꼈고, VIP 독립파트 팀장이 말을 이었다.

"중복수상입니다!"

"중복?"

되물은 주혁에게 VIP 독립파트 팀장이 더없이 기쁜 듯 외쳤다.

"상이 하나가 아니란 소립니다!"

19. 능가

DBS 국제독립영화제 최종 심사위원들의 감상평은 이랬다.

"난 지쳐 있었다. 어떻게 해야 할지를 모르고 있었다. 다큐멘터리는 다큐멘터리답게 스토리를 이끌어가야 했다. 그러나 이번 출품작들은 대부분 그렇지 못했다. 나는 매우 실망했다.

하지만 단 한 작품이 내 지친 눈을 이끌었다. 영화의 시작부터 기묘했다. 그럴 수밖에 없었다. 할머니들이 모여 카드를 치고 있었으니까. (화투를 말하는 듯.) 정말 새로운 접근이었다. 다큐멘터리의 시작이 카드라니!

언제나 새로운 발견은 즐거운 법이고, 나는 지금 얼른 돌아가, 가족과 이 영화에 관해 이야기를 나누고 싶다!"

— 모르칸 트리비치 / 최종 심사위원(노르웨이의 예술 감독이자 예술가)

"두 아이를 잃은 할머니의 삶. 그 삶을 관통하는 또 다른 행복. 그녀의 삶은 두 아이를 잃는 순간 멈췄을지 모르나, 제2의 인생이 기다리고 있었다!

그런데 나는 영화가 끝나고 관계자에게 중간에 나온 여자가 누군지 물었다. '혹시 할머니의 친척인가?' 하지만 돌아온 대답 역시 나를 놀라게 했다. 평범한 배우라니. 너무 자연스러워서 난 할머니의 친척인 줄 알았다.

무슨 말이 필요한가! 이 작품을 만들어낸 제작사와 감독들에게 박수를!"

— 리싱 팡 / 최종 심사위원(중국의 다큐멘터리 독립영화 감독이자 연출자)

"최근 본 다큐 독립영화 중 가장 수작이라 생각했다. 왜 그러냐고? 다큐스러우면서 다큐답지 않은 연출법이 재미있다. 길게 설명하지 않겠다. 수작이다."

— 김창후 / 최종 심사위원(다큐멘터리 독립영화 감독이자 대학교수)

"중간중간 나오는 여자 목소리(내레이션)가 인상 깊었다. 극 자체는 할머니를 바라보는 3인칭으로 진행되는데, 그 분위기를 고조시키는 데 큰 역할을 했다고 본다. 62분이 6분같이 지나갔다."

— 정수아 / 최종 심사위원(영화평론가이자 대학교수)

"연출, 스토리, 음향, 반전, 코믹 기타 등등 종합선물세트였다. 보통 독립영화라는 게 여러 가지를 믹스로 집어넣으면 산만하기 마련인데, 주인공인 할머니가 그 모든 것을 상쇄한다. 실제 있었던 이야기와 실제 인물을 바탕으로 이런 수작을 만들어냈다는 것에 감독들에게 칭찬을 보낸다. 나 역시 감독으로서 많이 배운 작품이었다. 꼭 나중에 밥 한번 사면서 얘기를 나누고 싶다."

— 김삼봉 / 최종 심사위원(영화감독)

이어서 DBS 국제독립영화제의 공식 홈페이지에 제15회 DBS 국제독립영화제 수상작들이 열거됐다. 80개국 총 1102편이 출품된 가운데 단연 돋보였던 것은.

대상— 〈내 어머니 박점례〉 류성원, 최철수

최우수상— 〈허니브라더〉 스테파 코테프스카

심사위원 특별상— 〈내 어머니 박점례〉 류성원, 최철수

우수상— 〈바람의 옷〉 클레어 포드

장려상— 〈파워〉 브뤼니, 〈패밀리〉 테디스키

제작지원 프로젝트 선정작— (장편)〈내 어머니 박점례〉 류성원, 최철수

수많은 출품작 중에 3관왕을 거머쥔 〈내 어머니 박점례〉였다. 소식은 DBS 국제독립영화제와 관련된 사람들과 영화인, 제작사 등으로 빠르게 퍼졌다.

'이번 대상은 한국에서 나왔다! 심지어 3관왕!'

주혁이 사무실에 도착해 믿기지 않는 듯 앉아 있는 류성원, 최철수 감독에게 축하를 전했다.

"축하드립니다."

미팅차 들른 VIP 독립파트 팀장도 축하인사를 건넸다.

"축하드립니다!"

"감…사합니다. 정말……."

"뭐, 어떻게 감사를…… 드려야 할지."

최철수 감독은 어느새 눈 주변을 훔치고 있었고, 류성원 감독은 코를 훌쩍거렸다. 감독들의 모습에 주혁이 미소 지으며 답했다.

"전부 감독님들이 만들어낸 겁니다. 당당하셔도 돼요."

"그럼요!"

주혁의 말을 VIP 독립파트 팀장이 거들었고, 그 끝을 강주혁이 붙잡았다.

"그런데 축하받을 일은 아직 끝이 아니죠. 팀장님, 일정 확인해 보셨습니까?"

"예. 일단 이미 발표된 부분은 변경되지 않는답니다. 영화제 상층부 관계자에게 확인했고, 시상식은 원래 한 달 뒤 10월 초였는데 10월 말로 미뤘답니다. 관련해서 재미있는 소리를 들었어요."

VIP 독립파트 팀장이 다이어리를 펼치며 메모해온 것을 그대로 읽었다.

"이번 제15회 DBS 국제독립영화제는 이례적으로 국내 작품이 대상을 수상, 심지어 3관왕까지 잡았다는 명분 아래 시상식을 꽤 크게 연다는데요? 준비 때문에 시상식 일정도 좀 미뤘고, 그쪽 유명인사들이 꽤 깔릴 것 같습니다."

"크게 한다……."

꽤 흥미로운 발상을 하는 중인지, 주혁의 표정이 달라졌다.

'10월 말. 시기상으로는 영화를 개봉하고 성적이 어느 정도 나온 다음에 시상식에 참여하게 된다는 건데…….'

대충 생각을 정리한 주혁이 미소 지으며 VIP 독립파트 팀장에게 물었다.

"DBS 방송국부터 영화제 관련 사람들로 북적이겠네요? 참석자는 어느 수준까지로 잡는답니까?"

"글쎄요. 거기까진 정보가 없는데. 통상 독립영화제 시상식은 해당 감독들과 제작사, 배급사 정도 초빙합니다."

주혁이 턱을 쓰다듬었다.

"흠…… 우리 영화가 대상 포함 3관왕에 개봉용으로 관객수 3백만 이상 찍으면 엄청 시끄러워지겠네요. 영화제가."

"하하하. 다큐 독립영화가 3백만이오?! 그것만으로도 난리가 날 겁니다."

"또 한 번 휘몰아칠 수 있겠어요."

"예?"

"아, 아닙니다."

다시 한 번 세상에 보이스프로덕션을 크게 알릴 기회였고, 판을 키울 설계를 마친 주혁이 정리를 서둘렀다.

"팀장님. 일단 수상은 확정됐으니 포스터부터 찍죠. 이제 스크린에 겁시다."

"그래야죠! 준비는 이미 끝났습니다. 이제 걸기만 하면 끝나요. 그나저나 신기하네요. 어떻게 딱 배급사가 좋아하는 루트로 영화가 움직이는 게, 하하하. 아, 제작사, 투자사, 배급사 텍스트는."

"제작사, 투자사 보이스프로덕션으로 가고, 배급사는 VIP."

"그렇죠? 알겠습니다."

VIP 독립파트 팀장의 당찬 대답을 끝으로 주혁은 여전히 현실이 아닌 듯 몽롱하게 앉아 있는 감독들에게 눈길을 돌렸다.

"감독님들도 바빠질 겁니다. 상업보다야 작은 홍보겠지만, 제작발표회부터. 아, 제가 알기론 DBS 쪽이랑도 미팅을 많이 하실 겁니다. 그러고 보니 팀장님."

"예."

"〈내 어머니 박점례〉는 개봉 후로 영화제 시사일정 맞추셨죠?"

"물론이죠. DBS 쪽에서는 아예 방송 편성을 잡는 움직임도 보입니다. 덩치 있는 프로젝트를 준비 중이라는데, 곧 감독님들이랑 미팅을 해봐야죠."

영화제는 통상 수상작들을 시사회 느낌으로 관객들에게 상영한다. 특히나 DBS 영화제는 방송국 주체여서 방송 쪽도 편성을 잡아서 내보내기에, 주혁은 〈내 어머니 박점례〉 개봉 후로 시사일정을 잡으라 요청한 것이었다.

"좋습니다. 자, 움직이죠."

얼추 정리를 끝낸 주혁이 마무리를 지었다. 영화 개봉까지는 불과 2주 정도 남은 상황. 배급사의 마케팅, 홍보부터 개봉 확정일까지 빡빡한 일정이었지만, 이제 정말 개봉만이 남았다.

이후부터 주혁은 미친 일정을 소화해야 했다. 최근 가장 신경쓰는 부분은 최명훈 감독이었다.

"최명훈 감독? 편집실에서 안 나와. 내가 걱정돼서 생사 확인하러 들어갈 정도라니까."

다행히 그의 소식은 무비트리 송 사장에게 전해 들을 수 있었다. 그래도 큰 문제 없이 편집에만 열중하는 중이었고.

"해외 출장 말입니까?"

"그래. 한 2주는 걸릴 거야. 내 그래서 자네에게 부탁할 게 있어."

그사이 김재황 사장에게 해외 출장을 간다는 전화가 왔다.

"말씀하세요."

"재욱이. 내 아들 잘 좀 부탁하지. 연락이 아예 안 되는 건 아닐 테지만, 그래도 국내에 있는 것과는 다를 테니까."

"그렇죠. 걱정하지 마세요. 재욱이는 사장님 아들임과 동시에 제 회사 소속 배웁니다."

"허헛, 그래. 들어보니 드라마에 나온다지?"

"한 방에 붙었습니다."

"기대하고 있어. 그리고 웹드라마, 신경쓰라고 말해뒀으니 한번 잘해봐."

그렇게 전화가 끊겼고.

"웹드라마. 안 그래도 신경쓰고 있지."

웹드라마는 파워볼륨에 백번 촬영팀이 합류해 최근 리메이크 작업이 한창이었다. 다행히 백번 촬영팀 작가인 송미진이 상업 드라마 느낌을 이해하는 게 빨라서 웹드라마도 촬영이 목전이었고, 그에 따라 아쉽게 드라마 오디션에 낙방한 강하진은 웹드라마에 집중할 수 있었다.

이틀 뒤, 새벽이라고 봐도 무방한 시간이지만, 요 며칠 주혁은 벌여놓은 일들이 돌아가는 상황을 파악하는 데에도 어마어마한 시간을 쏟아야 했기에 일찍부터 출근했다. 역시 출근하자마자 주혁의 핸드폰에 문자가 도착했다.

— VIP 독립파트 팀장

— 사장님. 재미있는 사진 한 장 보냅니다. 확인하세요.

"재미있는 사진?"

짧게 읊조린 주혁은 VIP 독립파트 팀장이 보낸 첨부파일을 확인했다.

"하하하. 이게 이렇게 변했다고?"

김삼봉 감독의 SNS를 캡처한 사진이었다.

— #DBS국제독립영화제

나는 오랫동안 이 영화제에 참석해왔다. 그런데 하다하다 이번 해처럼 쓰레기 같은 작품만 출품된 해는 처음이었다. 정말 쓰레기 천지였다. 하지만 딱 한 작품. 한 작품만이 나를 신나게 했다. 쓰레기 작품들 사이에서 딱 한 작품만 빛이 났다. 정말 다행이라고 생각한다. 독립영화의 어두운 미래에서 실낱 같은 희망이 보였다.

사진을 보던 주혁은 괜히 웃음이 났다.

"바뀐 미래를 보는 것도 재밌다니까."

주혁은 곧장 수첩을 꺼내 김삼봉 감독 관련 DBS 국제독립영화제의 미래 정보를 지워냈다.

— 영화 〈척살〉 (진행 중)

— 다큐 독립영화, 〈내 어머니 박점례〉 (진행 중)

— 〈28주, 궁궐에 피어난 꽃〉, 오물 드라마, 졸작 (진행 중)

— HY테크놀로지, 제2공장을 경기도 광주 오포읍 방면으로 건설 (진행 중)

— 일본 기업 불매운동, KR마카롱 핫 아이템으로 승승장구 (진행 중)

— 백번 촬영 동아리팀, 웹드라마 〈청순한 멜로〉, 리메이크 후 1억 뷰 (진행 중)

"나머지도 곧이야."

미래 정보를 흐뭇하게 내려다보던 주혁은 수첩을 다시 속주머니에 집어넣고는 커피머신 쪽으로 발길을 옮겼다. 그때 이른 아침부터 사장실의 문이 열렸다.

"아, 황 실장님. 박 과장님."

"사장님. 계셨네요."

“안녕하십니까! 사장님. 요즘 엄청 핫하시더라고요!”

“하하하. 앉으세요.”

꽤 감개무량한 표정의 황 실장과 박 과장이 자리에 앉자, 주혁이 그들에게 커피를 권했다. 그사이 먼저 입을 연 것은 황 실장이었다.

“요즘 정말 신기합니다.”

“네! 정말입니다!”

강주혁이 웃으며 물었다.

“뭐가요?”

“뭐랄까, 제가 다니고 있는 회사 사장님이나 사장님이 관여한 일들이 매일 인터넷에 난리법석인 게 뭔가 현실 같지가 않습니다, 하하. 박 과장 이놈은 자랑하고 싶다고 아주 난립니다.”

“사장님! 정말 대단스럽습니다!”

“하하하. 스러운 건 뭔가요? 하여튼 회사가 커질수록, 아시죠? 보안팀인 두 분이 할 일이 많습니다. 지금이야 제 직속으로 움직이지만, 앞으로는 회사 측면에서도 일이 많을 겁니다.”

“잘 알고 있습니다.”

황 실장의 대답을 들은 주혁이 모락모락 김이 나는 커피를 한 모금 한 후, 입을 열었다.

“그래서, 최근까지는 장수림이나 류진태 움직임이 좀 어떻습니까?”

“둘의 일과는 비슷합니다.”

“비슷하다?”

“예. 장수림 변호사는 최근 굉장히 바빠 보였고, 류진태도 크게 다를 건 없습니다.”

“그래요? 흠.”

"그런데 하하, 이게 참."

계속 진지한 표정을 짓던 황 실장이 순간 웃으며 말을 이었다.

"뭐랄까요. 대단하다고 해야 하나? 재밌는 여자가 튀어나왔습니다. 일이 흥미롭게 돌아갑니다."

"호? 무슨."

그때였다.

— 지이잉 지이잉 지이잉 지이이잉~!

주혁이 말하는 찰나에 그의 핸드폰이 울렸다.

*070-1004-1009

발신번호를 확인한 강주혁은 양해의 손짓을 한 뒤 곧장 자리에서 일어나, 복도에서 전화를 받았다.

"'브론즈' 단계의 주인이신 강주혁 님 안녕하세요!

강주혁 님의 유료서비스 '브론즈'의 남은 횟수는 총 2번입니다."

"이제 두 번."

남은 횟수를 들은 주혁은 이어서 1번을 눌렀고.

"들으실 항목의 키워드를 '선택'해주세요!

1번 '2', 2번 '9', 3번 '10', 4번 '새벽 2시 30분', 5번……."

키워드로 2번 '9'를 선택한 강주혁.

"탁월한 선택! 강주혁 님이 선택한 키워드는 '9'입니다!

톱 배우 강주혁 씨가 9월 '9'일 아침 충북 음성군청 부근 도롯가에 사망한 채 본인의 차량에서 발견됩니다. 경찰은 차량 내부에서 발견된 유서와 저항 흔적이 없는 것으로 보아, 자살로 사건을 종결합니다."

그렇게 보이스피싱이 끊겼다. 전화는 끊겼는데 주혁은 핸드폰을 귀에서 떼어내지 못했다. 몇 초 후, 주혁이 어렵사리 읊조렸다.

"내가 죽는다고?"

몇 년인지는 알 수 없지만, 만약 올해라면 9월 9일은 며칠 뒤. 가만히 서 있던 주혁이 다시 한 번 입을 열었다.

"뭐라는 거야, 지금."

퍽 혼란스러웠지만, 주혁은 힘겹게 방금 보이스피싱에서 들었던 내용을 수첩에 정리했다.

"내가 자살을 해? 이런 미친."

주혁은 생각을 해봤다. 현재 자신이 죽고 싶은가?

"말도 안 되지."

그렇다면 어떻게 자신이 죽게 된다는 것인가? 답은 하나였다.

"수술을 당하는 거야."

누군가 펼쳐놓은 덫에 강주혁이 걸려드는 그림이었다. 거기까지 생각이 뻗친 주혁은 머리를 한 번 쓸어넘기며 수첩에 적힌 미래 정보를 정독했다.

"내가 죽는다는 날이 9월 9일. 장소는 충북 음성군청 부근 도롯가."

그런데.

"올해라면, 9월 8일은 장수림과 류진태의 접선 현장에 가기로 했단 말이지."

말 그대로였다. 9월 8일은 황 실장과 박 과장 그리고 박 기자 포함 기자 몇몇을 데리고 그들의 접선 현장을 덮치려고 한 날이었다.

"이러면 그림이 이어지는데."

주혁은 수첩에 적힌 미래 정보를 토대로 가설을 세우기 시작했다. 장수림과 류진태가 접선하는 장소는 충북 음성군청 부근 산속 별장. 거기다 그들을 덮치는 날로 정한 것이 9월 8일. 그날 접선 장소에서 강주혁이 덫에 걸려 죽고. 다음 날 아침 강주혁을 차에서 자살한 것처럼 위장한다는 뻔하지만 가장 확실한 방법.

“거의 확실하겠네. 그런데 어떻게 준비를 한 거지?”

경찰의 수사는 결코 허술하지 않다. 얼떨결이든 우발적이든 강주혁을 죽인 후 허겁지겁 자살로 위장했다면 분명 무언가 구멍이 있을 터. 하지만 경찰은 결국 자살로 사건을 종결한다고 했다. 즉 철저히 계획되었다는 뜻.

그렇다면 어떻게 그쪽에서 강주혁이 오는 날에 맞춰 계획을 짜고, 대비한 걸까? 답은 나와 있었다.

“정보가 새고 있는 거지.”

그쪽 진영에서 강주혁의 이동 정보를 꿰고 있기에 가능했을 것이고, 어디선가 정보가 새고 있다는 뜻이었다.

“어디지?”

어디서 새고 있는 것일까. 몇 가지 가능성이 떠올랐다. 가장 먼저, 장수림 변호사의 끄나풀이 강주혁 진영에 박혀 있을 가능성.

“근데, 이건 가능성이 좀 낮아.”

해창전자와 관련된 정보는 황 실장만 알고 있었고, 정보 공유나 진행 자체도 황 실장이 도맡아 한다. 최근 합류한 박 과장은 해창전자와의 일은 전혀 모른다. 그렇다면, 황 실장이 끄나풀인가?

“말이…… 안 돼.”

황 실장을 끄나풀로 보기에는 말이 안 되는 부분이 많았다. 만약 사실이라면 장수림이 굳이 일본에 있는 류진태까지 끌어들여야 했을까? 장수림은 변호사고, 철저한 편. 일을 그렇게 크게 벌일 리가 없었다. 이런 일은 아는 사람이 적은 편이 무조건 낫다. 거기다 황 실장이 그쪽 진영에 붙어 있었다면 사실 일을 여기까지 끌고 올 필요가 없었다. 강주혁을 수술하는 게 목적이라면 진작 처리하고도 남았을 것이다. 쉽게 얘기해서, 쉬운 길을 놔두고 일을 이렇게 복잡하게 처리할 정도로 장수림이 멍청하지는 않을 거란 뜻.

"그리고 황 실장이 그쪽에 붙어서 이득 볼 게 없어."

대 해창그룹 김재황 사장도 아니고 고작 비서로 있는 장수림 변호사가 얼마나 어마어마한 조건을 내밀 수 있을까? 가볍게 생각해보면 돈. 과연 장수림이 몇십억 몇백억을 준비할 수 있을까? 불가능할 것이다.

"나를 치운다는 이해관계가 성립된다면 얘기가 다르지만."

장수림, 류진태. 이들이 붙어먹은 이유는 한마디로 강주혁을 치운다는 일맥상통하는 목표가 얼추 맞아떨어진 결과.

"끄나풀이 아니라면…… 도청?"

다음으로 떠오른 가능성은 도청이었다. 사실 이 두 가지 외에는 정보가 샐리 없었다. 하지만 도청 쪽도 문제는 많았다. 사람을 시키든 장수림이 직접 하든, 건물에는 수많은 CCTV가 있고 굳이 곧 밝혀질 짓거리를 하고자 할까?

"도청도 아닌…… 아니, 잠깐만."

순간 강주혁의 뇌리에 번뜩 스치는 장면.

'저희 사장님이 준비하신 선물입니다. 이 노트북들은 어디에다 둘까요?'

일전에 장수림이 김재황 사장의 선물이라며 가지고 온 노트북들. 그중 한 개를 사장실에서 사용하고 있었다.

"……이건 말이 돼."

장수림 변호사 쪽이 도청하고 있었다면 이미 이쪽의 모든 상황이나 움직임을 파악하고 있을 것이 자명했다. 상황이 썩 좋지 않았지만.

"흠."

그는 아랑곳없이 양 볼을 쓰다듬으며 생각을 빠르게 돌렸다.

"이걸 역으로 이용해먹으면 될 것 같은데."

얼추 생각이 정리된 주혁은 곧장 사장실 문을 다시 열었다. 돌아온 강주혁을 보곤 황 실장이 입을 열었다.

"아, 사장님. 얘기를 계속하자면."

그런 그에게 강주혁이 짐짓 진지한 표정으로 검지를 세워 입에 가져다 댔다. 주혁의 느닷없는 행동에 황 실장의 표정이 돌변해 입을 다물었다.

"황 실장님, 9월 8일은."

일부로 톤을 높이며 소리친 주혁은 말을 하면서도 속주머니에서 수첩을 꺼내 책상 중앙에 두곤 작게 글씨를 썼다.

— 도청 위험

"그러니까, 9월 8일에 가기로 한 음성 쪽은 열흘 정도 남았는데, 어떻게 잘 준비하고 있습니까?"

강주혁이 수첩에 적은 글씨를 본 황 실장과 박 과장은 어느새 형사 시절 포스를 뿜고 있었다.

"예. 확실하게."

"좋아요. 철저하게 준비하시고. 9월 8일에 한번 시원하게 엎어봅시다. 어— 슬슬 아침을 해야겠는데. 식사나 하러 가실까요?"

자리에서 일어나는 황 실장, 박 과장.

"알겠습니다."

그렇게 강주혁과 황 실장, 박 과장은 사장실을 나섰다.

일행은 정상영업을 시작한 1층 마카롱 가게에 들어가 음료와 마카롱 몇 가지를 주문한 뒤, 구석 자리에 앉았다. 음료를 두어 모금 마신 주혁이 목소리를 낮춰 입을 열었다.

"지금 소지품이 어떻게들 됩니까?"

"핸드폰, 다이어리가 답니다."

"저는 핸드폰, 다이어리, 차 키가 있습니다."

주혁 역시 핸드폰과 미래 정보를 적어두는 수첩이 전부였다. 항시 가지고 다닌 것들이었고 여기에 도청기를 단다는 것은 불가능했다. 살며시 고개를 끄덕이던 주혁이 작게 읊조렸다.

"아무래도 제 사무실이 도청당하고 있는 것 같습니다."

반응은 박 과장 쪽에서 나왔다.

"그렇다면 확인을 해보시면! 제가 그쪽 방면으로 잘 아는 친구가 있습."

하지만 주혁이 고개를 저었다.

"우리 쪽에서 도청을 제거하거나, 도청을 눈치챘다는 사실을 그쪽에서 알면 움직임이 빨라지거나, 달라질 겁니다. 섣불리 제거하는 것은 시기상조예요. 그런 건 나중에 해도 됩니다."

동의한다는 듯 황 실장도 고개를 끄덕였다. 주혁이 짧게 숨을 뱉으며 말을 이었다.

"일단, 황 실장님. 아까 재밌는 여자가 튀어나왔다는 건?"

"아."

황 실장이 다이어리에 끼워놨던 사진을 올렸다.

"이 여자 누군지 아십니까?"

사진에는 별장에 들어가고 있는 장수림과 류진태 그리고 그 뒤를 따르는 중년의 여자가 찍혀 있었다. 주혁은 고개를 갸웃했다.

"처음 보는데요. 이 여자가 누군데 장수림과 붙어먹은 겁니까?"

그러자 황 실장이 핸드폰으로 뭔가를 검색하더니 강주혁에게 내밀었다. 핸드폰 화면에는 사진에 찍힌 중년여성이 검색되어 있었다.

"박향미. 김재황 사장의 부인입니다."

"……!"

주혁이 머리를 쓸었다. 그렇게 잠시간 말없이 생각을 정리하던 그가 결론을 던졌다.

"이렇게 되면 퍽치기 때부터 박향미 여사가 관여됐다고 봐도 무방하죠? 재벌가 내부사정이야 모르겠지만, 재욱이를 제거하려 했는데, 우리가 구해내면서 거슬리기 시작했다고 봐야겠네요."

"아마도. 그래서 사장님 뒤를 캐고, 류진태를 영입, 사장님부터 수술시키겠다는 전개를 잡은 것 같습니다."

"진짜 흥미롭네."

살짝 미소를 머금은 주혁이 팔짱을 끼고는 탁자에 올려진 핸드폰을 내려다봤다. 그렇게 몇 초가 흘렀고.

"황 실장님, 박 과장님."

설계를 마친 주혁이 지시를 내렸다.

"저는 이 상황을 역으로 이용해볼까 합니다. 역수를 두는 거지."

"역수라면?"

"일단 황 실장님과 박 과장님은 일본에 좀 다녀오세요. 류진태 소속 연습생이 일본에 보내진다고 했죠? 일본 가셔서 한번 알아보세요. 거기서 뭘 하는지, 류진태가 일본에서 어떤 생활을 해왔는지. 절대 혼자 다니지 마시고, 사람 고용해서 가세요."

"알겠습니다!"

"근데 9월 8일까지 시간이 열흘밖에 없으니까, 빨리 움직이세요. 적어도 7일까진 돌아오시고."

고개를 끄덕인 황 실장과 박 과장이 자리에서 일어나 밖으로 사라졌다. 그들을 쳐다보던 주혁은 이내 핸드폰을 집어 어디론가 전화를 걸었다. 연결 신호는 길지 않았다.

"음? 무슨 일이지?"

상대는 김재황 사장이었다.

“먼저, 장수림 변호사와 같이 계십니까?”

“장변? 아니지. 해외 출장은 다른 비서가 붙어.”

“해외 어디 계십니까?”

“중국.”

“지금 바로 국내로 좀 들어오셔야겠습니다.”

“뭐?”

“길게 얘기할 시간이 없고, 제가 사진 하나 보내드릴 테니 확인해보세요.”

“그게 무슨.”

거침없이 전화를 끊은 주혁은 박향미 여사가 장수림과 찍힌 접선 사진을 핸드폰으로 찍어서 김재황 사장에게 전송했다. 몇 초 뒤.

— 지이잉 지이잉 지이잉 지이이잉~!

“나야.”

다시 김재황 사장에게서 전화가 왔고.

“오늘 바로 돌아가지.”

“아무도 모르게, 조용히 들어오셔야 합니다.”

“알았네.”

빠른 대답이 나왔다.

같은 날 늦은 밤. 김재황 사장은 귀국하자마자 강주혁과 만나기를 요청했고, 주혁은 서울 외곽 인적이 드문 곳으로 그를 불렀다. 접선은 차 안에서 이루어졌다. 강주혁을 보자마자 김재황 사장은 사진의 출처를 물었고, 주혁은 그에게 현재까지의 상황을 간략하게 설명했다. 그러자 김재황 사장이 깊은 한숨을 내쉬며 얼굴을 감쌌다.

“내가…… 신경을 못 썼어. 설마 그렇게까지 할 거라곤.”

"아직은 제가 세운 가설일 뿐입니다."

"이 사진들, 자네가 말한 정황들 그리고 수림이 이 개자식이 내 아내랑 붙어먹었으면 기정사실로 봐도 돼."

"그렇긴 하겠지만, 사장님. 증거는 많을수록 좋은 법 아니겠습니까? 가족사니까 뭐, 사장님이 알아서 하시겠지만."

"그렇기야 하지."

말을 마친 김재황 사장이 눈을 빛내며 강주혁을 쳐다보다 입을 열었다.

"자네…… 무슨 생각이 있는 거야. 그렇지?"

주혁이 웃었다.

"역수를 둬볼까 합니다만."

"역수?"

김재황 사장도 웃었다.

"말해봐."

주혁은 김재황 사장에게 해야 할 일들, 앞으로의 계획 등을 설명하기 시작했다. 가만히 설명을 듣던 김재황 사장이 고개를 갸웃했다.

"그런데 말이야. 류진태? 그 친구는 뭔데 이 판에 끼어 있는 거지?"

"류진태는 제 과거 사건과 연관이 있는 인간입니다. 류진태야 뭐, 제가 유명해지고 성공하는 것이 불편할 테고, 장수림 변호사가 제 뒤를 캐다가 알았겠죠. 그래서 판에 끌어들였다는 느낌이고."

"일본 얘기는 뭔가?"

"글쎄요. 그쪽은 아직 정확하게 나온 게 없어서. 류진태가 뒷구멍으로 원래 하던 사업일 수도 있고, 아니면 장수림이 핸들링하고 있는지도 모르죠. 일본 쪽은 아직 정확하진 않습니다."

김재황 사장이 천천히 고개를 끄덕였고, 주혁이 마무리를 지었다.

"지금까지 설명해드린 설계가 성공하기 위해선 사장님이 꼭 해주셔야 할 일이 있습니다. 이게 돼야 가능한 계획입니다."

"알았네."

김재황 사장은 주혁의 말을 경청하기 시작했다.

장수림 관련을 처리하는 와중에도 주혁은 진행하는 일들을 꼼꼼히 챙겼다. 그사이 〈28주, 궁궐〉이 첫 촬영을 시작했다. 이미 뜨거워질 대로 뜨거워진 〈28주, 궁궐〉의 관심은 곧 눈이 휘둥그레지는 결과로 표출됐다. 예고편과 티저 등이 공개됨과 동시에 폭발적인 속도로 조회수가 치솟았고.

「'28주, 궁궐' 9월 27일 첫방 확정!」

여세를 몰아 속도를 낸 김태우 PD 덕택에 〈28주, 궁궐〉의 첫방 날이 9월 말로 잡혔다.

이어서 웹드라마.

"이 정도면 괜찮겠어요."

리메이크를 거듭하던 대본이 드디어 완성됨에 따라, 웹드라마 역시 첫 촬영일이 픽스됐다. 이같이 빠르게 시작될 수 있었던 이유는 대본을 제외한 촬영 세팅이 이미 끝나 있었기 때문이었다. 강주혁의 개입으로 대본 최종 시안이 변경됨에 따라 수정작업으로 시간은 좀 걸렸지만.

"이틀 뒤 촬영 시작하겠습니다."

"네리버TV, 너튜브, SNS 등으로 론칭할 준비는요?"

"예. 추가된 예산도 충분하고, 문제없이 진행됩니다."

대상 포함 3관왕을 차지한 〈내 어머니 박점례〉도 이에 뒤지지 않았다. 김삼봉 감독이 SNS에 올린 소신 글이 영화인들 사이에서 화제를 모으며 기대감을 높였고.

“포스터 완료했습니다! 영화제 수상작으로 예고편은 이미 나가고 있고, 9월 18일 개봉일 확정입니다!”

같은 시기 개봉하는 대진이 꽤 빡빡했다. 전주에 개봉하는 상업영화가 두 편. 같은 날 개봉하는 상업영화가 두 편.

“괜찮아. 이길 수 있다.”

하지만 주혁은 〈내 어머니 박점례〉의 성공을 믿어 의심치 않았다.

그렇게 정신없는 일정으로 주혁의 하루하루가 빠르게 지나갔고, 어느새 9월 8일.

“후—”

아침부터 주혁은 사장실에서 짧게 한숨을 내쉬며 마치 누군가 들었으면 좋겠다는 말투로 혼잣말을 뱉었다.

“출발해볼까?”

말을 끝낸 주혁은 담담한 표정으로 사장실을 나섰고, 짜둔 계획대로 움직이기 시작했다.

* * *

몇 시간 뒤, 음성군청 주변 산속 별장.

별장 내부에는 건장한 가드 열댓 명과 거실 소파에서 우아하게 와인을 마시고 있는 박향미 여사, 그녀 정면에서 계획을 설명하고 있는 장수림 변호사, 그리고 그 소파 뒤편에 큰 키에 올백으로 머리를 넘긴, 대충 봐도 40대 후반으로 보이는 류진태가 핸드폰을 보며 서 있었다.

“이대로만 하면 강주혁 그 친구는 세상 모든 사람이 자살한 거로 볼 겁니다.”

장수림 변호사의 설명에 박향미 여사가 고개를 끄덕였다.

"응~ 괜찮네. 하여튼 빨리 치워버려. 그래야 그 애도 보낼 거 아니야. 이제 이런 불결한 곳 오기 싫어. 그나저나 딴따라 걔는 언제 오는 거야? 나타나긴 하는 거야?"

"걱정 마십쇼. 도청한 바로는 이미 아침에 이쪽으로 출발했습니다. 슬슬 올 때가 됐죠. 주변에 인원들 배치했으니까, 곧 입질이 올 겁니다."

같은 시각, 별장 입구에 강주혁의 차량이 스르륵 소리를 내며 멈춰섰다. 그러자 주변에 숨어 있던 장수림 진영 가드들이 무전기에다 말을 전했다.

"띠릭— 입구에 말씀하신 차량 진입했습니다. 지금 바로 제압 시작하겠습니다."

"띠릭— 알았다."

장수림의 대답이 떨어지자, 건장한 가드 다섯 명이 재빠르게 강주혁의 차량 주변을 둘러쌌다. 이어서 창문을 두드리며 비아냥거렸다.

"나와, 이 양반아. 버텨봐야 소용없어~"

"나오라고!"

가드들의 거친 행동에도 미동조차 없는 차량. 그렇게 몇 초간 조용하던 차의 전체 창문이 천천히 내려졌다. 덕분에 차 안이 훤히 들여다보였다. 그런데 차 안을 확인한 가드들이 외쳤다.

"왜 너희뿐이야?!"

차 안에는 강주혁이 없었다. 그저 황 실장과 박 과장이 씨익 웃고 있을 뿐.

바로 그때. 어디 있다가 나타났는지, 검은 정장을 입은 사내들이 장수림 진영의 가드들에게 달려들었다.

"씨발! 뭐야!"

"지원 요청해!"

가드 중 한 명이 재빠르게 무전기를 들었지만, 차에 타고 있던 황 실장과 박 과장이 훨씬 빨랐다. 황 실장과 박 과장이 무전기를 들고 있던 가드의 팔을 잡아 꺾어서 무력화시켰고, 그 틈에 검은 정장 사내들이 나머지 가드들을 제압했다. 장수림 쪽 가드들은 어느새 제압된 채 바닥에 엎어져 있었다.

상황이 정리되자 저쪽에서 김재황 사장이 뒷짐을 진 채 천천히 걸어 올라오며 사내들에게 말했다.

"들어가지."

* * *

같은 시각 〈28주, 궁궐〉의 야외촬영장. 어느새 3부 촬영이 한창이었다.

"자, 15분 안에 숏 들어갑니다! 빨리빨리 준비 부탁드림돠!"

두꺼운 촬영 스케줄표를 손에 쥔 조연출이 여기저기 뛰어다니며 소리쳤다. 이어서 촬영 현장 바닥에는 레일이 깔리고, 밝은 조명이 하나둘 세워지기 시작했다.

"야야! 여기 레일 좀 더 깔아!!"

"죄송합니다! 금방 조달하겠습니다!"

"거기! 사람 통제 똑바로 해!"

수많은 스태프가 뛰어다니고, 구경꾼이 몰려들었다. 그 와중에 헤나와 김건욱 그리고 강하영은 촬영장 중앙에서 대본을 맞춰보고 있었다.

이런 현장을 메이킹팀이 카메라에 담아 라이브로 GLIVE 인터넷 방송에 내보내고 있었다. 생생한 메이킹 라이브 영상 덕분인지 순간 시청자 수가 8천 명이 넘어갔다.

― 헤나다! 헤나야!

― 저 여자배우는 누구? 신인인가?

— 왓! 자기들끼리 막 웃넼ㅋㅋㅋ 분위기 좋다.

그때였다. 메이킹팀 카메라에 깔끔한 정장을 차려입은 남자가 잡혔다. 남자를 발견하자 메이킹팀이 후다닥 달려가서 그를 풀샷으로 잡았다. 동시에 실시간 댓글이 폭발했다.

— 헐ㄹㄹㄹㄹ 강주혁이다.

— 촬영장에 왜 왔지?

— 제작에 참여했다고 하던데?

— 오빠! 작품 좀 해줘요ㅠㅠㅠㅠ

메이킹팀 카메라맨 옆에 현장 상황을 설명하던 여자 직원이 강주혁에게 질문을 던졌다.

"강주혁 님! 현장에는 왜 나오셨나요?"

그녀를 빤히 쳐다보며 주혁이 웃었다.

"하하하, 촬영장 확인도 할 겸 왔습니다. 그리고."

이어서 한 템포 쉰 후 말을 잇는 강주혁.

"제가 지금 사람 많은 곳에 있어야 해서."

비슷한 시각 음성군청 주변 산속 별장. 소파에 앉아 있던 박향미 여사가 미소 지으며 입을 열었다.

"슬슬 전부 잡아 족쳤겠네."

그러자 반대쪽에 앉아 있던 장수림 변호사가 웃었다.

"하하하, 물론이죠. 지금쯤 전부 털었겠네요."

"근데 왜 무전은 감감무소식이니?"

박향미 여사의 물음에 미소 짓던 장수림 변호사가 무전기를 눌렀다.

"띠딕— 밖에 상황 보고해."

"……"

"띠딕— 야! 상황 보고하라고!"

"……"

장수림 변호사가 무전기에 대고 몇 번이나 소리쳤지만, 무전기는 고장이라도 난 듯 조용했다. 그때 기다리기 지루했는지 핸드폰을 보고 있던 류진태가 검색사이트 실시간 검색어에서 눈에 띄는 이름을 발견했다.

— 강주혁

— 강주혁 촬영장

"……?"

뭔가 일이 잘못됐음을 직감한 류진태가 강주혁 이름을 빠르게 터치하자, 상단에 GLIVE라는 생방송 메이킹 영상이 떴다. 이미 8천 명 가까이 되는 사람들이 시청하고 있었다. 류진태가 떨리는 손으로 영상을 터치했다. 그러자 이쪽에 있어야 할 얼굴이 영상에서 나타났다.

"하하하, 촬영장 확인도 할 겸 왔습니다. 그리고."

강주혁이 웃고 있었고.

"제가 지금 사람 많은 곳에 있어야 해서."

순간 얼굴이 구겨진 류진태가 혼잣말을 뱉었다.

"시, 시발 이게 뭐야? 이 새끼가 왜 여깄어."

이상한 낌새를 느낀 장수림 변호사가 일어나며 말을 걸었다.

"이봐. 무슨 일."

바로 그때였다.

— 벌컥!

별장 현관문이 괴팍하게 열리더니 중년남성이 무심한 얼굴로 들어왔다. 그를 본 박향미 여사와 장수림 변호사가 동시에 외쳤다.

"다, 당신!"

"사장님?!"

김재황 사장의 뒤로 황 실장과 박 과장 그리고 사내들이 속속 들어왔다. 천천히 내부를 둘러보던 김재황 사장이 고개를 돌려 황 실장을 보며 말했다.

"정리하지."

짐짓 진지한 표정으로 고개를 끄덕인 황 실장이 발을 옮기려는 순간, 박향미 여사가 어렵사리 입을 열었다.

"다, 당신이 어떻게 여기 있어요? 중국에 있던 게."

박향미 여사의 말에 김재황 사장이 미간을 찌푸리며, 말을 이었다.

"바닥까지 떨어졌구나, 박향미."

"……뭐?"

"보통은 이렇게까진 안 할 테지만, 이번 일은 당신이 껴 있어서 내 친히 움직였어. 그리고 박향미."

"……"

어느새 눈에 쌍심지를 켜고 남편을 노려보는 박향미에게 김재황 사장이 엄포를 놓았다.

"당신을 포함, 사돈에 팔촌까지 바닥으로 내쳐주지. 기대해. 아주 즐거울 거야."

"흥, 허세 부리지 마세요. 당신이 그래봤자 여긴 우리 밭이야. 증거도 없으면서 그런 게 쉬울 것 같아? 장 변호사, 뭐 하니? 우리 쪽수가 훨씬 많잖아! 치워버려."

박향미 여사가 뒤에 있던 장수림 변호사를 돌아보며 외쳤다.

"사장님."

"수림아. 내 뒤통수를 아주 시원하게 때렸어. 얼얼하다, 아주."

"……"

묵묵부답인 장수림 변호사. 지금 이 상황은 그의 계획에 없던 일이었다. 김재황 사장을 도려내는 것은 훗날의 설계. 하지만.

"어쩔 수 없겠습니다. 사장님 순서는 한참 뒤인데, 오늘 가셔야겠습니다."

"그래, 수림아. 해라."

장수림 변호사가 뒤에 서 있는 열댓 명의 가드들에게 고개를 돌렸다.

"제압해. 피떡을 만들어드려."

"……"

그런데 가드들이 움직이지 않았다. 장수림 변호사가 독촉했다.

"야. 뭐 해? 빨리."

도중에 김재황 사장이 장수림 변호사의 말끝을 잘라먹고 입을 열었다.

"뭐 하냐, 수림아. 피떡인지 나발인지 해봐."

순간 장수림 변호사의 얼굴이 구겨졌고, 다시 한 번 가드들에게 외쳤다.

"야! 빨리 움직여! 니네 뭐 하는!"

그때 김재황 사장이 천천히 손을 올려 장수림 변호사를 가리켰다.

"꿇려."

그의 나지막한 명령이 떨어지자, 장수림 변호사의 말에 미동도 않던 가드들이 순식간에 장수림 변호사를 포박하곤 바닥에 무릎을 꿇렸다.

"윽……!?"

그 고통에 장수림 변호사가 짧은 신음을 뱉었고, 이어서 영문을 모르겠다는 표정으로 가드들을 돌아봤다.

"어, 어떻게……."

"입 좀 다물어, 이제."

검지를 세워 입술을 툭툭 치며 입 닥치라는 시늉을 던진 황 실장이 주머니에 손을 쑤셔 넣고는 거실 구석으로 움직였다. 그에 따라 일순 내부의 공기가 바뀌었고, 모두의 시선이 황 실장을 따라 움직였다. 황 실장이 구석에 놓인 화분에서 무언가를 꺼내 들었다. 녹음기였다. 느닷없이 화분에서 녹음기가 나오자 모두의 눈이 커졌다. 그러거나 말거나 황 실장은 녹음기를 조작했다. 이윽고.

"이대로만 하면 강주혁 그 친구는 세상 모든 사람이 자살한 거로 볼 겁니다."

녹음기에서 장수림 변호사의 목소리가 흘러나왔다.

"음."

녹음 음질을 확인하는 황 실장. 장수림 변호사가 당황한 듯 외쳤다.

"시, 시발! 그건 뭐야!"

황 실장이 웃었다.

"뭐긴 뭐야. 여기서 당신들이 대화한 내용이 모조리 담긴 녹음기지."

"뭣?!"

느닷없이 김재황 사장 쪽으로 배신한 가드들, 화분 속에 숨겨져 있던 증거 녹음기, 김재황 사장의 갑작스러운 등장, 그리고 나타나지 않은 강주혁. 이쯤 되니 여유롭던 박향미 여사가 꽥 소리쳤다.

"뭐야! 이거 왜 이래!!"

그러자 뒷짐을 지고 있던 김재황 사장이 천천히 박향미에게 다가갔다. 그의 얼굴에는 어느새 한기가 서렸고, 영혼이 없는 무표정이었다.

"뭐긴 뭐겠나."

악마 같은 얼굴로 다가오는 김재황 사장의 모습에 박향미가 침을 삼켰다. 이윽고 코앞까지 다가온 김재황 사장이 입을 열었다.

"너희는 강주혁 손바닥 위에서 놀았던 거야. 머저리들."

김재황 사장이 내뱉은 결론에 박향미와 장수림 변호사, 류진태는 입만 벙긋거릴 뿐이었다. 그 모습에 짧게 혀를 찬 김재황 사장이 상황을 정리했다.

“끌고 가.”

장수림 변호사와 박향미 여사는 가드들에게 단단히 붙잡힌 채 질질 끌려 나갔다. 그 뒷모습을 지켜보던 김재황 사장은 이어서 황 실장과 박 과장을 찾았다. 그들은 어느새 류진태를 바닥에 꿇린 채 포박하고 있었다. 김재황 사장이 말을 걸었다.

“황 실장. 그쪽은 강 사장이 알아서 한다지?”

“예.”

“혹시 모르니 다섯 정도 가드들을 붙여주지.”

“감사합니다.”

“그 증거 녹음기는.”

“아, 사장님이 확인 후, 알아서 보내드릴 겁니다.”

“알았네.”

말을 끝낸 김재황 사장이 현관문 쪽으로 걸어갔다. 그러다 잠시 멈춰선 그가 고개를 돌려 황 실장에게 마지막 말을 던졌다.

“이 설계, 전부 강 사장이 짠 게 맞나? 자네도 형사였다면서.”

“전부 사장님이 펼친 판입니다. 하나부터 열까지.”

대답을 들은 김재황 사장은 잠시 황 실장을 쳐다보다가 다시 몸을 돌리며 입을 열었다.

“……강 사장에겐 내 따로 연락하지.”

“예.”

몇 시간 뒤. 별장 앞으로 낯선 차 한 대가 섰다. 차에서 내린 사람은 강주혁이었다. 주혁이 천천히 별장으로 발길을 옮겼고, 현관문을 열었다.

“아, 사장님 오셨습니까.”

“네.”

내부를 돌아보던 주혁이 황 실장에게 물었다.

“상황 한번 들어보죠.”

“예.”

소파에 앉아 류진태를 지키던 황 실장이 자리에서 일어나 강주혁에게 지금까지의 상황을 보고했다.

“대충 설계대로 됐네요.”

“맞습니다. 그리고 김재황 사장은 따로 사장님께 연락한답니다.”

“그렇겠지. 녹음된 증거도 받아야 할 테니.”

말을 마친 주혁이 주머니에 손을 쑤셔 넣고는 고개를 살짝 꺾어, 바닥에 처박혀서 거친 숨을 내뱉고 있는 류진태에게 시선을 던졌다.

“주, 주혁아.”

“……”

류진태는 이미 엉망진창이었다. 깔끔하게 올렸던 올백 머리는 산발이 되어 젖은 대걸레같이 축축하게 변해버렸고, 표정도 썩어 있다. 그런 류진태의 모습에 주혁은 새삼 억울함과 분노가 피어올랐다.

“류진태. 오랜만이네.”

“으윽!”

자세가 고통스러웠는지, 그가 대답 대신 신음을 뱉었다.

“풀어주세요.”

주혁의 말에 류진태를 붙잡고 있던 가드들이 손을 놓았다. 그러자 팔뚝을 붙잡고 류진태가 자리에서 일어나려 했다. 하지만 주혁은 그렇게 놔두지 않았다.

“내가 일어나라고는 안 했는데. 무릎은 계속 꿇고 있어야지.”

“……어?”

“꿇으라고.”

“……”

더욱 표정이 구겨진 류진태가 천천히 무릎을 꿇었다.

주혁은 류진태 바로 앞 소파에 여유롭게 다리를 꼬면서 앉았고, 류진태는 썩은 표정으로 무릎을 꿇은 채 바닥을 응시했다. 영락없는 단죄의 모습. 잠시간 류진태의 머리통을 노려보던 주혁이 짧게 숨을 뱉고는 입을 열었다.

“나한테 왜 그랬냐?”

“어?”

“5년 전. 왜 그랬냐고. 나한테.”

“……그, 그때 네가 나를 버리고 독립하려고 해서.”

“아니, 그런 거 말고.”

주혁이 류진태의 말을 잘랐다.

“진짜 이유가 뭐냐고.”

“……”

류진태는 쉽사리 입을 열지 않았다. 주혁도 예상한 바였다. 여전히 고개를 바닥에 처박고 있는 류진태를 보던 주혁이 황 실장에게 손을 내밀었다.

“황 실장님, 그거 줘보세요.”

“예.”

황 실장이 미리 준비한 사진들과 증거품을 건넸다. 그 사진을 류진태 앞에 한 장씩 떨어뜨리면서 주혁이 말을 이었다.

“너 꽤 미친 사업을 하고 있던데. 사채가 있거나 멋모르는 여자 연습생들을 꾀어서 사기 치고 빚을 지게 한 다음 일본에서 성매매를 시켜? 야~ 그렇게

나 콩밥을 처먹고 싶나 봐?"

바닥에 한 장, 두 장 떨어지는 사진을 본 류진태의 눈이 커졌다. 대부분 연습생과 출국하는 사진이나 일본에서 그녀들과 같이 움직이는 류진태의 사진이었다.

"내가 좀 알아보니까, 일본 애들도 한국에서 가수 시켜준다고 꼬셔서 한국에서 성매매를 시킨 일도 있더만? 어이구 이거 박 기자한테 넘기면 아주 인생이 지옥으로 변하겠어."

"이, 이것만 가지고는."

"피해자들의 인터뷰, 사진, 일본과 한국으로 움직이는 자금, 허위 계약서 등등. 이걸로 부족하다고? 그래 뭐, 가뜩이나 일본 하면 예민한데 말이지. 국민들이 판단해주겠지."

주혁이 일어나자, 눈알을 이리저리 굴리던 류진태가 다급하게 외쳤다.

"태, 태신식품 박종주! 그 새끼가 시킨 거야! 난 진짜 그 새끼가 시켜서 한 거야! 진짜! 진짜야!"

"박종주?"

"어어! 주혁아! 갑자기 찾아와서는 이중계약 어쩌고 하면서 그렇게만 움직여주면 돈도 주고 이, 일본으로 빼내준다고!"

"박종주가 왜? 그때는 나랑 틀어졌을 때도 아니었는데."

"……몰라."

이번에는 바닥에 흩어진 사진을 집는 시늉을 했다. 그러자 류진태가 다시 침을 튀기며 말을 던졌다.

"니, 니가 거슬린다고 했어! 그래서 일찌감치 치워야겠다고."

"거슬려? 무엇에?"

"그건 진짜 몰라! 정말이다!"

"좋아. 그럼, 어떻게 그런 식으로 한순간에 모든 것이 짜고 친 것처럼 일어날 수 있었지?"

"지, 진짜 나도 몰라! 나는 그냥 딱 그 일만 했다! 정말이야. 내가 너 발이라도 핥을까? 핥아? 그럼 믿어줄래?"

"……"

혀를 내밀어 핥는 시늉을 하는 류진태를 지그시 노려보는 강주혁. 정말 모르는 것처럼 보였다.

'하긴. 이런 찌리 같은 인간한테 고급정보가 나올 리 없지.'

단 한 번의 협박으로 정보를 줄줄줄 내뱉은 류진태다. 과연 어떤 인물이 이런 입 가벼운 쓰레기에게 고급정보를 알려줄까? 류진태한테 이 정도 정보를 빼낸 것만 해도 다행이었다.

"그럼 장수림, 박향미랑은 어떻게 붙어먹었어?"

"그, 그건!"

이번에는 전부 아는 내용이었는지, 류진태가 줄줄줄 불기 시작했다. 대충 요약하자면 강주혁의 과거나 정보를 캐기 위해 접선했다가, 자신의 사업을 듣곤 합류할 테니 이익을 반반으로 나누고 동업자가 되자는 요청을 한 것.

"대충 들으니까 그, 그 아줌마가 비자금을 만든다고 했어!"

"비자금? 박향미가? 흠."

그쪽 사정이야 정확히는 모르지만, 돈이 필요하기도 했을 것이다. 돈은 어디든 필요한 법이니까. 어쨌든 류진태 입장에선 돈도 벌고, 강주혁도 수술시킬 수 있는 꿩 먹고 알 먹는 전략이니 거절할 이유가 없었다.

"아는 거 다 말했으니까 봐주는 거지?! 내, 내가 진짜 잘못했어! 한 번만, 한 번만 봐주면 나 진짜 일본에 처박혀서 숨만 쉬고 살게!"

"……그래 뭐, 그렇게 할 수 있으면 그러든지. 불가능하겠지만."

"고, 고맙다! 어? 뭐라고?"

주혁은 멍청하게 자신을 쳐다보고 있는 류진태를 똑바로 노려보며 핸드폰을 꺼내 어디론가 전화를 걸었다. 연결 신호는 짧았다.

"예에, 물주님. 박 기자 전화 받았습니다. 지금 쏴?"

"어. 지금 기사 쏴. 지금까지 준비해둔 거 전부 털어서 내보내."

"예예. 쏩니다."

박 기자와의 통화가 끝났다.

"기, 기사라니, 그게 무슨. 주혁아, 장난치지 마라. 아니지?"

"……"

"왜 대답이 없어! 시발! 뭐 한 거냐고 지금! 기사를 쏘라니! 뭘 어떻게 한 거냐고 지금!!!"

외침이라기보단 절규에 가까웠다. 주혁이 꼬았던 다리를 풀며 짧게 답했다.

"뭐긴 뭐야. 너 인생 좆된 거지."

말을 끝낸 주혁이 소파에서 일어났고, 그 모습을 멍하게 올려다보는 류진태를 마주 내려다보다가 황 실장에게 말했다.

"일본 성매매 관련 증거품이랑 이 새끼 경찰에 넘겨버리세요. 기사가 터지면 꽤 시끄러워져서 경찰도 빨리 움직일 겁니다."

"알겠습니다."

그러자 류진태가 발악했다.

"야, 이 개새끼야!! 말하면 봐준다며!! 시발!"

하지만 주혁은 그저 고개를 갸웃하며 가볍게 답했다.

"내가 언제 봐준다고 했지? 나는 그냥 니 더러운 사업에 대해 말해줬을 뿐이었는데?"

"뭐, 뭐?"

"그냥 감옥에 처박혀 살아. 눈앞에서 나대지 말고. 다시 내 눈에 니 면상이 보이면 그땐 살아 있는 게 죽는 것보다 못하다고 느끼게 해줄 테니."

주혁은 이내 황 실장에게 시선을 던졌다.

"먼저 올라가겠습니다. 정리하시고 조심해서 올라오세요."

"예."

"박 과장님도 뒤쪽 가드님들도 수고하셨어요."

인사를 끝으로 주혁은 별장을 벗어났다.

이틀 뒤. 머리가 산발이 된 주혁은 양치를 하며 류진태 관련 뉴스를 보고 있었다.

"국내에서 엔터테인먼트 사업을 하는 류모 씨가 연습생들을 거짓으로 속이고, 일본 등 국외에서 성매매를 시킨 것으로 밝혀져 충격을……."

앵커가 멘트를 치는 장면에서 류진태가 재킷으로 얼굴을 가리고 수갑을 찬 채 경찰서로 질질 끌려가는 장면이 나왔다.

— 치카치카

그런데 주혁이 웃고 있다. 그도 그럴 게, 지금 상황이 참 재미있었다. 약 5년 전과 정반대가 되었으니까. 5년 전만 해도 강주혁이 TV에 나왔고, 그 모습을 류진태가 웃으면서 지켜보고 있었을 것이다.

"인생 참 재밌네."

류진태 사건은 연예계의 핫이슈로 아침 뉴스에 전파를 타면서 그 불길이 더욱 거세게 타올랐다.

「류모씨, 알고 보니 5년 전 톱스타 강주혁에게 거액의 채무를 씌우고 잠적한 것으로 밝혀져」

「국민들 분노 산 류모씨, 청원까지 올라.」

그에 따라 경, 검찰 쪽도 가볍게 수사하지 않았다.

「수사 맡은 경찰 "명명백백 밝혀낼 것."」

「경찰 관계자 "증거물은 충분"」

류진태의 콩밥행은 시간문제였고, 이미 지옥불로 떨어지는 중이었다. 이어서 주혁은 별장 내부에서 녹음한 파일을 김재황 사장에게 보냈다.

"가족사니까, 그쪽은 알아서 하겠지."

김재황 사장의 분노는 극에 달한 상태였고, 모르긴 몰라도 쉽게 넘어가지 않을 것이 자명했다.

"일단, 이쪽은 됐고. 다음은."

장수림 건을 해결했음에도 주혁에게는 잠시간의 여유가 허락되지 않았다. 긴박했던 만큼 시간은 빠르게 흘렀고, 어느새 18일. 〈내 어머니 박점례〉의 개봉일이 밝았다.

"사장님. 영화 첫 개봉 성적 나왔습니다."

"알겠습니다. 내일 감독님들이랑 합류해서 미팅 한 번 진행하시죠."

9월 19일 아침, 강주혁은 감독들을 데리고 VIP픽쳐스를 찾았다. VIP 독립파트 팀장과 하룻밤 사이 영화성적을 확인하고, 앞으로 개봉관을 늘릴지 마케팅을 더욱 박차를 가할지에 대한 미팅을 하기 위해서였다. 강주혁의 반대쪽에 앉은 VIP 팀장이 노트북을 주혁이 볼 수 있게 돌리면서 입을 열었다.

"통합 전산망으로 확인했습니다. 보시죠."

강주혁과 류성원, 최철수 감독이 노트북 화면을 깊숙하게 바라봤다.

1. 빅액션 / 개봉일 : 9월 12일 / 관객수 : 89,563 / 스크린수 : 889 / 누적관객수 : 623,552

2. 주가전쟁 / 개봉일 : 9월 12일 / 관객수 : 53,127 / 스크린수 : 621 / 누적관객수 : 231,785

3. 정적 / 개봉일 : 9월 18일 / 관객수 : 21,254 / 스크린수 : 463 / 누적관객수 : 21,254

⋮

11. 내 어머니 박점례 / 개봉일 : 9월 18일 / 관객수 : 3,151 / 스크린수 : 198 / 누적관객수 : 3,151

결과를 확인한 최철수가 머뭇거리다 입을 열었다.

"사, 삼천 명이나 본 겁니까?!"

그러자 VIP 독립파트 팀장이 호탕하게 웃었다.

"하하하! 그러니까요! 반응이 괜찮습니다. 성적이 이렇게 잘 나올 거라곤. 이대로 잘만 하면 십만은 넘겠어요!"

"……와."

감독들과 VIP 팀장은 선방한 성적에 꽤 축제 분위기였다. 하루 3천 명. 언뜻 보면 적은 숫자일지 모르나, 영화 자체가 독립이고 다른 상업영화에 비해 상영관이 적은 걸 감안하면 충분히 괜찮은 성적이었다. 쉽게 계산해보면 30일 개봉에 하루 3천 명이면 9만 명. 독립영화가 9만 명을 찍는 것은 이 바닥에서도 꽤 성공한 것으로 친다.

"……"

하지만 주혁은 조용했다.

'언제 터지는 걸까.'

마치, 큰 공격을 위해 몸을 웅크린 듯.

"조금…… 더 기다려 보죠."

미팅은 차후 지속적인 마케팅과 홍보에 박차를 가하겠다는 VIP 독립파트 팀장의 말로 대략 정리됐다.

그렇게 주말이 지나고, 다시 찾아온 월요일 아침. 그때야 비로소 주혁은 웃을 수 있었다. 기사 한 줄 없던 〈내 어머니 박점례〉의 9월 22일 관객수.

3. 내 어머니 박점례 / 개봉일 : 9월 18일 / 관객수 : 24,561 / 스크린수 : 198 / 누적관객수 : 59,492

박스오피스를 빠르게 치고 올라오고 있었으니까.

20. 임박

〈내 어머니 박점례〉가 개봉한 지 5일. 개봉일 포함 주말 끼고 대략 닷새 동안 선보인 영화는 느닷없이 대중의 관심을 받기 시작했다. 개봉 당일 3천 명이었던 관객수가 일요일에만 2만 명 이상을 동원하며 순식간에 박스오피스를 치고 올라온 것. 그리고 시사회.

— 가슴을 흔드는 그녀의 인생 / 이형수 평론가

— 웃기다. 진짜 생각지 못한 코믹! / 김욱 평론가

— 죽음이라는 이별을 희망으로 채웠다. / 심상철 평론가

— 어머니와 다시 한 번 볼 것이다. / 홍채린 평론가

시사회에 초대된 영화평론가들의 극찬이 쏟아졌고, 마케팅으로 이용하는 기자 시사회 역시 극적인 반응이 나왔다. 그에 따라 조용하던 영화 평점 공간이 순식간에 북적이기 시작했다.

— 첫 장면과 마지막 장면, 할머니의 웃는 표정은 같았는데, 나는 마지막에 울고 있었다./ Y****

— 아니, 이런 영화가 왜 상영관이 이렇게 적나요? 심지어 내가 사는 곳에서는 개봉조차 안 함!/ g***님

— 도우미역으로 나온 배우, 너무 예쁘고 착했어요ㅠㅠㅠ/ c*****님

— 여자친구보다 내가 더 울었다. 여자친구가 내 눈물 닦아줄 정도였다./ 청*****님

관람객 포함 네티즌들의 극찬이 쏟아졌고, 빠르게 입소문을 타기 시작했다. SNS는 물론이고 영화 관련 갤러리 게시판부터 너튜브 영화 리뷰 채널까지 퍼져나갔고, VIP 독립파트에는 전화가 쏟아졌다. 전부 인터뷰 요청 전화였다. 난데없이 센세이션을 일으킨 〈내 어머니 박점례〉의 관심이 짧은 기간에 치솟자, 간만 보던 언론도 아뿔싸를 외치며 움직이기 시작했다.

「'내 어머니 박점례' 네리버 영화 평점 9.9점. 독립영화의 반란」

「SNS에서 급속도로 퍼진 '내 어머니 박점례' 같이 개봉한 영화 '정적' 제쳤다」

그에 따라 더욱 많은 대중에게 인식되기 시작했다. 그리고 다음 날.

「'내 어머니 박점례', 독립 다큐영화 중 최단기간 10만 관객 돌파」

약 일주일 만에 10만 관객을 돌파했고, 흥행 속도가 심상치 않다는 입소문이 예능이나 라디오에서 언급되며 더욱 가파르게 퍼졌다.

25일 수요일 아침, 보이스프로덕션 사장실. 강주혁이 도착했을 땐 이미 황 실장과 박 과장 그리고 그들이 부른 도청검사 업체가 와 있었다. 도청업체가 공항에서나 볼 법한 팔뚝만 한 기계로 사장실을 훑고 있다. 그들과 인사를 나눈 주혁이 사장실 입구에서 내부를 천천히 둘러보다 입을 열었다.

"도청. 나왔습니까?"

강주혁의 말이 끝나자마자, 박 과장이 들고 있던 노트북을 내밀었다.

"노트북에서 일단 하나 발견했습니다."

"노트북에서만?"

"예. 보시다시피 사장실을 샅샅이 검사 중인데 아직까진 안 나왔."

때마침 검사를 진행하던 도청검사 직원이 다가왔다.

"노트북 빼곤 반응 없어요."

"음."

고개를 끄덕인 주혁이 옆 사무실을 가리키며 답했다.

"저쪽 사무실에 있는 노트북이랑 아직 개봉 안 한 노트북들도 검사해주세요."

"알겠습니다."

주혁의 부탁에 직원과 박 과장이 사장실을 빠져나갔다. 검사가 끝난 사무실 내부로 천천히 들어온 주혁이 황 실장을 보며 입을 열었다.

"황 실장님."

"예."

"태신식품 좀 알아보세요."

말이 끝나기 무섭게 황 실장이 다이어리를 꺼내며 물었다.

"태신식품. 무얼 알아보면 되겠습니까?"

"글쎄요. 아직 윤곽이 잡힌 게 아니니까. 일단 전반적인 내력이라든지, 가족 사항, 특이사항, 과거 사건들 등등 기초부터 한번 알아보세요."

"알겠습니다."

"아직 깊숙하게는 들어가지 마세요. 꼬리 잡힐지도 모르니까. 아, 그리고."

"예?"

"도청검사 끝나면 박 과장님이랑 노트북 좀 사 와주시겠습니까? 한 40대 쯤."

주혁이 장난스럽게 웃자, 황 실장이 다이어리를 덮으며 미소 지었다.

"하하, 알겠습니다."

"고생스럽겠지만 조금만 더 힘내주세요."

황 실장이 너털웃음을 터뜨리며 강주혁에게 고개를 숙였다. 황 실장이 사장실을 빠져나간 뒤, 주혁은 추민재 팀장에게 전화를 걸었다.

"형. 현장 좀 어때?"

"어어어, 나쁘지 않아. 확실히 해창에서 수주 맡긴 제작사라 그런가, 웹드라마보단 진짜 드라마 촬영 현장 같은데? 느낌이 달라."

"속도는?"

"중간에 대본이 바뀐 것도 있고, 백번 애들이랑 내용 조율한다고 잠깐씩 멈추긴 하는데, 일정 쳐내는 속도는 나쁘지 않네."

"하진 씨는 좀 어때? 오디션 낙방해서 좀 멘털이 걱정이긴 한데."

옆에 강하진이 있었는지, 갑자기 목소리를 낮추는 추민재 팀장.

"그게. 나도 좀 그럴 거 같아서, 애가 군것질을 좋아하잖아? 그래서 바리바리 사다 줬는데. 좀 뭐라 그래야 하지? 전투력이 높아졌다고 해야 되나? 하여튼 그래."

"하하하, 배우는 그래야지. 여튼 알았어. 무슨 일 있으면 바로 연락 주고."

"예예."

그렇게 전화가 끊겼고.

— 지이잉 지이잉 지이잉 지이이잉~!

주혁이 핸드폰을 내려놓자마자, 마치 기다렸다는 듯이 진동음이 울렸다. 독립파트 팀장이었다.

"네, 팀장님. 안 그래도 전화하려던 참이었습니다. 난리가 났죠?"

"난리요?! 사장님. 지금 난리 정도가 아니고, 상황이 미쳤습니다. 하루에도 수백 통씩 전화, 메일이 옵니다!"

"하하하. 어제까지 10만 관객을 동원했죠?"

"예! 아니, 근데 이게 진짜 힘든."

"압니다. 제 기억엔 흥행한 다른 독립영화보다 훨씬 빠른 속도죠."

말을 끝낸 주혁이 잠시 숨을 들이마시고는 정리했던 계획을 던졌다.

"이 관심, 열 배는 불려보죠. 일단 상영관을 50% 정도 늘리는 건 어떻습니까?"

"저희 쪽도 30% 정도로 얘기는 나왔는데."

"부족해요. 지금쯤은 영화관에서도 바라고 있을 겁니다. 흥행한 독립영화는 상업보다 수익률이 말도 안 되게 좋으니까."

"그럼 스크린을 늘리면서 상영시간도 한번 늘려보겠습니다."

"좋죠. 그리고 마케팅. 지금보다 두세 배는 기사가 날아다녀야 SNS 등으로 자연스럽게 퍼질 겁니다. 그런 거야 저보다 전문가시니 잘 부탁합니다."

"물론입니다!"

주혁이 웃으며 마지막 말을 던졌다.

"한 달 남은 시상식 전에 사고 한번 크게 쳐봅시다."

"저도 기대가 큽니다! 그럼!"

미소 지으며 전화를 내려놓던 주혁이 책상 위에 놓인 달력을 확인하다 혼잣말을 뱉었다.

"흠…… 이틀 뒤면 〈28주, 궁궐〉 첫방인데."

말 그대였다. 그때가 되면 〈내 어머니 박점례〉부터 〈28주, 궁궐〉, 〈척살〉 그리고 웹드라마까지 강주혁은 더욱 바빠질 터였다.

"바빠지기 전에 김재황 사장을 만나두는 게 좋겠어."

일찍 처리할 수 있는 건 빨리 처리하는 게 나을 것 같았다. 주혁이 곧장 지하 주차장으로 이동하면서 김재황 사장에게 전화를 걸었다. 김재황 사장 역시 연락을 기다리고 있었는지 당일 점심에 바로 만나자는 얘기가 나왔다.

늦은 점심, 고급 횟집. 강주혁이 방으로 안내받고 10분 뒤, 김재황 사장이 들어왔다. 김재황 사장은 며칠간 스트레스가 심했는지, 주름이 한층 늘어 있었다. 그런 그가 먼저 입을 열었다.

"후— 기사는 봤어. 바로 잘라버렸던데?"

주혁이 웃었다.

"뭐, 시간 끌 이유는 없었으니까요."

"그래."

짧게 대답한 김재황 사장이 입을 다물었다. 잠시 정적이 흐른 뒤, 김재황 사장이 말을 이었다.

"이부남매였어."

뜬금없는 단어에 주혁이 고개를 갸웃하며 되물었다.

"예? 뭐가 말입니까?"

"박향미, 장수림. 이부남매였다고."

"허?!"

생각지도 못했는지, 주혁이 탄성을 뱉었다. 줄곧 진지한 표정이던 김재황 사장은 짧게 한숨을 내쉬었다.

"놀랐나? 그렇겠지. 나도 놀랐으니까. 전혀 몰랐어. 성이 달라서, 아니 성이 같았어도 생각조차 못 해봤겠지. 다른 의미로 아주 괴물들이야."

"……"

김재황 사장의 푸념에 주혁은 딱히 대답하지 않았다. 하지만 머리를 빠르게 회전하고 있었다.

'대체 어디서부터 어디까지가 박향미와 장수림의 설계였을까?'

박향미가 해창그룹 사람이 되고부터? 아니, 어쩌면 처음부터 철저하게 계획적으로 움직였을지 몰랐다.

'아버지는 다르지만, 어머니는 같다는 이부남매.'

자세히 알 순 없지만, 김재황 사장과 결혼했을 정도니 박향미도 난다 긴다 하는 집안이었을 것이다. 박향미의 어머니가 바람을 피웠든 애인이 있었든 어쨌건 그 사이에서 장수림이 나왔을 가능성이 컸고.

'그 사실을 박향미가 알고 있었다는 그림인가?'

원래부터 친했든 아니면 박향미가 해창그룹으로 들어갈 때 장수림을 끌어들였든, 뭐가 됐든지 둘은 손을 잡았다.

'그리고 재벌가 내부의 권력을 잡기 위해, 장수림을 김재황 사장에게 박아뒀다?'

그러다 박향미가 김재황 사장을 밀어내고, 그룹 내 서열 1위가 되면 장수림은 그녀에게 붙어서 피를 빨아먹고, 자리 하나 차지하겠다? 그 정도로 주혁은 추측했고.

'류진태가 진행하던 일본 사업에 끼어든 건 박향미의 비자금 조성이나 아니면 장수림에게 용돈벌이 사업장 하나 만들어준 거겠지.'

사실 후자일 가능성이 컸다. 해창그룹 내에서 박향미가 권력을 잡는 날이 언제인지 확실치 않기 때문.

'전부 추측일 뿐이지만, 대충 비슷하겠지.'

당연하게도 저들의 과거와 인생에는 어마어마한 비밀이나 사건들이 끼어 있을 테고 수많은 이야기가 숨겨져 있겠지만, 확인할 방법은 없었다.

'하긴, 나랑은 상관없지.'

당장 놀라긴 했지만, 어느새 주혁은 관심이 식어버렸다. 재벌가 집안 사정이야 강주혁이 관심 둘 이유도 없고. 어쨌든 펀치기범, 해창그룹, 아이기스 가드, 류진태 그리고 보이스피싱에서 들은 자신의 사망 소식까지. 이 모든 지점에 장수림이 엮여 있는 이유와 궁금증은 풀린 셈이었다. 그렇게 잠시간 침묵을 지키던 주혁이 넌지시 물었다.

"그래서, 어떻게 처리하실 겁니까?"

"맘 같아서는 골백번이고 갈아 마셔버리고 싶은 심정이야. 하지만 내 사정이 자네가 류진태라는 인간을 처리한 것처럼 심플하지가 못해. 하지만."

잠시 말을 끊은 김재황 사장이 이내 답했다.

"내 하나 약속하지. 박향미, 장수림, 이 두 명의 끝은 감옥처럼 낭만적인 곳이 아닐 거야."

"……그들은 지금 어디 있습니까? 아, 그냥 궁금해서 물어보는 겁니다."

"허헛, 어디 있을 것 같나?"

"글쎄요."

"자세하게 말하긴 그렇고, 어딘가에 감금돼 있다는 정도로 말해두지. 그보다."

김재황 사장이 탁자 위에 투명 파일 하나를 올렸다.

"이게 뭡니까?"

"빠르면 내년쯤, 해외에 론칭할 건데. 여기에 자네 배우 하나 넣지."

답을 들은 주혁이 빠르게 파일을 펼쳤다. 파일 안에는 두 장짜리 기획서가 있었다. 말없이 읽어내려가던 주혁의 시선이 김재황 사장에게 꽂혔다.

"이거 브랜디드 콘텐츠 같은데요."

"맞아."

브랜디드 콘텐츠. 기업 이미지가 단순히 콘텐츠에 포함되는 것을 넘어서, 브랜드의 메시지와 가치에 대해 공감을 끌어내는 것을 말하는데, 광고와는 그 개념이 조금 다르다. 쉽게 말하면 기업 이미지에 스토리를 집어넣어 기업 가치를 높이고, 고객을 넘어 다양한 대중에게 노출됨을 말한다. 그러니까 해창전자라는 대기업을 해외에 알리는 프로젝트에 강주혁 소속 배우를 넣겠다는 얘기였다.

"이건 덩치가 큰데요. 이미 난다 긴다 하는 배우들로 섭외가 끝난 거 아닙니까?"

"맞아. 주인공은 얼추 계약 협상이 끝났지. 하지만 나머지는 아직이야."

"호? 메인을 뭘로 가는 겁니까? 광고?"

"글쎄. 브랜디드 웹드라마가 될지, 단편영화가 될지, 장편 광고일지. 아직은 미정이야."

"미정?"

"그래. 미정이지만, 자네 자리는 내 책임지고 만들어주지."

김재황 사장의 선언에 주혁은 기획서를 자기 쪽으로 당겼다. 그러자 김재황 사장이 앞에 놓인 물을 마시며 말을 이었다.

"그럼 식사할까?"

"아."

"음?"

그 순간 뭔가 떠올랐는지, 주혁이 얼굴을 들었다.

"혹시 태신식품, 좀 아십니까?"

"뭐, 데면데면하지."

"태신식품이 그쪽에선 이미지가 좀 어떤가 해서."

"그쪽이면 재벌가를 말하는 건가?"

"네."

슬쩍 미소 짓던 김재황 사장이 답했다.

"태신이라, 평판 자체는 나쁘지 않지. 식품기업 쪽에선 톱3에 들고."

"그럼 박종주는 어떻습니까?"

"망나니에다 개새끼지. 그래, 태신은 그 새끼가 옥에 티야."

"박종주를 만나보신 적은?"

"한 번. 무슨 연말 파티였는데. 왜 그러나?"

"아, 아닙니다. 그냥 궁금해서."

"허헛."

주혁이 말을 아끼자 김재황 사장이 가볍게 웃으며 눈을 가늘게 떴다.

"자네. 또 그 표정이군."

"표정이요?"

"그래."

"무슨 표정이요?"

순간 김재황 사장의 표정이 진지하게 변했다.

"자네가 무언가를 꾸밀 때 짓는 표정."

그리고 같은 시각. 강주혁이 김재황 사장과 만나고 있는 시점에 조용한 움직임이 있었다. 누군가의 전화 한 통으로 시작된 공격.

"슬슬 쏘세요. 드라마 첫방까지 이틀 남았으니까, 지금 뿌리는 것이 적기입니다."

하루이틀에 뚝딱 만들어진 공격도 아니었다. 언제부터인지는 알 수 없지만, 철저하게 계획된 공격.

"제가 말씀드린 멘트는 꼭 넣어주세요."

이어서 인터넷에 몇 개의 기사가 떴다.

「'28주, 궁궐'에 투자한 강주혁, 투자를 빌미로 소속 배우들 끼워팔아」

「WTVM 방송국 관계자 "투자 빌미로 배우 투입, 사실 맞다."」

「'28주, 궁궐' 오디션을 본 배우 지망생 이모씨 "이미 역할 내정자가 있는 듯한 분위기였다." 」

누가 봐도 〈28주, 궁궐〉을 저격하는 기사였다.

한 시간 뒤, 김재황 사장과 식사를 마친 주혁은 광주 사옥으로 이동하는 중이었다. 조수석에는 김재황 사장이 건네준 브랜디드 콘텐츠 관련 기획서 파일이 놓여 있다. 주혁은 생각이 꽤 많아 보이는 표정이었다. 그때 핸드폰이 울렸다.

ㅡ 김태우 PD

"네. PD님."

여유롭게 전화를 받은 강주혁. 하지만 김태우 PD는 그렇지 못했다.

"사장님! 큰일났습니다!"

"큰일? 무슨."

주혁이 되물었지만, 김태우 PD는 어디론가 급하게 뛰어가는 중인지 숨이 거칠었다.

"허억, 헉. 우리 드라마 저, 저격 기사가 떴는데, 난리가 났습니다!!"

"저격? 무슨 내용이던가요?"

"오, 오디션 비리요. 투자자가 투자를 빌미로 드라마에 배우를 멋대로 꽂았다는…… 계속 어뷰징으로 기사가 터지고 있고, 저도 지금 급하게 김앤미디어 들어가는 중입니다. 사장님! 혹시!"

명백하게 당황한 김태우 PD가 강주혁에게 무언가 요청하려는 때에.

"하하하하."

느닷없이 주혁이 웃었다.

"사, 사장님?"

갑자기 웃어제끼는 강주혁이 어이없었는지 김태우 PD가 말을 더듬었고, 어느새 미소를 짓고 있던 주혁이 답했다.

"잘됐네요."

"……예?!"

김태우 PD가 다시 한 번 당황스런 말투로 외쳤으나, 강주혁은 쿨내 나게 답했다.

"휘몰아칠 수 있겠어요."

늦은 점심 무렵. 예정돼 있던 〈28주, 궁궐〉의 4차 티저 예고편이 게재됐다. 유명 검색사이트부터 너튜브까지 수많은 곳에서 동시에 올라온 영상은 마지막 티저영상답게 퀄리티가 끝내줬다.

고등학교에서 국사를 가르치는 여자주인공 헤나. 카메라는 학교 복도를 따라 빠르게 여자주인공에게 줌인. 이어서 BGM이 깔리고, 교실에서 학생들을 향해 입을 여는 헤나를 비춘다.

"이런 배경에는 여러 가지 가설이 붙는데."

여기서부터 영상이 빨리 감기를 하는 것처럼 빠르게 여주인공의 하루 일과를 보여주고, 어느새 학생들이 하교한다. 교실에는 덩그러니 헤나가 창밖을 바라보며 영혼 없이 혼잣말을 뱉는다.

"지루하다……."

다시 빨리 감기. 영상은 느닷없이 웅장한 궁궐을 비추고, 남주인공인 김건욱이 나타난다. 주변은 칠흑 같은 어둠. 왕자인 김건욱은 뒷짐을 지고 둥근 달이 뜬 하늘을 멍하니 바라보며 역시 입을 연다.

"지루하구나."

그리고 갑작스럽게 장면이 전환되고 여주인공인 헤나가 퇴근할 때와 같은 옷을 입은 채, 느닷없이 떨어진 새로운 세상을 보고 만지고 느낀다.

"여기는……."

카메라는 헤나의 얼굴을 바짝 당겨서 담아내고, 그녀의 등 뒤에서 근엄한 김건욱의 목소리가 들렸다.

"누구냐?"

거기서부터 카메라는 하늘로 쭉 멀어지고, 그에 따라 헤나와 김건욱이 개미만큼 작아진 후, 영상은 블랙 처리. 이어서 붓글씨로 타이틀이 써진다.

'28주, 궁궐에 피어난 꽃'

'9월 27일 첫 방송'

그런데 4차 티저영상이 올라온 지 한 시간 만에 조회수가 십만 건이 넘어가고 있었다. 안 그래도 어마어마한 화제몰이를 하던 중이었고 첫 티저영상이 백만 뷰를 돌파했기에 십만 뷰가 뭐 대단하냐고 할 수 있을지 모르지만, 그 속도가 심상치 않았고.

— 응~ 끼워팔기 아웃이야.

— 이게 아이돌 구겨 넣는 거랑 다를 게 뭐냒ㅋㅋㅋ

— 강주혁도 똑같넼ㅋㅋㅋ장사치.

— 이럴 거면 오디션은 왜 본거임ㅋㅋㅋ

— 헤나 불쌍ㅠㅠㅠ

— 드라마 뚜껑 열리면 알겠지. 사람들 심보 지리네.

몇 시간 전에 뜬 저격용 기사 때문인지 댓글이 악플로 도배되기 시작했다. 순식간에 퍼진 부정 오디션 논란은 빠르게 확산됐고, 검색사이트의 실시간 검색어를 갈아치우면서 그 속도를 더욱 높였다.

김앤미디어 회의실에는 김앤미디어 사장과 제작실장, 홍보실장 그리고 김태우 PD까지 모여 있었다. 홍보실장은 노트북으로 실시간 상황을 체크하며 새로운 소식이나 유언비어가 뜨면 제작실장에게 알렸고, 제작실장과 김태우 PD는 골머리를 부여잡고 있었다. 붉은 단발을 헝클어뜨리며 제작실장이 목소리를 높였다.

"PD님, 이거 무조건 방송국에서 퍼진 거야. 방송국 관계자가 인터뷰까지 했다는데, 무조건 내부에서 나간 거라니까요. 아시는 거 없어요?"

"오기 전에 여기저기 수소문해봤는데, 나오는 게 없어요. 나도 모르니까 촬영도 접고 여기로 뛰어왔죠."

"하— 정말 미치겠네. 이거 엄청 예민한 문제인 거 아시죠? 사장님은요? 강주혁 사장님이랑 연락해보셨어요?"

김태우 PD는 홍보실장이 보고 있는 노트북을 같이 보면서 입을 열었다.

"전화는 드렸는데…… 모르겠어, 무슨 생각이신지. 곧 오신다고 했으니까 직접 들어요."

잠시 뒤, 김앤미디어 회의실 문이 열렸다.

"다 모여 계셨네요."

"사, 사장님."

광주 사옥으로 향하다 방향을 튼 강주혁이 회의실로 들어섰다. 담담한 표정으로 자리에 앉은 주혁은 김앤미디어 사장부터 오른쪽으로 한 명씩 시선을 맞추면서 질문을 던졌다.

"그래서, 지금 상황이 어떻습니까?"

제작실장이 붉은 단발을 휘날리며 홍보실장의 노트북을 주혁에게 건넸다.

"보면 아시겠지만, 이미지가 빠르게 무너지고 있어요. 분마다 어뷰징 기사나 추측성 기사가 쏟아지고 있는 데다가, 한 시간 전부터 실검에서 내려올 생각을 안 해요! 미친다니까요."

"흠."

가만히 노트북을 보던 주혁이 팔짱을 끼며 양 볼을 쓰다듬기 시작했다. 머릿속에 떠오르는 생각과 계획들을 정리하고 있다는 증거였다. 그렇게 몇 초. 주혁이 김앤미디어 사장 쪽으로 시선을 던졌다.

"사장님. 제작사 입장에선 이 일을 어떻게 처리할 생각입니까?"

"예? 아, 당장 반박기사 내고, 어떻게든 이미지 회복시켜야죠."

"제작실장님은요?"

"저도 같은 생각이에요. 빠르게 해명기사 내고, 어떻게든."

그때 주혁이 미소 지었다.

"대중이 믿어주지 않을 텐데요?"

핵심을 찌르는 지적에 제작실장은 어렵사리 입을 열었다.

"그, 그래도!"

"안 믿을 겁니다. 분명."

제작실장이 눈을 동그랗게 떴다. 그의 답변에 놀랐다기보다는 강주혁의 담담한 태도에 놀랐다.

'사람들한테 욕을 처먹고 있는데 어떻게 저렇게 태연하지?'

며칠 전만 해도 강주혁의 이미지는 괜찮았다. 아니, 폭발적이었다. 그런데 하루아침에 오디션 비리로 긍정적인 시선이 가시가 되어 박히는데도 그는 초연했다. 그런 그가 양손을 모으며 계획을 설명했다.

"어차피 장작에 불이 거세게 붙었으니, 이렇게 된 김에 우리는 역으로 부채질을 하는 건 어떻습니까?"

"부채질이요?!"

"네. 반대로 부추기는 거죠. 이 논란을."

그러자 가만히 듣고만 있던 김태우 PD가 대뜸 끼어들었다.

"어, 어째서!"

"논란도 결국엔 관심이니까요. 관심이 드높아지는데, 굳이 우리가 물을 부을 필요는 없죠. 그 증거로 지금 인터넷에 우리 드라마 말고, 다른 드라마가 언급됩니까?"

"……아."

말 그대로였다. 비록 논란으로 실검을 차지하긴 했으나, 어쨌건 비슷하게 시작하는 타 드라마는 언급조차 없었다. 회의실의 모두가 입을 다물자, 주혁이 슬쩍 웃으며 말을 이었다.

"나는 누군지 모르겠지만, 저격 기사를 낸 사람이 오히려 고맙기까지 한데요. 연예계 생활하면서 드라마가 시작 전에 이 정도까지 화제에 올랐던 선례가 있습니까? 전 처음 보는데, 여러분은?"

"……그렇긴 하죠."

"맞아."

짐짓 진지한 표정으로 돌변한 김태우 PD가 말들을 정리했다.

"그러니까, 굳이 해명기사 같은 건 집어치우고 우린 바람이나 넣자? 그런 겁니까?"

"맞아요. 드라마는 그냥 내용만 좋으면 됩니다. 물론 이런 논란이 터졌는데 드라마가 연출부터 전개까지 쓰레기면 문제가 되죠. 그런데."

강주혁의 다음 말은 제작실장이 이어받았다.

"우리 드라마는 그럴 걱정은 없으니까요."

제작실장을 보며 주혁이 웃었다.

"하하, 맞습니다."

"그런데 지금 상태로 첫방까지 내버려둬도 될까요?"

"아니죠. 당연히 액션을 취해야 됩니다. 부채질해야죠. 그래서 말인데, PD님."

"예?"

느닷없이 불린 탓에 놀랐는지, 김태우 PD의 대답에 약간 삑사리가 붙었다. 그러거나 말거나 주혁이 말을 이었다.

"PD님은 오디션이 1차와 2차로 나누어져 있었고, 강주혁 회사 소속 배우가 오디션 본 것은 1차다. 강주혁은 다음 2차 오디션에 심사를 봤다. 오디션 비리는 말도 안 된다, 정도의 인터뷰성 기사를 부탁드립니다."

"아, 예."

"그리고 마지막 멘트가 중요합니다."

"마지막 멘트요?"

주혁이 고개를 끄덕였다.

"항시 기사 말미에는 모든 논란은 드라마 내용으로 종결시키겠다, 드라마를 봐달라, 같은 멘트가 들어가야 합니다."

"드라마를 보고 판단해라? 그렇게 피력하는 겁니까?"

"맞아요. 그걸로 첫 번째 부채질을 하고, 다음으로 제작실장님."

"네."

"PD님 인터뷰성 기사를 날리고, 다시 시끄러워지면 내일 제작사와 연출팀 기타 등등으로 '강주혁은 2차 오디션에만 참가했다. 1차 오디션에는 참가하지 않았다'와 '당시 강주혁 소속 배우가 오디션에 왔다는 건 아무도 몰랐고, 현재 배우 라인업은 공정한 심사를 거친 연기파들이다' 같은 부채질을 이어서 부탁드립니다. 당연히 기사 말미에는."

"드라마를 보고 판단해달라는 멘트가 들어가야겠죠?"

"하하하, 맞아요."

어느새 김태우 PD는 핸드폰을 꺼내 어디론가 문자를 보내기 시작했고, 제작실장도 다이어리에 무언가 메모를 했다. 그 틈새에 주혁이 마무리를 지었다.

"그렇게 기사 내보내고 오늘내일 활활 타오르면 첫방 당일 아침, 마지막으로 제가 부채질에 동참하겠습니다."

"어떤?"

"단독 인터뷰라도 하죠, 뭐. 어려운 것도 아니고."

"단독이요?"

"구구절절 해명할 생각은 없습니다. 간단하게 부채질을 이을 정도만. 저도 인터뷰 말미에는 드라마를 보고 판단하라는 멘트를 넣을 겁니다."

"……3일 동안 부채질하고, 사장님 인터뷰가 퍼진 당일 저녁이 바로 드라마 첫 방송."

일행은 대충 어떤 설계인지 알겠다는 표정이 되었다. 주혁이 웃으며 결론을 던졌다.

"화끈하게 터뜨려보죠."

일정을 모두 마친 강주혁이 오피스텔에 도착한 건 한참 늦은 밤이었다.

"후—"

짧은 한숨을 뱉으며 거칠게 타이를 푼 주혁이 노트북을 열었다. 계획대로라면 이미 김태우 PD의 부채질은 시작됐어야 했다.

「'28주, 궁궐' 연출을 맡은 김태우 PD "오디션 비리는 전부 낭설"」

— 〈28주, 궁궐〉 연출을 맡은 김태우 PD는 "이번 오디션은 1차와 2차로 나누어서 진행했고, 강주혁 씨 회사 소속 배우는 1차 오디션에 참가했다. 하지만 강주혁 씨는 2차 오디션에만 심사로 나섰다"라며…… 끝으로 김태우 PD는 모든 논란은 드라마로 판단해달라며 말을 아꼈다.

김태우 PD가 밝힌 입장 기사는 문제없이 퍼지고 있었다. 이미 이 기사를 시작으로 여러 언론사에서 추측성 기사를 뿌려대는 상태였다.

"오늘은 됐고."

짧게 읊조리며 노트북을 덮으려는 찰나, 주혁의 핸드폰이 울렸다. 발신자는 송 사장이었다.

"예. 형."

"하하하. 아이고 강주혁 사장님, 축하드립니다. 독립영화가 아주 영화판에서 난리가 났어요?"

"뭘 또 그렇게까지."

"야, 인마! 독립이 그것도 다큐 독립이 일주일 만에 십만이 넘었는데! 그렇게까지는 뭔. 거기다 이제 시작이잖아. 입소문 탔으니까."

"그렇지."

이후에도 한참이나 송 사장은 강주혁에게 축하 관련으로 수다를 떨었다. 하지만 주혁이 중간을 잘라먹으며 물었다.

"형. 근데 최명훈 감독 아직 박혀 있나?"

"가끔 나와서 얘기 들어보면 이제 싱크 맞추는 단계 같던데. 반쯤 나왔다는 소리 아니겠냐?"

"반쯤 했다?"

"어어. 너 독립영화 터진 거 말해주니까 무슨 바람이 불었는지, 밥 먹다 말고 다시 편집실 들어가던데. 전투력이 아주 최고야, 지금."

"반쯤이면 대충 한 달 좀 넘게 남았나……."

혼자 계산을 때려보던 주혁이 말을 이었다.

"그럼 〈척살〉이 피날레가 되겠네."

그러자 송 사장이 되물었다.

"어? 뭔날레?"

"아, 아니야. 하여튼 고맙고, 무슨 일 있으면 바로 연락 줘요."

"그래. 잠잠해지면 불족에 쐬주 한잔하자!"

다음 날, 이른 아침부터 광주 사옥에 출근한 주혁은 VIP 독립파트 팀장에게 전화를 걸었다. 다행히 VIP의 움직임은 빨랐고, 스크린 수를 절반 가까이 추가 확보함과 동시에 상영시간을 대폭 늘렸다는 답변이 돌아왔다. 거기다.

"어제 관객수는 약 3만으로 마무리됐습니다! 완전 기세 탔어요!"

영화를 보는 관객수가 가파르게 치솟고 있었다. 이 속도에 스크린 수와 상영 일정을 대폭 늘렸으니, 결과를 기대해볼 만했다.

"그런데, 사장님."

"네."

"혹시 소식 들으셨습니까?"

"무슨?"

"원래 11월 개봉 예정이었던 마볼픽쳐스 〈빅히어로〉가 10월 중순으로 당겨서 변칙 개봉한답니다, 나 참. 그것 때문에 상업 쪽 아주 난리예요. 저희 10월에 걸었으면 그냥 망할 뻔했다니까요? 하하. 그때 9월에 걸자는 사장님 말 안 들었으면 어땠을지, 어후."

"아, 그래요? 다행이네요."

담담하게 답했지만, 주혁의 얼굴에 미소가 번지고 있었다.

이어서 점심 즈음, 김앤미디어에서 뿌린 추가 기사가 부채질을 시작했다.

「28주, 궁궐 제작사 "당시 강주혁 회사 소속 배우가 오디션에 참가한 것 몰랐다."」

「오디션 비리 논란, 제작사 측 "오디션 진행은 공정하고 정당, 드라마 보고 판단해달라"」

기사를 확인한 주혁이 핸드폰을 들어 박 기자에게 전화를 걸었다. 연결 신호는 짧았다.

"내 단독 인터뷰, 할 생각 있나?"

박 기자의 대답도 빨랐다.

"물론입니다. 물주님."

"아 그리고, 사람 하나 찾아볼 수 있나? 드라마 저격 기사. 가장 처음 나온 곳 털면 쉽지?"

"어렵지 않지. 기사 보니까 무조건 방송 쪽 인간이 뿌린 거 같던데."

"누군지 대충 예상은 가. 그래도 한번 확인해봐."

알겠다는 박 기자의 대답과 함께 전화가 끊겼다.

그리고 금요일. 〈28주, 궁궐〉의 첫 방송 날이 밝았다. 그와 동시에 디쓰패치 연예면 메인에 강주혁의 이름이 박힌 기사가 떴다.

「[단독] 강주혁 단독 인터뷰, 오디션 비리에 관하여」

내용은 매우 쿨했고, 심플했다. 요약하자면.

— 나는 오디션 당시 내 배우들이라는 것을 숨기고 오디션을 보게 했다. 김태우 PD부터 제작사까지 아무도 몰랐을 거다. 비리? 맞는지 아닌지는 드라마를 보면 알게 된다. 내 힘으로 꽂혔을 만한, 연기력이 한참 부족한 배우가 있는지 한번 찾아보길 바란다. 드라마를 보고 판단해달라.

드라마를 보라는 내용이었고, 강주혁이 여유롭게 인터뷰하는 사진이 같이 삽입돼 있었다. 디쓰패치가 기사를 공개하자마자 관련 기사들이 우후죽순 파생됐고, 인터넷상으로 댓글이나 카페, 갤러리, SNS 등에선 인터뷰에 대한 반응이 찬반으로 극명하게 갈렸다.

— ㅋㅋㅋㅋㅋㅋㅋ자신감 보소.

— ㅈㄴ건방지네.

— 저러다 뚜껑 열었는데 죄다 쓰레기면 우짬?

— 기다려라. 까더라도 보고 깐다.

— ㅋㅋㅋㅋㅂㅅ악플러들한테 일침 따갑게 놔버리누.

반응은 대략 한 줄로 요약할 수 있었다.

'그래, 얼마나 잘하나 보자. 보고 욕한다.'

이렇듯 온종일 〈28주, 궁궐〉은 뜨겁게 불타올랐고, 드라마가 시작하기 한 시간 전까지도 그 기세를 이어갔다. 그리고 드라마 시작까지 30분 정도 남은 시간. 강주혁은 맥주 몇 캔을 사 와서, TV 앞 탁자에 다리를 꼬고 앉았다.

"시청률 얼마나 나오려나."

기대감에 미소가 피어올랐다. 그런데 그 순간.

— 지이잉 지이잉 지이잉 지이이잉~!

맥주를 한 모금 삼키는 찰나에 전화가 울렸다.

"'브론즈' 단계의 주인이신 강주혁 님 안녕하세요!

강주혁 님의 유료서비스 '브론즈'의 남은 횟수는 총 1번입니다."

"앞으로 한 번."

"들으실 항목의 키워드를 '선택'해주세요!

1번 '심사', 다시 듣기는 #버튼을 눌러주세요."

키워드가 한 개밖에 없었다.

"심사? 뭐야? 왜 키워드가 하나만."

말끝을 흐린 주혁은 예전 일을 떠올리며 천천히 1번을 눌렀다. 그런데.

"탁월한 선택! 강주혁 님이 선택한 키워드는 '심사'입니다!

브론즈 단계의 주인이신 강주혁 님 안녕하세요? 다음 단계인 실버의 주인이 되기 위해선 소정의 '심사' 비용과 '심사'가 필요합니다. '심사'를 신청하시겠습니까? 신청하시려면 1번, 신청을 거부하시려면 2번을 눌러주세요!"

심사를 받으라는 말이 흘러나왔다.

"예전에는 어땠더라."

주혁은 핸드폰을 귀에다 댄 채 생각에 빠졌다. 초기 무료서비스일 때를 떠올려보는 강주혁.

"그때…… 버스 사고를 막고 나서 곧장 유료서비스팀인가 뭔가에서 전화가 왔었지, 분명. 근데 심사 같은 걸 받았던가?"

아니었다. 아무리 떠올려봐도 심사 따위를 받은 기억은 없었다. 그저 유료서비스팀에서 전화가 왔고 천만 원을 준비해서 어디론가 오라고만 했다. 뭘까? 주혁은 흐릿한 기억을 억지로 끄집어내 봤다. 한참 만에, 마침내 한 가지 멘트가 떠올랐다.

"강주혁 님의 유료서비스 전환 조건이 방금 충족되었습니다. 곧 유료서비스팀에서 연락드릴 예정이니 기다려주세요!"

"맞아. 그때는 전환 조건이었어. 그리고."

멘트가 떠오르자, 흐릿한 예전 기억이 점점 선명해졌다.

"'브론즈' 단계는 다음 단계로 넘어가기 위한 일종의 연습, 튜토리얼 정도로 생각하시면 되겠습니다."

"연습 단계라고도 했었지?"

단계가 얼마나 있는지 알 순 없지만, 어쨌거나 튜토리얼인 브론즈 단계가 끝났으니 이제는 심사를 받아야 한다는 건가? 대충 이 정도의 결론이 나왔다.

"뭐, 일단 받아봐야겠지."

대충 생각을 정리한 주혁이 선택을 기다리는 핸드폰에 1번을 터치했다.

"'심사' 신청에 감사드립니다. 가장 먼저 소정의 '심사' 비용을 받겠습니다. 민국은행 계좌번호 070-1004-1009 금 1억 원 입금을 부탁드립니다."

계좌번호와 심사비용을 알려준 뒤 전화가 끊어졌다.

"……"

주혁은 말없이 끊어진 핸드폰을 내려다보고 있다. 그 순간에도 틀어놓은 TV에서 광고가 흘러나오고 있었다.

"찰랑거리는 머릿결! 당신의 소중한……."

광고 소리를 들으며 주혁이 나지막하게 읊조렸다.

"심사 비용만 1억?"

가격이 급격하게 올랐다. 분명 브론즈 단계로 넘어갈 때는 천만 원이었는데, 이번에는 심사 비용만 1억. 심사가 끝나면 다음 단계로 넘어갈 때도 돈을 받을 텐데, 심사 비용만 1억이면 신청 비용은 얼마가 들어갈지 상상이 안 갔다.

"아, 몰라. 일단 신청해."

짧게 읊조린 주혁이 폰뱅킹으로 빠르게 송금 단계를 밟았고, 어느새 강주혁의 계좌에서 1억이라는 돈이 사라졌다.

이체 후, 시간이 천천히 흘렀다. 10초, 1분, 2분. 그리고 정확하게 5분이 흐른 뒤.

— 지이잉 지이잉 지이잉 지이이잉~!

다시 전화가 울렸다.

"'심사' 비용을 확인했습니다. 신청에 감사드리며, 실버 단계의 주인에 적합한지 질문을 드리도록 하겠습니다."

"실버 단계? 질문?"

주혁이 혼잣말을 뱉었지만, 아랑곳없이 보이스피싱은 첫 번째 질문을 했다.

"브론즈 단계의 주인이신 강주혁 님. 강주혁 님은 브론즈 단계의 정보를 듣고, 인생이 바뀌셨습니까? 바뀌셨으면 1번, 바뀌지 않으셨으면 2번을 눌러주세요."

"……바뀌었지. 엄청나게."

반지하 월세방에서 폐인처럼 살던 강주혁은 보이스피싱을 받고 현재 어엿한 사장. 인생이 바뀐 것은 분명했다. 주혁은 고민 없이 1번을 눌렀다. 그러자 두 번째 질문이 흘러나왔다.

"브론즈 단계는 다음 단계로 넘어가기 위한 일종의 튜토리얼입니다. 이 단계의 주인이신 강주혁 님은 브론즈 단계에 충분히 적응하셨습니까? 적응하셨으면 1번, 아직 적응하지 못하셨."

주혁은 질문을 다 듣지도 않고 1번을 눌렀다. 적응은 애저녁에 끝났기 때문이었다.

"마지막 질문입니다. 강주혁 님은 다음 단계의 주인이 되실 준비가 끝났다고 판단됩니다. 브론즈 단계가 끝난 시점인 현재로서 인생역전을 하셨습니까? 하셨다면 1번, 부족하다면 2번을."

이번에도 고민 없이 2번을 눌렀다.

"부족하지."

5초 정도 침묵이 흘렀다. 그런 다음 핸드폰에서 다시금 여자 목소리가 흘러나왔다.

"심사 질문이 모두 끝났습니다. 심사 비용은 환불되지 않으며 심사 결과가 나오면 유료서비스팀에서 연락드리도록 하겠습니다. 감사합니다."

그렇게 전화가 끊겼다. 가만히 끊긴 핸드폰을 내려다보며 주혁이 읊조렸다.

"언제 전화를 준다는 거지."

어쨌거나 기다리는 수밖엔 없었다. 때마침 광고가 모두 끝난 TV에서 방송 시작 멘트가 흘러나왔다.

"여러분의 방송! WTVM!"

〈28주, 궁궐〉의 첫 방송이 시작되었다.

비슷한 시각, WTVM. 방송국의 심장이라 불리는 주조정실에 사람이 북적였다. PD들과 CP 그리고 부장급 간부들까지. 그중 머리가 시원하게 벗겨진 부장급 간부가 주조정실 직원에게 다급하게 물었다.

"몇 분 남았지?"

"3분이오!"

"어후, 3분이 세 시간 같네."

부장급 간부가 시원하게 벗겨진 두피를 양손으로 감싸고 있을 때, 주조정실 사람들이 마치 홍해가 갈라지듯 쭈욱 비켜섰다.

"국장님!"

〈28주, 궁궐〉의 총괄CP가 무표정인 국장에게 후다닥 달려왔고, 국장은 주조정실 직원에게 곧장 물었다.

"몇 분 남았어?"

"광고 세 개 나가면 바롭니다!"

"후— 이건 돼야 돼. 무조건."

직원들이 있어 티는 못 냈지만, 국장은 나름대로 피가 마르는 심정이었다. 첫 방송 3일 전에 터진 논란. 하지만 멈출 수 있는 상황이 아니었고, 이미 1화, 2화는 85분 편성을 받아둔 상태였다. 이유는 간단했다.

'무조건 다른 데보다 늦게 끝나야 돼.'

타 케이블 방송사인 TVL, HTVC은 이미 〈28주, 궁궐〉보다 1~2주 먼저 동 시간대 드라마를 시작한 상태였고, 얼추 성적도 나오고 있었다. 즉 이미 어느 정도 시청자를 뺏겼다는 뜻이었다. 〈28주, 궁궐〉은 후발주자이니 국장은 어떻게든 다른 방송국 드라마보다 1분이라도 늦게 끝내서 시청자를 조금이라도 확보할 셈이었다.

'다른 국장들한테 굽신거렸지만, 그게 대수냐? 시청률만 나오면 상관없다. 3, 아니 5%는 나와야.'

그때 주조정실 직원이 외쳤다.

"10초 전! 9! 8! 7! 6!"

머리가 벗겨진 부장급 간부는 눈을 가렸고.

"……"

구석에 있던 박송호 PD는 음침한 눈으로 모니터를 주시했다.

"5! 4! 3!"

국장이 살짝 어지러웠는지 옆에 있는 의자를 짚었다.

“2! 1! 갑니다!”

〈28주, 궁궐에 피어난 꽃〉 첫 방송이 주조정실 모니터에 비쳤다. 초반 5분. 적막하던 주조정실에서 먼저 입을 연 것은 국장이었다.

“얼마나 나왔어?”

“……그게, 국장님이 직접 보시는 게.”

이어서 시청률을 확인한 국장의 눈이 커졌다.

인근의 대형 국밥집에서는 〈28주, 궁궐〉의 촬영팀이 모두 모여 식사를 하고 있었다. 덕분에 총 100석이 넘는 국밥집을 통으로 빌려야 했다.

“야! 박군아! 아직 주조정실 통화 안 돼?!”

“예~ 안 됩니다!”

“아이씨! 뭐하고 자빠진 거야!”

답답함에 조명감독이 조연출에게 짜증 내는 와중에 여기저기서 내기판이 벌어졌다.

“나는 3% 만 원!”

“야야, 엄청 쪼잔하네. 기분이다. 5% 5만 원! 오땡으로 간다!”

“6% 십만 원!”

“오오오— 촬영감~독님~”

그들이 내기하는 와중에도 국밥집 벽면에 붙은 TV에는 〈28주, 궁궐〉의 드라마가 한창 나오고 있었고.

“……”

김태우 PD는 말없이 드라마를 보고 있었다. 그의 테이블에는 주연인 김건욱과 헤나를 비롯해 강하영, 김재욱, 말숙 등 배우들이 앉아서 역시 TV를 빤히 보고 있다. 그때 헤나가 칙칙한 테이블 분위기를 바꿀 겸, 김태우 PD에게 제안했다.

"감독님! 저희도 내기하실래요?"

"……내기요?"

"네네! 스태프들 내기에 끼긴 좀 뭐하고. 우리끼리라도 해요! 걱정만 하고 있으면 뭐 해요. 이런 거라도 해서 기분을."

하지만 김태우 PD는 헤나의 말을 끝까지 듣지도 않고 잘랐다.

"걱정 안 해요."

"어? 안 하세요? 진짜?"

"네. 안 합니다."

김태우 PD가 슬며시 웃으며 헤나를 쳐다봤다. 정말 걱정하지 않는 눈치였다. 김태우 PD의 시선은 다시금 TV로 향했고, 그러면서 입을 열었다.

"희한하게 그 웃음을 보면 걱정이 사라져."

"웃음이요? 무슨."

"……"

헤나가 물었지만, 김태우 PD는 대답하지 않았다. 대신 한 남자를 떠올렸다. 초기 투자 문제로 허덕일 때 갑자기 나타나 명함을 건네던, 주연배우로 편성이 날아갈 위기에 처했을 때 어마어마한 배우 두 명을 느닷없이 데려온 남자. 그리고 며칠 전 논란이 터졌을 때, 아무렇지 않게 상황을 역이용하던 남자.

같은 시각, 해창전자 사장실. 김재황 사장이 말없이 소파 팔걸이에 걸터앉아 드라마를 시청하고 있었다. 그가 TV 드라마를 이렇게 작정하고 본 것은 정말 오랜만이었다.

그러다 TV에서 낯익은 어린 남자 한 명이 무사 분장을 하고 나타났다. 순간 김재황 사장의 눈빛이 흔들렸다.

"……"

어린 남자 배우의 등장은 짧았지만, 굵었다. 약 5분 정도. 드라마 흐름과 극의 분위기를 해치지 않았고, 연기에도 어색함이 없었다. 아니, 오히려 임팩트가 끝내줬다.

"저래야 내 아들이지."

자신의 아들이 TV에 나온 것을 쭉 지켜보던 김재황 사장은 속주머니에서 담배를 꺼내 물고, 불을 붙였다.

"후우―"

여전히 소파에 걸터앉아 한 손은 주머니에 찔러넣은 채로 그는 탁자에 올려진 재떨이에 담뱃재를 툭툭 털었다. 여전히 말은 없었지만. 그의 머릿속에는 수많은 계획이 오가고 있었다.

드라마가 끝나기 10분 전, 정 작가의 작업실에는 정 작가와 보조작가가 주방 식탁에 붙어 앉아 하늘에 기도를 올리고 있었다. 오늘 하루 글쓰기를 포기하고 결과를 겸허하게 받아들이기로 한 정 작가였지만.

"미, 민지야. 그래도 3%는 나와주겠지?!"

"작가님! 우리 그런 거 바라지 않기로 했잖아요! 진짜 시청률 표 방송국에서 받은 다음에 생각하자면서요!"

"흐허헝, 안 돼. 그게 안 돼. 궁금해. 드라마 작가들은 매 작품 이럴까? 이런다면 난 작가를 포기할래!"

"작가님, 멘털 잡아요. 이제 1부 나갔어!"

식탁에 얼굴을 파묻은 정 작가를 보조작가가 다독였다. 그렇게 난리법석인 작업실에 작은 소음이 들렸다.

― 찌직찌직

팩스에서 종이가 천천히 흘러나왔다. 그와 동시에 정 작가와 보조작가가 눈을 마주쳤다.

"와, 왔어. 민지야. 어떡해. 나 못 보겠어."

"……침착해요. 제가 먼저 볼게요."

보조작가가 천천히 식탁에서 일어나, 팩스에 걸려 있는 종이를 집었다. 그러더니 천천히 입을 열었다.

"TVL 〈고독, 달콤한 여자〉 3.5%"

"헐! 엄청 높네!"

"HTVC 〈당신을 가지고 싶어〉 2.5 %"

"우리는! 우리 거는!"

"WTVM 〈28주, 궁궐에 피어난 꽃〉 십……."

"십?!"

깜짝 놀란 정 작가가 자리에서 벌떡 일어나 보조작가가 들고 있던 종이를 뺏었다.

그 밖에도 수많은 관계자들이 드라마를 보고 평가했다. 웹드라마 〈청순한 멜로〉의 촬영장에 있던 강하진과 그녀를 챙기는 추민재 팀장부터 시작해서, 무비트리의 송 사장과 그의 직원들 그리고 간만에 편집실을 나온 최명훈 감독, 보이스프로덕션 광주 사옥 휴게실에서는 황 실장과 박 과장 그리고 최철수, 류성원 감독 등등. 최근 강주혁의 손을 거쳐간 모든 사람이 저마다 모여서 드라마를 감상했다.

대중들 역시 마찬가지였다. '어디 한번 보자'부터 시작해 궁금해서, 팬이라서, 기대감에, 최근 핫해서 등등 각자 수많은 이유가 바탕이 돼서 〈28주, 궁궐〉을 시청했다. 그리고 강주혁의 오피스텔. 어느새 TV에서는 광고가 흘러나오고 있었다.

— 콰직!

주혁은 다 마신 맥주캔을 구겨서 탁자에 올려놓으며.

"김태우 PD…… 무조건 같이 가야겠네."

〈28주, 궁궐에 피어난 꽃〉 1부의 감상을 특이하게 표현했다. 그 순간 핸드폰이 울렸다. 발신자는 제작실장이었다. 주혁이 웃으며 전화를 받았다.

"네. 나왔습니까?"

"……사, 사장님!!"

"말씀하세요. 시청률, 나왔습니까?"

광분한 제작실장이 외쳤다.

"1화 마감 시청률! 11.8%! 미쳤어요!"

1화, 2화가 방영된 금요일과 토요일 이틀간 〈28주, 궁궐〉은 그야말로 센세이션을 일으켰다. 그 누구도 예상하지 못했고, 예상할 수 있는 범위가 아니었다. 그래서 타 케이블 방송사 역시 지켜보긴 했으나 견제하진 않았고, 잘해야 2% 정도 예상했다. 물론 케이블에서 2%면 나쁜 성적이 아니다. 하지만 〈28주, 궁궐〉은 금요일 11.8%, 토요일 11.3%를 기록했다. 토요일은 금요일에 비해 다소 시청률이 빠졌지만 살짝 낀 거품이 빠진 정도였고, 큰 문제도 아니었다. 방송 첫 주에 11%. 초, 중, 후반을 나눠서 마케팅과 광고를 점차 확대하면 틀림없이 시청률은 높아지거나 유지하는 게 가능했다. 때문에 TVL과 HTVC는 초상집 분위기였고, WTVM은 파티장을 방불케 했다. 만년 3위 케이블 방송사가 드라마 하나로 금토 시청률을 모두 싸잡고 단숨에 1위로 도약했으니 그럴 만도 했다.

이런 분위기는 〈28주, 궁궐〉 촬영팀 역시 마찬가지였다. 스태프의 사기는 드높았고, 촬영장 분위기 역시 최고였다.

"자! 시청률 11% 드라마의 주연 헤나 씨, 건욱 씨 도착하셨습니다!"

"하하하. 야, 박군아, 나도 앞으로 부를 때 시청률 11% 촬영감독님이라고 불러줘라!"

"어어? 그럴까요? 그럼 저도 앞으로 11% 박군이라 불러주십셔!"

"그래! 그러자! 그게 대수냐! 11% 나왔는데!"

결국 드라마는 시청률이 모든 것을 판단하고, 촬영장의 분위기와 사기 역시 시청률이 전부.

"막내야! 여기 조명 하나만 더 대볼까아? 어이구 뛰지 마, 뛰지 마. 천천히 해."

"조명감독님, 어제랑 반응이 너무 다른데요!"

"야. 우리 천천히 사부작사부작 하자."

"하하하. 자, 조명 세팅 끝나면 우리 배우님들 리허설 한번 가겠습니다!"

배우들 역시 달아오른 현장 분위기에 힘입어 연기에 박차를 가했다. 조연들도 마찬가지. 그중 가장 눈에 띈 것은 강하영이었다. 해창전자 패대기 광고로 이미 유명해진 데다, 강주혁이 잡아준 신비주의로 궁금증이 높아진 상태였고, 최근 터진 〈내 어머니 박점례〉 그리고 〈28주, 궁궐〉까지. 더군다나 강하영이 〈28주, 궁궐〉에서 맡은 역할은 마지막 화 언저리까지 등장하는 비중 있는 악역. 그녀가 치고 올라오는 속도가 심상치 않았다.

다음으로는 김재욱이었다. 김재욱이 〈28주, 궁궐〉에서 맡은 역할은 악역에서 호감형 역할로 바뀌는 무사 역. 드라마 초반에는 임팩트 있게 잠깐 치고 사라지는 게 전부라 반응이 소소하겠지만, 드라마에서 이런 역할은 보통 후반부에 크게 터진다. 시청자들의 반응을 보고 작가가 역할 비중을 늘리기 때문이다. 이런 역할로 터진 배우들의 선례도 많았고, 김태우 PD의 연출도 그런 식으로 가닥을 잡아서 그런지 벌써 김재욱의 역할을 추리하는 시청자까지 생겼다. 전형적인 돌아온 왕자님 같은 느낌.

가장 반응이 미미한 건 말숙이었는데, 사실 어쩔 수 없는 부분이었다. 말숙은 다작을 목표로 잡은 배우였고, 〈28주, 궁궐〉은 말숙의 필모를 채우는 작품일 뿐, 큰 의미를 두지 않았다.

"네. 아! 안녕하세요. 아~ 협찬이요? 죄송한데, 메일로 제안서 보내주시겠어요?"

"PPL요? 죄송하지만 저희 드라마가 4부 이후로는 거의 조선시대 배경이라 PPL은 좀 무리가 있거든요. 투자자님도 질색하시고."

"아, 광고는 방송사랑 얘기해보시겠어요?"

"투자 말씀이세요? 저희 후반부 제작비까지 계산이 전부 끝난 상태라, 네네. 메인 투자자 한 분이 전부 충당하신 겁니다."

덩달아 바빠지기는 제작사인 김앤미디어도 마찬가지였다. 〈28주, 궁궐〉에 관여된 모든 곳이 드라마 방송 전과 후가 판이하게 달라진 모습으로 새로운 일주일을 맞았다.

기자들과 대중의 반응 또한 미쳐 있었다. 대박이 터진 드라마를 가지고 기자들이 수많은 기사를 양산했고, 검색사이트 뉴스 페이지만 기사로 30페이지가 넘어갔다. 이쯤 되니 〈28주, 궁궐〉 관련 키워드나 강주혁의 이름이 실검에 심심치 않게 등장했고.

「대중들 강주혁의 '보이스프로덕션' 관심」

자연스럽게 강주혁의 보이스프로덕션으로 관심이 뻗치기 시작했다. 사장실에서 현재 상황을 확인한 주혁은 기탄없이 노트북을 덮었다.

"이제 터지는 일만 남았어."

마침 보이스피싱도 심사 어쩌고 한 이후 소식이 없는 상태였기에 주혁은 현재 터뜨린 일들에 치중하기로 마음먹었다. 안 그래도 그간 밖으로 돌아다니면서 일을 처리해서인지 서류가 산처럼 쌓여 있었다. 서류는 크게 세 종류였다. 추민재 팀장이 긁어온 영화 시나리오들과 오디션 정보 그리고 영화판에 돌아다니는 엎어진 작품들 등등을 정리한 서류들. 홍혜수 팀장이 정리해둔 방송 섭외, 인터뷰, 투자제의, 제작제의 등등. 마지막으로 황 실장의 1차 보고서. 대충 훑던 주혁이 작정하고 팔을 걷어붙여, 서류들을 처리하기 시작했다. 이후로는 마치 경주마가 필드를 달리는 것처럼 시간이 빠르게 흘러갔다.

그사이에 파워볼륨 측이 〈청순한 멜로〉 1~2부를 드디어 론칭했다. 검색사이트와 해창전자 너튜브, SNS 공식 채널 등에 게재됐고, 이어서 홍보를 시작했다. 곧 신제품 핸드폰이 세상에 나온다는 뜻이었고, 강주혁에게는 1억 뷰라는 결과를 안겨줄 〈청순한 멜로〉가 그 시동을 걸었다.

〈내 어머니 박점례〉는 약 2주 동안 45만 관객수를 동원하는 중이었고, 상영관을 늘려 그 성적을 뻥튀기하기 위해 더욱 박차를 가하고 있었다. 특히 다큐멘터리 독립영화로서 흥행한 것이 매우 이례적이라 그런지, 방송 쪽에서 언급이 잦았다. 〈개그청춘〉이나 〈코미디빅스타〉 같은 개그 프로에서 〈내 어머니 박점례〉를 패러디했고.

“할머니, 까봐. 까봐아~”

“헛! 패 건들지 마! 어제 수확한 벼가 걸려 있는 판인께!”

할머니 분장을 하고 개그를 치는 코너가 심심치 않게 등장했다. 아침 교양프로나 오후에 나오는 시사프로에서도 〈내 어머니 박점례〉의 실제 주인공인 김점숙 할머니를 집중 조명해, 그녀의 삶을 화면에 비췄다. 이런 모든 관심은 자연스레 영화의 2차, 3차 마케팅으로 이어졌다.

SNS 쪽으로는 〈내 어머니 박점례〉를 본 관객들이 영화의 감동에 힘입어, 바쁜 일상에도 할아버지나 할머니를 찾아가 효도하는 장면을 SNS에 인증하는 재미있고 훈훈한 현상이 벌어졌다.

— 깡@KKANG

— #할아버지 #할머니 #오래오래 #사세요 #내어머니박점례

현실이 바쁘고, 일이 힘들다는 핑계로 그간 찾아뵙지 못했던 할아버지, 할

머니를 뵙고 맛있는 것도 사드리고, 곧 불어올 찬바람에 대비해 재킷도 몇 벌 사드렸다. 집에 돌아오는데 괜히 기분 좋고 웃음 나고 그랬다. 영화 〈내 어머니 박점례〉는 그저 재미있는 영화만이 아니라, 나에게 기분 좋은 변화를 준 영화다. 감사한다.

이렇듯 〈내 어머니 박점례〉는 흥행과 더불어 사회 전반에 훈훈한 영향을 퍼뜨리는 중이었다.

* * *

금요일 점심, 서울의 한 영화관.

평일 점심임에도 영화관은 사람들로 북적거렸다. 그사이에 한 남녀 커플이 로비에 마련된 테이블에서 팝콘을 먹으며 영화 시작까지 시간을 죽이는 중이었다. 남자는 스크린에 나오는 영화 예고편을 멍하니 보고 있었고, 여자는 핸드폰으로 무언가를 찾아보고 있었다. 그러다 먼저 입을 연 것은 여자였다.

"오빠! 〈정적〉 재미없대. 평점 7점이야. 아, 진짜 우리 그냥 〈내 어머니〉 그거 보자니까?"

"아, 그럴까? 근데 대낮부터 눈물 쏟기 싫어서. 그거 개슬프다던데?"

"아니, 그래도. 〈정적〉 리뷰 봐봐! 내가 '강인한 적'은 피했는데 '정적'을 못 피했다는 둥 팝콘이 무슨 맛인지 정확하게 파악하고 나왔다는 둥. 진짜 쓰레긴가 봐."

"어 진짜? 그럼 〈박점례〉 그걸로 바꿀까?"

"응! 그거 보자. 그거 지금 70만 돌파했대."

"헐— 그거 독립 아님? 70만이면 대박이네."

그 순간.

— 쿠궁!

— 슬픔과 기쁨이 공존하는 인생!

정면에 붙은 소형 스크린에서 〈내 어머니 박점례〉의 예고편이 흘러나왔다.

— DBS 국제독립영화제 3관왕 수상작!

짤막한 예고편과 더불어 광고성 멘트들이 달려서 나왔다.

— VIP픽쳐스 배급! 보이스프로덕션 제작! 보이스프로덕션 투자!

멘트는 잔잔한 여자 음성으로 흘러나왔고, 그 영상을 가만히 보고 있던 여자가 천천히 혼잣말을 뱉었다.

"보이스프로덕션? 어디서 들어봤는데."

사실 관객들은 영화나 배우들에게 관심 있지, 영화사나 제작사 그리고 투자사에는 크게 관심이 없다. 고작 영화 끝에 올라가는 엔딩 크레딧이나 포스터에 작게 박히는 회사 상호일 뿐. 하지만 보이스프로덕션은 사정이 조금 달랐다. 영상 말미에서 보이스프로덕션이라는 상호를 확인한 여자가 갑작스레 골머리를 잡고 생각에 빠졌다.

"아, 어디서 분명 들어봤는데. 어디지."

여자의 궁금증에 남자가 중얼거렸다.

"보이스프로덕션? 저거 강주혁 거기 아닌가?"

그러자 여자가 짝 하고 손바닥을 쳤다.

"아! 맞다! 보이스프로덕션! 강주혁 제작사다!"

"깜짝이야!"

남자가 화들짝 놀랐지만, 여자는 그러거나 말거나 다시금 핸드폰으로 무언가를 검색했다. 몇 초 뒤.

"헐! 맞네. 〈28주, 궁궐〉!"

"뭐가?"

"오빠. 저번 주에 시작한 거 〈28주, 궁궐〉 드라마 봐?"

"아, 그거 너튜브에 편집본으로 올라온 거 봤어. 재밌어?"

"그 드라마 시청률 11% 찍고 지금 개핫한데, 그거 강주혁이 전부 투자했대. 그 보이스프로덕션."

여자가 말을 마치고는 여전히 예고편이 나오고 있는 스크린으로 시선을 돌리며 말을 이었다.

"대박! 이것도 강주혁이 만든 거네, 그럼?!"

같은 날 〈28주, 궁궐〉 3부가 방영되기 두 시간 전. 디쓰패치 박 기자가 편집장에게 말을 던졌다.

"드라마 보셨죠? 제가 뭐라고 했습니까. 강주혁 그거 물건이라니까요."

"그래그래, 나도 봤는데, 너무 강주혁만 빨아주면."

"지금 우리가 그 친구 덕을 본 게 얼만데, 이 정도는 메인으로 쏴줘도 돼요. 그리고 계속 빨아줘야 그 친구가 특종을 계속 준다니까? 내가 말씀드렸잖아? 나랑 계약했다고."

"확실한 거지?"

"아따— 속고만 사셨나. 진짜 확실해요. 강주혁이 이 기사 꼭 오늘 쏘라고 날짜까지 짚어줬다니까요. 지금 쏴야 돼! 안 그러면 이미 다 알려져서 늦어요. 임팩트나 뭐나 의미가 없어진다니까?"

천천히 고개를 끄덕이던 편집장이 박 기자가 1차 편집본으로 뽑아온 기사를 다시 내려다보며 잠시 생각에 빠졌다. 이윽고 지시가 떨어졌다.

"에이씨, 몰라. 빨아주기 시작했으니까, 끝까지 빨아줘! 기사 쏴!"

"오~케이! 지금 바로 쏩니다."

그로부터 정확하게 15분 뒤. 강주혁은 사무실에서 여유롭게 노트북을 열어 무언가를 확인했다.

"떴네."

주혁이 보고 있는 화면에는 디스패치 메인에 커다랗게 기사가 떠 있었다.

「[단독] '28주, 궁궐'에 이어 최근 화제의 독립영화인 '내 어머니 박점례' 알고 보니 강주혁이 만들었다! 잠적 이후 제작사로 화려하게 복귀한 강주혁을 심층 분석해본다!」

강주혁을 집중적으로 다룬 특집기사였다.

〈28주, 궁궐〉의 초대박 행렬과 다큐 독립영화인 〈내 어머니 박점례〉가 흥행가도를 달리는 와중에 디스패치에서 강주혁을 집중적으로 다룬 특집기사가 세상에 던져지면서 사실상 어디를 봐도 강주혁이 나왔다. 3사 검색사이트 메인에는 영화 면과 드라마 그리고 이슈 페이지에 이름을 올렸고, 특집기사 이후로 실검을 장악하면서 SNS 등으로 파다하게 퍼졌다. 덕분에 강주혁의 행보를 전혀 모르고 있던 사람들까지 조금씩 강주혁에게 눈길을 두면서 화제를 이어갔다. 그 화제성에 힘입어 〈28주, 궁궐〉의 3부, 4부 시청률이 발표됐다.

— 3부 평균 시청률 11.5%, 최고 시청률 11.9%

— 4부 평균 시청률 11.7%, 최고 시청률 12.1%

끝없이 던져지는 기사들을 포함해 김앤미디어와 WTVM 측에서 너튜브에 5~10분짜리 편집 영상을 올리면서 초중반 마케팅에 힘을 실어준 덕에, 시청률은 끝없이 올랐다. 거기다 주말이 지난 시점.

「'내 어머니 박점례' 주말새 100만 돌파!」

다큐 독립영화 역시 꽤 많은 스크린 수를 중반부에 배치하고 사회 전반으로 자연스레 퍼진 마케팅 덕분에 관객수가 주말을 기점으로 백만이 넘어버렸다. 그러고도 이 두 작품의 고공행진은 멈출 줄 몰랐다.

하지만 정작 화제의 중심인 강주혁은 주말이 지나고도 여전히 사무실에서 서류에 파묻혀 있었다. 물론 서류를 처리하는 와중에도 자신이 진행하는 일들을 핸들링하는 데 소홀히 하지 않았지만.

"끝이 없네."

확인하고 또 확인해도 일이 줄어들지 않았다.

"후—"

주혁이 짧게 한숨을 내쉬며 커피 한잔을 추가로 내렸다. 아침에 출근해서 벌써 다섯 잔째. 쪼로록 내려오는 커피를 멍하니 바라보던 차에 주혁의 핸드폰이 울렸다.

— 지이잉 지이잉 지이잉 지이이잉~!

발신자는 디쓰패치 박 기자였다.

"어. 기사 봤어. 잘 뽑았던데? 타이밍도 내가 말한 대로 아주 딱 좋았다."

"하하, 야! 그게 다냐? 내가 편집장이랑 딜 친 거 생각하면 아직도 오금이 저려. 조금 더 칭찬해줘, 물주님."

"아직 할 것도 많구먼, 칭찬은. 그보다 아침부터 웬일이야?"

"어? 아, 맞다. 그거 찾았다."

"그거? 아— 기사 쓴 장본인? 찾았나?"

"찾았어. 야, 크크. 아주 WTVM도 콩가루더만? 아무리 경쟁 사회라지만. 여튼 문자로 자료 보내줄게. 알아서 해라."

"어어— 땡큐."

잠시 뒤 강주혁의 핸드폰으로 박 기자가 보내준 자료들이 도착했다.

"흠,"

딱히 놀라지도 않았다. 예상했던 인물이었기에.

"박송호 PD라…… 얘를 어쩐다?"

물론 덕분에 화제도 됐고 드라마에 대한 관심이 더욱 치솟긴 했지만.

"그건 결과적으로 그렇게 된 거지."

결과론일 뿐이었고, 악감정으로 〈28주, 궁궐〉을 저격한 것은 변함없는 사실이었다. 주혁이 가만히 생각에 빠졌다. 평소 강주혁이라면 자신을 공격한 박송호 PD를 아주 가볍게 몰락시켰겠지만, 꽤 생각할 것이 많았다. 일단 얽힌 사람이 많았고, 무엇보다 박송호 PD를 대놓고 무너뜨리면 WTVM 방송사가 외부적으로나 내부적으로 피해를 볼 가능성이 있었다.

"잘못하면 제 살 깎아먹는 그림으로 빠질 가능성이 있어. 그렇다고 내버려두면 또 지랄할지도 모르고."

이 일이 잘못 세상으로 퍼지면 직원 관리를 똑바로 못했다는 구설수와 함께 WTVM 방송사 이미지 실추, 거기다 한창 분위기 좋은 〈28주, 궁궐〉에도 똥물이 튈지 몰랐다. 꽤 오랫동안 생각에 잠겼던 주혁은 이내 자리에서 일어나 의자에 걸쳐둔 재킷을 집었다.

같은 시각. WTVM 드라마국에 국장이 미소를 머금은 채 출근했다.

"나오셨습니까, 국장님."

"음. 최 CP, 시청률 어때?"

"하하하. 다 아시잖습니까?"

"알지. 그래도 또 듣고 싶다. 어때?"

"4부 평균 시청률 11.7%! 최고 시청률 12.1!"

"아, 좋아. 아—주 좋아."

국장이 고개를 세차게 끄덕이며 최 CP의 어깨를 툭툭 두들겼다. 그러던 차에 박송호 PD가 똥 씹은 표정으로 고개를 대충 까딱하고는 국장을 지나쳤다. 국장이 박송호 PD를 붙잡았다.

"야야, 송호야. 어디 가냐, 지금?"

"어디겠어요. 대단하신 후배님 뒤를 이으려고 대본 미팅하러 갑니다."

"그래그래. 좋아. 아주 좋은 자세야."

흐뭇한 표정으로 사무실에 대고 국장이 소리쳤다.

"자자! 누구든지, 좋은 기획 내봐라! 괜찮으면 〈28주, 궁궐〉 바로 뒤로 편성 넣어준다! 놀지 말고, 움직여!"

국장의 선포에 박송호 PD는 얼굴이 잔뜩 구겨진 채 복도를 따라 사라졌다.

약 5분 뒤. 국장이 여전히 PD들에게 이래저래 얘기하는 와중에 복도 쪽이 소란스러워졌다. 그 소리에 국장의 고개가 자연스레 돌아갔고, 곧 그의 눈이 커졌다. 어느새 국장 앞에 선 주혁이 미소를 머금으며 국장에게 손을 내밀었다.

"반갑습니다. 국장님이시죠? 강주혁입니다."

"아, 하하하. 알죠. 여기 강주혁 씨 모르는 방송쟁이가 어딨습니까?"

잠시 뒤, 강주혁을 소파에 안내한 국장이 커피 한잔을 내밀며 반대쪽에 앉았다. 〈28주, 궁궐〉의 방향성 그리고 보이스프로덕션에 관한 질문 등등. 심지어 국장은 보이스프로덕션 소속 배우들의 프로필까지 요청하는 바람에 주혁이 김태우 PD에게 꼭 전달하겠다는 약속과 함께 본론을 꺼냈다.

"그런데 국장님. 〈28주, 궁궐〉 저격기사 말입니다만."

"아하, 그것 참 골치가 아파요. 누가 했는지 나오지 않으니까, 제가 보기엔 기자 새끼들이 그냥 아무 말이나 던진 게 아닌가 싶."

그 순간 주혁이 국장의 말을 잘라먹었다.

"찾았습니다."

"예?"

"누가 쓴 건지 찾았습니다."

"누가 했는지 찾았다?"

고개를 끄덕인 주혁이 정리한 자료가 포함된 파일을 탁자 위에 올렸다.

“그런데, 이게 참 예민하겠던데요. 그렇다고 제 입장에서 이걸 그냥 넘길 순 없고 해서 국장님을 찾아온 겁니다.”

짐짓 진지한 표정으로 변한 국장이 탁자 위에 올려진 얇은 파일을 내려다 보면서 팔짱을 꼈다.

“예민하다?”

“전 이 건이 시끄럽게 처리할 문제가 아니라고 판단했습니다. 국장님 선에서 적절하지만 확실하게 처리하되 조용히 진행해주십사 합니다.”

“혹시 그 기사 시발점이 우리 드라마국 내부에…….”

국장은 차마 말을 끝까지 하지 못했고, 주혁은 얇은 파일을 조금 더 밀면서 자리에서 일어났다.

“확인해보시면 알겠죠. 이런 일은 확실히 싹을 자르지 않으면 본보기가 안 되고, 같은 일이 훗날 반복될 겁니다. 만약 국장님이 뜨뜻미지근하게 이 사안을 처리하시면 제가 나서는 수밖에 없습니다. 잘 부탁드립니다.”

“……음. 일단, 알겠습니다.”

“그럼.”

주혁이 살짝 웃으며 인사하고는 국장실을 나섰다. 그 모습을 바라보던 국장이 짧게 읊조렸다.

“저 친구, 분위기가 좀 변했군.”

주차장으로 나온 주혁은 차에 타면서 추민재 팀장에게 전화를 걸었다.

“예— 사장님~”

“형. 지금 촬영장?”

“어어, 〈청순한 멜로〉 촬영 중이지. 왜?”

“촬영장 위치 좀 문자로 찍어줘. 나온 김에 한번 들를 테니까.”

"크크. 하진아, 사장님 행차하신다는데? 뭘 또 그렇게 놀라. 하여튼 알겠어. 지금 바로 보낼게."

곧장 추민재 팀장에게서 위치가 도착했다. 촬영장 위치를 확인한 주혁은 차를 몰기 시작했다. 서울에 있는 한주대학교였다.

"컷! 잠시 끊어가겠습니다! 하진 씨 지금 감정 좋으니까, 유지하고 있어요!"

"네."

웹드라마 〈청순한 멜로〉의 김주태 연출이 강하진에게 디렉팅을 넣고는 옆에 앉아 있는 스크립터와 얘기를 나누기 시작했다. 〈청순한 멜로〉는 어느새 대본상 6부 촬영분을 소화하고 있었다. 촬영 스태프는 대략 30명. 그중에 강주혁과 계약한 백번 촬영팀 역시 섞여 들어가 열심히 현장 감각을 배우고 있었다. 본 대본을 맡은 백번 촬영팀 작가와 파워볼륨 측 리메이크 작가가 한 작업실에서 작업 중이었고, 연출 쪽을 담당하는 인원은 조연출과 연출팀에, 그리고 제작을 맡았던 인원은 제작팀에 소속되어 있었다.

쉬어가는 찰나에 강하진이 의자에 앉아서 핸드폰을 꺼내 〈청순한 멜로〉의 반응을 살피기 시작했다. 그러자 뒤쪽에서 남자주인공을 맡은 신인배우 백진강이 달라붙었다. 나름 큰 키에 전형적인 대학교 훈남 선배 모습이었다.

"너 또 조회수 봐?"

자신이 가져온 의자를 강하진 옆에 붙인 백진강이 얼굴을 쑥 내밀자, 강하진이 살짝 뒤로 빠지면서 천천히 답했다.

"……아, 네."

"괜찮아, 괜찮아. 반응 좋던데? 댓글 보니까 너 예쁘다고 난리더라."

"……"

강하진은 말없이 주변을 둘러봤다. 추민재 팀장은 화장실에 갔는지 보이지 않았다. 그러거나 말거나 백진강은 계속 말을 걸었다.

"근데 너 그 어디냐, 보이스프로덕션 소속이라매? 강주혁 실제로 봤어?"

"네."

"와, 어때? 실물 개쩔지? 근데 너 좀 아깝긴 하다. 거기 요즘 좀 핫해도 구멍가게 아닌가? 너 다음 작품 나왔어?"

"구멍가게 아닌데요."

"어?"

"구멍가게 아니라고요."

"아, 어어. 아니— 아하하 미안미안. 그냥 작다고 말한 건데."

백진강이 손사래를 쳤다.

"아니, 신인은 작품 주기가 짧아야 하니까. 나는 다음 작품 영화 들어가기로 해서, 하하하. 그나저나 너 번호 좀 알려주라."

"왜요?"

"어? 아니, 그냥 연락이나 하고 지내자고. 왜? 남자친구 있어?"

"네. 있어요."

"있어? 에이 뻥 치지 말고. 있어도 뭐, 상관없잖아. 그냥 친구처럼."

나름 강하진이 선을 긋는데도 백진강은 포기하지 않았다. 심지어 강하진이 들고 있는 핸드폰을 뺏기 위해 손을 내밀었다.

"줘봐봐. 그냥 연락이나 하고 지내자니까. 누가 잡아먹나."

바로 그때, 뒤에서 중저음 목소리가 들렸다.

"야. 놔."

"어? 누구…… 헉!"

백진강이 목소리를 따라 돌아봤다가, 놀라자빠졌다. 바로 뒤쪽에서 강주혁이 미간을 찌푸린 채 백진강을 내려다보고 있었고.

"너 소속사 어딘데."

백진강을 보며 주혁이 나지막하게 말했다.

"아, 예?! 코, 콘엔터테인먼트입니다!"

"콘? 거기 장진혁 있는 곳?"

"예! 장진혁 선배님 계십니다!"

어느새 신병처럼 소리치는 백진강이었고, 강하진도 일어서 강주혁 옆에 섰다. 그녀를 잠시 쳐다보던 주혁이 짧게 한숨을 내쉬면서 백진강에게 다시 시선을 던졌다.

"나대지 마라. 이 바닥 좁다."

"죄, 죄송합니다!"

"촬영 때 빼곤 하진 씨한테 접근하지 마. 알아들어?"

"예!"

"가."

주혁의 말을 끝으로 백진강이 90도로 인사하더니 어디론가 뛰어갔다. 이어서 주혁은 옆에 선 강하진에게 고개를 돌렸다.

"만약 앞으로 재 말고도 다른 작품에서 저런 애가 또 있으면, 일단 뺨을 후려갈겨요. 뒤는 내가 책임질 테니까."

그의 말에 강하진이 보기 드물게 빙그레 웃으면서 외쳤다.

"네!"

이후 〈청순한 멜로〉 촬영 현장을 확인한 주혁은 사무실로 복귀해 남은 일을 정리했다. 하루하루가 전투적으로 흘렀고, 그만큼 매일매일이 빠르게 지나갔다. 그사이 〈청순한 멜로〉가 검색사이트 네리버 영상 페이지에서 백만 뷰를 달성했다. 순전히 젊은 층을 노려서 마케팅한 결과였다. 그만큼 입소문도 빠르게 퍼졌다.

'웹드라마 같지 않은 퀄리티!'

물론 해창전자 측에서도 핸드폰 출시에 맞춰 홍보에 열을 올리기 시작했고, 네리버를 포함해 너튜브, 기타 영상 플랫폼 등에 5화가 게재된 〈청순한 멜로〉는 총 클릭수 5백만을 넘기고 있었다.

〈청순한 멜로〉가 슬슬 젊은 층에게 입질이 오고 있을 때, 영화판에서는 물론 사회적으로도 센세이션을 일으킨 〈내 어머니 박점례〉가 흥행 속도를 높였다.

「독립영화의 반란! '내 어머니 박점례' 150만!」

10월 9일 자로 150만 관객 돌파. 엄청난 기세로 관객수를 끌어모으기 시작했다.

이어진 주말. 5부, 6부가 방영된 〈28주, 궁궐〉은 5부를 기점으로 시청률이 12%를 넘기면서, 지상파 방송국의 평균 시청률마저 가뿐히 넘겨버렸다.

일요일 늦은 밤 주혁은 〈내 어머니 박점례〉와 〈28주, 궁궐〉의 상승세를 파악하며 수첩에서 이 두 가지 미래 정보를 지웠다.

"이젠 시간문제일 뿐이지."

수첩을 덮으며 양 볼을 쓰다듬는 강주혁.

"왜 전화가 안 오지."

보이스피싱이 심사를 한다고 1억을 받아간 지가 벌써 2주를 넘은 상황이었다. 하지만 아직 감감무소식. 주혁이 살짝 피식했다.

"와, 이대로 안 오면 진짜 보이스피싱인데."

그래도 손 놓고 있을 시간은 없었고, 안 오면 안 오는 대로 주혁은 움직여야 했다.

"언제고 보이스피싱에만 매달릴 순 없으니까."

강주혁은 평소 나름대로 마음의 준비를 하고 있었다. 보이스피싱 전화가 걸려온 것도 급작스러웠으니 그의 인생에서 사라지는 것 또한 급작스러울 것 같았다. 그러니 준비를 해야 했다.

"후—"

짧게 한숨을 뱉은 그가 대충 정리한 서류들을 뒤로하고 시간을 확인했다. 어느새 밤 12시 15분을 가리키고 있었다. 그가 지친 몸을 일으키며 의자에 걸쳐둔 재킷을 집었다. 그 순간 핸드폰에 문자가 도착했다. 그가 움직이던 몸을 멈추고, 핸드폰을 확인했다.

— 최명훈 감독

— 사장님. 시간이 늦어 문자로 드립니다. 지금 음향 쪽 제작사 와 있는데, 방금 편집을 모두 마쳤습니다. 확인하시면 연락 부탁드립니다.

피날레로 터질 영화 〈척살〉의 편집이 끝났다.

21. 개시

월요일 아침부터 강주혁은 강하진과 추민재 팀장을 대동하고 〈척살〉의 음향을 맡은 음향제작사 사운드팩토리를 찾았다. 음향이 입혀진 〈척살〉의 스태프 시사회였다.

사운드팩토리의 작업실은 꽤 넓었다. 정면에 걸려 있는 큰 모니터가 몇 개, 수많은 버튼이 즐비한 모습. 그 중앙에 음향감독으로 보이는 남자와 최명훈 감독, VIP픽쳐스 최혁 팀장과 사업부장, 무비트리 직원들, 몇몇 처음 보는 이들. 여유롭게 다리를 꼬고 앉아 있는 하성필과 강주혁을 밝은 표정으로 반기는 류진주, 그들의 매니저들까지. 대충 봐도 20명은 넘어 보였다. 확실히 상업영화의 스태프 시사회는 독립영화인 〈내 어머니 박점례〉와는 모이는 숫자부터 달랐다.

강주혁이 작업실로 들어서자, 사람들이 하나씩 그에게 축하 메시지와 함께 악수를 청했다.

"이야, 사장님. 〈박점례〉 160만이 눈앞이던데요? 하하, 축하드립니다. 아주 초대박이야. 〈척살〉도 대박이 터져야 하는데."

"감사합니다. 부장님. 잘될 겁니다."

"독립파트 쪽 지금 성과급 돌린다고 난리던데, 얼마나 부럽던지."

"하하, 팀장님. 〈척살〉로 잘되면 되지 않겠습니까?"

이후 주혁은 몇몇 안면 있는 사람들과 가볍게 인사를 나누고, 기다리고 있는 최명훈 감독에게 손을 내밀었다.

"정말 고생 많으셨습니다."

"……사장님 아니었으면 여기까지 오지도 못했을 겁니다. 감사드립니다."

손을 맞잡은 최명훈 감독은 강주혁이 처음 자신을 찾아와 영화를 찍자고 제안하는 장면부터 하나하나 떠올랐는지, 순간 울컥했다.

"잘될 겁니다. 걱정하지 마세요."

"하하. 이상한 말이지만, 사장님이 그렇게 말씀하시면 왠지 진짜 그렇게 될 것 같아 힘이 됩니다."

얼추 최명훈 감독과 인사를 끝낸 주혁이 고개를 돌렸다. 그 뒤쪽에 샐쭉하게 서 있는 류진주와 하성필. 〈척살〉의 주연배우들. 주혁은 먼저 류진주에게 손을 내밀었다.

"오랜만이지? 차기작 준비하고 있냐?"

"선배님. 〈28주, 궁궐〉 초반 힘들 때 저한테 대본 주셨으면 했을 거예요."

"누가 힘들었대?"

"그래도……."

못내 아쉬웠는지 류진주가 빨간 입술을 쭉 내밀었다. 그 모습에 주혁이 피식 웃었다.

"배역이 너랑 마스크가 안 맞아서 대본이 안 간 거지, 니가 별로라서 안 간 건 아니다. 그리고 너 너무 비싸."

"치."

"근데 또 너만 한 여배우가 어딨냐? 시나리오나 대본 괜찮고, 마스크 너랑 맞으면 당연히 너한테도 보낸다."

그녀의 얼굴이 한순간에 밝아졌다. 류진주는 웃는 표정으로 주혁을 지나쳐 강하진에게 달려들었다.

"하진아! 어휴 그새 예뻐진 것 봐?"

"서, 선배님!"

"언니라고 부르라니까!"

그런 그녀를 뒤로하고 강주혁이 여전히 앉아 있는 하성필을 내려봤다. 하성필도 그저 강주혁을 올려봤다. 말은 없었다. 그렇게 흐른 시간이 몇 초. 강주혁이 슬그머니 허리를 굽혀 하성필의 귓가에 작게 읊조렸다.

"고깃집에서 내기한 거 안 까먹었지?"

"내가 미쳤냐? 그걸 까먹게. 9백만이다? 899만도 안 되는 거 알지?"

"아무거나 무조건 나오는 거다? 하다못해 신인 감독 독립영화라도."

"콜. 내 출연료나 준비해놔."

그때 중앙에 앉아 있던 음향감독이 말을 꺼냈다.

"메인 투자자님 오셨으니까, 시작하겠습니다."

— 탁탁

작업실의 불이 소등됐다.

음향감독이 기계를 조작하자, 곧이어 정면 커다란 모니터가 밝아졌다. 먼 시야에서 커다란 빌딩 숲이 나오고, 빠르게 하성필을 줌인. 그리고 그의 내레이션이 흘러나왔다.

"나는 회사에 다닌다."

정장을 빼입은 하성필은 방금 산 담배를 주머니에 쑤셔 넣고는 손목에 찬 시계를 확인하고.

"언제부터인지 잘 기억나지 않는다."

다음으로 핸드폰을 꺼내 무언가를 확인.

"그저 회사에 다니고, 시키는 일을 한다."

화면은 다시금 블랙으로 처리, 하성필의 목소리는 계속 흘러나왔고.

"나는 사람을 죽인다."

깔리는 BGM에 이어서 영화 타이틀이 박혔다.

'척살'

영화가 시작됐다.

같은 시각, WTVM 국장실에서는 국장이 가만히 서서 책상에 놓인 얇은 파일을 내려다보고 있었다. 이미 한 차례 간부급 회의는 끝난 상태였다. 그때 국장실에 노크 소리가 울렸다.

"부르셨다고."

이어서 면도도 못한 모습의 박송호 PD가 들어왔다.

"문 닫고 들어와."

"예? 아, 네."

생각지 못한 딱딱한 분위기에 박송호 PD가 살짝 긴장하며 문을 닫고, 천천히 국장 앞으로 와 섰다. 그 모습을 물끄러미 노려보던 국장이 길게 한숨을 내쉬었다.

"후— 송호 너 지금 진행하는 작품, 천동이한테 넘겨."

"예?! 아니, 그게 무슨! 천동이 아직 입봉도 안 한 핏덩이한테 제가 기획한 걸 왜."

하지만 국장은 박송호 PD의 말을 잘라먹었다.

"넘기라면 넘겨. 그리고 오늘 안으로 사표 내. 바로 처리해줄 테니까."

"예?!!"

놀라기를 넘어 눈알이 터질 듯 커진 박송호 PD가 고래고래 소리를 질렀다.

"갑자기 그게 무슨 소립니까!!"

— 팍!

발악하는 박송호 PD 얼굴에 국장이 책상 위에 있던 얇은 파일을 던졌다.

"무슨 소리긴 이 개새끼야. 이걸 보고도 니가 그런 소리가 나오는지 보자."

"……?"

느닷없이 날아온 파일을 집어 펼친 박송호 PD의 얼굴이 일목요연하게 정리돼 있는 증거들을 보자, 노랗게 떴다.

"어어? 이, 이게 어떻게 여기……."

"하다하다 내 너 같은 새끼는 처음 봤다. 아무리 그래도 몇 년을 한솥밥 먹은 후배를 담가?! 에라이 쓰레기 같은 새끼!"

상황을 파악한 박송호 PD가 눈알을 빠르게 굴렸다.

"이, 아니. 국장님, 이게 어떻게 된 거냐면요!"

"시끄러워, 이 새끼야! 이미 만장일치로 너 보내자고 나온 사안이니까, 자리 정리해. 그나마 태우가 너 생각해서 사표 정도로 끝난 걸 감사하게 생각해라. 어후! 정신 빠진 새끼. 꺼져! 이 새끼야."

박송호 PD가 급기야 무릎까지 꿇었지만, 잠시 뒤 후배 PD들에게 질질 끌려나가야 했다.

그사이 사운드팩토리에는 스태프 시사가 끝났다. 여기저기서 박수 소리가 터져 나왔다.

"최 감독! 고생했습니다!"

"아~주 영화가 기가 막히게 빠졌어! 기대가 큽니다!"

"이건 물건입니다. 분명 관객들도 알아봐줄 겁니다!"

"음향감독님도 고생하셨어."

극찬 세례가 쏟아지는 와중에, 여전히 모니터를 응시하던 주혁은 말없이 다리를 꼬며 생각에 빠졌다.

'최명훈 감독…… 아무리 김삼봉 감독 밑에서 7년을 굴렀다지만 이제 신인인데, 그림을 이 정도로 뺄 줄이야.'

그러다 주혁은 김삼봉 감독이 했던 말이 떠올랐다.

'명훈이, 감각이 있어서 그림은 아주 잘 뺄 거야.'

사실이었다. 거짓말 하나 안 보태고 정말 영화가 잘 빠졌고, 누가 보더라도 충분히 완벽하다고 할 정도였다. 영화는 후반 편집이 전부라는 말이 완벽하게 들어맞는 순간이었다.

"……"

한참 주혁이 혼자 생각에 빠져 있다가, 순간 주변이 조용해짐을 느꼈다.

"아."

주변을 둘러보니 어느새 작업실에 모여 있던 인원 모두가 강주혁을 빤히 쳐다보고 있었다. 강주혁은 〈척살〉의 메인 투자자. 모두가 그의 반응을 궁금해하는 눈치였다. 주혁이 피식 웃더니 최명훈 감독에게 눈을 맞추며 입을 열었다.

"최고였습니다. 정말로."

그러자 모여 있던 사람들이 우당탕 소리쳤다.

"와하핫!"

"최고랍니다! 감독님!"

"최 감독! 울어? 우는 거냐!"

"야야, 감독님 우신다. 누가 티슈 좀!"

정신없는 상황 속에서 주혁이 자리에서 일어나, 추민재 팀장에게 눈길을 보냈다. 강주혁의 눈빛을 알아챈 추민재 팀장이 최명훈 감독에게 서류봉투를 건넸고. 얼결에 서류봉투를 받은 최명훈 감독이 눈물을 훔치며 고개를 갸웃했다. 설명은 강주혁이 했다.

"감독님. 조건 잘 확인해보세요. 우리 같이 가야지. 저는 감독님이 우리 회사에 오셨으면 좋겠습니다."

"……가, 감사합니다."

봉투에 든 것은 전속 계약서였고, 서류봉투를 받아든 최명훈 감독은 차마 말을 잇지 못했다. 주혁이 싱긋 웃으며 그의 어깨를 붙잡았다.

"충분히 검토해보시고 연락 주세요. 자, 그럼 저는 이만 가보겠습니다. 팀장님, 개봉일 확정되면 알려주시고."

"알겠습니다!"

"송 사장님, 저 갑니다."

"이어, 수고했어. 연락할게."

주차장에 도착한 주혁이 운전석에 타려는 순간 문자가 도착했다.

— 김태우 PD

— 사장님. 방금 송호 선배 처리했다고, 국장님이 전달해 달랍니다. 완벽하게 잘렸습니다. 어떻게 된 건지 모르겠지만, 어쨌든 자세한 사항은 나중에 알려주십쇼.

내용을 확인한 주혁이 미소를 머금으며 차 문을 열었다.

그 길로 도착한 광주 보이스프로덕션 사옥 앞에는 희한한 풍경이 주혁의 눈길을 사로잡았다. 주혁이 갓길에 차를 살며시 멈추고는 입을 열었다.

"형. 형 눈에는 저게 뭐로 보여?"

그러자 핸드폰을 내려다보던 추민재 팀장이 강주혁의 얼굴을 쳐다봤다가, 그의 시선을 따라 오른쪽으로 고개를 돌렸다. 이어서 추민재 팀장의 눈도 살짝 커졌다. 뒷좌석에 있던 강하진도 놀란 눈치로 창문 밖을 쳐다보았다.

"뭐냐? 무슨 줄이 저렇게."

건물 1층 KR마카롱 입구에서부터 인도를 따라 길게 사람들이 줄 서서 무언가를 목 빠지게 기다리고 있었다. 대충 봐도 50명은 넘어 보였다. 개중에는 상황을 핸드폰으로 찍는 사람도 보였고, 심지어 길쭉한 핸드폰 거치대를 들고서 연신 혼자 떠들고 있는 사람도 보였다. 추민재 팀장이 창문을 살짝 내리자 몇몇의 목소리가 차 안으로 흘러들었다.

"드디어! 요즘 핫한 KR마카롱…… 와, 근데 사람 몰린 것 보소. 어? 보여달라고? 아! 3천 원 후원 감사……."

"하도 SNS에서 난리길래 직접 와봤습니다! 키야! 사람 겁나 많은 거 보임?!!"

가만히 소리를 듣던 추민재 팀장이 입을 열었다.

"저거 인터넷 방송하는 그거 아닌가? 그 뭐더라."

단어가 떠오르지 않는지 머리를 벅벅 긁는 추민재 팀장의 물음에 강하진이 답해줬다.

"스트리머요. 요즘 한창 너튜버다 BJ다 핫하니까."

"아! 맞아! BJ!"

말없이 상황을 지켜보던 주혁이 다시 차를 몰면서 말을 던졌다.

"형. 한번 알아봐봐. 무슨 일인지."

"어어, 나 그럼 여기서 내릴게."

추민재 팀장을 내려준 주혁은 사무실에 도착하자마자 커피부터 내렸다. 그러다 천천히 고개를 돌려 여전히 서류 밭인 자신의 책상을 쳐다보더니 눈을 질끈 감았다.

"……전부 태워버리고 싶다."

천하의 강주혁도 서류 더미에는 속수무책이었다.

머신이 커피를 다 내릴 즈음, 사장실 문을 열고 추민재 팀장이 들어왔다.

“형도 커피?”

“나도 주쇼! 커피 맛있겠누.”

“뭐야. 말투 왜 그래.”

“크크, 아니 1층에 BJ? 스트리머? 하여간 걔네가 그런 말투로 겁나 시끄럽게 떠들더라.”

피식한 주혁이 먼저 뽑은 커피를 추민재 팀장에게 내밀었고, 추가로 한잔을 더 뽑으면서 입을 열었다.

“그래서, 뭐야? 저 상황은?”

“어어. 그 마카롱 가게 사장님들 바빠서 제대로 듣진 못했고 줄 서 있는 사람들한테 물어보니까, 지금 저 KR마카롱이 SNS에서 꽤 시끄럽다는데? 이번에 새로 선물세트가 뭔가 출시했는데 그게 터진 모양이야. SNS에서 유행을 타니까 BJ나 뭐 그런 애들도 빨대 꽂는 그림이고.”

“호? 그래서 지금 그거 사겠다고 사람들이 몰렸다? 온라인으로 사면 되지 않나?”

“주문이 너무 밀려서 늦게 온다나 뭐라나. 여튼 서울권 경기도권은 뭐 한 시간이면 오니까.”

“그렇단 말이지.”

상황을 확인한 주혁이 수첩에 적힌 KR마카롱의 미래 정보를 떠올렸다. 때마침 추가로 내린 커피가 신호를 보냈고, 주혁이 자연스레 커피를 빼내려는 순간.

— 지이잉 지이잉 지이잉 지이이잉~!

그의 핸드폰이 울렸다. 여유롭게 커피 한 모금을 입에 머금으며 핸드폰을 꺼낸 강주혁. 그런데.

"……!"

발신자를 확인한 주혁이 하마터면 커피를 쏟을 뻔했다.

"엥? 사장님 왜 그래?"

추민재 팀장이 고개를 갸웃했지만, 주혁은 아무것도 아니라는 시늉을 던진 후, 다시금 발신자를 확인했다. 영화계의 거장, 김삼봉 감독의 전화였다. 강주혁의 핸드폰에 저장은 돼 있지만, 주혁이 하면 했지 실제로 김삼봉 감독에게 전화가 온 것은 거의 없었다.

"예, 감독님. 강주혁입니다."

"음. 통화 좀 할 수 있나?"

"물론입니다."

짧게 헛기침을 한 김삼봉 감독이 말을 이었다.

"〈내 어머니 박점례〉, 자네가 투자제작을 했다지?"

"예. 제가 했습니다. 아, 영화제 평가는 감사드리고 있습니다."

"뭘. 그땐 자네가 한 줄도 몰랐어. 영화가 좋았어, 영화가."

웬일인지 김삼봉 감독치고는 말이 많았다.

"명훈이, 연락받았어. 이제 영화 거는 일만 남았다고."

"예. 방금 스태프 시사하고 왔습니다. 영화가 아주 잘 빠졌습니다."

"음. 그리고 드라마 축하하네."

"가…… 감사합니다."

이쯤 되니 주혁은 슬슬 뭔가 이상한 느낌을 받았다. 거장 김삼봉 감독이 강주혁이 손댄 작품을 모두 알고 있는 것이 의외였다.

'대체 무슨 말을 하려고.'

궁금증에 주혁이 단도직입적으로 물었다.

"그래서, 축하해주시려고 전화 주신 겁니까?"

"뭐, 그렇지. 겸사겸사 자네한테 시나리오를 보냈는데, 연락이 없기에 못 참고 내 직접 전화했어."

순간 눈이 커진 주혁이 되물었다.

"감독님 작품 시나리오 말입니까?"

"그렇지."

김삼봉 감독의 시나리오라니? 본 적 없었다. 잠시 머릿속이 텅 비었던 주혁이 '아차!' 하며 책상 위에 쌓여 있는 시나리오 및 서류들에 눈길을 던졌다. 그때 김삼봉 감독이 본론을 꺼냈다.

"자네 배우 중에 강하영, 그 친구 스케줄이 좀 어떤가?"

강하영? 캐스팅? 주혁의 눈이 커졌다. 그러나 시나리오를 본 적 없으니 대꾸할 말이 마땅치 않았다. 다시 전화드리겠다는 말로 일단 통화를 마친 주혁은 곧장 책상을 뒤집어엎기 시작했다. 느닷없는 행동이 이상했는지 추민재 팀장이 재빨리 다가왔다.

"왜! 왜 그래?"

"형. 김삼봉 감독 시나리오 못 봤어? 나한테 보낼 때 시나리오 1차 검수는 했을 거 아니야."

"아니. 시나리오는 그냥 놔뒀어. 김삼봉 감독? 그 감독 시나리오가 들어왔어? 그럴 리가."

"찾아봐."

종이뭉치가 책상에서 바닥으로 쏟아졌다. 그렇게 뒤엎기를 5분.

"주, 주혁아. 아니, 사장님. 이거!"

추민재 팀장이 종이더미 저 아래 박혀 있던 시나리오를 꺼내 들었고, 곧장 시나리오를 받아든 주혁이 표지를 확인했다.

— 제목 : 도적패

— 감독 : 김삼봉

— 제작 : 울림 영화사

“진짜 보냈었네.”

“아니, 김삼봉 감독 시나리오가 왜 여깄어?”

“……하영 씨를 본 것 같아.”

“하영이를?!”

“형. 일단 형만 알고 있어. 내가 한번 읽어볼 테니까. 내일 아침 전체 회의 좀 잡아주고.”

“어? 어어. 알았어.”

추민재 팀장이 사장실을 나가자, 주혁은 자리를 잡고 시나리오를 읽기 시작했다. 그리고 반 정도 읽었을 때 주혁은 느꼈다.

“스타일을 완전히 바꾸셨나?”

강주혁이 알고 있는 김삼봉 감독의 작품은 주제가 꽤 묵직했다. 경쾌한 맛은 없지만, 긴장감과 스릴러가 녹아 있는 작품이 대부분. 그런데 지금 강주혁이 들고 있는 작품 〈도적패〉는 경쾌한 맛으로 점철된 내용이었다.

“홍길동이나 임꺽정을 오마주한 건가? 거기다 〈오션스 일레븐〉 냄새도 살짝 나고.”

영화 〈오션스 일레븐〉은 큰 카지노를 기술자 11명이 모여 터는 내용의 영화인데, 조선판 〈오션스 일레븐〉 정도로 보였다. 그런데 황당한 것은.

“왜 재밌지?”

지금껏 시도해보지 않은 스타일임에도 김삼봉 감독이 보내온 시나리오는 한 줄도 눈을 떼기가 힘들었다. 그만큼 경쾌하면서 속도감이 있는 액션 활극. 어느새 이야기에 빠져든 주혁은 몇 시간 만에 시나리오를 모두 읽어버렸고,

〈도적패〉 시나리오를 따로 빼둔 후 책상에 그대로 앉아 밀린 서류들을 처리하기 시작했다. 이유는 간단했다. 일을 미루다가 이번처럼 괜찮은 작품을 놓치면 안 됐기에.

같은 시각, 울림 영화사 리딩실에는 상석에 방금 통화를 마친 김삼봉 감독과 울림 영화사 사장, 제작부장, 캐스팅 팀장이 앉아 있었다.

"강주혁 그 친구가 뭐랍니까?"

울림 영화사 사장이 입을 열었다. 그러나 김삼봉 감독은 대답 없이 그저 검지로 책상 두드리기를 몇 초. 그러다 울림 영화사 사장을 불렀다.

"형수야. 아니, 류 사장. 자네 〈박점례〉 그 다큐독립 봤나?"

"예. 봤습니다. 새로운 접근법과 옴니버스식 연출이 눈에 띄더군요. 재밌게 봤습니다."

"그래. 그 영화는 아마 미래에 다큐 독립영화의 교과서가 되겠지. 그런데 말이지. 그건 영화가 뽑혔을 때나 얘기고, 기획서나 간단한 시놉만 가지고도 그 정도 느낌을 받을 수 있겠나?"

"……어렵지 않겠습니까? 다큐 장르는 글과 영상의 차이가 가장 심한데."

김삼봉 감독이 고개를 끄덕이며 턱에 자란 수염을 쓰다듬었다.

"맞는 말이야. 그런데 강주혁이는 건져냈단 말이지. 그 영화를."

그때 제작부장이 끼어들었다.

"독립이니 투자금이 크게 부담되지 않았을 겁니다."

그러자 김삼봉 감독의 고개가 천천히 제작부장에게로 돌아갔다.

"예전에 강주혁 그 친구 나를 찾아와서, 장춘성에 대해 주의를 주고 간 적이 있어. 위험하다고."

"예?! 언제."

"꽤 됐지. 혹시 그건 아나? 〈박점례〉 그 영화. 원래 장춘성이 이미지 세탁용으로 작업 치던 거."

"아, 기사를 본 거 같기도."

대체로 가물가물했는지, 반응이 미적지근했다. 그러거나 말거나 김삼봉 감독이 팔짱을 끼며 말을 이었다.

"그런 영화에 강주혁이 개입한 거야."

"아."

그때야 살짝 이해가 갔는지 제작부장이 탄성을 질렀다.

"장춘성은 MV e&m이랑도 끈이 있어. 강주혁 그 친구는 다 죽어가는 〈박점례〉 영화를 위해 장춘성, MV e&m과 척질 각오를 하고 치워버렸어. 그리고 끄집어냈지. 지금 결과가 그렇잖나?"

"즉, 투자금과는 무관했다는 말씀입니까?"

"아마 처음부터 돈은 전혀 상관없지 않았을까 싶어. 거기다 최근 그가 움직이는 행보를 봐. 드라마도 터졌고, 거기다 명훈이까지. 심지어 명훈이는 독립작품을 진행 중이었는데, 굳이 건져냈단 말이야."

"음. 확실히 최근에 확 눈에 띄긴 합니다."

잠시 정적이 흐른 후, 다시 김삼봉 감독이 깼다.

"보는 눈이 있어. 그가 다시 나타난 게 1년이 채 안 됐지? 파급력과 더불어 뭔가 특별한 감각이 있어."

"그래서 강주혁 소속 배우를 쓰시려는 겁니까?"

"……자네 만약 강주혁이 배우로서의 위상이 그대로였다면 시나리오를 안 보냈겠나?"

"하하하, 보냈겠죠. 1순위로."

"그래. 나도 그랬을 거야. 그런데 그가 키우는 배우들한테서 가끔 강주혁이 보여."

"언제 보신 적이 있습니까?!"

보기 드물게 김삼봉 감독이 미소 지었다.

"나 요즘 〈28주, 궁궐〉 보고 있거든."

"예? 감독님이요? 하하하."

순식간에 리딩실의 분위기가 밝아졌고, 그 순간에 김삼봉 감독이 짧게 읊조렸다.

"다른 의미로, 그가 키우는 배우들은 기대가 돼."

다음 날, 보이스프로덕션 4층 미팅룸은 아침부터 북적거렸다. 드라마 촬영으로 바쁜 스케줄을 소화하고 있는 강하영, 김재욱, 말숙이 차례대로 앉아 있고, 그들에게 홍혜수 팀장이 다이어리를 보며 무언가 열심히 얘기했다.

"일단 하영이 너는 2차 광고 일정, 드라마 제작팀이랑 협의가 끝난 상태고, 재욱이는 학교 측에 어느 정도 협조를 받아서 이번 주말까지는 촬영에 집중해도 돼. 그리고 말숙이 너는…… 오늘 왜 이렇게 예쁘니? 오늘 촬영 없잖아?"

"헤헤헤. 사장님 진짜 간만에 뵙는 거라서."

"어머, 얘 화장 힘준 것 봐."

순간 미팅룸은 웃음바다가 됐다. 그 순간 미팅룸의 문이 열리고 추민재 팀장과 강하진이 들어왔다. 추민재 팀장은 홍혜수 팀장을 보자마자 미간을 찌푸렸다.

"어머, 민재야. 얼굴 왜 그래? 뭐 화났어?"

"아니, 아줌마. 옷이 그게 뭐야? 파여도 너무 파인 거 아니냐? 그리고 촬영장 나가는 건가?"

"파였어? 이게 어딜 봐서 파였어? 우리 민재 벌써 노안 왔어?"

"쯧!"

대답 대신 혀를 찬 추민재 팀장이 거칠게 의자를 빼내 앉았고, 곧이어 미팅룸에 황 실장과 박 과장이 들어왔다.

"안녕하세요."

"안녕하십니까! 오랜만입니다!"

"아, 안녕하십니까~"

"어서 오세요. 어휴 다들 얼굴 상한 것 봐. 쉬엄쉬엄 하세요. 우리 보안팀 두 분밖에 없는데."

홍혜수 팀장의 걱정에 황 실장이 너털웃음을 던졌다.

"하하하, 사장님이 어디 쉬엄쉬엄 일을 던지시나요. 그래도 저희는 나은 편이죠. 사장님 일하시는 거 보면 새 발의 피죠, 뭐."

다들 오랜만에 모여서 그런지 동창회 분위기가 물씬 풍겼다. 일반적인 소속사에서는 보기 힘든 광경이었다. 그때 다시 한 번 미팅룸의 문이 열렸다.

"……다들 모였어?"

문을 열고 들어온 것은 퀭한 모습의 강주혁이었다. 주혁이 대충 인사를 나눈 후, 정면 스크린이 있는 곳에 섰고.

"후—"

짧게 숨을 내쉬었다. 그러자 강하영이 걱정됐는지 한마디 거들었다.

"사장님. 괜찮으세요?!"

"괜찮아요. 어제 좀 볼 게 많았어. 자, 하나씩 처리합시다. 일단 재욱이."

"네."

김재욱을 부른 주혁이 파일 하나를 내밀었다.

"해창전자에서 이번 연말이나 내년 초에 진행할 브랜디드 콘텐츠 기획서야. 해창전자 측에서 나한테 직접 수주 넣은 거고, 나는 그걸 재욱이 니가 해줬으면 좋겠는데."

“또? 또 해창전자야? 아니 사장님. 무슨 해창전자 일을 사과 따듯이 따와? 미쳤네.”

“커험!”

황 실장이 헛기침을 뱉었고, 주혁은 그저 웃음으로 대답을 대신한 후 재욱에게 말을 이었다.

“아직 정확한 컨셉이 나온 것도 아니라서 해창전자 건은 내가 직접 핸들링할 거야. 뭐가 될진 몰라. 브랜디드 웹드라마일지, 단편영화일지, 장편 광고일지. 해볼래?”

김재욱은 말없이 기획서를 내려보다 이내 뭔가 이글거리는 눈빛으로 강주혁을 쳐다보았다.

“네. 제가 꼭 하고 싶습니다.”

“그래. 나도 니가 딱이라고 생각해. 다음으로 하영 씨.”

“넵!”

주혁이 강하영에게 김삼봉 감독의 〈도적패〉 시나리오를 내밀었다.

“김삼봉 감독 측에서 하영 씨를 욕심내고 있는 것 같아요. 정확한 배역이 나온 건 아니지만, 시나리오 읽어봐요.”

“네?! 기, 김삼봉 감독님이요?”

“어머!”

강하영과 홍혜수 팀장을 비롯해 모두가 놀랐다. 추민재 팀장만 빼고.

“뭐, 아직 통화만 해봤으니까. 이 건은 일차적으로 누나가 접촉해봐. 아, 물론 하영 씨가 마음에 들어야겠지만.”

“사장님! 저 마음에 들어요!”

강하영이 당차게 일어나며 외쳤지만, 강주혁은 그녀를 슬며시 쳐다보면서 입을 열었다.

"하영 씨. 배우는 감독의 이름값, 제작사, 배급사, 배우 라인업만 보고 작품을 선택하면 안 돼. 오로지 작품을 보고 선택해야지. 아무리 거장이라지만, 작품이 재미없으면 까낼 줄 알아야 해요. 거장이고 나발이고 뭔 상관이야. 재미가 없으면 까야지."

"……아! 죄송해요."

"아니, 괜찮아요. 딱 두 가지만 말해둘게요. 첫째는 시나리오를 전부 읽고 홍혜수 팀장님한테 뭐가 재미있었는지 말하고, 둘째 어떤 배역이 욕심나는지 전달해요. 그럼 누나는 그걸 토대로 영화사 한번 만나보고."

"응. 알았어."

강하영에게 시나리오를 전달한 강주혁이 이번에는 가만히 자신을 올려다보는 강하진을 쳐다봤다.

"하진 씨는 지금 하고 있는 웹드라마에 치중하되 곧 개봉할 〈척살〉 일정에 맞춰서, 시사회 인사나 무대인사 등으로 좀 바빠질 거야. 형이 VIP 최혁 팀장이랑 연락하면서 동선 좀 잘 맞추고."

"알았다."

"그리고, 말숙 씨."

"넵!!"

자리에서 벌떡 일어나는 말숙. 그녀를 보며 주혁이 엄지를 치켜세웠다.

"정 작가님한테 얘기 들었어요. 드라마 후반부 분량이 늘었다고. 잘했어요. 연기도 아주 좋아요. 계속 그렇게 힘 쫙 빼고 여기저기 두드려봅시다."

"……네? 감사합니다!"

느닷없는 칭찬에 말숙이 다리에 힘이 풀렸는지, 자리에 스르륵 앉았다. 이어서 주혁도 자리에 앉아 직원들과 회의를 계속했다. 문제점과 앞으로 파생될 일들을 전달받으며 이것저것 지시를 했다.

"아, 그리고 슬슬 직원들 더 뽑자. 이러다 다 죽겠어."

회의를 마친 후, 모두가 떠난 미팅룸에 혼자 남은 주혁이 천천히 창밖을 쳐다보며 읊조렸다.

"이제 시작인데 퍼지면 안 되지."

이후부터 강주혁이 손댄 일들은 마치 모터가 달린 것처럼 빠르게 진행됐다. 〈내 어머니 박점례〉는 마볼 영화인 〈빅히어로〉가 개봉했음에도 상승세가 꺾일 줄 몰랐다. 10월 중순에 2백만을 돌파하더니 220만, 250만, 270만까지 쭉쭉 치고 올라갔다. 덕분에 독립영화가 박스오피스 1위에 오르는 쾌거를 거두었고, 티켓파워가 엄청난 〈빅히어로〉가 개봉한 뒤에도 2~3위를 지키면서 관객수를 키워나갔다. 중반부에 접어든 〈28주, 궁궐〉 또한 10월 25, 26일에 방영된 9부, 10부가 최고 시청률 14%를 넘겼다. 이 두 작품의 미쳐버린 상승세는 곧 여기저기 굉장한 파급력을 미쳤지만, 최종 목적지에는 항상 두 가지가 거론됐다.

강주혁과 보이스프로덕션.

그 핫한 인물과 상호가 뜨겁게 떠오르고 있을 무렵 어느새 반 팔을 집어넣고, 긴 팔을 꺼내 입는 시기가 도래했다. 10월 말.

「'내 어머니 박점례' 300만 넘을 듯」

10월 30일을 기점으로 〈내 어머니 박점례〉가 선례도 없던 독립영화 3백만을 달성했다. 그리고 10월 31일, 제15회 DBS 국제독립영화제 시상식 날이 밝았다.

시상식은 결코 조촐하지 않았다. 오후 6시 개막식을 시작으로 시상식까지 이어지는 이 행사는 상업영화 영화제를 방불케 할 만큼 거대했다. DBS 국제독립영화제 측이 작정하고 준비한 것이었다. 홀까지 이어지는 레드카펫은 없었지만 초청받은 배우, 개그맨, 유명인사, 영화감독, 영화 관계자 등이 포즈를

취하고 질문을 받는 포토존이 입구 쪽에 커다랗게 준비됐고, 수많은 기자가 진을 치고 있었다. 수상작 중 외국 작품도 있어서 그런지 외국 기자들도 제법 보였다.

개막식이 한 시간 뒤로 다가옴에 따라, 초대받은 연예인 및 기타 유명인들이 속속 포토존에 올랐고, 질문과 함께 자세를 취하기 시작했다. 그때마다 기자들은 셔터를 눌러댔고, 그 바깥쪽으로는 무작위로 초대된 일반 시민들이 둥그렇게 원을 만들어 기자들을 감싸듯이 둘러쌌다.

"꺄악!!! 언니!!!"

"악수! 언니 악수 한 번만!"

그런 정신없는 와중에 커다란 검은색 밴이 천천히 모습을 드러냈다. 턱시도를 멋지게 차려입은 최철수 감독과 류성원 감독이 내렸고, 이어서 단아한 한복 차림의 김점숙 할머니와 강하영이 내렸다. 그와 함께 마치 번개가 치듯 수많은 플래시가 터졌다. 그리고 그들이 차 앞에서 기자들과 시민들을 향해 어색하게 손을 흔들고 있을 때, 운전석 문이 열리며 길쭉한 남자가 내렸다.

"저기!"

기자 한 명이 다급하게 외쳤다. 운전석에서 내린 남자는 대기하고 있는 스태프에게 고개를 끄덕이며 차 키를 건네고는 함께 온 이들 사이에 섰다. 그러자 기자들이 마치 짠 듯이 플래시를 터뜨렸다. 여유롭게 미소 지으며 손을 드는 남자, 강주혁이었다.

쉴 새 없이 플래시가 터지는 와중에 주혁이 걸음을 옮기기 시작했고, 감독들과 할머니 그리고 강하영이 얼결에 그 뒤를 따랐다. 그들이 포토존에 오르자 이번에는 국내뿐 아니라 외국 기자들도 플래시를 터뜨렸다.

— 찰칵!

— 찰칵!

수많은 플래시가 터지는 와중에 주혁이 모두에게 작게 속삭였다.

"긴장하지 말고, 평소처럼 서 계시면 됩니다. 자, 지금은 정면을 보고."

주혁이 정면을 보자, 모두가 그를 따라 정면을 바라보며 섰다. 그렇게 약 10초 정도.

"이번엔 왼쪽으로."

몸을 왼쪽으로 약간 튼 주혁을 모두가 따랐고.

"오른쪽."

반대쪽으로 움직이는 강주혁을 모두가 따라 했다. 마치 어미 새의 몸동작을 아기새들이 따라 하듯이.

"다시 정면. 가볍게 손 흔들고 웃어요."

한 치의 흐트러짐 없이 강주혁을 따라 했다. 어느 정도 자세를 취한 주혁이 기자들의 질문을 받기 전에 류성원 감독에게 귓속말을 했다.

"감독님. 할머님 힘드시니까 먼저 들어가 계세요. 입구에 가면 자리 배정하는 스태프 있을 겁니다. 가서 〈내 어머니 박점례〉 팀이라고 말하면 안내해줄 겁니다."

"예!"

고개를 끄덕인 류성원 감독이 할머님을 모시고 포토존을 빠져나갔고, 다음으로 기자들의 질문이 쏟아졌다. 영화는 어떻게 기획하게 됐느냐? 촬영하며 힘든 점은 없었느냐? 3관왕을 차지했는데 기분이 어떤가? 영화가 3백만을 돌파했는데 성적을 얼마나 예상하나? 등등의 질문이 쏟아졌고, 최철수 감독과 강하영은 진땀을 빼며 질문에 답했다.

그런 다음, 기자 한 명이 주혁에게 질문을 던졌다.

"강주혁 씨! 요즘은 배우보다는 제작자로서 이름을 올리고 있는데, 더이상 연기는 안 하시는 겁니까?"

"현재로선 그렇습니다."

"화제의 중심에 서 계십니다! 참여하신 작품이 모두 잘되고 있는데, 기분이 어떠십니까!"

"감독님, 배우들, 스태프분들의 고생이 있기에 저도 있다고 생각합니다. 기분이야 당연히 좋지 않겠습니까? 하하."

이후로도 꽤 많은 질문이 들어왔지만, 주혁은 여유롭게 대답을 이어갔다. 그러다 주혁이 뒤쪽에 대기하고 있는 인원들을 발견하곤 기자들에게 말을 던졌다.

"많이 기다리시는데, 질문 하나만 받고 끝내겠습니다. 아, 거기 빨간 모자 쓰신."

"예! 혹시 지금 제작 준비 중인 작품이 있습니까?!"

주혁이 웃었다.

"곧 개봉될 영화가 있습니다. 그리고 앞으로도 많은 작품 선보일 예정이니 기대 부탁드립니다."

개막식과 시상식이 열릴 예술홀 내부는 마치 파티장을 연상케 했다. 수많은 원탁과 넓은 무대 그리고 셀럽들로 가득했다. 그 모습에 최철수 감독과 강하영의 눈이 휘둥그레졌다. 반면 주혁은 무심하게 주변을 둘러보며 안내받은 자리를 찾았다. 이윽고 가장 앞줄에 할머님과 앉아 있는 류성원 감독을 발견했다.

"저쪽이네요."

강주혁이 앞장섰고, 그 뒤를 최철수 감독과 강하영이 졸졸졸 따라갔다. 그러나 그리 오래가지는 못했다.

"주혁 씨, 오랜만이죠?"

"아— 황철 감독님."

느닷없이 강주혁 앞에 나타난 남자가 손을 내밀었고, 주혁은 손을 맞잡으며 서로를 소개했다.

"여기가 최철수 감독님, 배우 강하영 씨. 이분은 아시죠? 〈광군〉 연출하신 황철 감독님."

"잘 알고 있습니다. 마, 만나서 영광입니다!"

"바, 반갑습니다!"

"하하. 반가워요."

그렇게 소개가 끝나고, 두 걸음 만에 다시 잡혔다.

"주혁아."

"아, 선배님. 오랜만입니다."

기라성 같은 중년배우, 유명배우들, 내로라하는 개그맨, 감독들, 제작사 관련 인물들이 나타나 주혁의 걸음을 막았다. 그때마다 주혁은 최철수 감독과 강하영을 빠짐없이 소개했고, 얼결에 인사는 하고 있지만 최철수 감독과 강하영은 꿈속을 걷는 기분이었다. 자신이 존경하던 감독들이나 배우들 모두가 강주혁에게 인사를 하거나 먼저 아는 척을 하고 있다. 새삼 최철수 감독과 강하영은 느꼈다. 이 바닥에서 강주혁의 위상이 얼마나 높은지.

어렵사리 자리에 도착한 주혁은 물을 마시고 있는 김점숙 할머니에게 물었다.

"할머님, 괜찮으세요?"

"오야. 끄떡없제."

미소 지으며 고개를 끄덕이는 강주혁이 자리에 앉았고, 이어서 최철수 감독과 강하영이 자리했다. 그리고 잠시 뒤. 내부 조명이 살짝 어두워지면서 무대에 유명 개그맨 박철복이 마이크를 들고 입장했다.

"자, 곧 개막식이 시작될 예정이니, 자리에 앉아주십시오!"

DBS 국제독립영화제 시상식이 시작됐다.

같은 시각, 보이스프로덕션 사옥 앞에는 촬영준비가 한창이었다. KR마카롱의 인기는 여전했다. 평일 주말 할 것 없이 사람들이 몰려들었고, 언제나 줄을 서야 했다. 거기다 주혁이 살짝 귀띔한 마케팅 방법이 신의 한 수였다.

'온라인으로 판매하는 것과 오프라인으로 판매하는 것에 차별성을 두고, 오프라인 판매에는 두 시간이면 두 시간, 세 시간이면 세 시간 타임어택을 도입해보면 어떻습니까?'

주혁의 조언을 듣고 젊은 부부가 내놓은 방법이 바로 오프라인에서만 살 수 있는 한정판매 KR마카롱 선물세트였다. 하루 3백 개 한정으로 12시부터 5시까지만 판매했다. 그런데 이 방법이 터져버렸다. 순식간에 KR마카롱은 마카롱 맛집으로 SNS부터 여러 매체로 빠르게 퍼졌다. 방송 쪽에서도 냄새를 맡고, 지상파 방송국 SBN의 음식소개 프로인 〈맛맛맛〉 팀이 촬영차 방문한 것이다. 박소희 PD가 한창 주요 스태프들과 촬영 컨셉을 확인하며 구도를 맞추고 있었다.

그때 리포터로 출연하는 김소연이 건물 내부 화장실에 들렀다가 복도에서 엘리베이터 층수 알림판에 눈길이 꽂혔다.

'보이스프로덕션? 어디서 많이 들어본.'

멍하게 알림판을 쳐다보던 김소연이 번뜩 무언가를 떠올렸고, 후다닥 박소희 PD에게 뛰어갔다.

"PD님!"

"아 소연 씨, 슬슬 준비를."

"이 건물에 그 제작사 있어요!"

"그 제작사?"

고개를 갸웃하는 박소희 PD에게 리포터 김소연이 건물 3~4층을 가리키며 입을 열었다.

“그 강주혁 씨 제작사 있잖아요. 보이스프로덕션!”

“진짜?!”

순간 깜짝 놀란 박소희 PD가 건물을 올려다봤고, 이어서 천천히 고개를 내리며 생각에 빠졌다. 그녀의 머릿속에는 수만 가지의 가능성이 떠올랐고, 그러다 혼잣말을 뱉었다.

“그림이 괜찮겠는데?”

* * *

DBS 국제독립영화제 시상식은 〈내 어머니 박점례〉로 시작해서 〈내 어머니 박점례〉로 막을 내렸다. 최철수, 류성원 감독이 트로피들을 올려다놓고는 금덩어리 다루듯 만지작거렸다. 그 모습에 주혁이 피식 웃으며 물었다.

“그렇게 좋으십니까?”

“물론이죠! 내일 눈뜨면 전부 꿈일까 봐 지금 미치겠습니다!”

“처, 철수야. 이게 꿈이면 난 진짜.”

“하하하.”

어느새 무대에는 DBS 국제독립영화제 시상식을 끝맺음하는 걸그룹의 축하 무대가 이어졌다. 주혁에게 전화가 온 건 그때였다. 발신자는 디쓰패치 박기자. 주혁이 홀을 나와 복도에서 전화를 받았다.

“어, 무슨 일 있어?”

“이야, 강주혁. 독립영화제 시상식이라매? 기사 벌써 떴다. 사진 보는데, 옛날 강주혁이 떠오르던데?”

주혁이 피식했다.

“간단한 시상식인데 뭘. 무슨 일인데?”

“하하, 별건 아니고. 박송호 그 친구 좀 나대고 있는 것 같더라.”

“박송호? 박송호 PD?”

“어어. 여기저기 들어보니까, 방송국 나온 뒤로 기자들 몇몇 만나서 헛소문을 퍼뜨리는 모양이야. 너랑 너 회사에 관해 좀 지저분한 얘기를 뱉고 다닌다는데?”

“무슨 헛소문?”

“뭐, 별거 있냐. 잠잠해진 오디션 비리나 배우 캐스팅 과정 같은 거. 흔한 말로 찌라시라도 돌게 해서 너랑 〈28주, 궁궐〉 좀 타격 입히려고 하는 거지. 방송국 잘렸다며? 그래서 지랄하고 있는지도 모르지.”

“이것 봐라~”

주혁이 짧게 말하며 주머니에 한손을 찔러넣었다. 그러자 박 기자가 몇 가지를 덧붙였다.

“박송호 걔 소문 좀 더럽더라. 뭣 같으면 기자들 만나서 상대 작품 저격하고, 심심하면 딴죽 기사 내보내게 해서 피해 입히고 그렇던데. 거기다 내가 좀 털어보니까, 신인 여배우들 성상납까지 받은 모양인데.”

“성상납?”

“있잖아, 그런 거. 오디션 보고 괜찮다 싶은 애 연락해서 만나고.”

“미친 새끼였네. 근데 그거 얼마나 확실한 거야?”

박 기자가 웃었다.

“알잖아. 기자들 마지막 보루 하나씩은 가지고 있는 거. 물증은 있는데, 굳이 쓸 필요가 없어서 썩혀두는 이슈는 많아. 이게 그런 부류지. 어쨌든 박송호 그거 하이에나 같은 새끼라 냅두면 아주 세상 무서운 줄 모르고 날뛰겠어.”

"흠. 아예 밟아놔야겠는데."

잠시간 생각하던 주혁이 말을 이었다.

"……물증, 내가 받을 수 있나?"

"있지. 대신 돈이 좀 들어, 시간하고. 다른 쪽에서 구하는 거라."

"진행비는 신경쓰지 말고 구해봐. 나중에 나한테 청구하면 되잖아. 그리고 박송호한테 연락해서, 기자로서 만나자고 해서 약속 잡아."

"크크. 그리고 나 말고 니가 나타나는 그림? 재밌겠네. 알았다. 약속 잡고 문자로 알려줄게."

그렇게 전화가 끊겼고 이어서 DBS 국제독립영화제 시상식도 끝났다. 여기저기 인사를 나눈 주혁은 최철수, 류성원 감독과 할머니 그리고 강하영까지 데려다주고 나서야 밤늦게 사무실로 복귀했다. 그때 문자가 도착했다.

— 다음 주 일요일. 아침 10시. 장소는 우리가 갔던 중국집이다. 예약은 내 이름으로. 물증은 그 안에 구해줄게.

박 기자가 약속장소를 보내왔다.

— 알았다.

강주혁의 이름과 보이스프로덕션 그리고 〈내 어머니 박점례〉는 DBS 국제독립영화제 시상식의 여파로 꼬박 하루 동안 실검을 활개 치다 밤이 돼서야 내려왔다. 그 반응을 체크하던 중에 VIP 최혁 팀장에게 연락이 왔다.

"〈척살〉 개봉일은 11월 28일입니다! 별문제가 없다면 그날로 확정될 겁니다!"

〈척살〉의 개봉일이 최종 확정됐다.

"그리고 시사회 일정이 나왔는데, 기자 반응 시사회부터 시작해서 총 다섯 번 열 예정입니다! 그중에 첫 번째 시사회에 사장님이 좀 오셨으면 좋겠는데, 괜찮으십니까?!"

"첫 번째요?"

"예, 하하. 아무래도 기자나 영화평론가 등이 참여하는 시사회니까 사장님이 군침을 흘리지 않을까 했는데, 틀렸습니까?"

주혁이 웃었다.

"하하하, 딱 좋습니다. 저만 참석합니까?"

"아, 아닙니다. 기자, 평론가, 기타 관계자들, 〈척살〉에 출연한 모든 배우, 스태프들 포함해서 꽤 크게 진행할 예정입니다."

"그래요? 일정은요."

"일주일 뒤, 11월 7일 목요일. 압구정 CCV에서 진행합니다."

"알겠습니다. 그때 뵙죠."

일주일 뒤 목요일, 압구정 CCV. 〈척살〉의 첫 번째 시사회가 열리는 특별관 주변은 이미 기자들을 비롯해 인파가 몰려 있었다. 배우부터 스태프들에게는 자신들이 준비한 영화가 처음으로 세상에 출범하는 날과도 같았다. 모두에게 축제였고, 설레는 날이었다.

이어서 강주혁과 강하진 그리고 추민재 팀장이 엘리베이터에서 나타났다. 기자들은 난데없이 나타난 강주혁을 보고는 '왜 강주혁이?' 같은 느낌을 받긴 했지만, 일단 사진을 찍고 봐야겠다는 생각에 빠르게 셔터를 눌러댔다. 그럼에도 강주혁은 태연하게 곧장 상영관으로 들어갔다. 그곳에서도 배우와 관계자들이 주혁을 반겼다.

잠시 뒤, 강하진과 추민재 팀장이 정해진 좌석에 자리했다. 밖에서 대기 중이던 기자들도 들어와 앉으며 상영관의 문이 닫혔다. 주혁은 상영관 맨 뒤, 주변에 아무도 없는 뒷문 쪽에 어깨를 기대고 섰다. 어느새 영화관 내부의 조명이 꺼졌고.

"나는 회사에 다닌다."

하성필의 내레이션으로 영화가 시작됐다.

바로 그 순간.

— 지이잉 지이잉 지이잉 지이이잉~!

주혁의 품속에서 핸드폰이 울렸다. 그가 재빨리 핸드폰을 꺼내 발신자를 확인했다.

*070-1004-1009

보이스피싱이었다.

"드디어 심사가."

솔직히 주혁도 어느 정도는 포기하고 있었는지 모른다. 보이스피싱 쪽에서 전화하지 않으면 주혁으로서는 찾아낼 방법이 없었으니까. 그래서인지 반가움은 두 배였다. 강주혁은 재빨리 복도로 빠져나와 전화를 받았다.

"'브론즈' 단계의 주인이신 강주혁 님 안녕하세요!

강주혁 님의 유료서비스 '브론즈'의 남은 횟수를 모두 사용하셨습니다. '유료서비스'를 경험하며 인생역전에 더욱 가까워지길 기원합니다! 계속 진행을 원하시면 1번을 눌러주세요."

곧장 1번을 눌렀다.

"들으실 항목의 키워드를 '선택'해주세요!

1번 '실버.' 다시 듣기는 #버튼을 눌러주세요."

"실버."

키워드는 '실버' 하나뿐이었다.

22. 은색

"탁월한 선택! 강주혁 님이 선택한 키워드는 '실버'입니다!

브론즈 단계의 주인이신 강주혁 님의 심사가 모두 완료되었습니다. 축하드립니다! 심사 결과는 합격입니다. 강주혁 님이 실버 단계의 주인이 되기 위해선 총 10억 원이 필요합니다. 잊지 말고 챙기시길 바랍니다. 자세한 진행은 오늘 자정 이후, 현관 앞을 확인하시면 됩니다."

그렇게 전화가 끊겼다. 이미 전화가 끊어진 갈색 핸드폰을 물끄러미 내려다보던 주혁이 짧게 말을 뱉었다.

"10억이라……."

심사비 1억, 브론즈에서 실버로 올라가는 데 10억. 초기 무료서비스에서 유료서비스로 올라갈 때는 천만 원이 소요됐는데, 한 방에 백배가 올랐다.

"살 떨리네, 이거."

만약 다음 단계가 있다면 10억에서 열 배만 올라도 백억이다. 만만하게 볼 금액이 아니었다.

"뼈 빠지게 벌어놔야겠는데?"

대충 정리를 마친 주혁이 핸드폰을 속주머니에 넣으며 예전 유료서비스로 넘어갈 당시를 떠올렸다.

"똑같은 곳으로 가면 되는 건가."

이번에도 망해버린 편의점과 핸드폰 대리점으로 인도할지 궁금했다. 어쨌든 오늘 자정이 돼봐야 모든 것을 알 수 있다. 주혁은 다시 상영관으로 들어가지 않고, 지하 주차장 쪽으로 발길을 돌렸다. 그런 그를 누가 불렀다.

"사장님."

"아, 감독님."

돌아보니 최명훈 감독이 걸어오고 있었다. 주혁이 미소를 머금으며 최명훈 감독과 거리를 좁혔다.

"어쩐지 하진 씨하고 추민재 팀장님은 보이는데, 사장님이 안 보이셔서 나와봤습니다."

"결정하신 겁니까?"

최명훈 감독이 손을 내밀었다.

"결정하고 말고가 어딨습니다. 사장님이 제가 쓴 〈척살〉 찍게 해주신 순간부터 저는 결정한 상태였습니다."

"하하, 그때 생각나네요. 분명 절 미친놈 취급하셨죠?"

"음? 무슨 말씀인지, 전혀 기억나지 않는데요."

슬쩍 웃으며 천연덕스럽게 말을 바꾸는 최명훈 감독의 손을 강주혁이 맞잡았다.

"환영합니다. 자세한 사항은 시사회 끝나고 추민재 팀장님 차로 제 회사로 오셔서 마저 얘기하시죠."

"알겠습니다."

대답을 마친 최명훈 팀장이 잡은 손을 놓으며 다시 상영관으로 들어갔고, 잠시 그의 뒷모습을 쳐다보던 주혁도 지하 주차장으로 몸을 돌렸다.

몇 시간 뒤, 추민재 팀장이 최명훈 감독과 함께 사장실로 들어왔다.

"앉으세요."

주혁이 자리에서 일어나 회의 책상으로 최명훈 감독을 안내했다. 그러고는 미리 준비해둔 계약서를 최명훈 감독에게 내밀었다. 사인하는 데는 오래 걸리지 않았다. 사인을 마친 최명훈 감독은 다시 한 번 강주혁과 악수를 나눴고, 그 모습을 지켜보던 추민재 팀장이 감격스러운 표정으로 입을 열었다.

"점점 판이 커지네. 사장님, 우리 회사 성장이 너무 빠른 거 아니냐?"

대답은 최명훈 감독이 했다.

"하하하, 그러니까요. 벌써 영화 두 편에 드라마까지. 적어도 제가 아는 제작사, 영화사에는 이 정도로 빨리 성장하는 곳은 없습니다."

주혁이 웃었다.

"아직 멀었죠."

주혁이 사인을 마친 계약서를 보다가 다시 최명훈 감독에게 시선을 던졌다.

"보이스프로덕션의 모든 곳을 편하게 사용하시고, 기획안이 나오거나 필요한 게 있으면 언제든지 말씀하세요. 제가 자리에 없으면 전화로 하셔도 되고."

"알겠습니다."

"그리고, 감독님."

주혁이 의미심장하게 부르자, 최명훈 감독이 고개를 갸웃했다.

"예?"

"지금부터 감독님 사단을 준비하세요."

화들짝 놀라는 최명훈 감독.

"사단이라뇨? 이제 갓 입봉했는데요. 〈척살〉 성적이 얼마나 나올지도 모르는 상황에."

"성적은 걱정하지 마세요."

강주혁의 표정이 여유로웠다.

"최명훈 감독 사단, 준비합시다."

대충 일을 정리하고 강주혁이 오피스텔로 넘어온 시간은 자정을 얼마 안 남겨둔 11시 30분이었다.

"이렇게 된 김에 밖에서 좀 기다려볼까?"

과연 누가 무엇을 현관에 가져다 놓을까? 호기심이 피어오른 주혁은 오피스텔 복도 끝에서 시간을 죽이기 시작했다. 5분, 10분, 20분, 30분. 그리고 12시 5분이 되는 순간에.

— 띵!

엘리베이터 문이 열렸다.

"후—"

짧게 숨을 내뱉은 주혁이 엘리베이터에서 내리는 사람을 노려봤다.

"크크크."

그러더니 소리 죽여 웃었다. 이유는 간단했다. 오피스텔 현관문 앞에 낯익은 무지박스를 놓은 사람은 평범한 퀵서비스 직원이었기 때문이다.

"김빠지네. 하긴 이렇게 허술하진 않겠지."

그야말로 미래를 판매하는 보이스피싱이다. 잠복해서 밝혀낼 수 있을 리 없었다. 주혁은 천천히 현관문 쪽으로 이동해, 바닥에 놓인 무지박스를 내려다봤다. 박스 표면에는 익숙한 문구가 적혀 있었다.

— 당신에게 미래를 판매하겠습니다.

막상 무지박스를 보니 반지하 단칸방에 살던 때가 새록새록 떠올랐다.

"벌써 꽤 오래됐네."

겨울에서 봄으로, 그리고 여름에서 가을까지. 이제 두 달만 지나면 얼추 1년이다. 무지박스를 가만히 내려다보던 주혁은 오묘한 기분을 느꼈다.

"일단, 까봐야겠지."

웃음과 약간의 긴장이 섞인 표정으로 무지박스를 집어들고는 테이프를 떼어냈다. 박스에는 반으로 접힌 종이가 들어 있었다.

"역시나."

과거 비슷한 종이를 본 적 있는 주혁이 종이를 펼쳤다.

— 해당 목적지로 이동하세요.

— 경기도 이천시……

주혁은 종이를 접어 속주머니에 넣고는 두말없이 주차장으로 이동했다.

차는 한참을 달렸다. 주변에 곧잘 보이던 건물들이 어느새 사라지고 우거진 산속을 달리는 듯한 풍경으로 변해버렸다. 답답했는지, 주혁이 창문을 살짝 열었다. 그러자 차 안으로 쌀쌀한 바람이 들이쳤다.

"후—"

짧게 숨을 뱉은 주혁이 도로 안내가 한창인 내비게이션으로 눈길을 돌렸다. 어느새 도착지까지는 5분이 남은 상황. 솔직히 도로명주소라 어디쯤 있는 곳인지 가늠조차 되지 않았다. 더구나 새벽 2시를 향하고 있었고, 바람까지 쌀쌀하니 소름이 돋을 지경이었다.

마침내 내비게이션에서 안내 종료를 알리는 여자 음성이 흘러나왔다. 주혁은 곧장 비상 버튼을 눌러 갓길에 정차한 뒤, 주변을 훑었다.

"……뭐가 없는데."

아무것도 보이는 게 없었다. 가로등이 있긴 했지만, 오래됐는지 불빛이 약했고 차 라이트가 꺼진다면 꽤 어두워질 것 같은 분위기였다. 사람도 없고, 지나가는 차도 없다. 주혁은 차에서 내려 제자리에서 빙글 한 바퀴 돌며 주변을 두리번거렸다. 그러자.

"음?"

차에서 열 걸음쯤 떨어진 곳에 희미하게 공중전화부스 같은 실루엣이 보였다. 눈을 가늘게 뜨며 부스를 쳐다보던 주혁이 발걸음을 옮겼다.

"ATM."

눈앞에 있는 부스는 공중전화가 아니었다. 전원이 꺼져 있었지만, 분명 ATM이었다. ATM 위에는 역시 반으로 접힌 종이가 놓여 있었다. 주혁이 얼음장 같은 손잡이를 당겨 부스 문을 열고, 종이를 집어 펼쳤다.

— 꼭 ATM을 이용하여 입금 바랍니다.

— 민국은행 계좌번호 070-1004-1009

— 금 1,000,000,000원

— 입금 후, 아침 9시 11분에 오는 전화를 꼭 받을 것

— SZ-Q789698KKZS512

— 오시느라 고생하셨습니다. 목이 마르실 테니 밑에 있는 음료를 드시기 바랍니다. 그럼 실버 서비스에서 뵙겠습니다.

지난번과 비슷하지만 미묘하게 내용이 달랐다. 내용을 읽던 주혁의 시선이 바닥으로 향했다. 바닥에는 외국 음료처럼 보이는 캔음료 한 상자가 있었다.

"아예 한 박스를 줘버리네."

캔음료를 바라보던 주혁이 다시 종이에 시선을 던졌다.

"이 영어랑 숫자 섞인 건 뭐지? 무슨 암호가."

수수께끼 같은 문구들이 많았다. 영어와 숫자가 섞인 글자들 하며 아침 9시 11분에 온다는 전화까지. 잠시 머리를 굴리던 주혁은 포기했는지 짧게 혀를 찼다.

"생각해봐야 답이 나오겠냐."

주혁은 말을 끝내자마자 대충 종이를 주머니에 넣고는 꺼져 있는 ATM으로 시선을 돌렸다. 문제는 이쪽이었다.

"꺼져 있는데 어쩌라는."

혼잣말을 뱉으며 ATM 버튼을 아무렇게나 눌러보는 강주혁. 그런데.

— 지이이이잉

그 순간 기계음을 뱉으며 ATM이 작동하기 시작했다. 이어서 옅은 불빛을 쏟아내며 화면이 켜졌다. 마침내 메뉴 화면이 뜨자 그중 계좌이체를 선택해 절차대로 10억을 지정된 계좌에 이체했다.

— 계좌이체 완료했습니다!

강주혁의 계좌에서 순식간에 10억이 빠져나갔다. 자기 일을 마친 ATM은 '팟!' 같은 전자음과 함께 전원이 꺼졌다. 가만히 쳐다보던 주혁은 천천히 부스 문을 열었다. 순간 차가운 바람이 불었다. 예전에도 그랬지만, 역시나 보이스피싱이 이끄는 곳은 을씨년스러웠다.

다음 날, 일찌감치 잠에서 깬 주혁이 보이스피싱이 선물로 준 캔음료를 냉장고에서 꺼내 들이켜며 소파에 널브러졌다. 아침 8시 50분. 그의 손에는 어제 ATM 부스에서 가져온 종이가 들려 있었다.

"아침 9시 11분."

물론 이게 오늘일지 내일일지 아니면 1년 뒤일지는 알 수 없다. 그래도 혹시 모르니 기다려보는 강주혁.

1초, 1분, 3분, 5분. 멍하니 핸드폰을 내려다보는 중에도 시간은 착착 흘러갔고, 어느새 9시 11분을 지나 9시 12분.

"……"

하지만 전화가 울리지 않는다.

"오늘이 아닌가."

내일일지도 모른다는 생각에 주혁이 소파에서 일어나려는 찰나.

— 지이잉 지이잉 지이잉 지이이잉~!

그의 핸드폰이 울리기 시작했다. 잽싸게 핸드폰을 집어 든 주혁이 발신자를 확인했다.

— 김재황 사장

"뭐지."

주혁은 의아함에 고개를 갸웃했다. 어쨌거나 받아야 하는 전화다.

"네. 접니다."

"음. 아침 했나?"

"아직입니다만."

"그럼 오늘 좀 같이하지. 매일 만나는 그 횟집 어떤가? 재욱이나, 브랜디드에 관해 얘기 좀 하면서. 어때?"

잠시 시계를 바라보며 생각하던 주혁이 대답했다.

"그러시죠."

약속장소에 도착하니 김재황 사장은 아직 도착하지 않은 상태였다. 주혁은 입고 있던 검은색 트렌치코트를 대충 걸어놓고는 자리에 앉아, 따라온 직원에게 얘기를 마친 후 식사하겠다고 말해두었다.

"알겠습니다."

직원이 룸을 나가고, 10분 정도 지나자 김재황 사장이 모습을 드러냈다.

"아, 왔나? 내가 좀 늦었군."

"아뇨, 저도 방금 왔습니다."

김재황 사장이 따뜻하게 데워진 방바닥에 엉덩이를 붙이며 입을 열었다.

"허헛, 요즘 아주 인터넷만 열면 자네가 나오던데. 이거 이러다 나중엔 만나기도 힘들겠어?"

주혁이 미소 지었다.

"만나자고 하시는 이유에 따라 다르겠죠."

"그래. 사장 놈들은 그런 마인드가 있어야지. 그럼 얘기 좀 해볼까?"

이후 강주혁과 김재황 사장은 김재욱을 포함해, 앞으로 진행될 브랜디드 콘텐츠에 대해 꽤 심도 있게 미팅을 진행했다.

"제 생각에는 그 브랜디드 작품에 재욱이를 넣어볼까 합니다만."

"……내 아들이지만, 괜찮겠나? 냉정하게 보면 이제 겨우 드라마 하나 한 배우 아닌가."

"그렇기야 합니다. 그런데 보시기에 어떠셨습니까? 드라마, 보셨죠?"

"으흠! 그…… 봤지. 괜찮더군."

"인색하시네요."

분위기는 생각보다 나쁘지 않았고.

"브랜디드란 곧 기업의 얼굴이 될 콘텐츠일 텐데, 너무 이름값이 높은 배우보다는 새로운 얼굴이 훨씬 나을 겁니다. 국내에서 유명해봐야 해외에서는 인지도 꽝일 텐데, 그럴 바엔 그냥 해외에서 먹히는 신인이 낫죠."

"재욱이가 해외에서 먹힌다?"

"먹힐 겁니다. 두고 보면 알겠죠."

천천히 고개를 끄덕였지만, 김재황 사장의 입은 옅은 미소를 띠고 있었다.

"일단 알겠어. 기획안 나오면 바로 보내주지."

그렇게 한 시간이 넘게 진행된 미팅이 얼추 정리됐고, 이어서 두 남자는 미뤘던 아침 식사를 했다. 이윽고 적당히 식사를 마친 김재황 사장이 물티슈로 입 주변을 닦아내자, 주혁은 자리에서 일어나 코트를 집으려 했다. 그때 김재황 사장이 손을 올리며 주혁의 움직임을 막았다.

"잠깐, 줄 게 있어."

"예?"

주혁이 고개를 갸웃했지만, 김재황 사장은 아랑곳없이 핸드폰을 꺼내 어디론가 전화를 걸었다.

"음. 가지고 와."

그로부터 정확하게 1분 만에 노크 소리가 들렸다.

"들어와."

김재황 사장의 허락이 떨어지자, 문이 드르륵 열리면서 덩치가 거대한 남자가 양손 무겁게 종이가방을 들고 들어왔다. 부피가 꽤 커 보였다.

"이게 뭡니까?"

"그냥. 소소한 나눔 같은 거지."

"나눔이요?"

주혁이 되물으며 바닥에 놓인 종이가방을 들췄다. 손바닥만 한 박스들이 쌓여 있다. 주혁이 영문을 모르겠다는 듯 쳐다보자, 김재황 사장이 웃었다.

"허헛, 그게 그렇게 보여도 출고가 백만 원이 넘는다고. 왜, 좀 더 줘?"

"출고가? 이거 전부 핸드폰입니까?"

"핸드폰이지. 이번에 나온 신제품."

이제야 박스의 정체를 파악한 주혁이 다시금 종이가방으로 눈길을 돌렸다. 그런데.

'어? 저 글자 분명.'

맨 위에 있는 핸드폰 박스에 박힌 글자를 확인한 주혁의 눈이 커졌다.

— 제조연월 : 201909

— 546546846848

— SZ-Q789698KKZS512

무언가 제품코드 같은 느낌. 그 순간 주혁의 머릿속을 관통하는 기억.

'분명.'

강주혁이 재빨리 속주머니에서 종이를 꺼내 내용을 다시 확인했다.

— 꼭 ATM을 이용하여 입금 바랍니다.

— 민국은행 계좌번호 070-1004-1009

— 금 1,000,000,000원

— 입금 후, 아침 9시 11분에 오는 전화를 꼭 받을 것

— SZ-Q789698KKZS512

암호 같은 글자. 이어서 다시 핸드폰 박스 표면을 확인하는 강주혁.

'같아.'

순간 뭔지 모를 소름이 돋은 주혁의 시선이 핸드폰 박스에 적힌 제품코드 아래 핸드폰 색상으로 천천히 옮겨졌다.

— 색상 : Silver

실버였다.

주혁은 김재황과 헤어지자마자 사옥 1층에 있는 핸드폰 대리점에 들러 기기변경을 진행했다. 브론즈 핸드폰에 있는 정보를 모두 실버 핸드폰으로 옮긴 후, 사장실에 올라간 강주혁은 곧장 황 실장을 호출했다. 다행히 황 실장과 박 과장은 회사에 있었는지, 금방 사장실 문을 열었다. 그들에게 인사와 함께 모닝커피를 건넨 주혁은 자신의 커피를 내리며 입을 열었다.

"거기 책상 위에 있는 종이가방, 확인해보세요."

종이가방 안을 확인한 황 실장이 짧게 답했다.

"핸드폰입니까?"

"네, 오늘 김재황 사장이 준 건데. 혹시 저번에 부른 기계 검사하는 사람들, 바로 부를 수 있습니까?"

"검사요? 혹시 도청이 있는지."

커피를 집어 든 주혁이 웃으며 돌아섰다.

"도청이오? 하하하. 아니 그런 거 말고. 김재황 사장이 직접 준 거니 괜찮습

니다. 그것보다 그냥 기기 자체를 확인하고 싶어서요. 평범한 핸드폰인지, 혹시 무언가 특별한 것이 있는지."

"아, 알겠습니다. 지금 바로 호출하겠습니다."

황 실장과 박 과장이 인사한 후, 어디론가 전화를 걸면서 사장실을 나섰다. 그 모습을 지켜보던 주혁은 풀풀 김이 나는 커피를 들고 자리에 앉았다.

"일단, 〈청순한 멜로〉부터."

해창전자 신제품 핸드폰의 론칭이 눈앞임과 동시에 〈청순한 멜로〉 역시 최근 가파른 상승세를 보이고 있었다. 총 13부작인 〈청순한 멜로〉는 이미 10화까지 업로드된 상태였다. 가장 큰 조회수를 자랑한 것은 너튜브였다. 1화 조회수만 6,464,659회. 물론 뒤로 갈수록 조회수가 줄어들긴 했지만, 대략 한 편당 4백만 뷰는 찍었다고 할 수 있었다. 즉 〈청순한 멜로〉는 너튜브에서만 4천만 조회수를 달성한 것이다.

— 이거 시즌2 나옵니깝?

— 아닙ㅋㅋㅋㅋ저 선배 스킨쉽해놓고 뭔 오해? ㅂㅅ같은새끼넼ㅋㅋㅋㅋ

— 나오는 여자배우분 개이쁘다 ㄷㄷㄷㄷ여신급

— 이걸 다시 정주행하는 내 인생이 레전드.

네리버나 해창전자의 공식 SNS 상황도 비슷했다. 네리버에서 약 2천만 뷰, SNS에서 천만 뷰, 기타 영상 플랫폼에서 천만 뷰. 〈청순한 멜로〉는 도합 8천만 뷰라는 조회수를 기록하는 중이었다. 앞으로 남은 3화까지 나가면.

"얼추 1억 뷰는 찍겠어."

더불어 여주인공 강하진의 인지도 역시 차곡차곡 쌓이는 중이었다.

"그래. 이 정도는 돼야 제대로 된 보상이지."

노트북 화면을 보며 웃던 주혁은 이내 수첩을 꺼내 〈청순한 멜로〉 관련 미래 정보를 지웠다.

몇 시간 뒤, 황 실장과 일전에 노트북 검사를 해주었던 업자가 양손에 검사 장비를 주렁주렁 들고 들어왔다.

"아, 어서들 오세요."

책상에 장비를 펼친 업자가 주혁에게 물었다.

"이 핸드폰들 전부 확인하면 됩니까?"

"네. 그리고."

주혁이 오늘 개통한 '실버' 핸드폰을 내밀었다.

"이건 특히나 세세하게 확인 좀 해주세요. 기기 자체에 뭔가 다른 점이 있는지까지. 중요한 핸드폰이니까, 각별히 조심히 다뤄주시고요. 전부 확인할 때까진 제가 지켜보겠습니다."

"알겠습니다."

대답을 마친 업자가 본격적으로 기기 검사를 시작했다. 생각보다 속도가 빨라서, 두 시간 정도 지나자 업자가 장비를 정리하기 시작했다.

"특이점은 발견되지 않았습니다."

"그래요?"

"예. 그리고."

업자가 강주혁에게 따로 받은 '실버' 핸드폰을 금덩어리 다루듯 조심스레 내밀었다.

"이쪽도 별다른 것은 없었습니다. 기기 자체도 깨끗합니다. 일반적인 공기계가 맞습니다."

주혁이 웃었다.

"그러니까 평범한 핸드폰이다 이거군요."

약간은 의미심장하게 들렸는지, 업자의 표정이 미묘하게 바뀌었지만, 이내 사장실을 빠져나갔다. 혼자 남은 주혁은 자리에 앉아 천천히 핸드폰을 바라봤다. 거울처럼 깨끗한 은빛 핸드폰. 주혁이 혼잣말을 뱉었다.

"그런데 왜 이번에는 김재황 사장을 통해 전달됐을까."

의아했다. 애초 브론즈 핸드폰은 이런 식이 아니라 주혁이 직접 움직여 획득했다. 그런데 이번에는 희한하게 김재황 사장을 통해서 전달됐다.

"혹시 보이스피싱이 김재황 사장과 연관이."

그러나 이내 고개를 저었다.

"말도 안 돼."

무려 미래를 판매하는 보이스피싱인데 이렇게 허술할 리 없었다. 거기다 김재황 사장은 강주혁과 교류가 많은 인물. 그런 인물을 강주혁에게 붙여놓고, 심지어 핸드폰을 전달하게 한다?

"의미가 없지."

그렇다면 뭘까? 그때 주혁의 머릿속에 브론즈 핸드폰을 획득했을 당시 들렀던 편의점과 핸드폰 대리점을 떠올렸다. 당시에는 열려 있었지만, 다음 날 확인차 갔을 땐 굳게 닫혀 있던 모습. 그리고 오랫동안 장사를 하지 않았다는 얘기까지. 가만히 생각하던 주혁은 이내 결론을 내렸다.

"그래. 김재황 사장도 그때 그 편의점이나 핸드폰 대리점처럼 그저 매개체일 뿐이겠지."

국내에서 내로라하는 거대 재벌이지만, 보이스피싱에서는 그저 핸드폰을 전하는 매개체일 뿐.

"이런 방법으로도 개입할 수 있다 이건가?"

브론즈 단계 당시 강주혁은 집에 박혀 사는 은둔형 외톨이였다. 사람과 교류가 전혀 없었기에 핸드폰도 직접 준비해준 것일지도 모르나, 지금은 다르다. 주혁의 주변에는 핸드폰을 전달할 매개체가 넘쳐나고, 그중 가장 간편하게 전달할 매개체가 김재황 사장이 아니었을까?

그 정도로 주혁은 생각을 정리했다. 그리고 그 순간, 핸드폰에 문자가 도착했다.

— 박송호 관련, 첨부파일 확인할 것.

문자를 보낸 것은 박 기자였다. 내용을 확인한 주혁이 옅은 미소를 띠었다.

"만나는 게 일요일 아침이었지?"

* * *

다음 날 아침.

매주 토요일 오전에 방영하는 SBN의 〈맛맛맛〉이 시작됐다. 방송의 취지는 인터넷이나 SNS 등으로 유명해진 맛집 탐방을 나선다는 것인데, 이번 방송분은 포맷이 약간 달랐다. 약간 문화재를 탐방하는 느낌이랄까. 거기다 항상 리포터 김소연이 1인 진행을 맡았는데, 이번에는 유명 개그우먼 최미린이 동참했다.

"미린 씨! 마카롱 좋아하세요?"

"어머, 저 환장하죠."

"흐응~ 그래서 저희 〈맛맛맛〉이 이번 주 방문한 곳은 경기도 광주에 있는 KR마카롱입니다!"

"워후!"

최미린은 개그우먼이라서인지 리액션이 끝내줬다. 도입부는 여타 맛집 소개 방송과 크게 다르지 않았다. KR마카롱 위치를 설명하고, 가게 내부로 진입, 이어서 KR마카롱을 운영하는 젊은 부부에게 인사하며 포커스를 잡다가, 유리 진열대에 즐비한 한국적인 KR마카롱을 바짝 클로즈업했다.

"세상에! 얘네 영롱한 것 좀 봐!"

"미린 씨, 표현이 어쩜."

"저 마카롱 덕후라서 진짜 여기저기 찾아다니는데. 이런 한국적인 색이 입혀진 마카롱은 처음 봐요! 귀여워!"

이후, 사장 부부가 건네는 마카롱을 종류별로 맛보면서 소개로 이어졌다.

"사장님! KR마카롱은 온라인과 오프라인에서 살 수 있는 세트가 아예 다르다면서요?"

리포터 김소연이 사장들에게 마이크를 넘기자, 사장 부부가 자세하게 설명하기 시작했다. 설명을 배경 삼아 화면은 다시금 형형색색의 KR마카롱을 비췄다. 그렇게 약 50분 동안 KR마카롱 위주로 진행하던 방송은 10분을 남겨 둔 상황에서 분위기가 확 바뀌었다.

"미진 씨! 혹시 〈내 어머니 박점례〉나 〈28주, 궁궐에 피어난 꽃〉 보셨나요?"

"최근 제가 최고로 아끼는 드라마에 소장하고 싶은 영환데요?"

"흐음~ 그럼 영화배우 강주혁도 아시겠죠?"

"어머~ 대한민국에서 강주혁 님을 모를 수가 있나요?"

대답을 들은 리포터 김소연이 미소 지으며 건물 3, 4층을 가리켰다.

"이곳에 그 화제의 중심! 배우 강주혁이 운영하는 제작사 보이스프로덕션이 있습니다!"

카메라가 빠르게 3, 4층을 비추고, 이어서 자막이 깔렸다.

'KR마카롱을 취재하면서 우연히 발견!'

건물을 비추던 카메라는 리포터 김소연과 개그우먼 최미린을 따라 건물 내부로 들어섰다. 엘리베이터 안내판에 표시된 보이스프로덕션 상호도 찍고, 전체적인 건물 분위기도 비췄다. 그렇게 〈맛맛맛〉은 KR마카롱 50분에 남은 10분은 보이스프로덕션 위주로 전파를 탔고. 당일 점심쯤.

「SNS에서 난리 난 'KR마카롱' 알고 보니 강주혁의 보이스프로덕션과 같은 건물!」

대중에게 서서히 퍼져나가기 시작했다.

그날 저녁, 클라이맥스로 치닫고 있는 〈28주, 궁궐〉 14부가 방영됐고, 평균 시청률 15%를 돌파하면서 또다시 기록을 갈아치웠다.

— 헝허유ㅠㅠㅠ담주까지 어케기다림....

— 재욱아! 누나가 많이 아낀다!!!

— 오늘 헤나 존나 이쁘네.

— 와씨. 오늘 화에 강하영 개 밉상으로 나오던데. 연기 잘하더라. 죽여버리고 싶게.

— 나는 김건욱을 다시 봤음. 생각보다 사극에 너무 잘 어울림.

— 벌써 다음 주면 마지막이라니....

다음 주 막방이 예정돼 있었지만 기세는 여전히 파죽지세. 덕분에 WTVM 드라마국에서도 움직임이 있었다.

「'28주, 궁궐' 마지막 회 이후, 특별편으로 한 주 더 방영한다.」

메이킹부터 비하인드, 그리고 배우들의 인터뷰까지 다양한 영상이 섞인 특별편까지, WTVM 드라마국이 제대로 힘을 내고 있었다.

다음 날, 일요일 아침. 약속장소인 고급 중국집. 박송호는 박 기자를 기다리며 찌라시 돌릴 내용을 핸드폰으로 정리하는 중이었다. 그 와중에도 그는 꽤 기대감에 차 있었다.

'디쓰패치라니, 아주 크게 퍼뜨릴 수 있겠어. 크크.'

박송호가 비릿한 웃음을 짓고 있을 무렵, 방문이 열렸다. 그에 따라 박송호가 자리에서 일어났다. 그런데.

"반갑…… 흐헉!"

"오랜만이죠?"

방 안으로 들어선 인물은 박 기자가 아닌 풀 정장을 차려입은 강주혁이었다. 방에 들어선 주혁이 방문을 닫자 박송호가 어버버거렸다.

"어, 어떻게 당신이 여길!"

괴물이라도 본 듯이 어정쩡하게 서 있는 박송호에 비해 주혁은 무심하게 자리에 앉았다.

"앉으세요."

그러나 박송호는 앉지 않았다. 그런 박송호를 잠시 쳐다보던 주혁이 탁자에 얇은 투명 파일을 올리면서 바로 본론을 던졌다.

"증거. 보셨습니까?"

"……뭐? 뭔 증거?"

"당신이 잘릴 때 국장님이 보여준 증거."

주혁의 말이 끝나자, 박송호의 얼굴이 일그러졌다.

"보셨겠죠."

"……"

박송호는 말문이 막혔고, 그러거나 말거나 주혁은 양손을 모으면서 태연하게 말을 이었다.

"그런데 실은 증거가 그게 끝이 아니에요. 내가 국장님에게 전달한 건 정말 일부분. 그리고 박송호 씨 털어보니까, 이것저것 먼지가 아주 많이 나던데요. 세상이 무섭지도 않았나 봅니다."

"그, 그게 뭔. 당신이 전달했다고?"

"보시겠습니까?"

주혁은 대답 대신 준비해온 투명 파일을 그에게 건넸고 박송호가 미심쩍게 파일을 내려다보다가 이내 집어서 펼쳤다. 그러더니 잠시 뒤 박송호의 얼굴이 똥 씹은 것마냥 일그러졌다.

"시발! 이게 다 뭐야. 어, 어떻게!!"

"뭐긴 뭐겠습니까? 보시는 대로죠."

"……이거 뭐 하자는 겁니까?"

어느새 반말에서 존댓말로 바뀐 모습에 주혁이 피식하며 답했다.

"뭐, 쉽습니다. 앞으로 나대지 말아주셨으면 합니다. 당신 목숨줄 제가 쥐고 있다고 생각하세요. 연출자로서 밥 벌어먹고 살려면 구멍가게 제작사라도 들어가셔야 하지 않겠습니까? 근데 그 증거들이 이 바닥에 퍼지면 어떻게 되겠습니까?"

"……"

박송호는 대답이 없었다. 망가진 자신의 미래가 어렴풋이 보였을 테고.

"박송호 씨, 경고합니다. 앞으로 다시 한 번 내 앞에서 알짱거리면 이 바닥에 발 못 붙이게 해드리겠습니다. 아니, 아예 얼굴 들고 다니지 못하게끔 만들어줄 수도 있습니다. 그리고 앞으로 더러운 짓도 그만두세요. 지켜보겠습니다. 알아듣겠습니까?"

"……"

"알아듣겠습니까?"

"……알겠습니다."

그의 미래는 강주혁의 손아귀에 있는 것과 다름없었다.

다음 날. 출근한 주혁은 사무실 문을 열자마자 커피를 내리기 위해 커피머신 쪽으로 걸었다. 그때였다.

ㅡ 우우우우웅 우우우우웅

'실버' 핸드폰이 처음으로 울렸다. 동시에 주혁은 움직임을 멈추고 재빨리 핸드폰을 꺼내 발신자를 확인했다.

*070-1004-1009

"왔다."

실버 단계로는 처음 온 보이스피싱. 주혁은 약간 떨리는 손으로 통화를 눌렀다.

"'실버' 단계 주인이 되신 강주혁 님 환영합니다.

강주혁 님은 지금 이 순간부터 유료서비스인 '실버' 단계를 총 30번 이용하시게 됩니다! '실버' 단계는 강주혁 님이 '브론즈' 단계를 완벽하게 숙지했다는 판단하에 진행됩니다! 유료서비스인 '실버' 단계를 통해 인생역전에 더욱 가까워지길 기원합니다! 계속 진행을 원하시면 1번을 눌러주세요."

달라졌다. 확실히 뭔가 달라졌다. 먼저 멘트가 달라졌고, 여자 목소리 또한 바뀌었다. 브론즈 단계 때는 좀 차분했다면 이번에는 경쾌한 목소리. 잠시간 멈춰 있던 주혁이 1번을 눌렀다.

"……강주혁 님에게 맞는 정보와 미래를 수집 중입니다. 잠시만 기다려주십시오."

1초, 5초, 10초, 1분. 마치 시간이 멈춘 것처럼 느껴졌다. 핸드폰 너머에는 통화 특유의 소음만이 들릴 뿐이었다. 그리고 약 2분여가 흘렀을 때.

― 띠링!

"진행 완료했습니다. 들으실 항목의 키워드를 '선택'해주세요!

1번 '14주 동안', 2번 '당해낼 수 없다', 3번 '새벽 3시', 4번 '데이트폭력', 5번 '간 큰 여자들', 6번…… 다시 듣기는 #버튼을 눌러주세요."

키워드를 듣는 순간 주혁의 눈이 커졌다.

"키워드 질이 좀 높아진 것 같은데?"

브론즈 단계에서 들렸던 키워드는 보통 숫자 '5'라든지, 글자가 나와도 짧은 단어가 전부였다. 아니면 아예 검색조차 하기 힘들 정도의 난해한 키워드가 나오든가. 하지만 실버 단계가 되고 처음으로 받은 보이스피싱에서 제시한 키워드는 질이 조금 달랐다. 주혁은 키워드들을 다시 한 번 들었다.

"새벽 3시 빼곤 전부 당기는데."

짧게 읊조린 주혁은 얼굴과 어깨로 핸드폰을 고정하고는 노트북에 키워드들을 차례대로 검색했다.

'14주 동안'이라는 키워드는 대략 기간 관련해서 검색결과가 쏟아졌다. 14주 동안 만든 몸매, 14주 동안 특강 요청 등등.

"실제 기간일지도 모르고, 어떠한 제목일지도 몰라."

그다음 키워드 '당해낼 수 없다'도 '14주 동안'과 상황은 마찬가지. '새벽 3시'는 그냥 넘겼고, '데이트폭력' 역시 과거에 일어났던 사건들이 주르륵 쏟아졌다. 이제 남은 키워드는 '간 큰 여자들.' 키워드 자체가 꽤 재미있어 보였으나, 결과는 비슷했다. 검색으로 나온 대부분의 정보는 간 큰이 섞여 있거나 여자들이라는 단어가 섞인 게 다였다. 강주혁은 영혼 없이 대충 스크롤을 내렸다. 그러다 멈칫. 주혁은 화면 정중앙을 쳐다봤다.

— 네리버 토크 〉 일상 이야기 〉 간 큰 여자들 48화 / 바로 가기

검색사이트 네리버의 수많은 메뉴 중에는 '토크'가 있었다. 사람들이 자신의 일상을 적고 공감받는 곳이었다. 주혁은 핸드폰에 # 버튼을 한 번 더 누른 후, 간 큰 여자들 48화를 클릭했다. 그러자 제목이 '간 큰 여자들'로 되어 있는 페이지가 떴다.

"지금까지 98화를 연재했네."

누가 돈을 주는 것도 아니고, 그저 자유롭게 올리는 게시판 같은 느낌이었다. 어제 날짜로 총 98화가 게재되어 있었고, 한 화 평균 조회수는 약 100회 정도. 의자 등받이에 허리를 움푹 기댄 주혁이 자작하게 혼잣말을 뱉었다.

"키워드와 정확하게 일치하는 건 이것뿐이야."

주혁이 피식했다.

"……'간 큰 여자들' 키워드 선택해서, 이거 관련으로 미래 정보가 나온다면 진짜 대박인데."

대박인 이유는 간단했다. 키워드를 예상할 수 있다는 것. 즉 보이스피싱이 던져주는 키워드들을 지배할 수 있음을 뜻했다.

"뭐, 당연히 전부 찾아낼 순 없겠지."

그래도 브론즈 단계에 비한다면 키워드를 예상할 수 있다는 건 말 그대로 키워드를 파악해 골라잡을 수 있다는 뜻이었다.

"일단 시험 삼아 눌러볼까?"

대충 생각을 마친 주혁은 확인도 해볼 겸, 곧장 5번 '간 큰 여자들'을 터치했다.

"탁월한 선택! 강주혁 님이 선택한 키워드는 '간 큰 여자들'입니다!

영화 '간 큰 여자들'이 코미디 영화로는 이례적인 6백만이라는 관객수를 동원하는 성적을 거둡니다. 다만, 영화 각색 과정에서 네리버 토크에 자신의 이야기를 맛깔나게 표현해 게재했던 원작자를 배제한다면 관객수가 현저하게 줄어든 6만으로 망작이 탄생합니다."

전화가 여지없이 끊겼음에도 주혁은 핸드폰을 쉬이 귀에서 떼지 못했다. 그렇게 흐른 시간이 몇 초. 강주혁의 얼굴에 서서히 웃음이 번졌고.

"대박이네."

직감했다.

"실버 단계, 제대론데?"

키워드를 지배할 수 있을 거라고.

* * *

같은 시각. 경기도 광주시청 시장실에서는 흰머리가 잔뜩 낀 시장 박철구가 TV를 보고 있었다. TV에서는 〈맛맛맛〉 재방송이 나오고 있다. 여기서 광주 오포읍 주변이 소개된 뒤부터 핫하다는 얘기를 들어서였다. 어느새 끝을 향해 달려가는 〈맛맛맛〉에서 보이스프로덕션이 비쳤다. 두 진행자는 강주혁이라는 배우와 그가 운영하는 보이스프로덕션 그리고 같은 건물에 있는 KR마카롱을 극찬하며 방송을 마쳤다.

"흠."

박철구 시장의 입에서 짧은 음성이 터져 나왔다.

"KR마카롱, 보이스프로덕션이라……."

짧게 읊조린 박철구 시장이 책상 위에 놓인 결재 서류들을 내려다봤다. 그가 고민하기 시작했다. 최근 HY테크놀로지 제2공장 건설 최종 후보지 중 한 곳으로 발표된 후부터 그는 지역발전에 온 힘을 쏟는 중이었다. 그럼에도 반응은 미미했다. 그런데 자신이 거의 1년 동안 힘을 쏟은 것보다 몇 십 배가 넘는 화제성을 저 강주혁이라는 배우와 KR마카롱이 단 하루 만에 만들어냈다. 물론 방송의 파워가 대단하긴 하지만, 요즘은 예전 같지 않아서 아이템이 핫하지 않으면 이 정도로 타오르지 않는다.

"……"

결재 서류를 가만히 내려다보던 박철구 시장이 무언가 결심했는지 인터폰으로 누군가를 불렀다. 잠시 뒤, 노크 소리가 들리더니 남자 몇몇이 들어왔다. 그들을 보며 시장이 입을 열었다.

"HY테크놀로지 제2공장 건설 대비해서 진행하던 지역발전 아이디어 있잖나?"

대답은 가장 늙어 보이는 남자가 했다.

"아, 문화의 거리 말씀입니까?"

"그래, 그거."

"예."

"그걸 좀 엎어버리자고."

"예?!"

늙은 남자가 화들짝 놀랐다. 이미 진행에 착수했는데? 하지만 박철구 시장은 아랑곳없이 자신의 계획을 던졌다.

"마카롱 거리 같은 건 어때? 왜 요즘 젊은 친구들 데이트 코스처럼. 특별한 마카롱 브랜드들 입점시키고, 주변으로 그럴듯하게 꾸며서 아예 데이트 명소를 만들어버리는 거지. 젊은 친구들이 왕래해야 인터넷이네 SNS에서도 뜨겁지 않겠나?"

"아…… 예."

뒤쪽에 서 있는 부하직원들의 표정은 좋지 않았고 늙은 남자 역시 내키지 않았지만, 반대의견을 내지 못했다. 시장의 얼굴에 이미 생기가 흐르고 있었고, 저 표정을 한 시장은 한 번도 제 뜻을 꺾지 않았기 때문이었다. 실제로 박철구 시장은 이미 '그래, 이게 좋겠어'라든지 '잘만 하면 괜찮아' 같은 혼잣말을 뱉고 있었다. 늙은 남자는 절로 한숨이 나왔다. 그때 박철구 시장이 한마디 덧붙였다.

"그리고 그 홍보대사 말이야."

"예? 아, 예."

시장이 빙긋 웃었다.

"그거 강주혁 그 친구한테 해달라면 해줄까?"

그 시각, 강주혁은 오랜만에 수첩을 꺼내 미래 정보를 메모하는 중이었다.

— 영화 〈척살〉 (진행 중)

— HY테크놀로지, 제2공장을 경기도 광주 오포읍 방면으로 건설 (진행 중)

— 일본 기업 불매운동, KR마카롱 핫 아이템으로 승승장구 (진행 중)

— 영화 〈간 큰 여자들〉, 6백만 관객수, 원작은 네리버 토크

단출했던 미래 정보가 다시 채워지기 시작했다. 주혁은 방금 들었던 〈간 큰 여자들〉 관련 정보를 파악했다.

"그러니까, 이게 지금 원작이고, 이걸 각색해서 영화관에 걸면 6백만이라는 건가? 근데 각색 과정에서 원작자를 배제하면 망작이라는 거고. 흠."

어찌 됐든 원작자를 찾는 것이 시급했다.

"스읍— 문제는 이 원작자를 찾아내는 건데."

주혁의 시선이 수첩에서 노트북으로 향했다. 이어서 빠르게 마우스 휠을 굴려, 화면을 상단으로 옮겼다. 〈간 큰 여자들〉을 게재하고 있는 원작자 닉네임은 의미를 알 수 없는 숫자들이었다. 주혁이 곧장 닉네임을 클릭해 쪽지부터 보냈다. 내용은 대략 백번 촬영팀을 꾀었던 내용과 비슷했다. 주혁은 이어서 자기 소개란을 클릭했다. 들어가 보니 특이하게 메일주소가 적혀 있었다. 주혁은 추가로 메일까지 보낸 뒤, 노트북을 덮었다.

"〈척살〉 때와는 다르지."

현재 보이스프로덕션에는 전속 감독이 있고, 제작팀이 있다. 거기다 배우까지. 쉽게 얘기해서.

"배급 빼곤 모두 나 혼자 할 수 있는 상황이지."

시간은 착착착 흘렀다. 어느새 11월 중순을 향하고 있었고, 그사이 〈척살〉은 세 번의 시사회를 성황리에 마쳤다. 〈28주, 궁궐〉도 본편 마지막 화를 앞두고 있고, 특별편까지 해도 다다음 주면 끝나는 일정이지만 전체적인 브랜

드 가치가 엄청났다. 촬영팀 역시 마지막 힘을 짜내 촬영에 임하고 있었다.

가장 유종의 미를 거둔 것은 〈내 어머니 박점례〉였다.

「다큐 독립 '내 어머니 박점례' 340만 돌파」

340만이라는 어마어마한 성적을 달성한 〈내 어머니 박점례〉는 11월 중순부터 영화관에서 하나둘 자리를 뺏기기 시작했다. 시간이 꽤 지났으니 새로운 영화가 나오는 것은 당연한 수순이었고, 조금씩 자리를 내주는 것은 어쩔 수 없는 현상이었다. 하지만 〈내 어머니 박점례〉로 국내 3대 영화관과 영화판에서 보이스프로덕션과 강주혁의 이름을 확실하게 어필했다. 거기다 3백억에 가까운 매출을 올렸다. 다큐 독립영화가. 3백억이면 세금과 영진위 발전기금을 빼고 250억, 여기서 부율(극장과 나누는 비율)을 나누면 125억. 이 중 10% 정도가 배급사 쪽으로 흘러가고도 대충 백억이 남는다.

원래 같으면 이 백억을 투자사와 제작사가 6대 4 정도로 나눠 갖는데, 〈내 어머니 박점례〉는 투자사가 보이스프로덕션이고 제작사가 보이스프로덕션이다. 즉 백억 정도가 오롯이 강주혁에게 오는 것이었다. 주혁이 〈내 어머니 박점례〉에 투자한 자금은 약 2억. 물론 류성원, 최철수 감독이나 강하영, 김점숙 할머니 등으로도 돈이 들어갈 테지만, 사실상 선례가 없는 초대박이 터져버렸다.

다음 날 오후. 마지막 촬영이라는 소식을 들은 주혁이 〈28주, 궁궐〉 세트장에 들렀다. 오랜만에 찾은 세트장에서는 스태프들 모두 입이 귀에 걸려 있었다. 케이블 드라마가 시청률 15%를 넘어버렸으니까. 최근 방송가에서는 이 정도 성적의 드라마는 한동안 없을 거라는 추측이 나올 정도였다.

양손을 주머니에 찔러넣고 조용히 세트장에 들어선 주혁은 천천히 주변을 둘러봤다. 세트장 중앙에는 김태우 PD가 너털웃음을 지으며 정 작가와 얘기

중이었고, 그곳에서 좀 떨어진 곳에는 강하영, 김재욱, 김건욱을 비롯해 배우들이 모여 왁자지껄 떠들고 있었다. 하지만 오늘 주혁의 목적은 저들이 아니었다.

"어디 있나."

구석에서 조용히 고개를 돌리는 강주혁. 이윽고 여자배우 한 명이 자기 자리에서 메이크업을 고치고 있는 것이 보였다. 헤나였다. 목표를 발견한 주혁이 손에 들린 투명 파일을 흔들며 그녀에게 다가갔다.

얼추 다섯 걸음 정도로 가까워지자, 볼 터치를 하던 스타일리스트가 깜짝 놀라 손이 멈췄다.

"응? 언니! 왜 그래?"

"어? 아니, 뒤에."

스타일리스트의 손짓에 헤나가 고개를 갸웃하며 뒤를 돌아봤다. 그녀의 시선은 바로 뒤에 서 있는 강주혁에게서 그가 들고 있는 투명 파일로 옮겨졌다가, 이내 웃음꽃이 피었다.

"선배님? 아니, 사장님으로 불러야지."

주혁도 그녀를 따라 웃었다.

"편한 대로 불러요. 헤나 씨."

그러자 어버버거리던 스타일리스트가 입을 열었다.

"저…… 자리를 비켜드릴까요?"

"부탁드릴게요."

강주혁이 미소 지으며 부탁하자, 스타일리스트가 고개를 꾸벅하며 자리를 비켜줬다. 멀어지는 스타일리스트를 쳐다보던 주혁은 이내 헤나와 눈을 마주치며 입을 열었다.

"기분이 어때요?"

"음, 뭐랄까? 사장님이 제 친구였다면 막 안아주고 싶은 기분?"

"하하, 사양합니다."

"아깝네. 이걸로 보답 퉁치려고 했는데."

헤나가 장난스레 웃었다. 그런 모습에 주혁이 물었다.

"보답?"

"네. 사실 전부 사장님 덕분이니까 보답해야죠. 빚지고는 못 살아요, 저."

주혁이 미묘한 표정으로 헤나를 바라보자, 헤나가 배시시 웃으며 말을 이었다.

"뭐 시킬 거 있어요? 그러려고 나한테 먼저 온 거잖아요. 누구랑 사귀라는 것 빼고는 할 수 있어요!"

그녀의 엉뚱한 대답에 주혁이 헛웃음을 터뜨리며 들고 있던 투명 파일을 건넸다.

"그럼, 나한테 왔으면 좋겠는데."

주혁의 말에 헤나의 양 볼이 약간 상기됐다. 헤나는 강주혁이 내민 투명 파일을 펼쳐, 내용을 읽어내려갔다. 그렇게 몇 초가 흘렀고, 내용을 파악한 헤나가 눈을 반달로 만들어 주혁을 올려다봤다.

"언제 오시나 했네."

바로 그때였다.

— 우우우우웅 우우우우웅

뜬금없이 주혁의 핸드폰이 울렸다. 헤나는 주혁이 전화를 안 받을 줄 알았는지 말을 이으려 했다. 하지만 핸드폰 화면을 확인한 주혁이 손을 올려 그녀를 막았다.

"잠시만. 죽어도 받아야 되는 전화라."

그러고는 헤나의 대답도 듣지 않은 채 촬영장에서 조금 떨어진 곳에서 곧장 전화를 받았다.

"'실버' 단계의 주인이신 강주혁 님 안녕하세요!

강주혁 님의 유료서비스 '실버'의 남은 횟수는 총 29번입니다. 유료서비스인 '실버' 단계를 통해 인생역전에 더욱 가까워지길 기원합니다! 계속 진행을 원하시면 1번을 눌러주세요."

주혁이 빠르게 1번을 눌렀다.

"들으실 항목의 키워드를 '선택'해주세요!

1번 '14주 동안', 2번 '당해낼 수 없다', 3번 '새벽 3시', 4번 '데이트폭력', 5번 '김점숙', 6번……."

키워드를 들은 주혁의 눈이 커지며 입이 벌어졌다.

"김점숙? 내가 아는 김점숙 할머니?"

잠시 멍했던 주혁은 정신을 차리곤 5번 '김점숙' 키워드를 눌렀다.

"탁월한 선택! 강주혁 님이 선택한 키워드는 '김점숙'입니다!

큰 인기를 끈 다큐 독립영화 내 어머니 박점례의 실제 주인공인 '김점숙' 할머니가 큰돈을 벌었다는 소문이 퍼지면서 '김점숙' 할머니가 11월 12일 밤 9시경 괴한들에게 습격당합니다. 이 과정에서 머리를 잘못 맞은 할머니는 현장에서 사망하고, 이 사건이 알려지자 영화만 만들고 출연자 보호에는 신경 안 썼다며 비난 여론이 쏟아져 제작사의 신뢰도가 바닥까지 떨어집니다."

(3권에서 계속)

장탄

데뷔작 《보이스피싱인데 인생역전》으로 웹소설 플랫폼 문피아에서만 760만 뷰라는 기염을 토한 천생 이야기꾼.
출중한 스토리텔링 능력은 신인작가라 믿기 어려운 뛰어난 흡인력을 자랑한다.
재미있는 이야기를 끊임없이 추구하기에 더욱 다음이 기대되는 작가.
작품으로 《보이스피싱인데 인생역전》(2019), 《산지직송 자연산 천재배우》(2021)가 있다.

보이스피싱인데
인생역전 2

2021년 7월 29일 초판 1쇄 발행

지은이 장탄

펴낸곳 비스토리
펴낸이 권정희
편집부 이은규
콘텐츠사업부 박선영

주소 서울특별시 성동구 연무장7길 11, 8층
대표전화 02-6463-7000 팩스 02-6499-1706
이메일 info@book-stone.co.kr
출판등록 2020년 7월 10일 제2020-000071호

ISBN 979-11-91211-39-9 (04810)
ISBN 979-11-91211-37-5 (세트)

비스토리는 ㈜북스톤의 임프린트입니다.